제7의 십자가 2

DAS SIEBTE KREUZ
by Anna Seghers

Copyright © Aufbau Verlag GmbH & Co. KG, Berlin 1946 and 1997
All rights reserved.

Korean Translation Copyright © 2013 by Sigongsa Co., Ltd.
The Korean language edition published by arrangement with
Aufbau Verlag GmbH & Co. KG through MOMO Agency, Seoul.

이 책의 한국어판 저작권은 모모 에이전시를 통한
Aufbau Verlag GmbH & Co. KG 사와의 독점 계약으로 (주)시공사에 있습니다.
저작권법에 의해 한국 내에서 보호를 받는 저작물이므로 무단전재와 무단복제를 금합니다.

세계문학의 숲 034

Das siebte Kreuz

제7의 십자가 2
히틀러의 독일로부터 온 소설

안나 제거스 지음
김숙희 옮김

시공사

일러두기

1. 이 책은 1942년 미국에서 영어로, 같은 해 멕시코의 망명 출판사에서 독일어로, 그리고 종전 후 1946년 독일에서 출간된 안나 제거스의 《제7의 십자가(Das siebte Kreuz)》를 우리말로 옮긴 것이다.
2. 번역 대본으로는 Aufbau Verlag 판(2009년 31쇄)을 사용했다.
3. 주는 모두 옮긴이 주이며, 옮긴이 주를 달고 해설을 쓰는 데에는 마리오 라이스(Mario Leis)가 쓴 해설서 《Lektüreschlüssel Anna Seghers Das siebte Kreuz》(2009, Reclam), 뤼디거 베른하르트(Rüdiger Bernhardt)가 쓴 해설서 《Königs Erläuterungen Anna Seghers Das siebte Kreuz》(2012, C. Bange Verlag), 베른하르트 슈피스(Bernhard Spies)가 쓴 《Grundlagen und Gedanken Erzählende Literatur Anna Seghers Das siebte Kreuz》(1997, Verlag Moritz Diesterweg), 미하엘 침머(Michael Zimmer)가 쓴 《Analysen und Reflexionen Anna Seghers Das siebte Kreuz》(2008, Joachim Beyer Verlag), 우르술라 엘스너(Ursula Elsner)가 쓴 《Oldenbourg Interpretationen Anna Seghers Das siebte Kreuz》(1999, Oldenbourg Schulbuchverlag), 외른 브뤼게만(Jörn Brüggemann)과 로미 브뤼게만(Romy Brüggemann)이 편한 《Texte Medien Anna Seghers Das siebte Kreuz》(2009, Bildungshaus Schulbuchverlage) 등을 참조했다.

차례

제4장 7
제5장 89
제6장 173
제7장 265

해설 나치 치하의 독일을 가로지르는 인간 군상의 파노라마 331
안나 제거스 연보 365

주요 인물들

게오르크 하이슬러 베스트호펜 강제수용소에서 탈출
발라우(에른스트), 보이틀러(알베르트), 펠처(오이겐), 벨로니, 필그라베, 알딩거 게오르크와 같은 탈주자들

파렌베르크 베스트호펜 강제수용소 소장
분젠 베스프호펜 강제수용소에 배치된 소위
칠리히 베스프호펜 강제수용소의 분대장

피셔, 오버캄프 베스트호펜 강제수용소 탈출 사건을 맡은 경감들

에른스트 양치기
프란츠 마르네트 게오르크의 옛 친구. 획스트 염색 공장 노동자
레니 게오르크의 옛 연인
엘리 게오르크의 아내
메텐하이머 엘리의 부친
헤르만 프란츠의 친구. 그리스하임 철도 공장 노동자
엘제 헤르만의 아내
프리츠 헬비히 견습 정원사
뢰벤슈타인 유대인 의사
마렐리 부인 곡예사들의 의상을 만드는 재단사
파울 뢰더 게오르크의 어린 시절 친구
리이젤 뢰더 파울 뢰더의 아내

카타리나 그랍버 파울 뢰더의 아주머니. 차고 소유주
피들러 파울 뢰더의 공장 동료 노동자
그레테 피들러의 아내
크레스 박사, 크레스 부인 게오르크의 탈출을 돕는 화학자와 그의 아내
라인하르트 피들러의 동지. 공장 동료
술집 여종업원 게오르크의 국외 탈출 전날 잠자리 제공
네덜란드 선원 게오르크의 국외 탈출을 돕는 이

제4장

I

 오버부헨바흐의 전 시장이며, 지금은 합병된 오버부헨바흐와 운터부헨바흐의 시장인 페터 부르츠는 불면의 밤이 다 지나가기 전 고통스러운 침상에서 몸을 일으켰다. 안마당을 가로질러 외양간으로 숨어든 그는 어두운 구석에 있는 착유용 의자에 걸터앉아 손으로 땀을 훔쳤다. 어제 라디오에서 탈주범들의 이름이 공표된 후 이 마을의 남자, 여자, 아이 할 것 없이 모두가 그가 어떤지 보려고 안달이었다. 그의 얼굴이 정말 창백해졌어? 그가 정말 관절염에 걸렸어? 그가 진짜 갑작스럽게 쪼그라들었어?
 부헨바흐는 마인 강을 따라 올라가면 베르트하임에서 걸어서 두어 시간 정도의 거리에 있었다. 그러나 마치 모든 교통수단으로부터 벗어나고 싶다는 듯, 국도에서도, 강에서도 멀찍이 떨어져 있었다. 예전에 이곳은 공동 도로를 따라 오버부헨바흐와 운터부헨바흐의 두 마을로 이뤄져 있었다. 이 공동 도로는 양편을 향해 들판으로 들어가는 길을 가로질러 정확히 중간에 표시가 되어 있었다. 작년에 이 교차로에 공동의 마을 광장이 세워졌다. 사람들은 이 광장에서 당국자들이 참석한 가운데 온갖 축하 행사를 하고 연설을 듣고, 히틀러 참나무를 심었었다. 오버부헨바흐와 운터부헨바흐는 행정개혁 및 경지 정리의 차원에서 합병되었다.

번성하는 도시를 지진이 덮치면, 어차피 붕괴될 두어 개의 썩은 벽들은 당연히 쓰러진다. 늙은 부르츠의 아들들과 돌격대들은 마을 주민들의 권리를 억누르면서 어차피 소용없어진 낡은 관습 두어 개를 없애버렸는데, 이 파렴치한 주먹패들은 그것을 명분 삼아 마을 합병에 반대했던 농부들에게 방약무인하게 굴고 있었다.

착유용 의자 위의 부르츠가 두 손을 비틀자 탁 하고 소리가 났다. 젖소들은 아직 젖을 짤 시간이 되지 않았고, 젖이 팽팽해지지도 않았기 때문에 꼼짝 않고 있었다. 부르츠는 번번이 움찔하고 기겁을 했다가 다시 정신을 차렸다가 곧 다시 움찔하고 놀랐다. 부르츠는 생각했다. 그자가 이리로 기어들어 올지 몰라. 여기 숨어 날 엿볼지도 몰라. 부르츠가 이토록 두려워하고 있는 그자는, 게오르크와 베스트호펜의 동료들이 더 이상 온전한 사람이 아니라고 생각했던 저 늙은 농부 알딩거였다.

부르츠의 장남과 알딩거의 막내딸은 한때 약혼한 사이나 다름없었다. 결혼까지 두어 해만 기다리면 되는 사이였다. 두 집의 논밭은 사이좋게 서 있었고, 마인 강 저편에 있는 두 개의 작은 포도원—포도는 더 이상 경작할 가치가 없었기 때문에 후일 이곳에 다른 작물을 재배할 수도 있었다—역시 그러했다. 그 당시 운터부헨바흐의 시장은 알딩거였다. 그러다가 1930년에 알딩거의 딸이 베르트하임의 도로 공사장에서 일하던 젊은 이와 사랑에 빠져버렸다. 알딩거는 딸을 말리지 않고 내버려두었다. 그 젊은이가 자기 수입을 갖고 있었으니, 알딩거에게는 유리했던 것이다. 딸네 부부는 도시로 나가 살았다. 1933년 2월 알딩거의 사위가 잠시 마을에 나타났다. 자신의 신념을 감추지 않던 소도시의 많은 노동자들과 마찬가지로 알딩거의 사위 역시 체포와 박해가 시작되던 초기 단계에 시골 친척 집을 찾아왔던 것이다. 하지만 사람들은 그 일로 골치를 썩이지는 않았다. 아들들의 말에 놀라난 부르츠가 알딩거의 사위를 고발하자, 사위는 곧 이곳을 떠났다. 당시 두 마을의 합병이 목전에 있었으므로, 그사이 알딩거의 주변에는 그가 시장이 안 된다면 부르츠도 이곳 시장이 될 수 없고, 제3자가 합병된 지역의 시장을 맡아야 한다는 의견을 가진 사람들이 모여들었다. 이 그룹은 교회가 운터부헨바흐에 있으니, 시장도 운터부헨바흐에서 나와야 한다고 역설하는 목사로 인해서 그 세력이 강화되었다.

   알딩거의 사위는 실제 수배 대상이었다. 수년간 노조를 위해, 또 노동자 신문을 위해 모금을 해왔기 때문이었다. 아래쪽이나 위쪽이나 부헨바흐 주민들은 타 지역 출신에 대해 편견을 가지고 있긴 했지만, 추수 때가 되어 장인 집에 와서 일을 거들며 그사이 불어난 다섯 식구를 먹여 살리려 빵과 소시지를 얻어 가는 이 조용한 남자에게서 별달리 이상한 점을 발견한 것은 아니었다. 알딩거의 사위는 술집에서, 그때 벌써 나치 돌격대에 추파를 보내던 부르츠의 아들들과 한 번 다툰 일이 있을 뿐이었다. 이 일을 빌미로 후일 부르츠의 아들들은 아버지에게 알딩거를 고발하도록 부추겼던 것이다.

아들들의 부추김이 잘 맞아떨어지자, 부르츠 자신도 놀랐다. 알딩거는 정말로 잡혀갔던 것이다. 부르츠의 관심사는 자신의 시장직이 보장될 때까지 알딩거를 떼어놓는 것이었다. 부르츠는 처음에 알딩거 가족의 분노를 즐기며 재미있어했다. 그러나 그리 좋아할 수 있는 일만은 아니었다. 알딩거는 알 수 없는 이유로 계속 돌아오지 않았다. 부르츠는 임기 첫 몇 달간 어려운 상황에 처했었다. 운터부헨바흐의 주민들은 그를 피하면서, 그의 공무 집행이나 교회 참석을 방해했다. 그러나 그의 아들들과 아들의 친구들이 그를 위로했다. 총통님도, 또 부르츠도, 새로운 일을 하는 사나이들은 모든 초기의 난관과 반대를 이겨내고 의무를 수행해야 한다면서.

비행기에서 내려다본다면, 부헨바흐는 교회 종탑이 솟아 있고, 숲과 들이 깨끗하게 정돈된 모습을 보여준다. 그러나 제대로 살펴보려는 생각을 갖고 차를 타고 천천히 마을을 지나가 본다면, 사정은 좀 다르게 드러난다. 사실 길들은 깨끗하고 학교 건물은 새로 페인트칠을 했지만, 그럼에도 어째서 저 암소는 새끼를 밴 몸으로 논밭을 갈아야 하는가? 앞치마 가득 풀을 뜯어 넣은 저 아이는 어째서 움츠러든 모습으로 사방을 두리번거리는가? 비행기에서 내려다보아도, 자동차를 타고 가면서 보아도 지금 부르츠가 착유용 의자에 앉아 있는 모습을 볼 수는 없다. 어떤 집 외양간에도 네 마리 이상 소가 없다는 사실이나, 아래위 마을 모두 합쳐봤자 말은 단 두 마리뿐이라는 사실도 보이지 않는다. 그 두 마리 중에서 한 마리는 부르츠 아들 소유요, 다른 한 마리는 약 5년 전 미심쩍은 방식으로 화재보험이 지급된 후 현 소유자에게 넘어갔다는 사실 역시, 비행기에서나 자동차에서는 보이지 않는다(최근 농민 조합에는 이 절차를 해명해달라는 신고가 들어와 있었다). 이 조용하고 깨끗한 마을은 가난했다. 가난으로 악취를 풍기는 여느 마을과 마찬가지로 지독하게 가난했다.

　히틀러 총통님이라도 땅을 바꿀 수는 없을 것이라고, 처음에는 그렇게들 말했다. 포도를 심으라고 더 떠밀지는 못할 것이라고도 했다. 알로이스 부르츠는 밭을 매라고 자기 말을 빌려줄 사람이 아니었다. 마을 전체를 위해 할부로 탈곡기를 산다고? 그거야 어차피 예정돼 있던 일이었다.

　추수감사절 축제? 이 정권 이전에도 해마다 가을이면 회전목마가 들어오고 노점상들이 차려지지 않았던가? 그러나 월요일 베르트하임에서 돌아온 젊은이들은 그렇게 굉장한 추수감사절 행사는 처음이라고 말했다. 3천 명의 농부들이 한 자리에 모인 것을 본 적이 있는가? 그런 굉장한 불꽃놀이는? 그런 음악을 들어본 적 있는가? 그런데 전국농민지도자*에게 꽃다발을 바친 화동은 결국 누구더라? 알로이스 부르츠의 손녀 아가테가 아니라, 손톱 밑에 때 하나 끼지 않은 운터부헨바흐의 꼬마 하니 슐츠 3세였다.

이 마을을 도시로 만들 수는 없었다. 마을에는 아직 제대로 된 시장(市場)도 없었다. 그래도 마을은 매주 한 번은 도시가 되었다. 자동차가 영사 시설을 싣고 오면, 사람들은 교실에 임시로 설치된 화면에서 베를린의 총통을 보았다. 전 세계를, 중국과 일본을, 이탈리아와 스페인을 보았다.

착유용 의자에 앉은 부르츠는 생각하고 있었다. 이자 알딩 거는 어쨌든 끝난 거야. 지금쯤 어디에 숨어 있을까? 어쨌든 아무도 그를 생각하지 않아.

부헨바흐의 주민들을 가장 어이없게 만든 것은 국유지 사건이었다. 그곳은 지금까지 계속 국유지였다. 그런데 이제 그곳에 일종의 시범 마을이 세워졌다. 멀리 떨어진 마을들에서 서른 가구가 그곳에 옮겨 왔다. 이주해 온 사람들은 주로 한 가지 수공업 기술을 가진, 다자녀 가구의 농부들이었다. 베르프링겐에서는 대장장이가, 바일러바흐에서는 제화공이 옮겨 왔다. 여러 마을에서 한 가구씩 이주시켰는데, 내년에도 여러 가구를 이주시킬 참이었다. 이 일로 모든 마을이 희망에 들떠 있었다. 그것은 1등 복권에 당첨된 것이나 마찬가지였다. 적어도 이웃 마을에서 누가 이 복권을 땄는지 모두 알고 있었다. 평소 알딩

---

*1933년 9월 자치 조직으로 창설되어 급양, 농업, 임업의 모든 업무를 관장했던 '전국식량동맹'을 이끌었다.

거 때문에 부르츠에게 적대했던 사람들은 서서히 깨닫기 시작했다. 아들들을 돌격대에 내보낸 부르츠가 결국 운 좋은 카드를 뽑았다는 사실을. 국유지의 시범 마을에 예약 신청을 하려면, 이 시범 마을에 들어가려는 조금의 희망이라도 갖고 한 해를 보내려면, 마을 사람들의 서류를 관장하는 부르츠에게 최소한 적대감을 들켜서는 안 될 일이었다. 그랬다. 알딩거네 집에 너무 자주 모습을 나타내서는 안 되는 일이었다. 알딩거네 가족을 찾아오는 사람들의 수는 점점 줄어들었다. 알딩거에 대해서는 묻지도 않게 되었다. 어쩌면 그는 벌써 죽었는지도 모를 일이었다. 알딩거의 처는 항상 검은 옷을 입었다. 입술을 꼭 다물고 자주 교회에 갔다. 교회는 그렇잖아도 그녀가 애착을 가진 곳이었다. 알딩거의 아들들은 절대 술집에 가지 않았다.

그러나 어제 아침 일찍, 알딩거의 탈출 소식이 라디오로 알려지자 비로소 사정은 또 달라졌다. 이제 아무도 부르츠의 편에 서려 하지 않았다. 알딩거는 강한 사람이었다. 만약 그가 정말 마을에 돌아온다면, 그는 틀림없이 라이플총 하나쯤은 마련해 갖고 있을 것이었다. 부르츠가 행한 것은 대단히 큰 부정이었다. 자기 이웃에 대한 거짓 증언*이었다. 그로 인해 마을이 온통 들끓고 있었다. 부르츠의 아들들이 소속된 돌격대는 알딩거의 집을 감시하고 있었다. 그래 봐야 별 소용없을 거야. 알딩거는 이곳을 아주 잘 알고 있거든. 그는 갑자기 나타날 거야.

*십계명 중 여덟 번째의 계명.

부르츠는 갑자기 총알을 맞겠지. 그런다 해도 전혀 이상할 것 없어. 감시한다 해도 소용없을걸. 알딩거는 마인 강 저편에서 올 거야. 그는 아주 강해져야 할 거야.

부르츠는 움찔 놀랐다. 누군가가 발을 끌며 오고 있었다. 그는 큰며느리의 발소리를 알아챘다. 큰아들 알로이스의 아내, 그리고 우유 양동이가 달그락거리는 소리. "여기서 뭐 하세요?" 며느리가 말했다. "어머님이 찾고 계세요." 그가 마치 몰래 들어온 도둑처럼 안마당을 살금살금 가로질러 가는 모습을 며느리는 외양간의 문으로 내다보았다. 며느리는 입을 비죽거렸다. 결혼해 들어온 이래 자신에게 언제나 이래라저래라 호령만 해온 시아버지, 며느리는 시아버지의 처지가 고소했다.

II

벨로니가 죽게 되면서 베스트호펜에 있는 그의 공문서는 다 소용이 없어졌지만, 다른 부서에 관계되는 두어 개의 공문서는 그대로 남아 있었다. 이 공문서는, 사람들이 보통 이 단어에서 생각하는 것과 달리, 먼지나 곰팡이가 앉아 있지 않았다. 썩어 없어진 것은 벨로니였을 뿐, 그의 문서는 새것처럼 보존돼 있었다. 대체 그를 돌봐준 사람은 누구였을까? 대체 누가 그와 이야기를 나누었을까? 아직 이 도시에 있음이 분명한 이 사람들은 대체 누구일까? 곡예사들이 잘 가는 술집에서 이리저리 수소문한 끝에 이미 수요일 밤에 모두가 조금씩 알고 있는 마렐리 부인의 정체가 드러났다. 그 밤이 완전히 지나지 않은 시각, 부헨바흐 시장 부르츠가 외양간의 착유용 의자에 앉아 있던 바로 그 새벽에 마렐리 부인에게도 형사들이 들이닥쳤다. 부인은 침실에 들지 않고, 전등 불빛 옆에 앉아 스커트에 반짝이를 기워 달고 있었다. 그 스커트는 수요일 밤 슈만 극장*에서 공연한 후 목요일 새벽 기차로 떠나야 하는 어느 여자 무용수가 부탁해놓은 것이었다. 경찰이 도착하여, 긴박한 사건 때문에 즉시 심문을 받으러 동행해줘야 한다고 통고했을 때, 마렐리 부인은 몹시 당황했다. 그러나 부인이 당황한 것은 심문 때문이라기보다, 이 옷을 입을 무희에게 아침 7시에 스커트를 손에 쥐어주겠다는 약속을 지키지 못하게 되었기 때문이었다. 부인은 심문 자체에는 크게 신경 쓰지 않았다. 이미 수차례 겪은 일이었다. 게다가 부인은 돌격대 제복이나 친위대 제복은 물론, 비밀경찰의 배지가 반짝이는 것을 보고도 별로 마음의 동요를 느끼지 않는 사람이었다. 마렐리 부인은 아예 죄의식이 없는 극소수의 사람에 속할지도 모른다. 아니면 의상의 교체나 옷의 장식물만으로도 어떻게 진기한 효과를 낼 수 있는지 직업상 경험으로 터득하여 약아빠지게 된 사람인지도 모른다. 마렐리 부인은 금속 스팽글이 든 작은 봉지와 재봉 도구들을 반쯤 손질된 스커트 옆에 내려놓고, 쪽지를 써서는 꾸러미를 만들어

---

*프랑크푸르트에 있는 바리에테(노래, 곡예, 춤 따위를 바꿔가며 상연하는 것) 극장.

문손잡이에 걸었다. 그러고는 조용히 두 명의 비밀경찰을 따라 나섰다. 부인은 아무것도 묻지 않았다. 그녀의 생각은 문손잡이에 걸어둔 스커트에 가 있었다. 어느 병원에 도착했을 때에야 그녀는 화들짝 놀랐다.
 "이 남자를 아십니까?" 두 경감 중의 한 명이 물었다. 그녀는 시체를 덮은 천을 들어 올렸다. 잘생겼다고 해야 할 벨로니의 단정한 얼굴이 약간 일그러져 있었다. 아니 연기로 덮인 것 같기도 했다. 두 경감은, 이런 경우 대체로 산 사람이 죽은 자에게 그래야 한다고 믿고 있는바, 위선적으로 혹은 진정으로 터져 나오는 거친 발작을 기대하고 있었다. 그러나 마렐리 부인은 그저 조그맣게 "오!" 하고 토해냈을 뿐이었다. 아이고 안됐구나, 하는 정도의 어조로.
 "그러니까 이 남자를 아시는군요?" 경감이 물었다. "물론이지요." 부인이 말했다. "꼬마 벨로니네요!"
 "이 남자와 마지막으로 얘기한 게 언제입니까?"
 "어제, 아니 그제 아침 일찍이오." 마렐리 부인이 말했다. "그가 아침 일찍 찾아와서 나도 놀랬죠. 그의 상의에 두어 차례 더 박음질할 게 남아 있었거든요. 순회공연 중이라고 했어요."
 부인은 자기도 모르게 벨로니의 윗도리를 찾아 두리번거렸다. 두 경감은 그녀를 주시했다. 그러면서 고개를 끄덕여 서로의 느낌을 확인했다. 비록 백 퍼센트 확실하진 않지만, 이 여자가 정직하다는 느낌을 고개를 끄덕여 주고받았다. 두 경감은 여자의 말이 방울방울 다 떨어질 때까지 기다렸다. 그래도 여전혀 말의 방울들이 여자의 입에서 굴러 떨어졌다. "연습 중에 일어난 사고인가요? 이곳에서 공연을 했나요? 이곳에서 다시 출연했나요? 단원들은 정오 열차 편으로 쾰른에 간다고 했었는데요."

두 경감은 말이 없었다. "그가 얘기하더군요." 여자는 말을 이었다. "쾰른에 계약을 했다고요. 그래서 내가 물어봤죠. '이봐, 꼬마 양반. 컨디션이 괜찮은 거야?' 그런데 대체 어쩌다 이런 변을 당했나요?"

"마렐리 부인." 경감이 꽥 소리를 질렀다. 여자는 몹시 놀랐지만 두려운 표정 없이 그를 쳐다보았다. "마렐리 부인," 경감은 이런 통지를 할 경우 형사들이 취하게 되는 짐짓 진지하게 꾸민 태도로—왜냐하면 그들에게 중요한 것은 말하는 내용이 아니라 그 효과이기 때문이다—말했다. "벨로니는 공연하다 목숨을 잃은 게 아닙니다. 탈출하다가 사고를 당한 겁니다."

"탈출이요? 어떤 탈출 말씀이신가요?"

"베스트호펜 수용소에서 탈출했습니다, 마렐리 부인." "어떻게요? 언제요? 그가 수용소에 들어간 건 2년 전인데요. 오래전에 풀려난 게 아닌가요?" "그는 그동안 죽 수용소에 갇혀 있었어요. 그러다 탈출했습니다. 당신, 정말 몰랐단 말입니까?"

"몰랐어요." 여자는 간단하게 대꾸했다. 그 어조는 그녀가 이 모든 것에 대해 정말로 아무것도 몰랐음을 두 경감에게 궁극적으로 확신시켜 주었다.

"그래요. 탈출하다가요. 그는 당신에게 거짓말을 한 겁니다."

"아, 불쌍한[가난한]* 작자 같으니!" 여자가 말했다.

"불쌍[가난]하다고요?"

"그럼 그가 부자였나요?" 마렐리 부인이 말했다.

"헛소린 집어치워요!" 경감이 말했다. 여자는 이마를 찌푸렸다. "조용히 앉아 기다리세요. 커피를 가져오게 할 테니. 당신, 아직 빈속이지요?"

"괜찮습니다." 여자는 조용하고도 위엄 있게 잘라 말했다. "집에 갈 때까지 참을 수 있어요." 경감이 말했다. "자 이제, 벨로니가 당신을 찾아왔을 때 어땠는지 자세하게 진술하세요. 언제 찾아왔으며, 뭘 원했는지. 그가 당신에게 한 애기를 하나도 빼놓지 말고 진술하세요. 잠깐! 벨로니는 죽었습니다. 하지만 그렇다고 해서 당신이 의심에서, 아주 심각한 의심에서 벗어나는 건 아닙니다. 모든 게 당신에게 달려 있어요."

"여보세요." 여자가 말했다. "형사님은 내 나이를 잘못 알고 계신 것 같네요. 내 머리는 염색한 거죠. 내 나이 예순다섯이에요. 평생 뼈 빠지게 일해왔어요. 잘 모르는 사람들은 우리 일을 이상하게 생각하지만, 지금도 난 아주 열심히 일하고 있지요. 내체 날 어떻게 하겠다는 거죠?" "감옥에 집어넣을 수도 있다는 겁니다." 남자가 딱딱하게 말했다. 마렐리 부인의 두 눈이 올빼미처럼 휘둥그레졌다. "당신이 탈출을 방조했을지도 모르지. 이 젊은 당신 친구는 도처에 범죄를 저지르고 다녔

---

*독일어의 형용사 arm은 '가난한'과 '불쌍한'이라는 의미를 동시에 담고 있다. 그래서 경감의 물음에 "그가 부자였나요"라고 대꾸할 수 있는 것이다.

거든. 이자가 자기 목을 스스로 꺾지 않았더라면, 그랬다면, 아마도……." 그는 손바닥으로 잠깐 공기를 가르는 시늉을 해보였다. 마렐리 부인이 움찔했다. 그러나 부인이 움찔한 것은 그녀에게 무슨 생각이 떠올랐기 때문이었다. 부인은 지금까지 온갖 말을 다 했음에도 정작 가장 중요한 것은 잊고 말하지 않은 사람의 표정으로 벨로니의 시체가 누운 침대로 되돌아갔다. 그러고는 다시 한 번 죽은 자의 얼굴에 덮인 천을 벗겼다. 부인이 이런 일을 처음 겪는 것이 아님을 형사들은 알 수 있었다.

부인의 무릎이 꺾였다. 그녀는 앉더니 조용히 말했다. "커피 좀 갖다줘요."

경감들은 초조해졌다. 이제 매 순간이 중요해진 것이다. 그들은 여자의 의자 좌우에 서서, 서로 보충해가며, 번갈아 질문을 퍼부었다.

"그가 들른 정확한 시간은? 어떤 옷을 입었습니까? 왜 왔다고 하던가요? 무엇을 요구했습니까? 어떤 말로 요구했나요? 지불은 어떻게 했습니까? 그에게서 받은 지폐를 아직 갖고 있습니까?"

그랬다. 부인은 그 지폐를 핸드백 속에 갖고 있었다. 경찰은 여자가 핸드백에서 꺼낸 지폐의 일련번호를 적고, 죽은 자의 몸에서 발견한 돈 전부와 대조했다. 꽤 많은 돈이 부족했다. 호텔 지붕 위로 죽음의 산보를 하러 가기 전, 벨로니는 쇼핑이라도 했던 것일까? "아니요." 여자가 말했다. "그가 내게 맡겨놓은 돈이 있었어요. 누군가에게 빚이 있다고 했어요."

"당신이 그 돈을 썼습니까?" "내가 죽은 사람의 돈을 횡령이라도 했다는 건가요?" "그럼 누가 받아 갔습니까?"

"받아 가요?" 마렐리 부인의 목소리는 더 이상 그리 확고하지 않았다. 하려던 것보다 두어 마디 많이 말하고 말았음을 깨달았던 것이다.

경감들은 심문을 중단했다. "고맙습니다, 마렐리 부인. 곧 자동차로 집까지 모셔다 드리겠습니다. 내려드리고 잠시 집 안을 둘러보겠습니다."

마렐리 부인의 집에서 탈주범 게오르크 하이슬러가 벨벳 재킷과 맞바꿔 입은 선원의 스웨터를 찾아냈다는 소식이 베스트호펜에 전해졌을 때, 오버캄프는 휘파람을 불어야 할지 콧방귀를 뀌어야 할지 알 수가 없었다. 저 바보 같은 견습 정원사 녀석의 진술을 토대로 수사를 하지 않았더라면, 어쩌면 게오르크 하이슬러는 벌써 이곳에 잡혀와 있을지도 모르는 일이었다. 자기 재킷도 못 알아보다니! 있을 수 있는 일인가? 무엇이 잘못되었지? 무엇이? 그래, 게오르크 하이슬러는 자기가 살던 도시로 갔어. 문제는, 그가 이 나라를 벗어날 확실한 길을 찾을 때까지 계속 그곳에 숨어 있으려 할 것인가, 아니면 새 옷을 입고 새로운 자금을 마련하여 이미 그곳에서 빠져나갔는가, 하는 거야. 추적은 더욱 강화되었다. 도시를 빠져나가는 모든 길, 교차로, 역, 다리, 선착장 등은 마치 전쟁이 터졌을 때처럼 심하게 통제되고 있었다. 새로 뿌린 지명수배 전단에는 탈주범들의 목 하나에 5천 마르크의 현상금이 붙었다.

게오르크가 그날 밤 예감했던 대로 그의 고향 도시는 변해 있었다. 한때 어떤 식으로든 그의 인생과 맺어졌던 사람들도 마찬가지였다. 혈연이든 연애 관계든 모든 사람을 보듬고 감싸 안는 저 공동체, 교사와 장인들의, 그리고 친구들의 공동체는 이제 살아 있는 덫의 조직으로 변해 있었다. 그 덫은 경찰의 수사와 함께 시시각각 좁아지고 정교해졌다.

이 작은 플라타너스는 하이슬러 거라고, 파렌베르크 소장이 말했다. 가로로 박은 나무 널빤지가 다른 나무들보다 약간 낮았다. 여기 묶인다면 그자는 몸을 굽혀야 할 거야. 오는 주말에는 이 귀찮은 일에서 벗어나 푹 쉴 수 있을 거라고, 파렌베르크는 생각하고 있었다. "무슨 생각을 하는지 알겠네요." 오버캄프가 말했다. 오버캄프는 직업 형사의 눈으로 파렌베르크를 바라보았다. 이 남자도 상당히 지쳤군.

파렌베르크는 1차 세계대전 중 아주 젊은 나이에 어쩔 수 없이 결혼을 했었다. 초로의 아내와 거의 성인이 된 두 딸은 지금 파렌베르크의 부모님과 함께 젤리겐슈타트에서 장이 서는 광장의 그 집에 아직 살고 있었다. 그 집의 1층에는 설비 상점이 있었다. 그는 혼인을 함으로써 처가 재산을 얻기를 바랐었다. 설비공이었던 그의 형은 전사했다. 그, 파렌베르크는 법학을 공부했지만, 전쟁이 터지는 불안한 시대에, 머리가 쉽게 깨치지 못하는 것을 노력만으로 따라잡는 것은 쉽지 않았다. 그는 고향 젤리겐슈타트에서 늙은 아버지를 따라 하수도 놓는 일을 하기보다는, 독일의 개혁에 동참하기로 했다. 무엇보다도, 그를 무용지물로 취급하던 고향 소도시를 나치 돌격대와 함께 정복하고 싶었다. 그는 노동자 구역을 큰소리치며 돌아다니고, 유대인들을 두들겨 패고, 마침내 어깨에 견장을 차고, 호주머니에 돈을 넣고, 부하들을 거느리고, 권력을 등에 업고 거들먹거리며 자동차를 타고 집에 휴가를 왔다. 그리하여 자신에게 퍼부어지던 아버지와 이웃 사람들의 음울한 예언이 거짓임을 증명해 보였다.

지난 사흘 밤 내내 파렌베르크를 따라다니며 괴롭힌 모든 유령들 가운데 가장 무서운 것은 푸른색 설비공 작업복을 입고 막힌 수도관에 입을 대어 불고 있는 파렌베르크 자신의 모습이었다. 그의 두 눈은 불면으로 충혈돼 있었다. 그래서 선원의 스웨터가 발견되었다는 소식은 그에게 지난밤의 기도에 대한 보답인 것만 같았다. 곤궁에서 그를 도우시고, 탈주범들을 잡을 수 있게 해주시며, 모든 처벌 가운데서도 가장 무서운 처벌—즉 권력의 박탈—을 내리시지 말아달라는 간절한 기도에 대한 보답.

어떤 일이 있어도 우선 좀 먹어야겠어, 게오르크는 스스로에게 말했다. 먹지 않으면 백 걸음도 못 걸을 것 같아. 여기서 2, 3분 거리에 차표 자동판매기가 있을 텐데, 버스 정류장도 있을 테고. 그는 명치 부근이 심하게 따끔거리는 것을 느꼈다. 명치께를 찌르는 느낌과 함께 앞으로 고꾸라질 것만 같았다. 눈앞이 캄캄해져 왔다. 수용소에서도 두어 번 심한 노역에 시달리고 난 후에 간혹 이런 일이 있었다. 그 찌르는 듯한 느낌이 지속되지 않고 별 탈 없이 지나가 버리면, 그는 몹시 실망하기도 했었다. 이제 게오르크는 몹시 화가 났다. 그는 자신의 파멸을 이것과는 다르게 상상했었다. 그는 자기 자신을 지켜내고 싶었고, 사람들에게 울부짖고 싶었다.

대체 무엇을 위해서지? 게오르크는 혼자 물어보았다. 어느 샌가 그는 다시 걷고 있었다. 그는 젖고 구겨진 외투를 탁탁 털었다. 게오르크는 마인 강 상류 지역을 지났다. 죽은 채 나무 울타리 뒤에 자빠져 있는 것도 괜찮았을 텐데, 사람들이 날 찾아 온 도시를 이 잡듯이 뒤지는 동안에 말이야.

그런데 도시는 얼마나 젊고, 고요하고 깨끗한가. 이제 도시는 안개로부터 껍질을 벗고 나와 아주 연약한 빛으로 얼룩지고 있었다. 나무와 잔디만이 아니라 다리와 집들, 길바닥의 포석도 아침의 싱싱함으로 빛나고 있었다. 어떤 결과가 된다 하더라도, 수용소 탈출은 그것 자체로 가치 있는 일이라고, 게오르크는 냉철하고 명확하게 다시 한 번 확인했다. 발라우 선생은 이미 국외로 탈출했을 거야, 그는 생각했다. 벨로니도 틀림없이 성공했을걸. 그 친구는 이곳에 따르는 사람들이 있었나 봐. 내가 계속 숨어 있는 것은 잘못된 것일까? 바깥 도로들은 텅 비어 있었지만, 극장 뒤편에서는 삶이 시작되고 있었다. 마치 하루가 도시 안쪽에서 시작되는 것처럼. 게오르크는 자동판매기로 음식이 나오는 뷔페식당 안으로 들어갔다. 커피와 수프의 냄새를 맡고 유리 진열장 뒤의 빵과 음식이 담긴 대접을 보자, 배고픔과 목마름으로 인해 공포도 희망도 다 잊어버렸다. 그는 계산대의 여자에게서 벨로니의 마르크 지폐를 환전했다. 소시지 끼운 빵이 자동판매기의 입구를 향해 고통스러울 만치 느리게 내려왔다. 가는 실처럼 졸졸 내려오는 저 커피, 커피가 잔에 가득 찰 때까지 기다려야 해. 커피 잔을 다 채울 때까지 말이야.

뷔페식당은 상당히 붐볐다. 가스 회사의 모자를 쓴 두 명의 젊은이가 그들의 연장 가방을 기대어놓은 식탁으로 잔과 접시를 가져갔다. 그들은 수다를 떨며 먹고 있었는데, 그중 하나가 갑자기 먹기를 중단했다. 그 젊은이는 친구가 이상하게 자기를 바라보고 있다는 사실을, 자기가 눈길을 주는 곳으로 친구의 시선도 따라서 두리번거리고 있다는 사실을 알아차리지 못했다.

그사이 게오르크는 배불리 먹었다. 그는 좌우를 둘러보지 않고 곧바로 뷔페식당을 떠났다. 나가다가 그는 바로 그 젊은이의 시선과 부딪쳤다. 젊은이는 움찔했다. "너 아는 사람이야?" 다른 젊은이가 물었다. "프리츠," 첫 번째 젊은이가 말했다. "너도 아는 사람이야. 너 저 사람 알고 있어." 상대방은 어정쩡한 표정으로 친구를 바라보았다. "저 사람 틀림없이 게오르크야." 첫 번째 젊은이는 얼떨결에 공개적으로 말해버렸다. "그래, 저 사람. 바로 게오르크 하이슬러, 탈주범이야." 그러자 상대방은 반쯤 미소 띤 얼굴로, 반쯤 비스듬한 시선으로 친구를 바라보며 말했다. "아이고! 너 돈 좀 벌 수 있겠는데."

"내가? 아니면 네가?"

갑자기 둘은 무시무시한 시선으로 서로의 눈을 들여다보았다. 그것은 귀머거리나 영리한 동물에게 어울릴 법한 시선, 평생 이성을 차단당한 피조물이 말이 아니라 눈으로 전할 수밖에 없는 그런 시선이었다. 그러자 한 젊은이의 눈이 반짝이면서 혀가 풀렸다 "아니." 그가 말했다. "나 역시 그런 짓은 안 해." 그들은 가방을 꾸렸다. 둘은 한 때 아주 사이좋은 친구였었다. 그러다가 한동안 상대방 친구가 변해버렸는데 그걸 모르고 그를 상대로 혹 자기 마음을 드러내지 않을까 하는 불안감에서 마음속 얘기를 나누지 않고 지내왔던 것이다. 이제 둘 모두 옛날 그대로임이 밝혀졌다. 둘은 우정을 확인하며 뷔페식당을 나왔다.

III

석방된 이후 엘리는 밤낮없이 감시당하고 있었다. 전남편이 아직 이 도시에 있으면서 옛 가족과 접선을 꾀한다면 그는 파멸할 것이 분명했다. 어제저녁 영화관에서도 그녀는 잠시도 감시를 벗어나지 못했다. 그녀의 집 대문은 밤 내내 감시당했다. 엘리의 예쁜 머리 위에 내려앉은 그물은 더 이상 촘촘해질 수 없을 지경이었다. 그러나 아무리 촘촘한 그물이라도 어쨌든 구멍들로 만들어진 것이 아닌가. 엘리는 영화관에서 휴식 시간에

옆자리 남자와 얘기하는 모습을 감시당하기는 했다. 그러나 그녀가 길에서, 또 영화관에서 만난 사람은 대여섯 명은 되었다. 어떤 남자는 그녀를 집까지 바래다주겠다고 출구에서 기다리기도 했다. 그 사람은 별 뜻 없이 행동한 주인집 아들이었다.

이날 아침 일찍 프란츠가, 공장에 출근하기 전에 사촌 여동생, 그리고 아주머니와 함께 시장까지 사과 트럭을 운전해주겠다고 했을 때, 마르네트 씨 댁 식구들은 조금 의아하게 생각했다. 그것은 그의 최근 행동과는 전혀 딴판이었기 때문이다.

식구들이 밖으로 나왔을 때, 프란츠는 벌써 사과 바구니들을 트럭에 싣고 있는 중이었다. "아직 커피 마실 시간은 있어." 마르네트 아주머니가 부드럽게 말했다. 그들이 덜컹거리는 차를 타고 산 아래로 내려갈 때, 하늘에는 아직 달과 별이 떠 있었다.

사과는 포장되었지만 아직 사과 향기가 그대로 배어 있는 그의 방에서 프란츠는 지난밤 내내 머리를 싸매고 생각했었다. 만약 게오르크가 정말로 이곳에 있는 것이라면, 그리고 만약 내가 게오르크라면 난 누구에게 도움을 청하게 될까? 경찰이 모든 서류와 정보 카드와 기록으로 탈주범의 옛 생활을 알아내어 점점 더 촘촘한 그물을 온 도시 위에 치듯이, 프란츠가 짜는 그물 역시 한 시간 두 시간 지날수록 점점 더 촘촘해졌다. 그의 기억 속에, 그가 알기로, 한때 게오르크와 연결돼 있던 사람들이 떠올랐다. 그들 중에는 신고 서류에도, 어떤 종류의 문서에도 흔적을 남기지 않은 사람들이 상당수 들어 있었다. 그들을 찾아내기 위해서는 다른 종류의 지식이 필요했다. 물론 그중에는 틀림없이 경찰에 출두했던 사람도 있을 것이다. 제발 게오르크가 4년 전 여기서 일했다는 브란트에게는 가지 말았으면, 하고 프란츠는 생각했다. 슈마허에게도 가지 말았으면. 그자는 게오르크를 신고할 거야. 그렇다면 그 외의 누구에게 갈까? 그 뚱뚱한 경리 여사원? 엘리와의 사이가 안 좋아졌을 때 벤치에 함께 앉아 있는 것을 프란츠가 목격한 바 있는 그 뚱뚱한 여자에게? 그가 가끔 찾아갔던 교사 슈테그라이프에게 갈까? 아니면 그가 좋아했던 학교 친구이자 축구 친구였던 키 작은 파울 뢰더에게? 아니면 자기 형제 중의 한 명에게 갈까? 그 외에 의심받는 친구들은 틀림없이 감시당하고 있을 것이었다.

　마르네트 씨네 가족들은 평소 부정기적으로 획스트 거리 시장에서 장사를 했다. 그 외에 온실에서 키운 것이 있을 때 봄에 갓 수확한 야채를 내갔고, 가을에는 사과를 프랑크푸르트의 큰 시장으로 내갔다. 그들은 자잘한 작물까지 내다 팔지는 않아도 될 만큼 충분히 잘살고 있었다. 그들에게는 자기 식구의 식탁을 차리는 것이 우선이었다. 연중 현금이 부족하게 되면, 자식들 중 하나가 공장에서 돈을 벌 수도 있었다.

　힘 좋은 아우구스테가 프란츠의 짐 내리는 일을 도왔다. 마르네트 부인은 판매할 사과들을 제대로 정돈했다. 한 손에는 칼을, 그리고 또 한 손에는 시식용으로 자른 사과 조각을 들고 부인은 오기로 한 고객을 기다렸다.

　엘리가 정말 올 거라면, 프란츠는 생각했다. 지금 와야 하는

데. 프란츠는 아까부터 자기를 찾아오기로 결심했다면 벌써 왔어야 할 엘리일 것 같은 여자를 찾느라 때로는 이쪽으로, 때로는 저쪽으로, 어깨들을, 모자들을 보며 두리번거렸다. 그러다가 그는 그녀의 얼굴을 발견했다. 피곤함으로 창백해진 작은 얼굴을. 아니 그녀를 발견했다고 믿었다. 그 얼굴은 곧 쌓아놓은 바구니 더미 뒤로 사라졌다. 그는 잘못 생각했을까 봐 두려웠다. 그러다가 그 얼굴은, 마치 약간 망설이다가 열망을 채워주는 것처럼, 한달음에 다가왔다.

　엘리는 그저 눈썹을 들어 올려 그에게 아는 체를 했다. 그녀가 그의 가르침을 얼마나 빨리 터득했는지, 또 얼마나 그럴싸하게 사과를 사는지 보고 프란츠는 감탄했다. 그녀는, 프란츠가 마르네트 씨 일행에 속한 사람인지 전혀 알지 못하는 것처럼 완강하게 그에게 등을 돌리고 서 있었다. 그녀는 베어낸 사과 한 조각을 천천히 음미했다. 그러고는 마르네트 씨 부인이 주문을 받고 남겨놓은 분량의 사과를 깎아서 흥정했다. 그녀의 그럴싸한 사과 구매는 모든 선의의 속임수가 그러하듯, 잘 이루어졌다. 그녀가 진심을 다해 이 일을 했기 때문이었다. 엘리가 맛본 사과는 정말 맛있었다. 엘리는 사과를 사면서 심하게 값을 깎아 흥정하지도 않았다. 그녀에 대한 감시가 얼마나 철저한지를 감지하고 있었음에도 불구하고, 그녀의 위장된 행동은 더할 수 없이 훌륭했다.

　엘리가 벌써 눈치챈 콧수염 남자 대신, 지금은 뚱뚱한 여자가 엘리를 미행하고 있었다. 외형상 그 뚱뚱한 여자는 간병인이나 수공예 강사처럼 보였다. 콧수염 남자는 감시조에서 빠진 것이 아니라 아직도 감시조에 속해 있었다. 콧수염 남자의 위치는 제과점 안이었다. 엘리는 시장으로 오면서, 프란츠가 생각하듯이, 자기도 아버지처럼 미행당하고 있는지 살펴보았었다. 그녀는 미행자가 바로 자기 뒤에 따라오고 있으며, 남자일 거라고 생각했었다. 그러나 엘리의 뒤에는 공처럼 뚱뚱한, 얌전해 보이는 여자 외에는 아무도 없었다. 게다가 그 뚱보 여자가 약속된 지점에서 마주 오던 정보원과 교대했으므로, 엘리는 그 여자도 볼 수 없었다. 그러나 모든 일은 순조롭게 진행되었다. 아직 프란츠에게 주의를 기울이는 사람은 없었다. 즉 엘리는 아주 침착하게 거래를 잘 치러내었다. 그녀는 프란츠와 말도 나누지 않았다. 프란츠가 내뱉은 유일한 말은 마르네트 부인에게 대고 한 것이었다. "사과 바구니들을 베렌트 씨 댁에 맡겨놓으세요. 나중에 일 끝나고 제가 배달할게요. 한 번 더 내려올게요." 프란츠가 자진하여 배달을 하겠다고 호의를 보이자 아우구스테는 뭐 자기도 도울 일이 없을까 생각했지만, 이 여자 구매자 때문에 프란츠가 하루 두 번이나 시내로 온다는 사실은 꿈에도 알 수 없었다. 엘리에 대한 아우구스테의 생각은 분명했다. 아스파라거스처럼 마른 데다, 버섯 같은 모자로군. 곱슬머리의 아스파라거스라. 평일 아침 6시에 저런 블라우스를 입고 돌아다닌다면, 일요일엔 대체 어떤 옷을 입을까. 엘리가 가고 나자 아우구스테가 프란츠에게 말했다. "저 여자 스커트 만드는 데 천이 많이 들진 않겠어. 그건 이득이네." 프란츠는 자신의 감정을 억제하고 대꾸했다. "모든 여자가 다 조피 망골트같이 엉덩이가 크면 어떡하게."

게오르크는 극장 앞 정류장에서 23번 노선을 기다리고 있었다. 이 도시를 빠져나가야 해. 그는 목이 졸리는 듯한 기분이었다. 어제만 해도 안전하게 느껴졌던 벨로니의 외투가 오늘 아침에는 불이라도 붙은 듯 화끈거렸다. 벗어버릴까? 저 벤치 뒤에 쑤셔 박아버릴까? 두 시간쯤 타고 가면 에셔스하임 뒤에 한 마을이 있어. 그때 우린 에셔스하임 국도를 따라 종점까지 타고 가곤 했었지. 그 마을 이름이 뭐더라. 전쟁 중 방학 때 그곳 노인네 댁에 묵었었는데, 그 후에도 한 번 더 그 노인들을 찾아갔고. 그 분들 이름이 뭐더라? 맙소사, 그 마을 이름이 뭐였지? 맙소사, 그 분들 이름이 뭐였지? 모든 걸 다 까먹었군. 그 마을 이름이 뭐였지? 그곳으로 가야겠어. 그곳에서 잠시 숨을 돌려야겠어. 그렇게 늙은 분들이라면, 아무것도 모를 거야. 어르신들, 그분들 이름이 뭐였더라? 어르신 곁에서 잠시 한숨 돌려야겠습니다요. 맙소사. 그런데 영 이름이 생각 안 나네.

그는 23번 버스에 뛰어올랐다. 어쨌든 빠져나가야 해. 종점까지 가선 안 돼. 종점은 늘 감시가 심하거든. 그는 놓여 있는 신문을 집어 들었다. 그는 얼굴을 가리기 위해 신문을 펼쳤다. 큰 표제가 눈에 들어왔다. 여기저기 글자와 사진도.

전기 철조망, 경비 초소들, 기관총―이런 것들은 바깥세상의 일들이 베스트호펜 안으로 뚫고 들어오는 것을 결코 막지 못했다. 베스트호펜에 감금된 종류의 사람들은, 멀리 떨어진 곳에서 벌어지는 사건들에 대해, 수용소 바깥의 사람들보다 더 많이 알지는 못하지만, 그들보다 분명하게 알고 있었다. 비참하게 갇혀 있는 이들 무리는 어떤 자연법칙에 의해, 드러나지 않는 순환 법칙에 의해, 이 세상의 중심과 연결돼 있는 것처럼 보였다. 그런 까닭에 게오르크는 신문의 표제들을 보았을 때―그가 탈출한 지 나흘 째 되는 이날은 10월의 한 주(週)였다. 스페인에서는 테루엘 전투*가, 아시아에서는 중일전쟁**이 계속되고 있었다―크게 동요하지 않으면서 얼핏 생각했다. 그래, 그렇구나. 그것은 그의 마음을 뒤흔들었던 지난 이야기들의 표제였다. 지금의 그에게는 순간만이 존재했다. 신문의 페이지를 넘긴 게오르크의 시선은 세 개의 네모난 사진에 가서 멈췄다. 그것은 고통스럽도록 잘 알고 있는 얼굴들이었다. 그는 재빨리 시선을 돌렸다. 그러나 사진들은 그의 시선 앞에 그대로 멈춰 있었다. 필그라베, 알딩거 그리고 게오르크 자신이었다. 그는 신문을 아주 빨리 작게 접었다. 그러고는 주머니에 찔러 넣었다. 그는 재빨리 왼쪽을, 또 오른쪽을 살폈다. 그의 옆에 서 있던 늙은이가 흘깃 그를 바라보았다. 게오르크는 그의 시선이 몹시 날카롭게 생각되었다. 그는 갑자기 뛰어내렸다.

더 이상 차를 타지 말아야겠어. 그는 혼잣말을 했다. 차 안

*스페인 북쪽의 공업 도시인 테루엘은 1937년 10월 11일 파시스트들에게 넘어갔다.
**중일전쟁은 1937년 7월 7일 발발하여, 1945년 8월 15일 일본이 패망할 때까지 계속되었다.

에서도 차단당하고 있군. 걸어서 빠져나가야겠어. 게오르크는 경비 본대 앞을 지났다. 그는 쿵 하는 소리가 나는 가슴을 부여잡았다. 그러나 심장은 곧 제자리를 되찾았다. 게오르크는 균일한 보폭으로 계속 걸어갔다. 두려움 없이, 희망도 없이. 내 머리가 어떻게 된 것일까? 그 마을 이름이 생각나지 않으면 난 망하는 거야. 마을 이름이 생각난다 하더라도 어쩌면 끝장일지 몰라. 그곳 사람들도 모두 다 알고 있을 거야. 그래서 어떤 위험도 감수하려 들지 않을 거야. 게오르크는 작은 골목 시장을 건너 박물관을 지났다. 그리고 에센하이머 골목을 통과하여 프랑크푸르트 신문 사옥 앞을 지났다. 그는 에센하이머 탑까지 걸어가서 길을 건넜다. 그의 발걸음이 빨라졌다. 위협당하고 있다는 느낌이, 몇 분 전부터, 온몸으로 느낄 만큼 심해졌기 때문이었다. 뇌에서는 단 하나의 생각만이 흘러나오고 있었다. 나는 감시당하고 있다. 그가 지금 느끼고 있는 것이 공포는 아니었다. 그는 오히려 마음이 편해지고 가벼워졌다. 적이 가시화되고 있기 때문이었다. 머리가 둔해질수록 피부는 더 예민하게 느끼는 것처럼, 그는 탑 아래의 작은 길에서부터 끊임없이 그를 따라붙는 한 쌍의 눈을 등 뒤에 느끼고 있었다. 게오르크는 선로를 따라가는 대신, 녹지 쪽으로 조금 걸어 들어갔다. 갑자기 그는 멈추어 섰다. 어쩔 수 없는 압박감이 게오르크로 하여금 주변을 두리번거리며 살피게 했다. 그러자 탑 앞 정류장에 서 있던 사람들의 무리에서 한 남자가 걸어 나왔다. 그는 게오르크 쪽으로 다가왔다. 그들은 서로 쳐다보고 이를 드러내며 웃었다. 그들은 악수를 했다. 그 남자는 필그라베였다. 일곱 탈주범 중 다섯 번째 남자. 그는 진열창의 마네킹처럼 깔끔해 보였다. 그와 비교한다면 벨로니의 노란 외투는 아무것도 아니었다. 어쩐 일이지? 필그라베는 다시는 도시로 오지 않겠다고 맹세하지 않았던가? 그가 왜 그 말을 지키지 않았는지는 악마만이 알겠지. 그는 항상 작은 뒷문을 열어두는 사람이었다. 그들은 인사하기를 끝내지 않을 것처럼 여전히 그러고 서 있었다. 얼굴과 얼굴을 마주하고 악수한 손을 풀지 않은 채. 마침내 게오르크가 말했다. "저 안쪽으로 들어갑시다."

그들은 녹지의 해가 비치는 벤치에 앉았다. 필그라베는 구두 끝으로 모래를 문질렀다. 그의 구두 역시 그의 옷처럼 깔끔했다. 어떻게 저렇게 빨리 모든 걸 마련했지? 게오르크는 생각했다.

필그라베가 말했다. "있지, 여보게, 내가 방금 어디로 타고 가려 했는지 아나?" "어딘데요?" "마인처란트 가야!" "왜요?" 게오르크가 물었다. 그는 펠그라베의 외투와 닿지 않도록 자신의 외투를 여몄다. 이 사람이 대체 필그라베 맞아? 이런 생각이 갑자기 그의 머리를 스치고 지나갔다. 필그라베 역시 그의 외투로 게오르크가 했던 것과 꼭 같이 했다. 필그라베가 말했다. "자네, 마인처란트 가에 뭐가 있는지 잊었나?" 게오르크는 지친 어조로 대답했다. "무잇이 있습니까?" "게슈타포가 있지!" 필그라베가 말했다. 게오르크는 침묵했다. 그는 이 괴상한 인물이 증발돼 없어졌으면 하고 바랐다.

필그라베가 말했다. "게오르크, 자네 베스트호펜에서 어떤 일이 벌어지고 있는지 아나? 저들이 우리 모두 잡아들인 거 읽었어? 자네와 나 그리고 알딩거만 빼고 말이야!"

그들 앞의 반짝이는 햇빛을 받은 모래 속에서 두 사람의 그림자는 합쳐져 있었다. 게오르크가 말했다. "어떻게 그걸 안다고 주장하는 겁니까?" 그는 두 개의 깨끗한 그림자가 생겨나도록 조금 떨어져 앉았다. 필그라베가 말했다. "자네 아직 신문 안 보았지." "아니요, 여기……." "자아, 보게," 필그라베가 말했다. "저들이 누굴 찾고 있나? 자네와 나, 그리고 할배야. 할배는 틀림없이 얻어맞아서 어디 도랑에 처박혀 있을 거네. 오래 버티진 못하겠지. 그러니 이젠 우리 둘만 남았어." 그는 재빠르게 머리를 게오르크의 어깨에 대고 비볐다. 게오르크는 눈을 감았다. "만약 찾는 사람이 한 사람 더 있다면, 그에게도 틀림없이 현상금이 붙었을 거야. 아냐, 아냐. 저들은 우리 빼고 모두 잡아들였어. 발라우, 펠처, 또―누구더라―그래 벨로니. 보이틀러가 비명을 지르는 건 나도 들었지." 게오르크는 "나도 들었어요" 하고 말하려고 했다. 그러나 입을 열어도 소리가 나오지 않았다. 필그라베가 한 말은 모두 사실이었다. 무시무시하지만 사실이었다. 게오르크는 큰 소리로 말했다. "아니요!" "쉿," 필그라베가 손을 입에 갖다 대었다. "그건 사실이 아닙니다." 게오르크가 말했다. "그럴 수는 없어요. 저들이 발라우 선생을 잡았을 리가 없어요. 선생은 잡힐 수 있는 사람이 아니에요." 필그라베는 웃었다. "발라우가 베스트호펜에서 어땠었나? 이보게, 이보게, 게오르크! 우리 모두는 미쳤었어. 발라우는 가장 미친 자였고 말이야." 그는 덧붙였다. "이제 충분해, 됐어." 게오르크가 말했다. "뭐가 되었다는 겁니까?" "이 미친 짓 말이야. 됐어. 난 자수할 거네." "어디서요?" "난 자수할 거야!" 퓔그라베는 고집스럽게 말했다. "마인처란트 가에 가서! 난 포기했어. 자수하는 게 가장 이성적인 것 같아. 난 내 목을 지키고 싶네. 이놈의 미친 춤을 단 5분도 더 견딜 수가 없다네. 결국엔 잡힐 건데 뭐. 자넨 저들에게 대항하지 못해." 퓔그라베는 침착하게 말했다. 그는 점점 더 침착해지며, 단조로운 어조로 한 단어 한 단어를 이어나갔다. "그게 유일한 출구야. 국경을 넘는다고? 그건 불가능해. 온 세상이 자네에게 대항하고 있어. 우리 둘이 아직 자유로운 건 기적이지. 저들이 우릴 잡기 전에 우리 스스로 이 기적을 끝내자고. 우리가 잡힌다면 그때는 기적도 완전 끝이지. 그때는 '잘 가시오!'야. 파렌베르크가 우릴 어떻게 다루는지 자네 알고 있잖나. 칠리히 기억나? 분젠은? 야외 무도장 기억하냐고?"

게오르크는 마주 대하고 싸워볼 수도 없는 경악을 느꼈다. 잡히기도 전에 벌써 무력해져 버리는구나. 퓔그라베는 아주 말끔하게 면도를 한 모습이었다. 성긴 머리카락은 잘 빗질돼 있었고, 이발소에 다녀온 냄새를 풍겼다. 이자가 정말 퓔그라베 맞나? 퓔그라베는 말을 이었다. "자네도 기억하겠지. 탈출하려 했던 쾨르버를 어떻게 했는지 말이야. 쾨르버는 해내지 못했지만 우린 해냈어."

게오르크는 떨기 시작했다. 필그라베는 그가 떠는 모습을 잠깐 바라보더니 계속 말했다. "내 말을 믿게, 게오르크. 난 곧장 그리고 갈 걸세. 그게 가장 최선이야. 자네도 함께 가세. 난 막 그리로 가려던 참이었어. 신이 우리 둘을 함께 이끄시는 거야. 틀림없어!"

필그라베의 목소리가 단조롭게 이어졌다. 그는 두어 번 머리를 끄덕였다. "틀림없어!" 그는 말하더니 또 한 번 주억거렸다. 게오르크는 기겁을 하며 소리쳤다. "당신 미쳤어요!" 필그라베가 말했다. "우리 둘 중에 누가 미쳤는지, 그래 정말 미쳤는지 한번 두고 볼까!" 그의 어조는 아주 신중했다. 그것은, 그가 목소리를 높이는 법이 없었기 때문에 수용소에서 아주 믿을 만하고 이성적인 동료라는 명성을 그에게 안겨주었던, 바로 그 어조였다. "여보게, 조금 남은 이성을 끌어모으게. 좀 둘러보게나. 나와 함께 가지 않는다면, 자넨 아주 빠르게, 아주 기분 나쁘게 파멸할 걸세. 여보게. 틀림없어! 가자고!" "당신 단단히 미쳤군요!" 게오르크가 말했다. "당신이 자수한다면, 저들은 배를 잡고 웃을 겁니다. 대체 무슨 생각을 하는 거지요?" "웃을 거라고? 저들이 웃을 거라고? 그렇지만 저들이 날 살려는 주겠지. 여보게, 좀 둘러봐봐. 자네에겐 별달리 남은 방도가 없잖나. 오늘 끌려가지 않으면, 내일 끌려가겠지. 아무도 자네 일에 관심을 보이지 않아. 이보게! 이보게! 이 세상이 아주 조금은 변해버렸다네. 아무도 우리에게 관심을 갖지 않아. 이봐. 함께 가자고. 그게 최선이야. 가장, 가장 영리한 짓이라고. 그게 유일하게 우릴 구해줄 걸세. 이봐 게오르크."

"완전히 미쳤군요."

지금까지 벤치에는 그들 둘만이 앉아 있었다. 그런데 이제 간호사 모자를 쓴 여인이 비어 있는 저쪽 끝에 와 앉았다. 그녀는 한 손만으로도 숙련된 솜씨로 유모차를 이리저리 부드럽게 흔들었다. 큰 유모차 안에는 쿠션과 레이스, 연푸른 리본들, 그리고 분명 아직 잠들지 못한 아주 쪼끄만 어린아이가 누워 있을 것이었다. 그녀는 유모차를 햇빛을 향해 비스듬히 세워놓더니 뜨개질거리를 꺼냈다. 그녀는 두 남자에게 재빠른 시선을 던졌다. 단언하건대, 그녀는 젊지도 늙지도, 예쁘지도 못생기지도 않은 여자였다. 필그라베는 눈으로뿐만 아니라, 일그러진 미소와 함께 그녀의 시선을 되받았다. 그 잘못된 미소는 그의 온 얼굴을 무시무시하게 경련하면서 오그라들게 만들었다. 게오르크는 그 모습을 보면서 아주 무력해지는 느낌이 들었다. "가자고!" 필그라베가 말했다. 그는 몸을 일으켰다. 게오르크는 그의 팔을 꽉 붙잡았다. 필그라베는 게오르크가 자신을 끌어당긴 동작보다 더 세게 몸을 빼냈다. 그래서 그의 팔이 게오르크의 얼굴을 쳤다. 필그라베는 게오르크 위로 몸을 숙이고 말했다. "충고를 듣지 않는 사람은 말일세, 게오르크, 아무도 도와줄 수가 없는 법이지. 잘 가게, 게오르크." "아니, 멈춰요." 게오르크가 말했다. 필그라베는 정말로 다시 한 번 주저앉았다. 게오르크가 말했다. "그런 짓은 하지 마십쇼. 그런 미친 짓은! 스스로 덫에 걸려들다니. 당신은 그 즉시 결판날 겁니다. 저들은 동정심이라곤 없는 작자들이에요. 저들을 감동시킬 수 있는 건 아무것도 없어요. 필그라베, 제발, 필그라베, 제발." 필그라베는 게오르크에게 바짝 다가와 조금 전과는 완전히 달라진, 슬픈 어조로 말했다. "여보게 게오르크. 가자고! 자넨 언제나 예의 바른 친구였잖나. 혼자 그리로 가려니 정말 소름이 끼치는군."

게오르크는 그 말이 흘러나오는 입을 바라보았다. 틈이 너무 커 보이는 치아, 해골의 이빨들을 바라보았다. 틀림없이 필그라베의 날들은 다 지나버린 것 같았다. 그의 시간들도 다 지나버린 것 같았다. 그는 미쳤구나. 게오르크는 생각했다. 게오르크는 필그라베가 어서 이곳을 떠나 미치지 않은 자기를 혼자 남겨두었으면 하고 진심으로 바랐다. 그 순간 필그라베도 게오르크에 대해 틀림없이 같은 생각을 했을 것이다. 필그라베는 그가 누구와 이 일을 이야기하고 있었는지 비로소 깨달은 사람처럼, 몹시 겸연쩍어하면서 게오르크를 바라보았다. 그는 몸을 일으켜 떠나갔다. 그가 어찌나 빨리 덤불 뒤로 사라져버렸던지, 게오르크는 이 만남이 꿈이 아닌가 하고 의심했다.

뒤이어, 급격하고도 끔찍한 공포의 발작이 게오르크를 덮쳐왔다. 탈출 직후, 수용소 앞 버드나무 덤불숲에 매달려 있던 때와 꼭 같이 그를 덮친 차가운 열기—그것은 두어 번의 빠른 충격으로 그의 몸과 영혼을 뒤흔들어 놓았다. 3분 정도의 그 발작은 한 사람의 머리칼을 백발로 만들 수도 있는 그런 것이었다. 그때 탈출 직후 그는 죄수복을 입고 있었고, 사이렌이 울부짖고 있었다. 그런데 지금은 사정이 더 나빴다. 그때와 마찬가지로 죽음이 가까이 와 있었으나, 죽음은 등 뒤에가 아니라 도처에 숨어 있었다. 게오르크는 빠져나갈 수 없는 상황에 처한 것 같았다. 그는 온몸으로 죽음을 느꼈다. 마치 옛 그림에 그려진 것처럼 죽음이 살아 있는 생물체 같았다. 과꽃 화단 뒤나 저 유모차 뒤에 웅크리고 있다가 갑자기 나타나 자신을 건드릴 수 있는 생물체.

발작은 돌연 지나갔다. 그는 어려운 싸움을 이겨낸 사람처럼 이마의 땀을 훔쳤다. 그 자신은 고통을 당했다고 생각했음에도 불구하고, 그는 사실 싸워 이긴 것이었다. 내게 무슨 일이 일어났던 거지? 그가 내게 무얼 이야기한 거지? 발라우 선생, 선생이 붙잡혔다는 게 사실인가요? 저들이 당신을 어떻게 하고 있나요?

조용히 하게, 게오르크. 자네 어디 다른 곳에선 보호받을 수 있다고 생각하나?

만약 할 수 있다면 자네, 스페인으로 가겠는가? 그곳에서는 사람들이 우릴 아껴줄 것 같나? 철조망에 걸리는 것이, 배에 총알을 맞는 것이, 여기보다 더 나을 것 같은가? 오늘 자넬 받아들이길 두려워하는 이 도시도 말이지, 하늘에서 유탄의 비가 쏟아져 내린다면 무서워 떨 걸세. —하지만 발라우 선생, 전 혼자예요. 혼자서는 스페인에 못 가요. 베스트호펜에서도 혼자라면 못 견뎠을 거예요. 어디에서도 저처럼 외로울 순 없을 거예요. —조용히 하게, 게오르크. 자네에겐 좋은 친구들이 많아. 지금으로선 그 친구들이 여기저기 흩어져 있네만, 그건 문제될 거 없어. 좋은 사람들을 많이 알고 있다는 게 중요하지. 산 자든 죽은 자든 말이야.

널따란 과꽃 화단 뒤에서, 잔디 뒤에서, 갈색과 녹색의 덤불 뒤에서, 아마도 어린이 놀이터나 마당에서, 분명하진 않지만 그네 하나가 이리저리 흔들리고 있었다. 게오르크는 생각했다. 이제 다시 한 번 맨 처음부터 생각해야 해. 모든 것을 곰곰이 생각해야 해. 우선, 내가 정말 이 도시를 벗어나야 할까? 그게 소용이 있을까? 그 마을, 아, 보첸바흐였어. 그분들, 아 참, 슈미트함머 씨네 가족이었지. 그분들에게 가면 안전할까? 안전이라니, 절대 그럴 리 없어. 또 설사 그렇더라도 그 안전이 얼마나 오래가겠어. 대체 내가 어떻게 헤쳐나가야 하지? 아무 도움 없이 국경을 넘는다는 건, 그건 수천 번도 더 붙잡힐 위험이 있어. 내 돈은 곧 바닥이 날 거야. 지금까지처럼, 거의 돈 한 푼 없이 우연과 우연에 의지해 헤치고 나가기엔, 너무 힘들어. 이곳 도시에서라면 그래도 아는 사람들이 있어. 좋아, 여자 하나는 날 받아주지 않았어. 그게 뭐 어떻다는 거야? 또 다른 사람들이 있어. 내 가족, 어머니, 동생? 아냐, 안 될 말이야. 모두 감시당하고 있겠지. 그때 날 면회 왔던 엘리는? 안 돼, 틀림없이 감시당하고 있을 거야. 수용소에 나와 함께 있었던 베르너는? 역시 감시당할 거야. 베르너가 출소했을 때 그를 도왔다고 하는 자이츠 신부는, 불가능해. 역시 감시당할 가능성이 높아. 친구들 중에 또 누가 있지?

체포되기 전, 죽음 이전의 삶에서는 굳게 의지할 수 있던 사람들이 있었다. 프란츠도 그중 하나였다. 그러나 게오르크는 프란츠가 멀리 떠나 있다고 믿었다. 게오르크는 잠깐 동안 그의 집에 머무르기도 했었다. 그것은 그가 사려 깊게 생각할 시간을 마련해주었던 잠깐 동안의 사치였었다. 그래도, 그가 지금 절실히 필요로 하는 한 인간이 이 세상 어딘가에 존재한다고 말할 수 있는 것은 큰 위안이었다. 만약 프란츠가 이곳에 있다면, 게오르크의 외로움은 끝날 것이었다. 그렇다, 프란츠는 그를 도와줄 바로 그 사람이었다. 그렇다면 다른 사람들은? 게오르크는 차례차례 아는 사람들을 저울질해보았다. 계산은 놀라울 만큼 간단했다. 첫 번째 선별은 어이없을 정도로 빨랐다. 마치 지금 처해 있는 그의 위험이 일종의 화학 수단이 되어, 한 인간을 만들고 있는 모든 재료의 구성분을 낱낱이 폭로해주는 것 같았다. 수십 명의 사람들이 그의 머리를 스쳐 지나갔다. 손으로 하는 노동일을 함께 연마하고 함께 식사를 하던 사람들이었다. 그들은 지금 이 순간 그들이 얼마나 무서운 저울 위에서 저울질되고 있는지 전혀 예감하지 못할 것이었다. 어느 밝은 가을날 아침, 나팔 소리 없이 일어나는 최후의 심판. 결국 게오르크에게 남은 것은 네 명이었다.

이 네 사람이라면 하룻밤은 재워줄 것이라고, 게오르크는 굳게 믿었다. 어떻게 그들에게 가지? 갑자기 그의 눈앞에 네 사람의 집 문 앞에 동시에 경비병들이 세워지는 모습이 그려졌다. 내가 직접 그리로 가서는 안 돼, 그는 스스로에게 말했다. 누군가 다른 사람이 나 대신 가서 말해주어야 해. 나와는 아무 상관없으면서, 그럼에도 불구하고 날 위해 모든 것을 해줄 수 있는 사람. 그리고 아무도 이 사람이라고는 생각이 미치지 못할 그런 사람. 게오르크는 다시 사람들을 꼼꼼히 훑기 시작했다. 또다시 부모도 형제도 없이 자라난 듯, 친구들과 놀아본 적도 없었던 듯, 동지들과 투쟁해본 적도 없었던 듯한 외로운 생각이 들었다. 한 무리의 젊고 늙은 얼굴들이 그의 머리를 스치고 지나갔다. 그는 지친 채로 그 자신이 불러내 온 이 흩날리는 얼굴들을 염탐했다. 반쯤은 시류를 따르는 추종자들이었고, 또 반쯤은 떼거리로 몰려다니는 사람들이었다. 그러다가 갑자기 그는 한 얼굴을 발견했다. 늙지도 젊지도 않은, 주근깨가 뒤덮인 얼굴. 정말이지 파울 뢰더는 학교 벤치에서는 작은 어른처럼 보였고, 결혼식에서는 견진성사를 받는 소년처럼 보였었다. 열두 살짜리였던 그들은 그들의 첫 축구공을 반쯤은 일하여 번 돈으로, 또 반쯤은 속여서 마련했었다. 둘은 떼어놓을 수 없다는 듯 붙어 다녔었다. 다른 생각, 다른 질서의 우정이 게오르크의 삶을 규정할 때까지 그랬었다. 프란츠와 함께 살았던 그 한 해 동안 그는 꼬마 파울에 대한 죄책감에서 벗어날 수 없었다. 파울은 결코 이해 못할 그 사상을 게오르크 자신은 이해한다는 사실을 그가 왜 부끄러워하는지, 그는 결코 프란츠에게 설명할 수 없었다. 게오르크는 가끔, 학습했던 모든 것을 다 잊어버리고 다시 아이처럼 작아져서 꼬마 친구 파울과 변함없이 잘 지내고 싶었다. 이제 뒤엉킨 추억의 실타래로부터 반반한 실 한 가닥이 골라져 나왔다. 4시 기차로 보켄하임으로 가야겠다. 파울네에 가야겠어.

IV

정오였다. 양치기 에른스트는 국도 건너편으로 옮긴 새 구역에서 힘들이지 않고 양 떼를 돌볼 수 있었다. 그렇지만 멀리 내다보이는 시야는 줄어들었다. 양들은 함께 잘 붙어 있었다. 메서 씨네 들판은 아래쪽으로 국도 있는 데까지 이어져 있었다. 국도 뒤편으로는 망골트 씨 댁과 마르네트 씨 댁 마당들이 에른스트의 시야를 가로막았다. 들판은 위쪽으로는 키 큰 너도밤나무 숲의 뾰족한 끝자락과 맞닿아 있었다. 너도밤나무 숲 역시 메서 씨의 소유였다. 그것은 나머지 넓은 숲과 철조망으로 분리돼 있었다. 너도밤나무 숲 뒤편으로는 역시 메서 씨 소유의 땅이 놓여 있었다. 메서 씨네 부엌에서 초절임 고기구이 냄새가 흘러나왔다. 오이게니가 직접 냄비를 들고 들판으로 나왔다. 에른스트는 냄비 뚜껑을 열었다. 둘은―에른스트와 넬리 말이다―안을 들여다보았다. "참 이상하네." 양치기가 그의 넬리에게 말했다. "완두콩 스프가 초절임 고기구이 냄새를 풍기다니." 오이게니는 다시 한 번 되돌아섰다. 메서 씨의 사촌인 그녀는 가정부 일을 하고 있었다. "여보세요. 우리 집에선 남아 있는 음식을 먹어치워야 하거든." "우리, 나하고 넬리는요, 찌꺼기나 먹어치우는 쓰레기통이 아닌데요." 에른스트가 말했다. 여자는 잠깐 그를 보더니 웃었다. "내 기분을 상하게 하려는 건 아니겠지, 에른스트." 그녀가 말했다. "우리 집에선 식사 음식이 두 종류거든. 다 먹으면, 접시를 부엌 창으로 가져와." 이제는 젊다고 할 수 없는, 거의 뚱뚱한 몸매의 그녀는 그러나 예쁘고 가벼운 걸음걸이로 사라졌다. 옛날 그녀의 머리칼은 개똥지빠귀 날개처럼 까맣고 윤이 났었는데 지금도 그대로라고, 사람들은 말들을 했다. 그녀는 양갓집 규수였다. 어쩌면 늙은 메서 씨와 결혼을 했을 수도 있었다. 그녀의 운명은 1920년 7월 연합국 위원회의 망갱 장군*이 이곳에 2개 연대를 주둔시키게 되면서 달라져 버렸다. 회청색 연기가 거리를 따라 밀고 올라와 계곡으로, 마을로 흩어졌고, 언덕 위에서는 때론 이곳에서 때론 저곳에서 낯선 음악이 귀를 찢었다. 집 복도의 옷걸이에는 외국 병사의 윗도리가 걸렸고, 계단실에는 낯선 외국 냄새가 배어들었으며, 외국인의 낯선 손이 외국산 포도주를 따랐고, 사랑을 속삭이는 낯선 외국어는 친숙해졌다가 슬며시 다시 낯설어졌다. 약 8년 후 회청색 연기가 거리를 따라 내려가면서 마지막으로 귀를 찢으며 울린 행군 음악이 더 이상 공기 중에는 남아 있지 않고 귀에만 그 여운이 남아 있을 무렵, 오이게니는 메서 씨 댁의 다락방 창으로 길게 몸을 내밀었다. 이 집의 주부가 산욕 5주 만에 세상을 뜬 이후, 그녀는 이곳에 묵고 있었다. 그녀를 내쫓았던 부모님은 돌아가시고, 프랑스 점령군과의 사이에서 태어난

*망갱 장군(1866~1925): 마인츠에 주둔하던 프랑스의 라인 강 점령군 총사령관.

아이는 크론베르크에서 학교에 다니고 있었다. 아이의 아버지는 이미 오래전부터 세바스토폴 대로*에서 그의 아페리티프**를 마시고 있을 것이었다. 이제 이런 일을 입에 올리는 사람은 없었다. 그런대로 사람들은 익숙해져 갔다. 오이게니도 모든 것에 익숙해져 갔다. 그녀의 얼굴은 여전히 아름다웠지만, 안색은 창백해졌다. 그녀의 가슴 깊은 곳에는 건조한 음향만이 남아 있었다. 그녀가 바라보았던, 그 사라져가던 회청색 연기가 프랑스 점령군의 것이 아니라, 순전히 안개였을 뿐임을 그녀는 오래전부터 깨닫고 있었다. 그것 역시 여러 해 전의 일이었다. 에른스트는 그 뚱뚱한 늙은이 메서 씨에게 오이게니는 과분한 행운이라고 생각했다. 좀 알아봐야겠어. 두 가지 밥상을 차린다는 말이 아까부터 생각한 말인지 아니면 나중에 짜낸 말인지 말이야.

　같은 시각, 공장의 프란츠는 어찌나 피곤했던지 벨트가 머릿속에서 윙윙거리며 돌고 있는 것 같았다. 그럼에도 불구하고 그는 한 번도 실수하지 않았다. 그건 아마 그가 실수를 처음으로 두려워하지 않게 되었기 때문일 것이다. 그는 오로지, 나중에 사과를 배달해주면서 엘리와 단 둘이 얘기하게 될 일만 생각하고 있었다.

　프란츠는 몇 시간만 있으면 엘리를 만날 것이다. 그가 언제나 원해왔던 바로 그 엘리를 말이다. 그러자 내가 정말 엘리를

---

*파리의 중심부에 위치한 번화가. 1855년 프랑스군이 크리미아 섬의 세바스토폴 요새를 함락한 것을 기념하여 이런 이름이 붙여졌다.
**식사 전에 마시는 식욕 촉진용 술.

만나는구나, 하는 실감이 들었다. 게오르크를 도와주기 위해 둘이 만나는 것이 아니라, 그들 자신을 위해 만나는 것 같은 생각. 그, 프란츠는 정보원들의 그물을 빠져나가기 위해 사과를 배달하는 것이 아니었다. 그들을 위협하는 것도 없고, 위험에 빠진 사람도 없었다. 프란츠는 엘리와 함께하는 그들 삶의 첫 겨울을 위해, 보통 사람들이 하는 것처럼, 사과를 두 바구니 마련하는 상상에 빠져 있었다. 그저 보통 사람들의 삶에 그들도 참여하는 게 불가능한 것일까? 여전히 도처에 그림자가 서려 있는가?

프란츠는 한순간, 아주 잠깐 자문해보았다. 이 단순한 행복이야말로 모든 것을 능가하는 것이 아닐까 하고. 어쩌면 그 자신은 소속되지도 않을 미래 인류의 궁극적인 행복을 위한 이 무시무시하고도 가차 없는 투쟁 대신 진정 취하고 싶은 일상의 행복. 그래 우리, 오븐에서 사과를 구울 수 있어, 미래의 프란츠는 말할 것이다. 11월에 결혼식을 하게 되면 사람들이 휘파람을 불고 피리를 불며 축하하겠지. 저 바깥쪽 그리스하임 주택단지에 방 두 칸짜리 집을 얻고 청소할 거야. 아침에 일하러 나가고, 하루 종일 일하면서도 엘리가 저녁에 집에서 기다리고 있다는 사실을 생각할 테지. 짜증나는 일? 공제? 독촉? 그 모든 것은 저녁이면 우리의 깨끗하고 작은 방에서 사라질 거야. 만약 그때에도 지금처럼 여기 서 있게 된다면, 하나씩, 하나씩 프레스로 찍어내고 있다면, 끊임없이 생각하겠지. 저녁에 엘리와 함께 있는 것을. 깃발을 들고 집회에 나가는 것? 단

츳구멍에 나치 배지를 꽂는 것? 히틀러의 것은 히틀러에게 돌려주라지 뭐. 엘리와 나는 서로 사랑하면서 크리스마스 트리에서, 일요일에 굽는 고기에서, 평일의 빵에서, 신혼부부를 위한 자그마한 혜택에서, 작은 정원과 공장 소풍에서 즐거움을 느끼게 되겠지. 엘리와 함께하는 모든 것에서 즐거움을 누리게 될 거야. 첫 아들을 얻고 기뻐하겠지. 그렇게 된다면 물론 모든 일은 약간씩 연기되고, '기쁨의 힘'*이 주선한 항해 여행도 그다음 해로 밀려나게 될 거야. 새로운 임금 협상도 만족할 만하게 이뤄질 테고. 그러면 저들은 프레스로 찍어내는 생산품 개수를 올리려고 무슨 수든 생각해낼 거고. 공장의 압박이 점점 심해지겠지. 그렇게 크게 툴툴대지 마요, 라고 엘리는 말할 거야. 그렇게 짜증만 내지 마요, 프란츠, 지금은 제발 그러지 마세요. 왜냐하면 지금 그들에게는 아이가 둘이나 있기 때문이다. 그러나 다행스럽게도 프란츠는 작업반장으로 승진하고, 그들은 엘리의 아버지에게 져야 했던 약간의 빚도 갚아나가게 된다. 그저 엘리가 다시 아이를 갖는 것에 겁만 내지 않으면 좋을 텐데. 프란츠는 말한다. 이번 아이가 전시 출생아가 되지 않으면 좋겠어. 그러자 엘리는 울음을 터뜨린다. 그들은 이리저리 계산을 해본다. 다자녀 가구가 받게 될 모든 혜택**과 가사에 쓰이

*국민의 여가 생활 및 여행, 문화 프로그램을 위해 1933년 11월 창설된 조직. 오락 행사와 기업 스포츠, 휴가 여행 및 선박 여행 등을 담당했다.
**지금 프란츠는 상상 속에서 나치가 요구하는 결혼 생활을 하는 자신을 그려보고 있다. 나치 치하에서는 '유전적으로 독일 혈통인, 살아나가기 유능하며 건강한' 파시즘 인종학에 따라, 다자녀 가구는 '독일 민족의 미래를 확보한' 증거로 증명서를

제4장

는 경비를 비교해본다. 하지만 이런 계산을 하면서 프란츠는 가슴에 압박감을 느낀다. 왜 그런지 이유는 알지 못한다. 이런 종류의 계산은 부적절하다는 생각이 어렴풋이 드는 것이다. 엘리는 충고를 받아들이고 위기는 지나간다. 이번에 '어머니의 명예 십자가' 표창을 안 받으면 되는 거지.* 그래, 그들은 항해 여행에 참가 신청을 한다. 여행하는 동안 그녀의 어머니가 큰 애를 맡아주고, 엘리의 언니가 작은애를 맡아준다. 이 언니는 어린애에게 히틀러 인사법을 가르친다. 엘리는 여전히 예쁘고 생기에 넘친다. 낮 동안 일하면서 프란츠는 생각한다. 엘리가 오늘 저녁에는 늘 먹던 것이 아니라 좀 새로운 요리를 식탁에 내주었으면, 하고.

그러던 어느 날 아침 프란츠가 공장에 출근해보니, 거기 통나무 대신 낯선 녀석이 먼지를 닦아내고 있다. 프란츠는 물어본다. "통나무는 어디 있는 거야?" 누군가가 대답한다. "통나무는 체포되었어." "통나무가 체포되었다고?" 프란츠는 묻는다. "대체 왜?" "소문을 퍼뜨렸기 때문이래." 프레스 찍는 일을 하는 직공 중 누군가가 말한다. "대체 어떤 소문이길래?" 프란츠가 묻는다. "베스토호펜에 대해 소문을 퍼뜨렸어. 월요일 그곳

받았다. 이들에게는 행사의 명예석, 관직 혜택, 세금 혜택, 휴가 여행, 재정 보조, 독일 어머니의 명예 십자가 표창 수여 등의 혜택이 주어졌다. 이 소설에서는 파울뢰더네 가족이 다자녀 가구이다. 자녀가 많더라도 유대인이나 동유럽 출신, 장애인 가구는 '다자녀'의 명예 호칭을 누릴 수 없었다.
*프란츠 상상 속의 엘리는 아이를 조기 유산, 혹은 낙태한 것으로 보인다. 그래서 표창을 받지 못하게 되었다는 뜻이다.

에서 몇 명이 탈출했거든." "뭐, 베스트호펜이라고?" 프란츠는 이상하게 생각한다. "그곳에 아직도 사람들이 있단 말이야?" 그때 늘 졸린 듯한 표정을 하고 있는 아주 조용하고 마른 프레스공 하나가 말한다. 그동안 프란츠가 전혀 주의를 기울이지 않던 동료이다. "그럼 그곳 사람들 모두가 죽었다고 생각한 거야?" 프란츠는 소스라치게 놀라며 말을 더듬는다. "아니, 아니, 여전히 몇몇은 있었겠지." 그 프레스공은 애매하게 미소 지으며 그에게서 몸을 돌린다. 오늘 저녁 집에 갈 필요가 없다면 얼마나 좋을까. 프란츠는 생각한다. 꼭 저기 저런 자와 다시 한번 얘기를 나눠본다면. 갑자기 프란츠는 그가 예전부터 이 프레스공을 알고 있었음을 깨닫는다. 지나간 삶의 한 시기 그는 이 프레스공과 함께였다. 그는 오래전서부터 그를 알아왔다. 그가 엘리를 알기 전에, 그 전에 그를 알았다.

프란츠는 움찔했다. 정말 잘못 눌렀던 것이다. 실수한 것이다. 저기 저 젊은 후추과자인들 뭘 어쩌겠는가. 이 젊은이는 사흘이 지나자, 체포되기 전 오래 이 일을 해왔던 통나무와 다름없이 양팔 사이의 먼지를 쓸어내며 능숙하게 일했으므로 사람들은 모두 그를 칭찬했다.

게오르크는 3번 승강장에 서서 생각했다. 걸어가는 게 낫지 않을까? 바깥쪽 도시 외곽 언저리를 따라서 말이야. 하지만 그리 눈에 띄지 않는다면, 불필요하게 힘을 소모할 필요는 없었다. 하지도 않을 일을 너무 깊이 생각하지 말게, 발라우가 그에게 충고하고 있었다. 갑자기 계획에서 이탈하지 마. 이거 했다가 저거 했다가 하면 안 돼. 침착하고 안전하게 행동해야 해.
　지금까지 소용없던 충고들이 지금 대체 무슨 소용이란 말인가? 그는 발라우의 목소리를 잃어버렸다. 어떤 순간에도 발라우의 음성을 불러낼 수 있었는데, 이제 갑자기 그것이 사라져버렸다. 그러나 침묵하고 있다 하여 게오르크의 마음 속에서 들리던 발라우의 음성을 도시의 소음이 능가할 수는 없었다. 시 외곽 쪽 선로로 전차가 들어오고 있었다. 게오르크는 자기가 살아서 뚫고 들어와 밝은 대낮에 이곳에 서 있다는 게 갑자기 믿기지 않는 일처럼 생각되었다. 그것은 모든 개연성에, 모든 계산에 반하는 일이었다. 지금의 그는 전혀 그 자신이 아닌 것만 같았다. 게오르크는 살을 에는 듯한 열차의 바람을 관자놀이에 차갑게 느꼈다. 열차가 몰고 오는 바람에 마치 3번 승강장이 다른 구역으로 밀려가는 것 같았다. 그, 게오르크는 관찰당하고 있는 것이 틀림없었다. 어째서 하필 필그라베를 만났단 말인가? 거의 틀림없이 저들은 이미 필그라베의 고삐를 쥐고 있었을 것이다. 필그라베의 시선, 그의 움직임, 소위 그의 계획이라는 것, 미친 자가 아니라면 고삐에 꿰인 자만이 그렇게 행동할 것이다. 저들은 어째서 날 곧장 덮치지 않는 것일까? 그거야 아주 간단하지, 내가 어딜 가는지 기다리려는 거야. 누가 날 받아주는지 보려는 거야.
　게오르크는 자기를 미행하는 자가 누구인지 찾기 시작했다. 교사처럼 보이는, 저기 콧수염을 기르고 안경을 쓴 저자일까?

조립공의 청색 작업복을 입은 저 젊은이일까? 조심스레 포장한 작은 나무를 아마도 자기 집 정원으로 가져가고 있는 저 늙은이일까?

그때 도시의 소음과 구별되는 행군 음악이 들려왔다. 그 음악은 도시의 모든 소리와 움직임에 자신의 날카로운 박자를 강요하면서 점점 빠르게 가까워지며 강해졌다. 집집의 창문들이 열렸다. 대문들에서 아이들이 뛰어나왔다. 길 가장자리에 갑자기 사람들이 늘어섰다. 열차 차장이 브레이크를 밟았다.

포석이 진동하고 있었다. 길 끝에서부터 환호하는 소리가 들려왔다. 두어 주일 전부터 제66 보병 연대가 새 병영에 주둔해 있었다. 그들이 시내 구간을 행진할 때면 그것은 언제나 새로운 환영식 같았다. 마침내 군악대가 왔다. 나팔수와 고수들, 지휘자가 지휘봉을 들어 올리고, 말은 경쾌하게 걸어갔다. 그들이 왔어! 왔어! 늘어선 사람들은 팔을 높이 들고 흔들었다. 늙은이는 작은 나무를 무릎에 받쳐둔 채 팔을 흔들었다. 그의 눈썹이 행진곡 박자에 맞춰 꿈틀거렸다. 그의 눈도 번쩍였다. 군악대에 그의 아들이라도 있는 것일까? 사람들을 선동해서 듣는 사람의 등을 타고 내려와 두 눈을 반짝이게 만드는 것, 그것이 행진곡이다. 아주 오랜 추억과 완벽한 망각이 꼭 같은 조각들로 혼합된, 이 무슨 마술이란 말인가? 여기 이 사람들은, 독일 민족이 끌려들어 갔던 지난 전쟁이 행복한 모험이었으며 기쁨과 복지를 가져다주었다고 믿고 있을지도 모른다. 행군하는 병사들이 불사신의 아들이요 연인이라도 되는 양, 아가씨와 여인네들은 미소 짓고 있었다.

사내아이들이 저 행진곡의 걸음걸이를 배우는 데는 두어 주일도 걸리지 않을 것이다. 평소에 동전 한 푼 내줄 때마다 불안하게 또 당연하게 뭐에 쓸 건지 물어보는 어머니들은, 이 행진곡이 연주되는 한, 아들을, 또 아들의 일부분을 전쟁에 내어줘야 하리라. 그리고 음악이 잦아들면 그들은 묻게 되리라. 뭘 위해서였지? 대체 뭘 위해서였어? 이제 열차 차장이 다시 시동을 걸었다. 늙은이는 그의 나무에서 가지 하나가 꺾인 것을 알아차렸다. 그는 아마도 툴툴거릴 것이다. 만일 정말로 염탐꾼이 있다면 함께 전차를 타게 되겠지.

게오르크는 승강장에서 물러섰다. 그는 보켄하임까지 걸어가기로 했다. 파울의 주소는 브룬넨 골목 12번지였다. 그것은 얻어맞아도 짓밟혀도 그의 머리에서 떠나지 않고 남아 있었다. 파울의 아내 이름도 남아 있었다. 리이젤, 처녀적 성은 엔더스였다.

마지막 순간 게오르크는 두리번거리지 않고 빨리 단호하게 그곳을 떠났다. 그는 브룬넨 골목으로 접어드는 길의 진열창 앞에 멈추어 서서 잠깐 숨을 돌렸다. 진열된 상품들 뒤의 거울에 비친 자기 자신을 보면서 그는 가로로 쳐져 있는 횡목을 거머잡았다. 하얗게 질린 얼굴에, 한 손으로 횡목을 거머잡고 있는 이 남자, 그를 끌고 가는 노란빛의 낯선 외투. 그의 몸뚱이를, 그리고 중산모를 쓴 그의 머리를 끌고 가는 이 외투.

내가 정말 파울에게 가도 되는 것일까? 그는 스스로에게 묻고 있었다. 만약 내게 그림자가 따라붙었다면, 지금 그 그림자에서 벗어났다고 어떻게 믿을 수 있단 말인가? 그리고 파울 뢰더, 어째서 하필 그가 나를 위해 모든 위험을 감수해야 한단 말인가? 나는 아까 왜 그 벤치에 앉았을까?

V

파울 뢰더의 이름은, 4층 왼편이라는 글자 옆 마분지에 작고 정확하게 씌어 붙어 있었다. 문장(紋章)처럼 보이는 원형의 문패였다. 게오르크는 벽에 기대었다. 그는, 마치 그 이름이 연푸른 작은 눈과 주근깨, 짧은 팔과 다리, 그리고 이성과 심장을 가지기라도 한 것처럼, 노려보았다. 이 문패를 뚫어지게 쳐다보는 동안 그는 현관문 앞에서도 들리는, 여러 가지가 뒤섞인 꽤 소란스러운 소리가 바로 파울의 집에서 나오는 것임을 알아차렸다. 게오르크는 장남감이 이리저리 구르는 소리를 들었다. 한 아이가 정거장의 이름을 외치면 다른 아이가 "타세요!" 하고 외쳤다. 그에 덧붙여 재봉틀 소리, 그리고 이 모든 것을 뚫고 울려 퍼지는 여인의 노랫소리. 사랑은 집시의 본성, 권리니 법이니 권력 따윈 묻지 마세요.* 그 노랫소리가 어찌나 강력했던지—거의 힘차다고 할 만했다—게오르크는 그것이 라디오에

*비제의 오페라 〈카르멘〉에 나오는 아리아 '아바네라(하바네라)'의 첫 구절.

서 나오는 것이라고 믿을 뻔했다. 그것이 고음에 가서 예상치 못하게 끼익하고 꺾이지만 않았다면 말이다. 이 소리는 바로 조금 전 그가 길에서 들었던 군악대 행진곡의 음향이 다시 울리면서, 그 행진곡에 가려진다기보다 오히려 더 강해졌다. 그래서 게오르크는 또다시 그 노랫소리가 바깥에서 나는 게 아닌가 하고 생각했으나 곧 깨달았다. 그것은 같은 층에서 리이젤 뢰더의 노랫소리에 대항하여 틀어놓은 라디오에서 흘러나오고 있었다. 리이젤이 처녀 적에 아르바이트 합창단원으로 일했던 것을 게오르크는 기억해냈다. 파울은 가끔, 밀수꾼 여자의 끝단이 풀어진 스커트를 걸치거나 아니면 시동의 바지를 입고 등장하는 리이젤에게 감탄하라고 오페라하우스의 맨 위층 가장 싼 관람석으로 게오르크를 데리고 갔었다. 리이젤 뢰더는 항상 유쾌, 발랄하다고 말할 수 있는 사람이었다. 게오르크가 갑자기 프란츠 집으로 이사했을 때 그를 파울과 떼어놓은 저 간극, 의도하진 않았지만 치명적이 돼버린 그 균열을 그는 파울의 아내에게서, 파울의 집에서 처음으로 의식했었다. 프란츠의 집으로 옮겨간다는 것은 학습한다는 것, 일정한 사상에 동화된다는 것, 투쟁에 참여한다는 것을 의미했다. 뿐만 아니라 그것은 또한 지금까지와 다르게 행동한다는 것, 다르게 옷을 입고 다른 그림들을 걸고, 다른 사물들을 아름답다고 생각함을 의미했다. 파울이 뒤뚱거리며 걷는 저 리이젤을 언제까지나 견뎌낼 수 있을까? 왜 이들은 온갖 잡동사니를 늘어놓고 사는 걸까? 무엇 때문에 소파 하나 사려고 2년 동안 그렇게 절약한단 말인가? 파울의 집에 더부살이를 할 때 게오르크는 지루했었다. 그래서 그들을 떠났었다. 그리고 게오르크는 프란츠가 다시 그를 지루하게 할 때까지, 프란츠의 방이 황량하다고 여겨질 때까지 파울을 떠나 있었다. 그런 뒤죽박죽 불분명한 감정과 확고하지 못한 사상의 소용돌이 속에서, 풋내기 젊은이였던 게오르크는 자주 그때그때의 우정으로부터 단숨에 몸을 돌렸었다. 그것은 그에게 예측할 수 없는 괴팍한 녀석이라는 평판을 안겨주었다. 물론 게오르크 자신은 알고 있었다. 한 행동은 다른 행동을 무화(無化)시킬 수 있으며, 하나의 감정은 그 반대 감정에 의해 말살될 수 있다는 것을.

리이젤의 노랫소리에 귀를 기울이는 동안 게오르크의 엄지손가락은 벌써 초인종 위에 가 있었다. 그의 그리움이 베스트호펜에서도 이처럼 사무치게 느껴진 적은 없었다. 그러나 그는 손을 뒤로 빼냈다. 아마도 아무 사심 없이 그를 받아줄 이곳에 과연 들어설 수 있을까? 초인종을 한 번 누름으로써 이 가족을 풍비박산 내는 것이 아닐까? 이들을 감옥으로 보내고, 강제 교화와 죽음으로 내모는 것이 아닐까?

이제 그의 머릿속은 투명해져 있었다. 이리로 찾아오려는 생각을 한 것은 너무 지쳐 있었기 때문이야, 그는 혼잣말을 했다. 반 시간 전만 하더라도 그는 자신이 미행당하고 있다고 생각하지 않았던가? 정말 그렇게 쉽게 미행자를 따돌렸을까?

게오르크는 어깨를 으쓱했다. 그는 두어 계단 걸어 내려왔다. 이 순간 누군가가 길 쪽에서 올라오고 있었다. 게오르크는 벽 쪽으로 몸을 돌렸다. 그는 그 남자, 파울 뢰더를 스쳐 지나가게 내버려두었다. 그는 다음 번 계단창이 있는 데까지 몸을 끌고 가서, 기대고는 귀를 기울였다. 파울은 아직 집 안으로 들어가지 않고 있었다. 그 역시 멈추어 서서 귀를 기울였다. 갑자기 파울은 몸을 돌려 다시 층계를 내려왔다. 게오르크는 두어 계단 더 아래로 내려갔다. 파울은 난간 위로 몸을 굽히더니 소리쳐 불렀다. "게오르크!" 게오르크는 아무 대답도 하지 않았다. 그는 더 아래로 내려갔다. 그러나 파울은 두어 걸음 뛰어내려 그의 등 뒤에 와서 그를 불렀다. "게오르크." 그는 게오르크의 팔을 꽉 잡았다. "너지, 너 맞지?"

파울은 웃으며 머리를 설레설레 흔들었다. "너 우리 집에 들어갔댔어? 날 못 알아본 거야? 난 혹시 네가 아닐까 하고 생각했지. 그런데 너 많이 변했구나." 그러더니 그는 갑자기 화를 냈다. "이 파울을 생각해낼 때까지 그래 3년이 걸렸단 말이야? 자, 함께 올라가자고."

게오르크는 파울의 말에 전혀 대꾸할 수가 없었다. 그는 묵묵히 따라갔다. 두 사람은 이제 커다란 계단 창 앞에 서 있었다. 파울은 게오르크를 아래서부터 훑어보았다. 그러면서 파울은 무슨 생각을 했을까. 파울의 작은 얼굴은 우울한 표정을 드러내기엔 너무 많은 주근깨로 덮여 있었다. 그는 말했다. "너 잘나가는 것 같다. 너 정말 옛날 그 게오르크 맞아?" 게오르크는 메마른 입술을 달싹였다. "게오르크, 너 아직 그대로지?" 파울은 아주 진지하게 물었다. 게오르크는 소리 내어 웃었다.

"자, 자," 파울이 말했다. "내가 어떻게 계단에서 널 알아봤는지 참 신기하네." "나 아주 오래 아팠어." 게오르크가 조용히 말했다. "아직 손이 낫지 않았어." "어디, 손가락들이 잘려나간 거야?" "아니, 운이 좋았어." "대체 어디서 그렇게 된 거야? 너, 그동안 여기 있었어?" "카셀에서 운전기사로 일했어." 게오르크가 말했다. 게오르크는 아주 침착하게 두어 문장으로 함께 있었던 동료 재소자에게서 들은 그대로 장소와 상황을 묘사했다. "리이젤이 어떤 얼굴을 할지 두고 보자고!" 파울이 말했다. 그는 초인종을 눌렀다. 째지는 듯한 가는 노랫소리가 그치고 마치 벼락 치듯이 문이 열리더니 아이들의 외침과 리이젤의 목소리가 한꺼번에 울려 나왔다. "정말이지 깜짝 놀랐네." 꽃무늬 옷과 작은 그림들이 걸린 벽지와 주근깨투성이의 얼굴과 깜짝 놀란 눈들 사이로 자욱한 김이 몰려 나왔다. 그러다가 캄캄하고 조용해졌다. 뒤이어 게오르크가 다시 들은 첫 번째 음성은 성난 어조로 명령하는 파울의 목소리였다. "커피, 커피, 안 들려? 연하게 말고!" 게오르크는 소파 위에 몸을 일으켜 세워 앉았다. 그는 아주 애를 써서 간신히 실신 상태에서 파울네의 부엌으로 되돌아왔다. 이따금 한 번씩 이런 일이 일어난다고 게오르크는 설명했다. 그러니 전혀 대수로운 일이 아니라고, 리이젤은 원두커피 가는 것을 그만두라고.

　게오르크는 두 다리를 부엌 식탁 아래로 끌어다 넣었다. 그리고 붕대로 싸맨 손을 방수 천이 덮인 식탁 위의 접시들 사이에 놓았다. 리이젤 뢰더는 이제 더 이상 시동의 바지가 맞을 것 같지 않은, 살찐 여자가 돼 있었다. 갈색 눈의 따뜻하고 약간 무거운 그녀의 시선이 잠깐 게오르크의 얼굴을 살폈다. 그녀는 단호하게 말했다. "자, 이제 게오르크 당신이 해야 할 일은 먹는 거예요. 마시는 건 나중에 해요." 그녀는 식탁과 음식을 정돈했다. 파울은 세 명의 아이들을 식탁에 빙 둘러 앉혔다. "게오르크, 기다려. 내가 작게 썰어줄게. 아니면 집어 올릴 수 있겠어? 우리 집에선 말이야, 일요일의 냄비 요리를 매일 먹어. 겨자 줄까? 소금 줄까? 잘 먹고 잘 마시고, 몸과 마음을 지탱하는 거야." 게오르크가 물었다. "오늘이 무슨 요일이지?" 파울 부부는 웃었다. "목요일." "이 소시지 두 개, 내게 주지 말고 제수씨가 먹어야죠, 리이젤." 게오르크는 극도의 위기 상황에 처해 있음에도 온 의지력을 끌어 모아 일상의 저녁에 적응하려 애쓰며 말했다. 그가 이제 다치지 않은 손으로 먹기 시작하자, 나머지 사람들도 먹기 시작했다. 때로는 리이젤이, 때로는 파울이 그에게 눈길을 주었다. 게오르크는 자신이 그들을 좋아한다는 것을, 그리고 자기 역시 그들에게 옛날 그대로 남아 있다는 것을 느꼈다.

갑자기 계단을 올라오는 발소리가 들렸다. 게오르크는 귀를 기울였다. "뭘 그렇게 귀를 쫑긋하는 거야?" 파울이 물었다. 발자국 소리는 계속 올라오고 있었다. 방수 천 식탁보 위 그의 아픈 손 옆에는 예전에 뜨거운 찻잔을 놓았던 동그라미 자국이 나 있었다. 게오르크는 맥주잔을 집었다. 그리고 도장을 찍듯 그 색 바랜 동그라미 자리에 내려놓았다. "좋아, 해보자고!" 게오르크의 행동을 자기 나름대로 해석한 파울이 새 맥주병을 따서 부었다. 그들은 천천히 먹고 마셨다. 파울이 말했다. "너 다시 부모님하고 같이 살아?" "당분간만." "아내하곤 완전히 갈라선 거야?" "어떤 아내 말이야?" 파울 부부는 웃었다. 게오르크는 어깨를 으쓱했다. "엘리 말이야!" 게오르크는 또 한 번 어깨를 으쓱했다. "우린 완전히 갈라섰어."

게오르크는 정신을 차렸다. 그는 주변을 둘러보았다. 놀라서 쳐다보는 모두의 눈. 그는 말했다. "너희들 그동안 많은 걸 성취했네." "너 몰라? 독일 민족이 네 배로 늘어야 한다는 거 말이야." 파울이 웃는 눈으로 말했다. "총통님 말씀하실 때 너, 잘 안 듣는구나." "아냐, 나도 열심히 들어." 게오르크가 말했다. "하지만 보켄하임 출신의 꼬마 파울 뢰더가 혼자서 모든 것을 다 해야 한다고 총통님이 말씀하신 건 아니지." "아이를 낳고 키우는 게 지금은 정말 그리 어렵지 않아요." 리이젤이 말했다. "그건 예전에도 전혀 어렵지 않았어요." "아이 참, 게오르크," 리이젤이 외쳤다. "이제 활기를 찾은 모양이네요." "정말이야. 우리 집은 다섯 형제자매였어. 너희는?" "프리츠, 에른스트, 나 그리고 하이니―넷." "아무도 우리에게 도움 따윈 주지 않았어요." 리이젤이 말했다. "그런데 이젠 달라졌어." 파울이 웃는 눈으로 보충했다. "리이젤이 국가가 내리는 관리국의 공식 축하를 받았거든." "그래요, 받았어요. 내가요!" "그 위대한 업적을 축하해드릴까요?" "농담 아녜요, 게오르크. 온갖 특전하고 시간당 7페니히의 특별 수당이 나와요. 당신도 느끼겠죠. 공제액 없이 월급 받고, 최상급 기저귀를 무더기로 받았어요!" "나치 복지국*이 말이야, 마치 우리 집 기저귀가 세 아이들이 쓰느라 너덜너덜해진 걸 미리 알고 준비해준 것처럼 말이지." 파울이 말했다. "저의 말에 신경 쓰지 마세요." 리이젤이 말했다. "이번 8월에 여름 여행을 다녀와서 파울은 아주 기분이 좋아요. 신혼 때처럼 쾌활하고 두 눈이 반짝였다고요." "대체 어디로 갔는데?" "튀링엔**으로 갔었어. 우린 바르트부르크***를 관광하고 마르틴 루터의 유적지도 보고 또 노래 경연 대회와 베누스베르크****도 보았지. 그것 역시 일종의 포상이었다고. 그런 건 지금까지 이 세상에 없었어." "없었다." 게오르크가 말했다. 그는 생각하고 있었다. 그런 사기도 결코 없었지. 게오르크가 말했다. "그런데 있지, 파울? 너 어때? 만족하는 거야?" "나야 뭐 불평할 게 없지." 파울이 말했다. "한 달 월급 210마르크. 그건 내가 전쟁 이후 가장 많이 받던 1929년도보다 15마르크 더 많은 거야. 그때도 그건 겨우 두 달뿐이었는데 말이야. 그런데 이번에는, 계속 그렇게 받고 있다고." "너희

*1933년 3월 창설된 나치당 조직. 복지국의 혜택은 소위 인종적으로 가치 있고 유전적으로 건강한 가족들에게만 돌아갔다.
**독일 중부에 위치한 지방.
***아이제나흐 남쪽에 위치한 옛 방백(백작과 공작 사이의 작위)령의 성. 마르틴 루터는 1521~1522년 이곳에서 신약성서를 독일어로 번역했다. 또 이곳에서 1206년경 중세 독일의 발터 폰 데어 포겔바이데(약 1170~1230)와 볼프람 폰 예셴바흐(약 1170~1220) 등 여섯 명의 음유시인이 참가하는 노래 경연 대회가 열렸다고 전해온다.
****튀링엔 주의 산. 이 산에서 베누스(비너스)가 감각과 육욕의 왕국을 다스리고 있다는 전설이 전해져 온다. 이 전설은 13세기경 민담(발라드)에서 음유시인 탄호이저와 연결되었다.

들이 잘살고 있는 건," 게오르크가 말했다. "길에서도 알 수 있 겠더군." 그의 목구멍이 점점 조여져 왔다. 가슴이 불에 타는 듯했다.

파울이 말했다. "그런데 네가 하려는 건 말이지, 그건 전쟁이야." 게오르크가 말했다. "참 우습지 않아?" "뭐가?" "너 말이야. 저 아래쪽에서 사람들이 죽어 나자빠지게 만드는 물건을 네 공장에서 만들고 있잖아."* 파울이 말했다. "내 참, 어떤 사람은 하기 싫어하는 일을 다른 사람은 좋아할 수도 있는 거지 뭐. 네가 또 이런저런 일에 대해 이상한 생각을 늘어놓으려 한다면 말이지……. 여보 리이젤, 이거 오늘 끓인 커피 맞지? 게오르크를 우리 집에서 늘어지게 만드는 커피 말이야." 그러자 게오르크가 확인해주었다. "이건 지난 3년 동안 내가 마셔본 것 중 최고의 커피야." 게오르크는 리이젤의 손을 가볍게 톡톡 쳤다. 그는 속으로 생각하고 있었다. 이제 가야지, 그런데 어디로 가야 하나?

파울이 말했다. "넌 언제나 이상한 생각을 많이 했어. 쇼르쉬.** 이 얘기 저 얘기 늘어놓길 좋아했어. 그런데 너, 전보다 말이 줄었다. 예전 같으면 너, 내가 왜 양심의 가책을 받아야 하는지 조목조목 얘기를 했을 텐데." 그는 소리 내어 웃었다. "너 있지, 쇼르쉬. 네가 언젠가 온통 뺨이 빨개 가지고 나한테 왔던 때 말이야. 바로 그때 난 실업자였어. 그런데 네게서 꼭 무언

---

*파울은 군수 공장에서 일하고 있다. 저 아래쪽은 스페인, 즉 스페인 내전을 말한다.
**게오르크를 애칭으로 부르는 이름.

가를 사야 된다는 거야. 뭔가 중국에 관한 거였어. 하필이면 내게! 하필이면 작은 책자를! 하필이면 중국이라니!"

"이번엔 제발 스페인 얘기 하지 마." 게오르크가 아무 말 없이 앉아 있었음에도 불구하고 파울은 화난 목소리로 덧붙였다. "그들 얘긴 하지 마. 그런 문제를 해결하는 데 파울 뢰더가 꼭 필요한 건 아니니까! 그들은 저항을 하지만, 녹초가 되고 있지!* 내가 만드는 뇌관 두어 개가 뭐 그리 대수야!" 게오르크는 침묵했다. "넌 언제나 나와는 아무 상관없는, 이해하기 힘든 것들을 가지고 내게 왔었어."

게오르크가 말했다. "네가 만드는 뇌관이 바로 그들을 위해 쓰인다면, 그건 더 이상 너와 상관없는 일이 아니지."

그사이 리이젤은 식탁을 치우고, 아이들에게도 저녁을 먹였다. 그러고는 아이들에게 말했다. "아빠에게 안녕히 주무세요, 해. 쇼르쉬 아저씨에게도 인사하고."

"난 아이들을 눕힐게요." 리이젤이 말했다. "이야기하는 데 밝은 불이 필요한 건 아니겠죠." 게오르크는 속으로 생각했다. 더 이상 다른 수가 없구나. 내게 대체 선택의 여지가 있기나 한 건가? 그는 언뜻 지나가는 말투로 말했다. "있지 파울, 오늘 밤 여기서 좀 자고 가도 괜찮겠어?" 파울은 약간 놀라면서 대답했다. "그럼, 물론이지." "있지, 집에서 좀 싸웠어. 그게 잠잠해져야 하거든." "넌 거의 우리 가족이야." 파울이 말했다.

*스페인 내전은 1936년 7월에 발발했으며, 이 작품의 배경이 되는 1937년에도 지속되고 있었다.

게오르크는 손에다 머리를 괴었다. 그는 손가락 사이로 파울을 건너다보았다. 만약 그렇게 우스꽝스러운 주근깨로 뒤덮이지 않았더라면, 아마 지금 그의 얼굴은 진지해 보였을 것이다. 파울이 게오르크에게 물었다. "너 아직도 이런저런 일 때문에 싸워? 네가 갖고 있던 그 포스터들이라니. 옛날에 내가 말했지. 난 좀 내버려둬 달라고. 필요 없는 일에 떠드는 걸 난 견딜 수가 없거든. 차라리 감자 수프나 먹지. 스페인 얘기만 해도 너 같은 사람들이나 떠드는 거야. 내 말은, 네가 옛날에 그랬단 말이야, 쇼르쉬. 그런데 너 꽤 점잖아진 것 같다. 너의 그 러시아에서도 일이 잘 안 풀리지 않아?* 아마 사람들이 속으로 생각하던 일이 이제 드러나는 거지 뭐. 어쩌면, 누가 알아? 이제……." "이제?" 게오르크는 말하는 순간 아차, 하고 재빨리 손바닥으로 눈을 가렸다. 그럼에도 파울은, 두 손가락 사이 단 한 번의 날카로운 시선으로도 충격을 받은 것 같았다. 파울은 멈칫했다. "이제. 너도 알잖아." "뭘 말이야?" "저 아래위에서 일이 어떻게 돌아가는지!" "뭐 어떻게 돌아가는데?" "알기는 하는데, 대체 그 이름들을 외울 수가 있어야 말이지."

리이젤이 돌아왔다. "이제 자야지, 파울. 쇼르쉬, 나쁘게 생

---

*금을 받는 대가로 스페인에 무기를 공급하기는 했으나, 그곳의 혁명적 상황을 원치 않아 공화군을 시원하지 않았던 스탈린의 모순적인 태도든 독일의 스페인 내전 참전자들로 하여금 소련과 공산주의에 대한 회의를 불러일으켰다. 게다가 모스크바에서 숙청 재판에 대한 정보가 흘러나오고, 스페인 내전에서 인민정부 고문관으로 있던 콜초프가 스탈린에 의해 소환되는 일이 발생하여 논란이 일었다. 파울과 게오르크의 대화는 이런 상황을 암시하고 있다.

각 마요. 그치만……." "쇼르쉬는 오늘 밤 여기서 잘 거야, 리이젤. 집에서 싸웠대." "참, 어쩔 수 없는 사람이네." 리이젤이 말했다. "대체 뭣 때문에요?" "얘기하자면 길어요." 게오르크가 말했다. "내일 얘기해줄게요." "그래요. 오늘은 충분히 얘기를 나눴죠. 평소 저녁 때 파울은 이렇게 생생하지 않아요. 피곤해서 벌써 녹초가 되죠." "알 만하군요." 게오르크가 말했다. "파울은 쉽게 돈 버는 게 아니지요." "조금 힘들더라도 두어 푼 더 버는 게 나아." 파울이 말했다. "방공 연습보다 잔업이 낫단 말이지." 게오르크가 대꾸했다. "그러면서 조금 더 빨리 늙어가는 거야." "다시 전쟁이 일어나면 어차피 그렇게 될걸 뭐. 조금 더 빨리 늙는 거 말이야. 쇼르쉬, 네가 영원히 매달리고 싶어 할 만큼 세상 일이 전부 그렇게 대단한 건 아니야. 나 곧 들어갈게, 리이젤." 파울은 두리번거리며 말했다. "그런데, 쇼르쉬, 뭘 덮고 자지?" "내 외투를 줘, 파울!" "참 웃기는 외투로구나. 쇼르쉬. 발에는 그냥 쿠션을 덮어. 리이젤이 수놓은 장미꽃을 밟지는 마." 파울이 갑자기 물었다. "우리끼리 얘긴데, 대체 왜 또 집에서 다툰 거야? 여자 때문이야?" "저어," 게오르크가 말했다. "막내 때문에, 하이니 때문이야. 개가 얼마나 날 좋아했는지 너도 알지!" "그래, 개가 널 좋아한 것 때문에 싸웠다고! 있지, 나, 최근에 걔를 만났어. 널 좋아한다는 네 하이니 말이야. 아마 곧 열여섯이 되지, 열일곱이던가? 너희 하이슬러네 집 남자들은 모두 잘생겼어. 그런데 하이니는 왜 그래? 사람들이 하도 말을 많이 해서 걔 귀가 따가울 거야. 친위대 때문에 말이야."

"뭐야! 하이니가?" "나보다 네가 더 잘 알 거 아냐." 파울이 말했다. 파울은 다시 한 번 부엌 식탁 앞에 주저앉았다. 게오르크를 찬찬히 들여다보고 있으려니, 아까 계단에서처럼 이상한 기분이 다시 그를 스치고 지나갔다. 정말 이 사람이 옛날의 그 게오르크 맞는 건가. 게오르크의 얼굴은 마지막 순간 완전히 변해 있었다. 그 얼굴이 아주 조용했으므로, 그 변화가 어디에서 기인하는지 파울은 알아낼 수가 없었다. 그것은 갑자기 정지해버린 시계와 같았다. "예전에는 너희 집에서 싸움이 자주 일곤 했지. 하이니가 네게 너무 붙어 있어서 말이야. 그런데 지금은……." "하이니 얘기 사실이야?" 게오르크가 물었다. "어째 네가 그걸 모르는 거지?" 파울이 말했다. "너 집에서 오는 거 아니지?"

갑자기 파울 뢰더의 심장이 걷잡을 수 없이 요동치기 시작했다. 그는 게오르크에게 퍼부어댔다. "뭔가 이상해. 넌 날 속이고 있어. 3년 동안 오지 않더니 갑자기 나타나서는 날 속이다니. 옛날에도 그 모양이더니 지금도 마찬가지구나. 그게 너야. 너의 파울을 속이고 있어. 그러면서 부끄러워하지도 않아. 너 대체 무슨 일을 저지른 거야? 무슨 일인가 저질렀어. 날 바보로 알지 마. 넌 절대 집에서 오는 게 아니야. 그동안 어디 있었어? 보아하니 궁지에 몰린 것 같은데. 도망친 거야? 대체 무슨 일이야?" "너 내게 2, 3마르크 그냥 줄 수 있지?" 게오르크가 말했다. "난 곧 여길 떠야 해. 리이젤이 아무 눈치 못 채게 해줘." "대체 무슨 일이야?" "너희 집에 라디오 없어?" "아니, 없어." 파울이 말했다. "리이젤 노랫소리와 애들 떠드는 소리 때문에 있으나 마나야." "나 라디오 뉴스에 나왔어." 게오르크가 말했다. "나 탈출했어." 그는 똑바로 파울의 두 눈을 들여다보았다. 파울의 얼굴이 창백해졌다. 어찌나 창백해졌던지 얼굴의 주근깨들이 반짝이는 것처럼 보일 지경이었다. "어디서 탈출한 거야, 쇼르쉬?" "나 베스트호펜에서 도망쳤어. 난, 난······." "네가 베스트호펜에서? 지난 3년 내내 거기 처박혀 있었던 거야? 너 정말 어쩔 수 없는 놈이로구나! 그런데, 너 잡히면 맞아 죽을 거야." "그래." 게오르크가 말했다. "그래서 너 지금 잠 잘 곳도 없이 떠나려는 거야? 너 제정신이 아니구나." 게오르크는 작은 별들이 반짝이는 듯한 파울의 얼굴을 꼼짝 않고 보고 있었다. 게오르크는 침착하게 말했다. "이봐, 이봐 파울, 난 그럴 수는 없어. 너와 네 가족에게 그럴 수는 없어. 너희들은 아주 만족스럽게 살고 있잖아. 그런데 내가 나타나서······. 너, 네가 무슨 말 하는지나 알고 있는 거야? 만약 지금 저들이 올라온다면 어떻게 할래? 어쩌면 내 뒤를 이미 밟았을지도 몰라."

파울이 말했다. "아무튼 어차피 늦었어. 만약 저들이 온다면 난 아무것도 몰랐다고 말해야겠지. 우리가 나눈 대화 중에서 마지막 두어 문장은, 우리 말하지 않은 걸로 하는 거야. 있지, 우리 그 얘기는 전혀 하지 않은 거야. 오래 알던 사람은 언제나 불쑥 찾아올 수 있는 거잖아. 그동안 네가 어디를 돌아다니며 살았는지 내가 어떻게 알겠어?" 게오르크가 말했다. "우리가 마지막으로 본 게 언제지?" "우리가 마지막으로 본 게……
1932년 12월 성탄절 휴일 이틀째 되던 날이었어. 너 그때 우리
가 만든 별 모양 계피 과자를 혼자 다 먹어치웠잖아." 게오르크
가 말했다. "만약 내가 여기서 잡힌다면, 저들은 네게 묻고 묻
고 또 물을 거야. 저들이 어떤 종류의 수단을 다 짜내는지, 넌
상상도 못할걸." 게오르크의 두 눈에 작고 모난 불꽃이 흩날렸
다. 파울이 어릴 적에도 무서워했던 바로 그 불꽃이었다.
"벌써부터 재수 없는 소리 하지 마. 저들이 대체 무슨 수로
우리 집을 덮친단 말이야? 저들은 네가 들어오는 걸 못 봤어.
만약 봤다면 벌써 여길 덮쳤겠지. 이제, 앞으로 어떻게 할 것인
지만 생각해. 이 방에서 어떻게 빠져나갈 것인지를 말이야. 너,
내 말 나쁘게 생각하지 마, 쇼르쉬. 네가 우리 집에 있는 것보
다 어디 다른 곳에 있는 게 나한테는 더 나으니까." 게오르크가
말했다. "이 도시에서 나가고, 이 나라에서 나가야 해! 난 동지
들을 찾아야 해!" 파울이 웃었다. "너희 동지들? 우선 너희 동
지들이 기어 들어가 숨은 구멍을 먼저 찾아야 할 거 아냐." 게
오르크가 말했다. "나중에 만약 때가 된다면 그들이 숨어들었
던 구멍을 내 두어 개 보여줄게. 저 베스트호펜 수용소에도 아
무도 모르는 수십 개의 구멍이 있다고. 만약 우리 둘이 그때까
지 그런 구멍으로 기어들지 않는다면 말이야." "이봐, 쇼르쉬,"
파울이 말했다. "한 사람 생각났어. 에셔스하임 출신의 카를 한
말이야. 그때……." 게오르크가 말했다. "그러지 마!" 그 역시
한 사람을 생각하고 있었다. 발라우 선생이 죽었다고? 그가 활

동하지 못하고 있는 동안 점점 더 미친 듯이 질주하는 이 세상에서 그냥 없어져 버렸다고? 게오르크는 또 한 번 "쇼르쉬"하고 부르는 소리를 들었다. 그 한마디는 방 안을 통과했을 뿐 아니라, 지나간 시간까지 관통한 것 같았다.

"쇼르쉬!" 꼬마 파울이 불렀다. 게오르크는 소스라쳐 일어났다. 파울이 불안하게 그를 보고 있었다. 게오르크의 얼굴은 한순간 다시 낯선 사람의 것이 되었다. 게오르크는 낯선 사람처럼 물었다. "왜, 파울?" 파울이 말했다. "나 내일 아침 일찍 네가 말해주는 사람들한테 가볼게. 내가 너에게서 풀려나게 말이야." 게오르크가 말했다. "시내에 아직 누가 살고 있을지 한 번 더 생각해볼게. 벌써 2년도 더 지난 일이니까." "네가 그때 프란츠가 하는 작자에게 그렇게 홀딱 빠지지 않았더라면," 파울이 말했다. "넌 이 소용돌이에 휘말리지 않았을지도 몰라. 너 생각나? 널 진짜 그리로 끌어들인 건 바로 그치야. 왜냐하면 그 전에야 네가…… 군중집회 같은 곳에야 우리 가끔 함께 갔었고, 시위에도 참여했지. 우리 모두 그때 화가 잔뜩 나 있었잖아. 함께 희망도 가졌었고. 그런데 너의 그 프란츠라는 치가 널 이렇게 만든 거야."

"날 끌어들인 건 프란츠가 아냐." 게오르크가 말했다. "날 이렇게 만든 것, 그건 그 어떤 것보다 강한 그 무엇이었어." "그게 대체 뭔데?" 이날 밤 게오르크가 자기 집에서 잘 수 있도록 부엌 소파의 쿠션을 아래로 젖혀 내리면서 파울은 물었다.

VI

엘리 언니의 아이들은 이날 저녁 내내 창문에 매달려 밖을 내다보고 있었다. 사과가 배달되는 것을 보기 위해서였다. 아이들은 메텐하이머 영감이 게슈타포의 심문 때 사위라고 과시했던 바로 그 나치 친위대 구역 담당자의 자식들이었다. 엘리는 모든 식구들이 각자 저녁 일을 보러 간 후, 즉 형부는 친위대 부대로, 아이들은 집으로 그리고 언니는, 꼭 확실하진 않았지만, 부인회* 저녁 모임에 가고 난 후에야 프란츠가 오리라는 것을 알고 있었다.

언니는 엘리보다 두 살 위였다. 엘리보다 가슴이 컸고, 엘리에게서 보이는 희미한 우수의 빛이 아니라 쾌활한 느낌을 주는, 좀 선이 굵은 용모를 하고 있었다. 그녀의 남편 오토 라이너스는 낮에는 은행원이었고 저녁에는 나치 친위대원이었으며, 밤에 집에 있을 때는 이 둘의 혼합물이었다. 어두운 언니 집 복도를 걸어오던 엘리는 그녀와 상당히 닮은 라이너스 부인의 얼굴이 어쩔 줄 몰라 당황해하는 것을 알지 못했다.

아이들이 모두 창에서 물러나 엘리에게 달려왔을 때―아이들은 엘리 이모를 좋아했다―라이너스 부인은, 아이들을 재앙으로부터 구해내기 위해, 아이들에게 손으로 시간이 너무 늦었다는 표시를 했다. 그녀는 우물우물 말했다. "웬일이니, 엘

---

*나치의 여성단체연합. 믿을 만하고 총통에 충성하는 여성들로 이뤄져 있었다. 매주 회원들의 저녁 모임이 있었으며, 회원들은 월 1회 의무적으로 참석해야 했다.

리?" 엘리는 미리 전화로 사과 배달에 대해 알려놓은 터였다. 그러자 라이너스 부부는 그녀에게 사과를 다시 돌려보내든가 아니면 엘리 돈으로 지불하라고 지시했었다. 어떤 일이 있어도 엘리를 집 안으로 들여놓아서는 안 된다고 남편은 명령했었다. 동생을 들여놓지 말라는 남편에게, 아내가 당신 미쳤느냐고 했을 때, 라이너스는 아내의 손을 잡고 왜 엘리와 자기 가족 중 하나를 선택하는 외에는 다른 방도가 없는지를 설명했었다.

라이너스 부인은 메텐하이머의 딸들 중 성공적으로 결혼한 딸이었다. 그녀는 이성적인 사람이었고 여전히 그러했다. 그녀는 남편이 철모단원*에서 새 국가의 열혈 지지자가 되고, 유대인 혐오자가 되고 반기독교적 발언을 하게 된 것을 남편의 본성으로 받아들였다. 그녀는 지루했지만 꼬박꼬박 부인회 저녁 모임과 공습 대피 훈련에도 참가했다. 그렇게 하는 것이 남편과 자식들과 함께하는 결혼 생활의 의무라고, 자신이 조정할 수 있는 동등함과 화합이라고 생각했다. 그녀는 또 아이들의 영성체나, 중요 축일에 교회에 나가는 것을 남편 라이너스가 반대하지 않는 데서 즐거움을 찾을 만큼 충분히 총명했다. 라이너스는 아내가 교회에 나가는 것을 가벼운 재보험으로 여겨, 이 약간의 위험을 감수했다.

언니는 동생 엘리가 자기 아이들 사이에 서 있는 것을 보았다. 아이들은 엘리의 모자를 벗기고, 귀걸이를 만지고, 팔을 잡

---

*정식 명칭은 '철모단-일선병사연합'. 1918년 11월 혁명을 진압하기 위해 조직된 참전 병사들의 단체. 나치의 권력 장악을 도왔다.

아끌고 하는 중이었다. 그러자 지난 며칠간 일어난 일들이 어떤 것이었는지, 남편의 명령이 어떤 종류의 파급효과를 갖는지가 분명해졌다. 엘리와 내 자식들 중에 선택해야 하다니, 이 무슨 기막힌 일인가! 대체 왜 내가 선택을 해야 하는가? 대체 그런 선택이 있기나 한 것일까? 그녀는 아이들에게 엘리 이모를 그만 놔주고 물러나라고 호통을 쳤다.

아이들이 가고 나서 그녀는 엘리에게 사과 값이 얼마냐고 물었다. 그녀는 돈을 세어 탁자 위에 놓았다. 엘리가 돈을 받지 않으려고 하자, 그녀는 엘리의 손에 돈을 꼭 쥐어주고는 엘리의 손을 자신의 두 손에 잡고 조심스럽게 그녀를 설득하기 시작했다. "알겠지!" 그녀는 말했다. "형부가 못 보게 해도 우린 친정에서 만날 수 있어. 그자는 오늘도 라디오에 나오더라. 엘리야, 네가 그때 내 시동생을 택했더라면! 네게 홀딱 빠져 있었는데. 넌 이제 꼼짝달싹 못해. 너, 형부 잘 알잖니. 앞으로 어떻게 될지 너도 잘 알잖아."

평소 같았으면 엘리는 이 같은 언니의 토로에 마음이 진정되었을 것이다. 그러나 이번에는 속으로 생각하고 있었다. 프란츠가 사과를 갖고 오기 전에 제발 언니가 날 내쫓지 않았으면. 그녀는 조용히 물었다. "앞으로 어떻게 되는데?" "형부가 그러더라. 저들이 널 또 가둘 수도 있다고. 너 그런 거 생각 안 해봤니?" "그래, 언니. 해봤어." 엘리가 말했다. "그런데도 너 이렇게 아무 일 없다는 듯 돌아다니면서 겨울 사과를 사들이는 거야?"

"언니, 내가 아무것도 안 사면 저들이 날 가두지 않을 거라고 생각해?" 엘리는 여전히 정신 못 차리고 돌아다니는구나, 하고 언니는 생각했다. 두 눈을 내리깔고, 눈앞에 커튼같이 긴 속눈썹을 달고서 돌아다니는구나. 언니가 말했다. "너 사과가 배달될 때까지 기다릴 필요 없잖아." 그러자 엘리는 재빨리 그리고 활발하게 대꾸했다. "아냐, 사과를 주문한 건 나야. 난 사과 장수에게까지 속고 싶진 않아. 형부 때문에 너무 그렇게 야단하지 마. 내가 2, 3분 여기 있다고 해서 지금 언니네 집이 오염되는 건 아니잖아. 이미 오래전에 내가 오염시킨걸."
"너 있지," 잠깐 생각한 후 언니가 말했다. "여기 다락방 열쇠가 있어. 너 그리로 올라가. 가서 먼지 좀 털어내고, 이 졸임 병들을 갖다 올려놓아 줘. 열쇠는 나중에 현관 매트 밑에 놓아두고." 언니는 그래도 해결책을 찾아냈다는 생각에 아주 쾌활해졌다. 엘리를 쫓아 내보내지 않고도 자기 집에서 나갈 수 있게 만든 것이다. 언니는 동생을 끌어안고 입을 맞추려 했다. 평소에는 영명축일에만 하던 행동이었다. 엘리는 얼굴을 돌렸다. 그래서 언니는 엘리의 머릿결에 입을 맞춘 꼴이 되었다.
언니는 자신의 뒤에서 문이 닫히자 창 앞으로 다가갔다. 이 조용하고 작은 길에 그들은 15년째 살고 있었다. 그녀의 냉정한 눈에도 이 익숙하고 일상적인 주택가의 집들이 오늘 저녁에는 달리는 기차에서 보이는 것처럼 낯설게 느껴졌다. 그녀의 냉정한 마음에도 한 가닥 의심이 생겨났다. 그것이 가정주부다운 계산을 띤 형태의 것이라 해도 말이다. 이 모든 것이 대체 무어 그리 가치가 있다고······.
 그사이 엘리는 다락방의 창을 활짝 열고 숨 막힐 듯한 공기를 내보냈다. 언니는 직접 담가 만든 졸임 병들에 깨끗한 글씨로 과일 종류의 이름과 담근 연도를 써 붙여놓았다. 가엾은 언니. 엘리는 행복의 총애를 받고 있는 언니에게 설명할 길 없는 이상한 동정을 느꼈다. 그녀는 트렁크 위에 앉아 두 손을 무릎에 놓고 눈썹을 내리깔고 머리를 갸우뚱한 채 기다렸다. 어제도 그녀가 나무 침상에서 기다렸던 것처럼. 누가 알 것인가, 그녀가 내일은 어디서 기다리게 될 것인지.
 프란츠가 사과 광주리들을 들고 덜커덕거리며 계단을 올라왔다. 저 사람은 그냥 친구야, 엘리는 스스로에게 말했다. 또 모든 게 재앙인 것만은 아니야. 그들은 서둘러 바구니를 비웠다. 그들의 손이 스치면서 겹쳤다. 엘리는 재빨리 곁눈으로 프란츠를 보았다. 그는 말없이, 귀를 기울이고 있었다. 두 사람은 이제야 핑계를 대고 이곳까지 올라와 만나고 있었다. 만약 헤르만이 이 만남에 대해 듣는다면, 설사 아무 일 없이 순조롭게 끝난다 해도, 그는 이 만남을 그리 탐탁해하지 않으리라. 프란츠가 말했다. "좀 생각해보았어? 그가 아직 이 도시에 있는 것 같아?" "응," 엘리가 말했다. "내 생각엔 그래요." "왜 그렇게 생각하는 거야? 이 도시는 그곳에서 그리 가깝지도 않고, 여기선 모두가 그를 알고 있는데." "그래요. 그는 많은 사람을 알고 있어요. 아마 그가 믿고 있는 여자가 여기 있을 거야." 엘리의 얼굴이 약간 굳어졌다. "3년 전 그가 체포되기 직전에 니더라트에서 먼발치로 그를 본 적이 있어요. 그는 날 못 봤어. 어떤 여자하고 함께 가더라고. 한 팔을 어깨에 걸치고, 손도 마주 잡았어요. 아마 그런 여자라면…….""아마 그렇겠지. 당신이 그렇게 확신한다면!""그래. 틀림없어요. 여기 누군가가 있다면 그런 여자나 친구겠죠. 게슈타포도 그렇게 믿으니까. 늘 내 뒤를 쫓고 또 무엇보다…….""무엇보다?""내가 그렇게 느끼기 때문이에요." 엘리는 말했다. "내 느낌에 그는 여기 있어요. 여기." 프란츠는 머리를 흔들었다. "엘리, 그렇다고 게슈타포가 당신에게 해코지를 할 수는 없어."

그들은 트렁크 위에 앉아 있었다. 프란츠는 이제야 엘리를 똑바로 바라보았다. 잠깐 동안 그는 엘리를 위에서부터 아래까지 훑어보았다. 두 사람에게 속한 아주 소량의 시간으로부터 베어낸 찰나, 무섭도록 빽빽한 시간으로부터 베어낸 찰나, 그 잠깐 동안 그는 그녀를 바라보았다. 그녀는 눈을 내리깔았다. 지금까지 그녀가 프란츠를 잊고 있었다 할지라도, 그녀가 줄을 타는 것처럼, 허공에 뜬 것처럼 걸어왔다 할지라도, 또 그들을 여기 다락방으로 이끈 것이 삶과 죽음에 관련된 것이라 할지라도, 그녀의 가슴이 지금 사랑의 기대에 차서 두어 번 뛴다 한들…… 엘리인들 그것을 뭐 어쩌겠는가? 프란츠가 그녀의 손을 잡았다. 그가 말했다. "엘리, 할 수만 있다면 지금 당신을 저 빈 광주리에 넣고 계단을 내려가 자동차에 싣고 달아나고 싶어. 그래, 그게 지금 내가 가장 하고 싶은 일이야. 하지만 그래선 안 되겠지. 내 말 들어, 엘리. 지난 몇 년 동안 내내 당신을 다시 보게 되기를 간절히 바랐어. 하지만 우리 지금 당장은 더 이상 만나선 안 돼."

엘리는 생각하고 있었다. 모두가 내게 말하는군. 그들이 얼마나 날 좋아하는지 모른다고, 하지만 다시 나와 만날 순 없다고.

프란츠가 말을 이었다. "저들이 당신을 다시 잡아갈 수도 있다는 생각 해봤어? 저들은 탈주범의 아내에 대해 자주 그렇게 한다고." "해봤어요." 그녀가 말했다. "무서워?" "아니, 뭣 때문에 무섭겠어요." 엘리가 말했다. 왜 그녀는 지금 겁내지 않는 걸까? 그녀에게는 이리저리 게오르크와 연결되는 것이 아직 좋은 건지도 모른다고, 프란츠는 아주 조금 의심이 들었다. 그는 에두르지 않고 물었다. "저들이 당신 집에서 체포한 사람은 대체 누구야?" "아, 내가 아는 사람이에요." 엘리가 대답했다. 부끄럽게도 그녀는 벌써 퀴블러를 거의 잊어버렸다. 바라건대 그 불쌍한 남자가 자기 부모님 집에 다시 돌아갔기를! 그녀가 알고 있는 퀴블러 역시 그런 불쾌한 사건을 겪고는 그녀에게 돌아오지 않을 것이 분명했다. 그는 돌아올 사람이 아니었다.

두 사람은 여전히 손을 잡은 채 앞을 바라보고 있었다. 어떤 것으로도 막을 수 없는 슬픔이 두 사람의 목을 조여왔다.

프란츠는 이제 아주 달라진 무뚝뚝한 어조로 말했다. "그래, 엘리. 그가 아직 여기 시내에 있다면, 예전부터 알던 사람 중에 그를 받아주리라고 생각되는 사람이 누구일까 생각해봤어?"

그녀는 이름을 말하기 시작했다. 그중에는 예전에 프란츠가 알던 두세 명의 친구 이름도 있었다. 만약 게오르크의 정신이 아직 멀쩡하다면, 그가 이들에게 달려갔을 리는 없었다. 엘리가 말한 이름들 중 두세 개의 낯선 이름은 그를 불안하게 했다. 그러다가 프란츠 자신도 이미 생각했던 학교 친구, 파울 뢰더의 이름도 나왔다. 이름이 나온 늙은 교사는 이미 오래전에 정년 퇴임하여 더 이상 이곳에 살고 있지 않았다.

프란츠는 생각했다. 두 가지 가능성이 있어. 만약 게오르크가 완전히 망가져서 아무것도 생각할 수 없는 상태가 되었다면, 그렇다면 우리의 생각과 고려는 아무 소용없고, 모든 것이 예측 불능이야. 그렇지 않다면 그도 생각할 거야. 꼭 내가 생각하는 것처럼 생각할 거야. 그렇다면 헤르만을 통해 알아내야겠지. 체포되기 직전 그가 마지막으로 누구와 함께 지냈는지를 말이야. 하지만 지금 엘리에게서 곧바로 헤르만에게 가선 안 돼. 아무리 시간이 아깝다 해도 곧바로 가서는 안 되는 거야. 그러다 보면 또 몇 시간을 잃어버리겠지. 프란츠는 옆의 여자를 잊어버렸다. 그는 벌떡 일어섰다. 그 바람에 그의 무릎에 있던 그녀의 손이 미끄러져 떨어졌다. 그는 엘리를 안아 넣고 싶다던 빈 광주리를 재빨리 다른 광주리 위에 올렸다. 엘리는 사과 값을 지불했다. 그는 거스름돈을 내주었다. 그러자 어떤 생각이 머릿속에 떠올랐다. "만약 저들이 물어보면, 당신은 내게 50페니히의 팁을 준 거야." 프란츠는 그가 이 집을 떠날 때 저들이 그를 붙잡아 세울지도 모른다고 반쯤은 각오를 하고 있었다.

그 집에서 나와 털털거리는 빈 차를 몰고 거리를 빠져나왔을 때야 비로소, 긴장이 지나가고 나자 그때야 비로소, 프란츠는 엘리와 제대로 작별 인사도 하지 않고 떠나왔다는 것을, 엘리와 다시 만날 수 있는 가능성에 대해 전혀 얘기를 나누지 않고 떠나왔다는 것을 깨달았다.

위쪽 마르네트 씨 집에서 그는 계산을 했다. 팁 받은 것도 잊지 않고 내놓았다. "팁은 네 거야." 마르네트 부인이 말했다. 그런 그녀는 스스로가 대단히 관대한 듯이 생각되었다. 프란츠가 몇 번 빵을 베어 먹고 난 후 그의 방으로 가자, 아우구스테가 말했다. "프란츠 오빠가 오늘은 퇴짜를 맞았나 봐. 어쩐지 그래 보이네." 그녀의 남편이 말했다. "그럼 조피에게 돌아오면 되겠군."

분젠이 들어설 때면 사람들은 무조건 그에게 용서를 구해야 할 것 같은 느낌에 빠지곤 했다. 그가 들어서기엔 공간이 너무 좁고 천장도 너무 낮은 듯이 생각되어, 그걸 용서해달라고 빌어야 할 것 같은 생각이 드는 것이다. 그러면 그의 잘생긴 서늘한 얼굴에는, 잠시 지나다 들렀으니 걱정하지 말라고 달래는 듯한 표정이 나타나는 것 같았다.

"경감님 방에 아직 불이 켜져 있는 걸 보고 들어왔습니다." 분젠이 말했다. "우린 오늘 좋았습니다." "아, 네. 앉으시오." 오버캄프가 말했다. 그는 결코 손님에게 압도당하지 않았다. 피셔가 자신의 취조 의자를 내어주고 자기는 벽 앞의 작은 벤치에 가 앉았다. 두 경감은 지칠 대로 지쳐 있었다. 분젠이 말했다. "저기, 제 방에 곡주 한 병이 있어요."

그는 벌떡 일어나 문을 잡아채 열고는 밤을 향해 소리 질렀다. "이봐, 이봐." 뛰어오는 발소리들이 들렸다. 바깥세상이 완전히 사라지고 없는 듯, 안개가 김처럼 문지방을 넘어 들어왔다. 분젠이 말했다. "이 방에 아직 불이 켜져 있어, 이런 얘기라도 할 수 있어 좋군요. 솔직히 말해, 전 이 모든 것을 더 이상 견디기 힘듭니다." 오버캄프는 속으로 생각했다. 아이고, 또 그거야! 양심이 어쩌고저쩌고 적어도 한 시간 반은 떠벌리겠구나. 오버캄프가 말했다. "이보시오. 이 세상에는—지금 상태 이대로의 세상 말이오—가능성이 그리 많지 않다오. 우린 일정 종류의 인간들을 철조망 뒤에 가둬놓고 감시하지요. 그래서 나머지 사람들이 그런대로 지금보다 잘 살게 만들든가, 아니면 우리가 저 안에 들어가서 다른 사람들이 우릴 감시하게 하든가, 둘 중 하납니다. 그런데 전자가 더 이성적이기 때문에, 그렇게 계속되기 위해 우린 여러 가지, 가끔은 아주 불쾌한 조건들을 충족시켜야 하는 거고요." "진심 어린 말씀이시군요." 분젠이 대꾸했다. "제가 참을 수 없는 건 말이죠, 우리 노친네의—파렌베르크 소장 말입니다—허풍입니다." "이봐요 분젠 씨," 오버캄프가 말했다. "그건 당신이 걱정할 바가 아니오." "그 노친네는 굳세게 믿고 있다니까요. 오늘 오후 필그라베가 끌려 들어온 후, 모두를 다 잡아들인 거나 다름없다고 믿고 있습니다. 어떻게 생각하십니까, 오버캄프 경감님?" "내 이름은 하박국*이 아니라 오버캄프요. 난 위대한 예언자도 변변찮은 예언자도 못 됩니다. 난 내 일이 급해요."

오버캄프는 생각하고 있었다. 이 작자는, 월요일 아침, 근무 규정에 따라 혼자서 두어 가지 지시를 내렸다고 아주 잘난 척을 하고 있구먼.

곡주 병과 유리잔들이 쟁반에 얹혀 들어왔다. 분젠이 술을 부었다. 그러고는 단숨에 한 잔을 들이켰다. 뒤이어 둘째 잔도, 뒤이어 세 번째 잔도. 오버캄프는 그를 직업 경찰관의 눈으로 관찰하고 있었다. 곡주는 이 인간에게 특이한 효과를 발휘했다. 분젠은 꼭 그리 취한 것은 아니었지만, 세 잔을 마신 후부터는 태도와 말이 약간 변했다. 그의 얼굴 피부조차 약간 늘어졌다. 그는 말했다. "그런데요, 다시 끌려온 넷이 무언가 좀 느끼고 깨달았을 거라고 전 믿지 않습니다. 또 다섯 번째 벨로니, 그자 역시 아무것도 모르고 뒈졌어요. 그자의 모자하고 낡은 연미복하고, 그게 저기 걸려 있는데, 뭘 알고 죽었겠어요. 나머지 애들, 걔네들은 뭘 좀 아는 애들이죠. 걔들이 잡혀온다면, 걔들은 뭘 좀 깨닫게 될 거라고요. 걔네들은 무도장에 세워지면 좀 당하게 될 겁니다. 자기들이 어떤 꼬라지인지 보고 싶어 해서도 안 되고, 봐서도 안 될 겁니다. 그런데 보아하니 쟤네들 넷, 조금 있다 굉장하게 대접받게 될 쟤들 넷은, 다들 달라진 게 없습니다. 쟤들은 아무것도 감을 못 잡아요. 그저 불편하게 나무에 매달려 있는 거지요. 움찔거리지도 않아요. 퓔그라베, 걔만 영 실망했는지 징징거리더라고요. 그런데 퓔그라베 그자

*구약성서에 나오는 예언자.

가 오늘 저녁 심문받을 차롄가요? 저도 그 자리에 좀 끼워주시죠." "이보시오, 안 됩니다." "왜 안 됩니까?" "그건 업무요. 아직 진행 중인 일이라고요, 친구." "선생들한텐 업무지요. 그렇겠지요." 분젠이 말했다. 그의 두 눈이 이글거렸다. "퓔그라베를 5분만 제게 빌려달란 말입니다. 그럼 그자가 게오르크 하이슬러를 만난 게 우연이었는지 아닌지 선생들께 얘기해드리겠습니다." "당신이 그자의 배때기를 걷어찬다면 그자가 게오르크와 약속을 했는지 안 했는지 당신에게 털어놓을지도 모릅니다. 그렇지만 나도 나중에 그것이 우연이었는지 아닌지 당신께 얘기해드리리다. 왜냐고요? 퓔그라베는 그냥 흔들기만 하면 되는 작자니까. 그러면 진술이 그의 입에서 자두처럼 떨어지거든. 난 퓔그라베가 어떤 인간인지, 게오르크가 어떤 인간인지 나름대로 그림을 갖고 있소. 내가 생각하는 게오르크 하이슬러는 결코 밝은 대낮에 시내에서 퓔그라베와 약속을 할 그런 자가 아닙니다."

"퓔그라베가 경감님께 진술한 대로, 게오르크가 벤치에 계속 앉아 있었다면, 그는 틀림없이 누군가를 기다리고 있었을 겁니다. 그의 사진을 모든 건물 관리인과 구역 감시인*에게 돌린 겁니까?"

"이보시오, 분젠 씨." 오버캄프가 말했다. "다른 사람들이 해

---

*나치 정권은 모든 거주 구역에 감시 인물을 지정, 외부 질서를 유지하고 주민들의 성향을 감시하게 했다. 그들은 주민들에게 집회 참석을 요구하고 주민들을 감시, 밀고했다.

야 할 걱정을 대신 해줘서 감사하군요." "건배." 그들은 잔을 부딪쳤다.

"발라우의 머리통을 약간 째보면 안 되겠습니까? 그의 친구가 누굴 기다리고 있었는지 그 머리통 안에 답이 들어 있을 겁니다. 필그라베와 발라우를 함께 자극해보시죠."

"이보시오, 분젠 씨. 당신의 생각은, 메리 스튜어트*의 계교처럼 기막히군요. 하지만 그리 좋은 의견 같진 않네요. 당신, 관심이 있을것 같아 그러는데, 우리 역시 발라우를 아주 면밀하게 취조했소. 여기 조서가 있어요."

오버캄프는 책상에서 하얀 종이를 끄집어내었다. 분젠은 그것을 노려보았다. 그는 미소 지었다. 그의 이는 유들유들한 얼굴에 비해 너무 작았다. 쥐 이빨 같았다. "경감님의 발라우를 내일 아침까지만 빌려주시면 안 되겠습니까."

"그 종이나 조용히 갖고 가시오." 오버캄프가 말했다. "그 종이에 피를 밸으시구려." 그는 직접 분젠의 잔에 술을 따랐다. 4분의 3쯤 취한 사람이 모두 그러하듯이, 분젠은 오버캄프 한 사람에게만 달라붙었다. 피셔는 전혀 안중에 없었다. 피셔는 벤치에 꼼짝 않고 앉아 있었다. 그는 술을 마시지 않았으므로 혹시 바지를 더럽힐까 봐 조심하면서 술이 가득 찬 잔을 꽉 쥐고 앉아 있었다. 오버캄프는 피셔에게 한쪽 눈썹으로 표시를 했다. 피셔는 몸을 일으켰다. 번거롭게 분젠을 빙 돌아 책상 앞으

---

*메리 스튜어트(1542~1587): 스코틀랜드의 여왕. 프랑스에서 성장했으며, 영국 여왕 엘리자베스 1세에게 대항, 왕위를 요구하다 투옥되어 처형당했다.

로 와서 수화기를 집어 들었다. "아, 용서하시오." 오버캄프가 말했다. "일은 일이니까요."

다행히 분젠이 밖으로 나가자마자 피셔가 말했다. "무장한 천사장, 성 미카엘* 같네요." 오버캄프는 의자 옆에 놓여 있는 작은 채찍을 들어 올려, 두 손가락 사이에 끼고 잠시 바라보았다. 수백 개의 그런 물건을 바라보던 버릇 그대로, 손가락에 눌린 자국이 생기지 않도록 조심하면서. 그는 말했다. "그대의 성 미카엘이 칼을 두고 가셨군." 그는 문 앞에 서 있는 보초를 소리쳐 불렀다. "여길 치워주게! 우린 오늘 일 끝났어! 계속 보초를 서도록!"

헤르만은 이날 저녁 벌써 세 번째로 아내 엘제에게, 프란츠가 와서 전해놓은 말이 없느냐고 물었다. 엘제 역시 세 번째로 프란츠는 그저께 와서 남편을 찾았으며, 그사이 다시 오지 않았다고 얘기했다. 대체 어찌된 일일까? 헤르만은 곰곰 생각했다. 프란츠가 처음에는 탈출 사건에 완전히 정신이 팔려 그 외의 다른 얘기는 전혀 하지 않더니, 갑자기 찾아오지 않다니. 그가 자기 혼자 무슨 일을 저지르지 않았으면 좋겠는데. 아니면, 무슨 다른 일이 생긴 걸까?

엘제는 부엌에서 약간 거친 목소리로 〈들장미〉**를 흥얼거리고 있었다. 그 노랫소리는 마치 작은 벌이 윙윙거리는 소리

---

*성 미카엘은 분젠의 대담하고 잘생긴 용모에 대한 비유다.
**괴테의 시 〈들장미〉에 1827년 하인리히 베르너가 곡을 붙인 노래.

처럼 들렸다. 이 콧노래 소리는 매일 저녁 헤르만의 모든 걱정을 잠재워주었다. 자기 남편이 어떤 사람인지 알지 못하고, 세상이 어떻게 돌아가는지도 알지 못하는 어린아이 엘제는 헤르만이 어쩔 수 없이 품게 되는 모든 걱정을 잠재워주었다. 오늘 저녁에는 헤르만조차도, 저 아이가 없었더라면 고립된 채 긴장 속에 사는 그의 삶이 참으로 견디기 어려웠을 거라고 중얼거렸다. 헤르만은 이미 발라우의 체포를 알고 있었다. 그는 짓밟히고 얻어맞아 뭉개진 채 바닥에 누워 있는 피 흐르는 시체의 상상을 떨쳐내려고 애썼다. 몸 안에 깨부술 수 없는 고귀한 것을 갖고 있다는 이유로 사람들이 짓밟아 버린 그 시체의 모습을 떨쳐내려고 애썼다. 헤르만은 자기 자신으로부터도 벗어나려고 애썼다. 부지불식간에 떠오른 자기 자신의 연약한 몸에 대한 상상—그 역시 깨부술 수 없는 고귀한 것이 들어 있기를 갈망하나, 깨어질 것처럼 연약한 자신의 육신에 대한 상상으로부터 벗어나려고 애썼다. 헤르만은 아직 잡히지 않은 탈주범에게로 생각을 돌렸다. 그는 게오르크 하이슬러에게 생각을 집중했다. 게오르크가 이 지방 출신이었으므로 이곳에 잠입했을 가능성은 충분했다. 프란츠가 게오르크에 대해 얘기해준 것에는, 헤르만의 견해로는 모호한 감정들이 많이 섞여 있었다. 헤르만은, 결코 본 적은 없었지만 평소 들어서 알고 있던 것들로부터 게오르크의 모습을 만들어놓고 있었다. 성취하기 위해 아무것도 아끼지 않고 자신을 내던질 수 있는 사람의 모습으로. 게오르크에게 부족한 것은 함께 잡혀 있던 발라우가 보충해주었을 것이라고 헤르만은 짐작했다. 그는 발라우와 잠시 알고 지낸 적이 있었다. 발라우는, 어떤 인간인지 물어볼 필요조차 없는 사람이었다. 이제 돈과 서류를 급히 마련해야 해, 헤르만은 생각했다. 그의 생각은 과단성 있게 내달았다. 그의 상념은, 쫓기다가 여기저기 떠오를 수 있는 개개 탈주범들에게서 벗어났다. 이제 헤르만은, 극도로 위급한 경우 조력이 가능한 그 유일한 장소에 그가 내일 당장 가볼 수 있을지 어떤지를 깊이 생각하고 있었다. 내가 우선 할 수 있는 일은 그게 전부야. 난 그 일을 할 거야, 헤르만은 스스로에게 말하고 마음을 진정시켰다. 부엌에서는 벌이 윙윙거리는 것 같은 노랫소리가 〈풍차 바퀴〉*를 부르고 있었다. 엘제가 없었다면, 난 아마 훨씬 더 불안했을 거야. 헤르만은 혼자 중얼거렸다.

프란츠는 침대에 몸을 던졌다. 어찌나 피곤했던지 옷을 입은 채로 잠이 들었다. 아까 나누지 못한 작별 인사를 하려고 그는 또다시 그 다락방에 가 있었다. 갑자기 엘리가 귀걸이 한 쪽을 잃어버렸다. 사과들 속으로 떨어져 버린 것이다. 그래서 그들은 찾기 시작했다. 시간이 너무 지나가 버려서 그는 놀랐지만 어쨌든 귀걸이를 찾아야 했다. 그런데 사과가 너무 많았다. 이 세상의 모든 사과가 다 모인 것 같았다. "저기," 엘리가 외쳤다. 그러나 귀걸이는 무당벌레처럼 미끄러져 빠져나갔다. 그리

―――――――――
*요제프 폰 아이헨도르프의 시 〈서늘한 땅속〉에 1814년 프리드리히 글뤽이 〈풍차 바퀴〉라는 제목으로 곡을 붙인 노래.

고 사과를 헤집는 일은 계속되었다. 이제 그들 둘만 귀걸이를 찾고 있는 것이 아니었다. 모두가 찾는 것을 돕고 있었다. 마르네트 부인도 이리저리 사과를 헤집고 있었으며, 아우구스테와 아이들, 그리고 정년퇴직한 그 늙은 교사와 주근깨가 얼굴 가득한 키 작은 파울 뢰더까지. 양치기 에른스트도 붉은 목수건을 두른 채 그의 넬리와 함께 사과를 뒤집고 있었다. 안톤 그라이너와 그라이너의 사촌인 친위대 메서, 심지어는 헤르만, 그리고 1929년도의 당 구역 책임자까지 사과를 이리저리 헤집고 있었다. 대체 무엇이 어찌 되려는 것일까? 조피 망골트와 통나무도 귀걸이를 찾고 있었다. 게오르크가 엘리를 떠나간 직후 게오르크와 함께 있는 것을 프란츠에게 들켰던 그 뚱뚱한 경리 여사원까지 코를 킁킁거리며 사과를 뒤집고 있었다. 그러자 프란츠의 머릿속으로 어떤 생각이 스치고 지나갔다. 귀걸이는 저 여자한테 있을 거야. 그녀는 무섭게 뚱뚱했으나 지극히 예의 발랐다. 그러자 사과가 다 빠져나가고 그 일도 지나갔다. 그는 벌써 자전거 위에 앉아 있었다. 그는 획스트를 향해 길을 따라 내려가고 있었다. 그가 예상했던 대로, 젤터 광천수 매점 안에는 그 경리 여사원이 서 있었다. 그녀는 엘리의 귀걸이를 하고 있었는데 게오르크는 보이지 않았다. 프란츠는 점점 불안해하면서 마치 찾는 사람이라기보다 쫓기는 사람처럼 나는 듯이 자전거를 타고 질주했다. 게오르크가 집에 있을 것이라는 생각이 떠오를 때까지 달렸다. 집이 아니라면 어디 있겠는가? 게오르크는 당연히 그들이 함께 쓰는 방에 앉아 있었다. 또 한 번 그곳까지 올라가야 하다니, 이 무슨 수고인가! 그러나 프란츠는 정신을 차리고 올라가서 방으로 들어갔다. 게오르크는 두 손을 얼굴에 대고 의자에 앉아 있었다. 프란츠는 그의 물건들을 챙기기 시작했다. 그 모든 일이 생겼으니 이제 그들의 공동생활은 끝이었다. 쓰라린 기억이었다. 게오르크의 시선이 프란츠를 뒤쫓았다. 그의 행동 하나하나가 프란츠의 마음을 아프게 했다. 그러나 그는 짐을 싸야만 했다. 마침내 프란츠는 한 번 더 몸을 돌렸다. 그때 게오르크가 두 손을 얼굴에서 걷어냈다. 게오르크의 얼굴에는 아무런 표정이 없었다. 콧구멍에서 피가 쏟아지고 있었으며, 입에서 심지어 눈에서도 피가 쏟아졌다. 프란츠는 비명을 지르려 했으나 소리가 목구멍에 걸려 나오지 않았다. 그러자 게오르크가 조용히 말했다. "나 때문이라면, 프란츠, 이사 나갈 필요 없어."

제5장

I

인간의 감정을 불타오르게 하고 또 꺼지게도 만드는 법칙 같은 것은 지금 심멜 골목의 자기 방 창 앞에 앉아 있는 쉰네 살의 여인에게는 전혀 중요하지 않았다. 그 여인은 의자를 하나 더 끌어다 아픈 다리를 올려놓고 있었다. 이 여인은 게오르크의 어머니였다.

　남편이 죽은 후 하이슬러 부인은 둘째 아들 가족과 함께 살고 있었다. 부인은 전보다 더 살이 쪘다. 부인의 내려앉은 갈색 눈에는, 물에 빠져 죽어가는 자의 눈에나 나타남직한 불안과 비난의 표정이 어려 있었다. 아들들은 어머니의 이런 표정에, 벌어진 입에서 생각의 연기처럼 새어 나오는 짧은 한숨에 익숙해져 있었다. 이제 어머니는 사람들의 말을 제대로 못 알아듣는구나, 그 말의 의미도, 중요함도 모르는구나, 아들들은 이런 생각을 하고 있었다.

"만약 게오르크가 온다면, 절대로 계단으로 올라오지 않아요." 둘째 아들이 말했다. "걘 마당을 가로질러 올 거예요. 예전처럼 발코니로 기어오를 거라고요. 어머니가 옛날 그 방에서 주무시지 않는다는 걸 걘 모른다고요. 계시던 데로 가 계시는 게 제일 좋다니까요. 제발 좀 주무세요."

여인은 어깨와 두 다리를 움찔했다. 혼자 일어서기에는 너무 힘이 없었다. 막내가 열심히 거들었다. "좀 누워요, 엄마. 발드리안 액(液)*을 한 모금 드시라니까요. 그 일은 좀 그만 생각하시고요. 네? 엄마." 둘째가 말했다. "그래요. 그렇게 하세요." 둘째는 실제보다 겉늙어 보이는, 거칠고 조잡한 인간이었다. 큰 머리통은 빡빡 밀어 깎은 데다, 바로 얼마 전에는 꺼진 줄 알았던 땜질용 불꽃이 겉눈썹과 속눈썹을 태워버려, 그의 얼굴은 몹시 멍청하고 둔해 보였다. 예전에는 그도 다른 하이슬러네 아들들처럼 잘생긴 젊은이였다. 그런데 이제는 제대로 물든 나치 돌격대원이 되어 있었다. 그의 모든 것은 거칠고 곪아 있었다. 그러나 막내 하이니는 파울 뢰더가 묘사한 그대로였다. 몸집, 두개골 모양, 머리카락, 치아 등, 마치 그의 부모가 그를 종족 교과서대로 만들어놓은 듯한 모습이었다. 둘째가 얼굴을 찌푸렸다. 그는 억지웃음을 지으며 어머니를 두 개의 의자와 함께 침대로 데리고 가려다 멈칫했다. 어머니의 시선과 부딪쳤기 때문이었다. 그 시선은 어머니가 아들의 이 행동을 애써 참

*쥐오줌풀 추출액. 일종의 진경제.

고 있음을 말해주고 있었다. 둘째 아들은 의자를 놓고 고개를 떨구었다. 막내 하이니가 말했다. "제 말 아시겠어요? 뭐라고요, 엄마?"

어머니가 무슨 말을 한 것은 아니었다. 그녀는 막내를 멍하니 바라보았다. 그러더니 둘째를, 다시 막내를 바라보았다. 이 시선을 견뎌내기 위해 막내는 얼마나 단단히 무장해야 하는가! 둘째가 창 앞으로 다가섰다. 그는 밤의 골목을 내다보았다. 그러나 막내는 억지로 어머니의 시선을 견디려 하지 않았다. 아니, 그는 그 시선을 아는 체하고 싶지 않았다.

"이제 제발 좀 누으시라니까요." 막내가 말했다. "찻잔은 침대 앞에 놓고요. 형이 오든 말든 신경 쓰지 마요. 형이 이 세상에 있단 생각을 마시라고요. 엄마에겐 우리 셋이 있잖아요."

둘째는 얼굴을 골목 쪽으로 향한 채, 막내의 말을 듣고 있었다. 그는 놀랐다. 게오르크가 아끼던 막내 하이니가 저런 말을 하다니. 하이니는 별일 아니라는 듯, 몰이사냥에 가담하고 있구나. 예전 한때는 게오르크에게 귀찮게 붙어 다녔지만, 이제 게오르크는 그에게 무시해도 좋은 존재에 불과하다는 것을 이 골목 청소년단원들에게, 또 어른들에게 증명하려 애쓰고 있구나. 막내는 자기 스스로 변화했다고 믿고 있지만, 그를 자신이 생각하는 이상으로 바꿔놓은 것은 바깥 사람들이었다. 그는 1년 반 전에 돌격대에 가입했다. 5년 동안의 실직 생활이 끔찍하게 공포스러웠던 것이다. 그렇다. 이 공포심은 의욕도 진취적 기상도 없는 멍청한 그가 지닌 몇몇 정신적 특징 중의 하나였다. 그는 하이슬러 형제 중 가장 덜 발달된 멍청이였다. 오늘 당장 돌격대에 들어가지 않으면, 내일 바로 일자리를 잃을 것이라고, 그는 믿고 있었다. 무디고 멍청한 그의 머릿속에는, 현재 이뤄진 것으로는 아직 멀었으며 아직 궁극적인 승리가 오지 않았다는 생각이 그림자처럼 자리 잡고 있었다. 현재의 이 모든 것이 지나갈 환영이며, 승리는 아직 멀었다는 것이었다. 누가, 언제, 무엇으로 이 환영을 없애줄 것인지는, 그도 알지 못했다. 지금 어머니 앞에서 이토록 거칠고 냉랭하게 대꾸하고 있는 하이니는, 게오르크가 어깨에 무등을 태워 온갖 집회에 데리고 다니던 바로 그 동생이었다. 오토바이를 몰고 다니는 친위대와 지도자 양성 학교에 들어가려는 터무니없는 야망을 품게 된 하이니. 나치는 그의 가장 깊은 내면에 들어 있던 것을 180도 바꿔 놓았다. 둘째는 창에서 몸을 돌려 막내를 바라보았다. 둘째가 말했다. "이제 전 브라이트바흐에게 가볼게요. 이제 주무세요. 어머니. 다 알아들으셨죠?" 어머니가 "그래." 하고 대꾸해서, 두 형제는 놀랐다.

어머니는 생각을 끝내고 아주 생생하게 말했다. "발드리안 액을 주렴." 그걸 마셔야겠다고 어머니는 생각했다. 그래야 내 가슴의 쿵쿵거림이 멎을 것 같아. 내가 누워야 애들이 나가겠지. 그러면 대문 앞에 가 앉아야지. 마당 뒤로 게오르크가 오는 소리가 들리면, '게슈타포' 하고 소리 지를 거야.

사흘 전부터 가족들은, 특히 둘째 며느리와 하이니는 어머니에게, 게오르크를 빼놓더라도 세 아들과 여섯 손주를 합해 그들이 얼마나 대가족인지, 자칫 경솔함으로 인해 온 가족이 얼마나 쉽게 파멸할 수 있는지를 누누이 설명했다. 어머니는 여태껏 아무런 대꾸도 하지 않았다. 예전에 게오르크는 그저 네 아들 중 하나였다. 그녀는 게오르크 때문에 아주 많이 골치를 썩었었다. 그때문에 교사와 이웃들은 끊임없이 불평을 했었다. 게오르크는 늘 아버지, 두 형과 싸웠다. 자기를 흥분시키는 일에 전혀 무관심하다는 이유로 둘째 형과 싸웠고, 첫째 형과는 자기와 같은 사건을 두고 흥분하는 것은 같지만 의견이 다르다고 싸웠다.

이 큰형은 지금 자기 자신의 가족과 함께 도시의 다른 쪽 끝에 살고 있었다. 그는 신문과 라디오를 통해 탈출 소식을 알고 있었다. 게오르크가 수용소에 갇힌 이후 큰형이 셋째를 생각하지 않고 보낸 날은 없었다. 이제 큰형은 매일 오로지 게오르크만을 생각하고 있었다. 만약 게오르크를 도울 수 있는 수단을 알고 있었더라면, 그는 자신의 희생도, 가족의 희생도 피하지 않았을 것이다. 그의 직장에서 사람들이 열 번도 더 그에게 신문에 난 이 하이슬러가 친척이냐고 물으면, 그는 그때마다 꼭 같은 어조로 "그는 내 동생"이라고 답했다. 그러면 그의 주변으로는 침묵이 퍼졌다.

어머니는 예전에 첫째를 편애했고, 가끔씩 막내를 편들었다. 또 자신에게 잘하는 둘째도 좋아했다. 둔하고 단순한 방식이긴 했지만 둘째가 어머니에게 제일 잘했다.

이제 모든 것이 옛날과 같지 않았다. 인생이 그러하듯 모든 것이 바뀌어 있었다. 게오르크가 집을 떠나 있는 기간이 길어질수록, 그에 관해 듣는 일이 드물어질수록, 사람들이 그에 대해 물어보는 일이 줄어들수록, 어머니에게 게오르크의 모습은 점점 분명해지고, 기억은 점점 또렷해졌다. 어머니의 마음은 자신의 주변에서 팔팔하게 살고 있는 세 아들의 여러 계획과 눈앞의 희망들에서 벗어나 있었다. 어머니의 마음은 점점 여기에 없는 아들, 거의 실종된 것이나 다름없는 아들의 계획과 희망으로 채워져 있었다. 어머니는 밤이면 침대에 걸터앉아 오래전에 일어났던 세세한 사건들을 눈앞에 그려보았다. 게오르크를 낳았던 일, 첫 해의 작은 사고들, 거의 목숨을 잃을 뻔하게 심하게 앓았던 일, 전쟁 중 떨어진 유탄을 잘못 만졌던 일, 아들들과 함께 전쟁을 헤쳐 나갔던 일, 농작물을 훔쳤다고 게오르크가 고발당했던 일, 그래도 그녀를 지탱시켜 주었던 작은 승리들—게오르크가 타왔던 빈약한 임금, 그를 칭찬해주었던 교사, 게오르크의 솜씨를 칭찬해주던 기능장, 스포츠 축제에서의 승리. 어머니는 또, 반쯤은 자랑스럽고 반쯤은 화가 난 기분으로, 아들의 첫 아가씨를 기억해냈다. 그 후에 아들과 사귀었던 다른 여자들도 기억해냈다. 언제나 자신에게 낯설었던 엘리도 기억했다. 엘리는 한 번도 손자를 데려오지 않았다. 그리고, 아들 인생의 급격한 변화! 게오르크가 전혀 낯선 것을 가족 안으로 끌고 온 것은 아니었다! 아버지와 다른 형제들에게선 어쩌다 한 번 나타나는 것, 예컨대 한 번 내뱉는 말이나 그저 한 번의 동맹파업, 어쩌다 한 번 뿌리는 전단, 그런 것들이 게오르크에게는 그의 전 존재를 규정하는 결정적인 것이 되고 만 것이었다.

당신에겐 아들이 세 명뿐이라고, 이 아들은 출생한 적이 없다고, 이 아들은 아예 없었던 것이라고, 마치 누군가가 지금 부인을 설득이라도 하고 있는 것처럼, 그녀는 그것들에 대해 수많은 반대 증거를 내놓고 있었다. 얼마나 여러 시간 하이니는 설명하고 또 설명했던가. 골목이 봉쇄되고, 집은 감시당하고, 게슈타포가 경비를 서고 있다고. 어머니는 나머지 세 아들을 생각해야 한다고.

어머니는 이제 세 아들을 포기했다. 그들은 그들 스스로 잘 해나갈 것이었다. 오직 게오르크만을 어머니는 포기하지 않았다. 둘째는 어머니가 끊임없이 입술을 달싹이는 것을 보았다. 어머니는 생각하고 있었다. 하느님, 우리 셋째를 도와주세요. 하느님, 당신이 진짜 계시다면, 우리 애를 도와주세요. 만약 당신이 계시지 않는다면—어머니는 잘 알지 못하는 하느님에게서 몸을 돌렸다. 어머니는 그녀가 알고 있는 모든 사람에게 기도를 보냈다. 또 어쩌면 아들을 도와줄 사람들이 존재할지도 모르는, 알지 못하는 미지의 어두운 곳을 향해서도 기도를 보냈다. 어쩌면 여기 혹은 저기에 그녀의 기도에 감동하는 한두 사람쯤은 존재할지도 몰랐다.

둘째가 다시 의자 앞으로 다가와 말했다. "하이니가 있어서 말을 못 했는데요, 걔가 어떤 일을 벌일지 모르잖아요. 제가 아까 슈펭글러 츠바이라인과 얘기해봤어요." 여인이 생기를 띠고 그를 바라보았다. 그녀는 힘들이지 않고 두 발을 바닥에 내려놓았다. "츠바이라인네 집이 밖을 살펴보기에 아주 유리하잖아요. 츠바이라인은 두 골목을 모두 볼 수 있어요. 게오르크는, 만약 온다면, 틀림없이 마인 강 쪽에서 올 거예요! 전 물론 츠바이라인과 얘기를 하지는 않았어요. 손가락과 눈짓으로 알렸어요."

둘째는 어머니에게 엄지손가락과 눈짓으로 츠바이라인에게 했던 것과 같은 동작을 해보였다. "그러자 그 역시 눈과 손가락으로 이렇게 했어요. 츠바이라인은 깨어 있을 거예요. 그는 게오르크가 우리 골목에 들어서지 못하도록 기다리고 있을 거예요."

이 말에 그녀의 두 눈은 반짝였다. 반죽처럼 늘어졌던 그녀의 이목구비는 마치 살에 새로 생기가 들어온 것처럼 단단하고 힘 있어 보였다. 그녀는 완전히 일어서기 위해 아들의 팔을 거머잡았다. 그러더니 말했다. "만약 개가 시내 쪽에서 온다면 어떡하니?" 아들은 어깨를 으쓱했다. 어머니는 누구에게 들으라기보다는 자기 자신에게 하는 말투로 계속 말했다. "그런데 개가 로르헨네 쪽으로 온다면, 로르헨은 알프레트와 한편이잖니. 그들이 게오르크를 고발할 거야." 아들이 말했다. "그 두 사람이 개를 고발할 거라고 믿고 싶진 않아요. 그렇지만 게오르크는 마인 강 쪽에서 올 거예요. 츠바이라인이 조심해서 지킬 거고요."

어머니가 말했다. "이곳으로 오면 개는 끝장이야." 아들이 말했다. "그렇다 하더라도 완전 끝장은 아닐 거예요."

II

날이 밝았다. 갈대밭 주변 마을들에선 날이 밝은 것을 안개 때문에 전혀 알아채지 못했지만 말이다. 여자아이가 양동이를 들고 마당으로 나왔을 때, 리바흐의 가장 바깥쪽 집 부엌에는 불이 켜져 있었다. 여자아이는 움찔하고 소스라쳤다. 그러더니 대문 앞으로 가 양동이를 내려놓았다. 여자아이의 얼굴에는 조용하고 편안한 표정이 깃들어 있었다. 그런 표정으로 그녀는 약혼자와 다름없는 사내아이를 기다렸다.

여자아이는 오한으로 몸을 떨었다. 안개는 금방 옷 속으로 뚫고 들어왔다. 모든 것이 회색으로 보였다. 심지어 그녀가 머리에 둘러쓴 스카프도 회색으로 보였다. 그녀는 남자아이의 발걸음 소리를 들었다고 생각했다. 지금쯤은 그가 와야 할 시간이었다. 그녀는 팔을 들어 올렸다. 그러나 대문에 들어서는 사람은 없었다. 그녀의 얼굴에는 불안의 기색이라기보다 놀람의 기색이 나타났다. 그녀는 계속 기다리면서, 몸을 따뜻하게 하려고 팔짱을 끼었다. 그러다가 대문 앞으로 나가 아래를 내려다보았다. 뚫고 나가야 할 안개! 안개는 올라갈까 아니면 내려갈까? 그러자 두 개의 그림자가 길을 올라오고 있었다. 그중 하나는 헬비히여야만 했다. 그여야만 했다. 그러나 그가 아니었다. 그림자들은 그림자들의 집 안으로 들어가 버렸다. 여자아이는 몸을 돌렸다. 그녀의 얼굴에 처음으로, 비록 몇 분에 불과했지만, 기다림의 쓸쓸함이 묻어났다. 그러면 오후에 올 모양이지. 그녀는 양동이를 집어 들었다. 양동이를 들고 마구간으로 들어갔다가 빈 양동이를 가지고 집 안으로 들어갔다. 부엌에서는 전깃불 없이 일해보려고 벌써 세 번이나 시도하는 중이었다. 집안사람들은 끊임없이 전등을 켜야 했다. 그러지 않으면 할머니는 안경을 끼고도, 또 안경을 벗고도 완두콩을 가려낼 수 없었다. 여자아이보다 나이 많은 사촌은 무들을 기계에 넣어 잘게 만드는 중이었고, 여자아이보다 나이 어린 사촌은 쓰레기를 문 쪽으로 내가는 중이었다. 어머니는 여자아이가 앞으로 내미는 두 개의 양동이를 빠르게 채웠다. 이 네 여자들 중 아무도 헬비히가 오지 않았다는 사실을 눈치채지 못했다. 여자아이는 생각했다. 아무것도 못 알아채는구나.
"조심해라." 사료 죽이 한 국자 정도 흘러내리자 어머니가 말했다.
여자아이가 양동이를 들고 두 번째로 안마당을 가로질러 갔을 때, 멀리서 상점 문이 열리는 종소리가 들려왔다. 그 종소리는 궐처 씨가 담배를 사려고 들어섰기 때문에 울린 것이었다. 헬비히는 상점 문 앞에 서서 기다렸다. 그는 어제 다시 소환장을 받은 터였다. 사람들은 끊임없이 그 재킷 때문에 물어보려고 했다. 그래 정말 그게 네 거가 아니야? 어머니도 물었었다. 그는 어머니에게도 단호하게 아니라고 대답했었다.
대체 뭘 더 물어보려는 걸까, 그는 지난밤 내내 끙끙거렸다. 아침에 헬비히는 라디오를 틀었다. 탈주범들 사건이 보도되고 있었다. 일곱 명 중 아직 두 명이……. 그러자 그는 흥분이 되었다. 어쩌면 저들은 헬비히가 혼자서 자기 사람이라고 부르고 있는 그자를 잡아들였을지도 몰랐다. 그리고 헬비히의 그 사람은, 그래요, 그 재킷이 맞아요!, 라고 진술했을 수도 있었다.

어째서 그는 갑자기 이 세상에서 혼자가 된 것인가? 그는 아버지와 어머니에게 물어볼 수도 없었고, 좋아하는 반 친구들에게 물어볼 수도 없었다. 맹목적으로 신뢰하고 있는 조장* 마르틴에게도 물어볼 수가 없었다. 지난주에는 모든 것이 좋았다. 그의 마음은 동요되지 않고 침착했으며, 온 세상만사가 정상이었다. 만약 조장 마르틴이 지난주 그에게 그 탈주범에게 달려들어 따귀를 때리라고 명령했더라면, 그는 그렇게 했을 것이다. 만약 조장이 그에게, 그 탈주범이 재킷을 훔쳐 가려고 창고로 기어들어올 때까지 단도를 가지고 그곳에 잠복해 있으라고 명령했더라면, 그는 도둑맞기 전에 그 탈주범을 찔러 죽였을 것이다.

헬비히는 귈처 씨가 이쪽으로 오는 것을 보았다. 그는 귈처 씨의 뒤로 바싹 다가갔다. 귈처는 그의 아버지뻘이 되는, 파이프를 피우는 무뚝뚝한 늙은이였다. 그에게라면 많은 것을 이야기할 수가 있었다.

"저 또 소환당했어요." 귈처 씨는 잠깐 그 젊은이를 바라보았다. 그는 아무 말 하지 않았다. 그들은 말없이 상점까지 걸어갔다. 헬비히는 기다렸다. 귈처 씨가 나왔다. 그는 파이프를 채

*친위대나 돌격대, 히틀러 청소년단 같은 조직에서 군의 하사관이나 하사 정도의 직책을 맡고 있는 자.

왔다. 그들은 계속 걸어갔다. 헬비히는 자기 여자 친구도 잊어 버렸다. 마치 그런 여자 친구를 가진 일도 없다는 듯이. 그가 말했다. "왜 절 또다시 부른 걸까요?" "그게 정말 네 재킷이 아 니라면 말이다." "그게 제 재킷하고 어떻게 다른지 다 설명했다 니까요. 그런데, 수용소 사람들이 이제 재킷 가져간 남자를 잡 아들였다면요! 그들은 두 개의 재킷을 찾고 있는 거죠."

궐처 씨는 침묵했다. 아무것도 묻지 않는 자가 아주 상세한 대답을 얻는 법이다. "만약 그자가 그게 제 재킷이라고 말해버 린다면요." 그러자 궐처 씨가 말했다. "그럴 수도 있지. 저들이 그를 끈질기게 몰아세운다면 말이야." 궐처는 남자아이를 날카 롭게 바라보다가 눈을 감았다. 그는 지난 이틀 동안 이 젊은이 를 관찰하고 있었다. 헬비히의 눈썹이 움츠러들었다. "아…… 그렇게 생각하세요? 그럼 저는요?" "아, 헬비히야. 그런 윗도리 는 수백 개나 된단다."

그들은 학교를 향해 터벅터벅 걸어 올라갔다. 안개가 끼어 있었지만 방향은 확실했다. 궐처 씨의 머릿속으로는 생각의 폭 풍이 휘몰아치고 있었다. 곁에서 걷고 있는 이 젊은이가 무엇 때문에 동급생들과 구분되는지, 궐처는 확실하게 말할 수는 없 었다. 이 젊은이가 동급생들과 구별된다고 주장할 수 없을지도 몰랐다. 그러나 이 아이의 이야기에는 무엇인가 들어맞지 않는 것이 있었다! 그 역시 오버캄프 경감과 마찬가지로 이 재킷 이 야기가 틀린 것이라고는 의심하지 않았다. 궐처는 자기 자신의 아들들을 생각하고 있었다. 아들들은 절반은 아버지의, 다른 절

반은 새 국가의 것이었다. 집에서 그들은 퀼처의 것이었다. 집에서 아들들은, 국가는 위에 있는 것이니 아래에서는 아래답게 처신해야 한다는 아버지의 말이 옳다고 인정했다. 그러나 바깥에 나가면 두 아들은 사람들이 그들에게 지정해준 제복을 입었고, 필요할 경우에는 히틀러 만세를 외쳤다. 아들들의 저항심을 부추기기 위해 그는 할 수 있는 한 모든 것을 다 했던가? 전혀 아니었다! 만약 그랬더라면 그것은 가족의 해체를, 감옥을, 아들들의 희생을 가져왔을 것이다. 그는 선택을 해야만 했었다. 그러자 그와 아들들 사이에 단절이 생겨났다. 그, 퀼처에게뿐 아니라 사실상 많은 집에서 단절이 있었다. 어떻게 한 인간이 가족 사이의 단절을 무시하면서, 저항하려는 자기만의 결정을 실행할 수 있겠는가? 그럼에도 불구하고 여기 이 나라에는 그런 사람들이 있었다. 바깥에도 있었다. 스페인에 있는 사람들, 그들은 패배하고 있다고 전해졌으나, 아직 절대로 패배한 것이 아니었다. 그들은 도약하면서 일어선 사람들이었다. 수십만 명이! 한때의 퀼처 씨도 그러했다. 만약 그의 아들 중 하나가 재킷을 도둑맞았다면, 그는 아들에게 어떤 충고를 했을까? 남의 자식인 헬비히에게 충고를 하는 것이 옳은 일일까? 대체 무슨 이런 결정이 다 있으며, 무슨 이런 세상이 다 있단 말인가! 그는 말했다. "물론 그 공장에서 나온 재킷들은 모두 똑같을 거다. 전화만 걸어보면 게슈타포도 다 알 수 있어. 지퍼들도 밀리미터 단위까지 꼭 같아. 호주머니들도 꼭 같고. 그렇지만 만약 네가 속 안감에다가 열쇠나 연필 같은 것으로 구멍을 내놓았다면, 그건 아무리 게슈타포라도 네게 강요할 수 없는 것이지. 그게 네가 주장해야 할, 다른 옷들과의 차이점이야."

III

필그라베는 그날 밤 베스트호펜에서 다섯 번이나 심문받으러 불려 나갔다. 꼭 기진맥진하여 잠들려는 바로 직전에 불려 나갔다. 수용소로 되돌아옴으로써, 그를 자수하게 만든 동기가 순전히 공포심 때문이라는 것이 증명되었으므로, 그가 뻣뻣하게 굴 경우 치료하는 수단도 이미 주어져 있는 셈이었다. 그동안 애매한 자취들과 그저 추측뿐인 옷 조각에 매달렸던 오버캄프는 마침내 게오르크 하이슬러라는 실체의 한 조각을 붙잡은 것이다. 필그라베는 그의 탈출 경로를 시간대별로 증명하라는 협박에 못 이겨 게오르크와의 만남을 실토하긴 했으나, 다섯 번째 심문에서도 게오르크와의 만남에 이르자 여전히 뻗댔다. 필그라베는 의자에서 경련을 일으키고, 급작스럽게 와락 움직이기도 했다. 그래서 그때까지 순조롭게 흘러가던 심문의 진행이 갑자기 막혀버린 듯했다. 뇌의 온갖 부분을 원활하게 돌게 하던 공포의 감정에 갑자기 어떤 불필요한 재료가 섞여드는 것 같았다. 이럴 때 피셔는 칠리히를 불러오기 위해 수화기를 들면 되었다. 칠리히라는 이름만으로도 결정적인 처방이 되기 때문이었다. 필그라베의 공포심은 다른 모든 감정을 압도했다.

고통스러운 죽음에 대한 상상이 헐벗은 삶을 압도했다. 오그라들어 떨고 있는 현재의 필그라베가 그래도 용기를 낼 줄 알던 예전의 필그라베를 압도했다. 전염된 공포심이 희망을 압도했다. 제대로 된 진술을 잔꾀가 압도했다. "목요일 정오경, 12시 직전 본인은 에셴하임 탑에서 게오르크 하이슬러를 만났습니다. 그는 본인을 녹지 시설 안의 벤치로 이끌었습니다. 왼쪽 첫째 길, 원형으로 된 큰 과꽃 화단 앞입니다. 본인은 그에게 함께 가자고 설득했습니다. 그는 전혀 들으려 하지 않았습니다. 그는 노란색 외투에 중산모자를 쓰고, 끈 달린 단화를 신고 있었습니다. 신발은 새것은 아니었지만 망가진 것도 아니었습니다. 그가 수중에 돈을 지니고 있었는지는 모르겠습니다. 왜 그가 에셴하임 녹지 시설에 있었는지도 모르겠습니다. 그가 누구를 기다리고 있었는지 아닌지도 알 수 없었습니다. 그는 그 벤치에 죽 앉아 있었던 것 같습니다. 이제 생각해보니 누군가를 기다리고 있었던 것도 같습니다. 그가 날 벤치로 이끌고 계속 그곳에 앉아 있었으니까요. 나는 한 번 더 뒤를 돌아보았습니다. 그는 그대로 앉아 있었습니다."

파울 뢰더가 아침 일찍 집을 나설 무렵, 필그라베의 진술에 뒤이은 지시사항들이 이미 시청의 해당 부서에 내려가 있었다. 구역 감시인들에게도 부분적으로는 지시가 내려갔으나, 아직 개개 건물 관리인들에게까지는 전달돼 있지 않았다. 즉 사건들은 라디오와 전화선 줄을 떠나자마자 다시 인간의 손으로 되돌아왔다.
 파울 뢰더가 사는 집의 관리인 처는 세든 남자가 평소보다 훨씬 일찍 출근하는 것을 이상하게 생각했다. 그녀는 남편이 비누 푼 통을 갖고 복도로 나와 빨래 통에 부으려 했을 때, 이런 의아심을 표명했다. 관리인 부부는, 뢰더 부인이 부적절한 시간에 노래를 불러 불평이 들어오긴 했어도 이 가족을 좋아하지도 싫어하지도 않았다. 그것을 제외한다면 그들은 아주 유쾌하고 붙임성 좋은 세입자들이었다.
 파울은 안개 낀 거리를 지나 정거장으로 걸어갔다. 그는 휘파람을 불었다. 시내에 들어가는 데 15분, 돌아오는 데 15분─ 첫 번째 사람에게서 실패할 경우 두 곳의 방문을 위해 그에게 주어진 시간은 30분이었다. 리이젤에게는, 보켄하임 팀의 골키퍼인 친구 멜처를 놓치지 않고 만나려면 아침 일찍 가야 한다고 말해두었었다. 그는 나가면서 말했다. "내가 돌아올 때까지, 나 대신 게오르크를 잘 돌봐줘." 파울은 지난밤 리이젤 곁에 누워 뜬눈으로 지새우다가 겨우 한숨 붙였었다.
 파울는 휘파람을 그쳤다. 커피도 마시지 않고 집을 나온 탓인지 입안이 말라 있었다. 막 깨어나는 하루, 갈증, 포장도로, 이런 것들이 모두 끊임없는 위협으로 가득 찬 듯이 보였다. 겁나지, 생각해봐. 네가 하려는 일이 어떤 것인지를. 그러나 파울은 곧 고쳐 생각했다. 모젤 골목 12번지의 솅크. 타우누스 가 24번지의 자우어. 이 두 사람을 그는 일하러 가기 전에 찾아야만 했다. 게오르크는 이 두 사람을 결코 변하지 않을, 의심할 필요 없는 사람들이라 믿고 있었다. 두 사람은 충고로, 잠자리로, 서류로, 돈으로 게오르크를 도와야만 하고, 또 틀림없이 도와줄 것이었다. 솅크는 게오르크가 수용소에 들어갈 때, 시멘트 공장에서 일하고 있었다. 영리해 보이는 눈을 한 조용한 사람으로, 그의 외모나 내면에서 특별해 보이는 것은 없었다. 그는 특별하게 대담해 보인다거나, 재치 있어 보이지는 않았다. 바꿔 말해 그의 재치는 언제나 그의 깊은 생각을 거쳐 나왔고, 그의 지금까지의 삶은 온통 대담함으로 얼룩져 있었다. 게오르크에게 삶의 내용을 만들어주는 운동인 그 모든 것을 솅크는, 자신의 몸 안에 그것 자체로 지니고 있었다. 그렇다. 만약 이 운동이 무서운 불행으로 피 흘리며 정지해버린다 하더라도, 솅크는 그 혼자서 운동을 계속 끌고 가기 위해 모든 것을 받아들일 사람이었다. 운동의 그림자 하나라도 존재한다면, 솅크는 그 그림자 위에 손을 얹을 사람이었다. 만약 아직도 당의 지도부라는 것이 존재하고 있다면, 솅크는 어디서 그걸 찾을지 알고 있는 사람이었다. 적어도 지난밤 게오르크에게는 그렇게 생각되었다.

   물론 파울은 이 모든 것을 잘 이해하지 못했다. 게오르크가 후일 시간을 갖고 이 모든 것을 설명해준다면 아마 이해하게 될지도 모르겠지만. 그러나 그런 시간이 오든 오지 않든, 이해했든 못했든, 파울은 게오르크를 도왔다. 그렇다. 이날 아침부터 이 셋은 모두 파울 뢰더의 손 안에 있었다. 게오르크뿐만 아니라, 솅크와 자우어도 그러했다.

자우어는, 5년간의 실직 끝에, 게오르크가 체포되기 전 달에 시립 도로공사에 취직했다. 그는 아직 젊은 편이었다. 일에 대한 재능이 남달랐던 까닭에, 실직 생활의 절망도 컸었다. 그의 이해력은 수백 권의 책을 통해, 수백 번의 집회를 통해, 수백 개의 구호와 강연과 연설을 통해, 수백 번의 대화를 통해 게오르크와 만나는 지점에 이르렀었다. 게오르크는, 자신의 판단에 따라, 그를 솅크만큼 믿을 만한 사람이라고 간주했다. 자우어는 모든 일에 이해력이 시키는 대로 따르는 사람이었다. 그리고 그의 이해력은 발견한 것을 놓치는 법이 없었다. 때로 그의 감성은 그에게 갖가지 변명을 마련해주면서 좀 쉽게 살라고, 좀 느슨하게 살라고 설득하곤 했지만, 그는 현혹되거나 동요되지 않는 확고한 사람이었다.

자우어-타우누스 가 24번지, 솅크-모젤 골목 12번지, 하고 파울은 다시 한 번 되뇌었다.

그때 마침 약속이라도 한 듯, 멜처가 모퉁이를 돌아오고 있었다. 리이젤에게 얘기했던 바로 그 멜처였다. "이봐, 멜처, 마침 잘 만났네. 너 우리에게 일요일 공짜 표 두 장 줄 수 있어?" "그야 뭐 어렵지 않지." 멜처가 말했다. '너 정말 일요일에 공짜 표가 필요하냐, 파울? 정말 그게 필요해?' 파울의 마음속에서 약삭빠르게 그런 목소리가 울려왔다. "그래," 파울이 말했다. "나 그게 필요해." 파울은 큰 소리로 말했다. 멜처는 '니더라트 대 베스트엔드'* 팀 사이의 경기 전망에 대한 자신의 추측을 장황하게 늘어놓았다. 그러더니 갑자기 기겁을 하며 집에 가야 한다고 서둘렀다. 자기는 지금 막 카셀라 공장의 여공인 약혼녀 집에서 오는 길인데, 어머니가 깨시기 전에 아무 일 없던 것처럼 집에 가 있어야 한다고 했다. 작은 문방구점을 운영하는 그의 어머니가 며느리 냄새를 맡으면 안 된다는 거였다. 파울도 그 문방구점을 알고 있었다. 멜처의 약혼녀와 어머니도 알고 있었다. 그는 편안하고 안전한 기분이 들었다. 파울은 멜처의 뒷모습을 웃으며 바라보았다. 그러자 그의 마음속에서 또다시, 약삭빠르게 소리가 들려왔다. 네가 이 멜처를 다시 보는 일은 없겠지. 그러나 파울은 화를 내면서 고쳐 생각했다. 무슨 소리, 수천 번도 더 볼 거야. 멜처는 결혼식에도 날 초대할 거야.

15분 후 그는 휘파람을 불면서 모젤 골목을 내려갔다. 12번지 앞에서 그는 휘파람을 그쳤다. 다행히 대문은 열려 있었다. 그는 재빨리 5층으로 올라갔다. 그런데 문패에는 알지 못하는 이름이 씌어 있었다. 파울은 미간을 찡그렸다. 건너편 집의 문이 열리더니 실내복 차림의 늙은 여자가 누구를 찾느냐고 물었다. "셴크 씨가 이제 여기 안 사나요?" "셴크네라고?" 늙은 여자가 되물었다. 그녀는 특이한 어조로 자기 집 안쪽에 대고 말했다. "누가 셴크네를 찾는데." 그러자 꽤 젊은 여인이 맨 위층의 난간 위로 몸을 내밀었다. 늙은 여자가 위쪽을 향해 소리쳤다. "이 사람이 셴크네를 물어보는데 어떡하지!"

*프랑크푸르트 시 구역 팀들 사이의 경기.

부어오른 여인의 지친 얼굴 위로 경악의 표정이 나타났다. 꽃무늬 모닝 가운을 입은 여인의 큰 가슴은 늘어져 있었다. 꼭 리이젤 같군, 파울은 생각했다. 이 계단실 자체가 자기 집의 그것과 다르지 않았다. 저기 저 위의 제복 입은 남자―4분의 3쯤 머리가 벗겨진, 밤 훈련을 받느라 제복 단추를 채우고 양말을 갖춰 신은, 이제 쓰러지기 직전의 꽤 나이 든 돌격대원 역시 그의 이웃인 슈팀베르트와 비슷했다. "누굴 찾는 거요?" 그가, 자기 귀를 믿지 못하겠다는 듯 파울에게 물었다. 파울은 설명했다. "셍크 씨가 내 누이한테서 옷감을 외상으로 가져가, 아직 빚이 있어요. 난 누이를 대신해 돈을 받으러 왔습니다. 집에서 만날 수 있는 시간을 골라 찾아왔는데요."

"셍크 부인이 이곳에 살지 않은 지는 벌써 석 달이 됐다우." 늙은 여인이 말했다. 남자가 말했다. "돈을 받고 싶으면 베스트호펜으로 가보슈." 그 남자는 갑자기 아주 활기 차 보였다. 셍크 부부가 금지된 해외방송을 듣는 현장을 덮치느라 그 남자는 꽤 수고를 했던 것이다. 결국 온갖 작전을 써서 성공하긴 했지만 말이다. 셍크 부부는 온순하고 고분고분하게 행동했었다. 뒤에서도 앞에서도 '히틀러 만세!'를 외쳤었다. 대체 어떤 사람들이 문과 문을 맞대며 살고 있는 것인가! "아이고 맙소사!" 파울은 부르짖었다. "히틀러 만세!" "히틀러 만세!" 양말 신은 남자는 셍크 부부가 검거되던 것을 기억하면서 즐거워 눈을 반짝이며 팔을 들어 올렸다.

파울은 그 남자가 자기 뒤에서 웃는 소리를 들었다. 파울은 이마의 땀을 닦으면서 이마가 젖어 있는 것에 놀랐다. 게오르크와 재회한 이후 처음으로, 아니 어쩌면 유년시절 이후 처음으로 그는 가슴 저 깊은 곳에서 오싹하게 전율이 이는 것을 느꼈다. 물론 지금으로서는 그것에다 공포라는 이름을 붙이지는 않았지만 말이다. 공포라는 느낌보다는, 지금까지 건강하게 살아온 자기를 어떤 전염병이 위협하고 있는 것 같다는 생각이 들었다. 그 병은 그에게 몹시 성가셨고 그는 저항했다. 그는 오금을 간질이는 그 분명치 않은 생각을 떨쳐내려는 듯, 쿵쿵 계단을 밟으며 내려왔다. 맨 아래 층계참에 관리인의 아내가 서 있었다. "누구를 찾는 거였우?"

"셍크 씨요." 뢰더가 말했다. "내 누이 대신 외상값을 받으러 왔어요. 셍크 씨가 누이에게 외상으로 옷감을 가져갔거든요." 다락층의 여자가 쓰레기통을 가지고 아래로 내려왔다. 그녀가 관리인의 아내에게 말했다. "이 사람이 셍크네를 물어보더라고요." 관리인의 아내는 파울을 위서부터 아래까지 훑어보았다. 파울은 관리인의 아내가 복도에서 집 안에 대고 외치는 소리를 들었다. "여기 누가 셍크를 물어보는데!"

파울은 길거리로 나섰다. 그는 팔소매로 얼굴을 훔쳤다. 사람들 모두가 자기를 이상하게 쳐다보는 것 같았다. 대체 어떤 악마가 셍크에게 보내라고 게오르크를 꼬드겼단 말인가? 어찌하여 게오르크는 셍크가 베스트호펜에 들어앉아 있는 것도 몰랐단 말인가? 그의 마음속 목소리가 말하고 있었다. 아아, 이 자식 게오르크. 이 자식을 실컷 욕하고 나면 내 마음이 좀 가벼워질지도 몰라. 아아, 게오르크 이 자식, 네가 날 파멸시킬 거야. 그러나 파울은 또다시 생각했다. 하지만 그가 어쩔 것인가. 이건 그의 죄가 아닌 것을. 파울은 휘파람을 불며 계속 걸어갔다. 그는 메처 골목을 통과했다. 그의 얼굴이 밝아졌다. 그는 열려 있는 옛 성문 통로 중의 하나로 들어섰다. 높은 집들 아래 아주 널찍한 안마당에 파울의 아주머니인 카타리나 그랍버가 소유한 운수회사 차고가 놓여 있었다. 아주머니는 벌써 안마당 한가운데에 서서 운전기사들에게 소리를 질러대고 있었다. 일가친척들의 얘기에 의하면, 아주머니는 일찍이 운수업자 그랍버 씨를 우연히 알게 되었는데, 그는 음주벽이 있는 주정뱅이였다. 그래서 아주머니도 술을 배워 거칠고 음침하게 변했다는 거였다. 아주머니를 두고 일가친척들이 주고받은 또 다른 이야기는, 그랍버 씨가 전쟁 중 고향에 마지막 휴가를 다녀간 지 열한 달 후 아주머니가 출산한 아이에 대한 것이었다. 만약 그가 또다시 휴가를 나온다면 그는 얼마나 놀랄 것인가. 그때 온 가족들은 몹시도 전전긍긍했었는데, 그는 더 이상 휴가를 오지 않았다. 전사했기 때문이었다. 그 아이 역시 무사히 자라지 못했음에 틀림없었다. 파울은 그 아이를 본 적이 없었다.

 파울은 여전히 아주머니에게 끌리고 있음을 느꼈다. 그는 삶을 재미있어하는 사람이었으므로 절반쯤은 호기심으로, 또 절반쯤은 역겨운 감정으로, 비록 혹독하긴 하지만, 삶이 망가뜨린 이 아주머니의 크고 심술궂은 얼굴을 보는 것이 좋았다. 파울은 아주머니가 그 자신도 전혀 들어보지 못한 욕설을 퍼부어대는 것을 미소를 지으며 듣는 동안 잠깐 게오르크와 그 자신을 잊어버렸다. 마지막으로 아주머니에게서라면 한번 시도해볼 수 있지 않을까, 하고 그는 잠깐 생각했다. 그런데 파울은 리이젤의 오빠들 중 한 명의 문제를 상의하려고 최근 이곳에 찾아왔었다. 사고를 낸 후 운전면허증을 빼앗긴 재수 없는 처남의 취직을 부탁하기 위해서였다. 그 문제도 오늘 저녁에 상의할 수 있겠군, 하고 파울은 생각했다. 그는 갈증을 참을 수가 없었다. 뒷문을 통해 식당으로 들어갔는데, 그곳은 또 안마당으로도 나올 수 있게 되어 있었다. 그는 지나가면서 아주머니에게 손을 흔들었다. 그녀가 욕을 하면서 그의 인사를 알아챘는지 아닌지 알지도 못한 채 그는 지나갔다. 계속 술을 마시던 중인지 아니면 안마당의 식당에서 막 시작한 것인지, 코가 붉은 늙은이가 술잔을 들고 와서 파울의 잔에 부딪쳤다. "건배, 꼬마 파울!" 이 문제를 해결해놓고 나면 오늘 저녁에는 다른 일을 끝내야겠다고 파울은 생각했다.

화주 한 잔은 파울의 빈속에 마치 뜨겁고 작은 공처럼 가라앉았다. 길거리는 사람들로 북적이기 시작했다. 시간이 빠듯했다. 파울의 마음속에서 쥐 소리 같은 작은 목소리가 교활하고 가늘게 찍찍거리고 있었다. 그래, 그렇다면! 다른 일을 먼저 처리해! 그 일을 하기에 네가 적임자잖아! 어제 이 시간 넌 행복했는데!

　어제 이 시간 그는 아내에게 2파운드의 밀가루를 사다 주기 위해 빵집으로 달려갔었다. 그런데도 아내는 효모 반죽 경단*을 만들어주지 않았지, 파울은 생각했다. 오늘은 그걸 좀 요리해주었으면. 파울은 타우누스 가 24번지 앞에 서 있었다. 놋쇠 난간 아래 좁고 긴 카펫이 깔린, 잘 꾸며진 층계를 올라가며 파울은 어리둥절하여 둘러보았다. 자기 같은 사람이 이런 좋은 집에서 도움을 얻을 수 있을 것인지, 마음속에 의심이 일면서 동요하는 것을 그는 느꼈다.

파울은 벨을 누르기 전, 금속판에 고딕체로 돋아 나와 있는 그 이름을 살짝 건드려보았다. 그리고 계단에서 그 이름을 바라보며 심호흡을 했다. 자우어, 건축가. 파울은 자신의 가슴이 그토록 뛴 것에 화가 났다. 하얀 앞치마를 두르고 나온 예쁜 여자는 어린 아가씨였다. 뒤이어 곧, 조금 더 나이가 많아 보이는 여자가 나왔다. 마찬가지로 젊고 예뻤는데, 앞치마는 두르지 않았고, 첫 번째 아가씨가 금발이었던 데 비해 갈색 머리였다. "뭐라고요? 지금요? 제 남편을요?" "바깥분 일과 관계된 일입니다. 2분이면 됩니다." 그의 가슴은 더 이상 뛰고 있지 않았다. 그는 생각하고 있었다. 이 자우어란 사람은, 사는 형편이 대단히 좋구먼. "들어오세요." 여자가 말했다.

"들어와요!" 남자가 크게 말했다. 파울은 오른쪽으로, 그리고 왼쪽으로 두어 번 살펴보았다. 그는 천성적으로 호기심이 많았다. 심지어 지금 이 상황에서도 벽에 부착돼 있는, 전구가

---

*꽉 닫은 냄비에서 구워내는, 독일 남부 지역에서 자주 먹는 음식.

든 유리관 조명과 니켈로 된 침대 틀이 그의 호기심을 자극했다. 삶의 모든 것은 느끼고, 보고, 맛볼 가치가 있는 것이라는 생각이 이 순간에도 그를 무서운 그 일에만 얽매이지 않도록 도와주었다. 그는 목소리를 따라 두 번째 문을 열고 들어갔다. 마음이 몹시 무거웠음에도 불구하고, 대형 욕조와 세면대 위에 걸린 삼면경에 파울은 놀랐다. 욕실 바닥을 파서 지면보다 낮게 설치한 그 욕조는 그냥 들어가지 말고 풍덩 뛰어들어야 할 것 같았다. "히틀러 만세!" 남자는 돌아보지 않고 말했다. 파울은 목에 타월을 두르고 있는, 거울 속의 남자를 보았다. 비누 거품이 마치 가면처럼 미지의 얼굴을 덮고 있었다. 오직 두 눈만이 거울 속에서 날카로운 시선으로 그를 훑고 있었다. 그 시선은 지성적이라는 것 외에는 아무것도 드러내주지 않았다. 파울은 해야 할 말을 찾아 모으려 애썼다. "말씀하세요." 그 남자가 말했다. 남자는 극도로 조심스럽게 면도날을 잡아 빼었다. 파울의 가슴이 쿵쾅거렸다. 자우어의 가슴도 못지않게 쿵쾅거렸다. 자기를 찾아온 남자는 지금까지 한 번도 본 적 없던 사람이었다. 시내에 있는 도로공사 사무소에도 온 일이 없었다. 이 이례적인 시간에 찾아온 미지의 방문객은 모든 것을 의미할 수 있었다. 아무것도 알려 하지 말 것. 누구인지도 알려 하지 말 것. 기습당하지 말 것. "네?" 자우어는 다시 한 번 말했다. 그의 목소리는 쉬어 있었으나, 파울은 그의 평소 목소리를 알지 못했다. "전, 저와 당신이 함께 아는 친구의 인사를 전하러 왔습니다." 파울이 말했다. "아직 그를 기억하시는지요? 그는 그때 니다 강에서 당신과 같은 팀으로 보트 경기를 했지요." 이건 시험이야. 상대방은 생각했다. 내가 면도날로 베이는지 아닌지 보려는 거지. 자우어는 손목 관절을 느슨하게 하여 면도하기 시작했다. 그는 베이지도 않고 떨지도 않았다. 이제 해냈군. 파울은 생각했다. 그런데 어떻게 얼굴을 닦아내지도 않으면서 저렇게 침착하게 얘기할 수 있는 거지? 평소엔 비누 거품을 이렇게 오래 두진 않겠지. 아니, 순식간에 해치워 버리겠지. 자우어가 말했다. "무슨 말씀을 하시는지 통 알 수가 없군요. 제게 뭘 원하십니까? 누구의 인사를 전한다는 겁니까?" "당신의 보트 친구요." 파울은 되풀이해 말했다. "보트 안네마리 호요." 그는 모퉁이를 거쳐 거울 속에서 상대방의 비스듬한 시선을 붙잡았다. 자우어의 속눈썹에 거품이 약간 묻어 있었다. 그는 타월의 끝자락으로 그것을 닦아내었다. 뒤이어 그는 면도를 계속했다. 그는 제대로 입을 열지 않으면서 말했다. "여전히 한마디도 못 알아듣겠군요. 미안합니다. 제가 좀 많이 급해서요. 틀림없이 집을 잘못 찾으신 모양입니다."

파울은 한 발짝 가까이 다가섰다. 그는 자우어보다 훨씬 작았다. 그는 이제 옆 거울에 비친 자우어의 왼쪽 얼굴을 보고 있었다. 자우어는 거품 아래로 살펴보고 있었다. 그러나 상대방의 마른 목과 튀어나온 턱만 보일 뿐이었다. 자우어는 생각했다. 이자는 애타게 기다리고 있구나! 하지만 내 얼굴을 볼 순 없을걸. 계속 기다리라지. 어째서 저들이 내게 떨어진 거야? 의심이 드네. 그래 살펴보라지. 날 알아채려고 킁킁거리는구나! 작은 쥐새끼 같으니! 자우어가 말했다. "그렇담 당신의 친구 분께서 잘못 전하신 겁니다. 전 몹시 급합니다. 더 이상 방해하지 말아주세요. 얘 하이디야!"

파울은 움찔했다. 그는 사람이 한 명 더 있었던 것을 알아채지 못하고 있었다. 문 뒤에 아이 하나가 서 있었다. 이 사이에 목걸이를 문 그 아이는 그동안 내내 소리 내지 않고 그를 보고 있었던 것이다. "이분께 계단으로 나가는 길을 안내해드리렴!" 파울은 아이의 뒤를 따라 복도를 지나가면서 생각했다. 재수 없는 자식 같으니! 모든 걸 다 알면서. 아무런 위험도 감수하려 하지 않는구나. 아마 저기 저 귀여운 아이 때문이겠지. 누구는 아이들이 없단 말인가?

파울이 문을 닫자 자우어는 파울이 추측했던 대로 단숨에 잽싸게 얼굴을 닦았다. 그는 침실의 창 앞으로 펄쩍 뛰어갔다. 아주 거칠고 매우 숨 가쁘게 그는 덧창을 잡아채 올렸다. 그는 길을 건너는 파울 뢰더를 다시 한 번 바라보았다. 내가 올바르게 처신한 걸까? 나에 대해 뭐라고 보고할까? 침착하자. 틀림없이 나 혼자는 아닐 거야. 어쩌면 오늘 의심받고 있는 수십 명의 사람들 속을 떠볼지도 모르지. 참 우스운 핑계거리야! 하필이면 이번 탈출을 내세우다니. 그런데 그리 바보 같은 핑계는 아냐. 무엇인가가 저들로 하여금 내가 예전에 게오르크 하이슬러와 관계했었다는 사실을 떠오르게 한 것이 틀림없어. 아니면 모두에게 같은 걸 묻고 다니는 걸까?

갑자기 자우어는 등골이 오싹해졌다. 그게 게슈타포의 계략이 아니라, 정말이라면? 정말 게오르크가 보낸 사람이라면? 날 찾아온 저 남자가 절대 경찰 끄나풀이 아니라면? 아이고! 게오르크 하이슬러가 여기 이 도시에서 돌아다니고 있다는 말이 정말 소문이 아니라면, 그렇다면 그에게 접근할 다른 수단을 찾을 수도 있었을 것이다. 저기 저 우스꽝스러운 꼬마 녀석은 염탐을 한 것이리라. 굼뜨고 서투르게! 그는 심호흡을 하면서 머리 가르마를 타기 위해 거울 앞으로 되돌아갔다. 그의 얼굴은 창백해져 있었다. 갈색 얼굴이 창백해지면 그러하듯, 마치 피부가 시든 것 같았다. 옅은 회색의 두 눈이 거울 안에서 뚫어지게 그를 보고 있었다. 그 어떤 낯선 눈보다 더 깊이 그의 내면을 바라보고 있었다. 답답한 공기! 이 빌어먹을 창문은 회반죽으로 고정돼 있단 말이야! 그는 재빨리 다시 비누 거품을 칠했다. 그렇긴 해도 말이지, 저들이 내게 이 미끼를 던진 것에는 틀림없이 무슨 이유가 있을 텐데. 도망을 가야 할까? 다른 사람들을 위태롭게 하지 않으면서 내가 도망을 가야 하는지 어떤지 대체 물어볼 수나 있을까? 그는 면도를 하기 시작했다. 이제야 그의 두 손은 떨고 있었다. 그는 곧 베이고 말았다. 그는 욕설을 내뱉었다.

그래, 아직 이발사에게 갈 시간은 있겠지. 체포당하면 이틀 후에 나치 특별 재판소*에 서게 되고 그러면 끝이야. 이거 봐, 그런 말 마. 내가 비행기 사고로 추락할 수도 있는 거야.

*1934년 국가 전복죄 및 국가 기밀 누설죄를 판결하기 위해 만들어졌다. 이 재판소의 임무는 판결이 아니라 나치 반대자들의 파멸이었다.

자우어는 넥타이를 매었다. 그는 마흔을 향해 가는 건강하고 마르고, 신뢰할 만한 남자였다. 그는 이를 드러내고 살펴보았다. 지난주만 해도 난 헤르만에게 이렇게 말했었지. 이 지배 조직은 우리보다 훨씬 더 빨리 무너질 거야. 그러면 난 새로운 공화국에 두어 개의 제대로 된 길을 닦아주겠어.

그는 침실의 창으로 되돌아갔다. 아까의 키 작은 남자가 지나간 빈 거리에 눈길을 주다가 그는 오싹해졌다. 염탐꾼처럼 보이지는 않았는데. 염탐꾼 같은 행동거지는 아니었어. 그의 목소리는 정직했어. 이런 식이 아니라면 어떤 다른 방식으로 게오르크가 내게 접근할 수 있었단 말인가? 게오르크가 이 남자를 내게 보낸 거야.

자우어는 이제 거의 확신하는 기분이 들었다. 그렇지만 그가 어떻게 해야 했단 말인가? 그 남자는 아무런 증거도 갖고 있지 않았는데. 아주 조금의 의심만 든다 하더라도 그 남자를 내보낼 수밖에는 없지 않은가. 그는 혼잣말을 했다. 난 아무 죄 없어.

사람들의 판단대로라면 자우어는 게오르크를 위해 어떤 일이라도 했을 것이다. 자우어는 자주 타인을 위해 모든 것을 행하는 인간이 되고자 했다. 그리고 그는 이미 그런 인간이었다. 어떤 네 개의 벽 안에 갇혀 게오르크는 답을 기다리고 있을까? 날 좀 이해해줘, 게오르크. 난 운을 하늘에 맡기고 일을 저지를 수는 없다네.

뒤이어 그는 또 생각했다. 그래도 그 남자는 염탐꾼일 수 있어. 보트의 이름? 그런 것쯤이야 오래전에 알아냈을 거야. 내 이름은 알 필요가 없었을지 모르지. 게오르크는 아무것도 누설하지 않았어. 그때 문에서 노크 소리가 났다. "자우어 선생님, 커피 따라놓았어요." "뭐라고요?" "커피를 따라놓았다고요!" 그는 어깨를 으쓱했다. 자우어는 당 배지와 1등급 철십자 훈장*이 꽂혀 있는 재킷에 미끄러지듯이 몸을 밀어 넣었다. 그는 무엇인가를 찾는 것처럼 주위를 둘러보았다. 우아한 집기들이 놓여 있는 아주 눈에 익은 공간이 어떤 때는 잡동사니들로 뒤덮인 일종의 쓰레기장처럼 보이는 그런 순간이 있는 법이다. 지금이 그러했다. 그는 역겨움의 표정과 함께 서류 가방을 낚아채어 들었다.

복도의 문이 두 번째로 쾅 하고 울렸을 때, 아이와 함께 식탁에 앉아 있던 부인이 말했다. "대체 누구야?" "자우어 선생님인가 봐요." 커피를 따르던 하녀가 말했다. "참 별 일이네," 부인이 말했다.

"정말 남편인가 봐!" 그럴 리가 없는데, 부인은 생각했다. 커피도 안 마시고 작별 인사도 없다니. 그녀는 감정을 나타내지 않고 자제했다. 아이가 빤히 그녀를 보고 있었다. 아이는 아무 말도 하지 않았다. 아이는 주근깨 가득한 얼굴의 작은 남자에 묻어 들어온 냉랭한 공기를 감지하고 있었다.

---

*영웅적으로 전투에 참가한 군인에게 주어지는 높은 무공 훈장.

파울은 전차에 펄쩍 뛰어올랐다. 그래서 간신히 제시간에 맞춰 작업장에 도착할 수 있었다. 그는 잠시도 쉬지 않고 자우어를 욕했다. 그런 때문인지 어떤지, 첫 시간이 끝날 무렵 그의 팔이 그을리는 작은 사고가 일어났다. 자우어에 대한 저주가 다른 종류의 욕설로 교대되었다. 그가 팔을 다친 것은 수년래 없었던 일이었다. "빨리 양호실로 가게!" 피들러가 충고했다. "실적이 나빠지면, 수당이 적어지잖아. 그동안 내가 자네 자리를 맡을게." 파울이 대꾸했다. "아무 말 마세요!" 피들러는 놀라면서 보안용 안경 너머로 그를 빤히 바라보았다. 뮐러가 몸을 돌렸다. "여보게들, 뭐하시나."

파울은 고통을 꾹 참으면서 그의 파이프들을 다루었다. 왜 저 빌어먹을 작자는 여보게라고 소리치는 거야. 어째서 저자가 작업반장이란 말인가? 나보다 10살이나 어린데.

어제 게오르크가 그랬지. 나 좀 빨리 늙어버렸어. 그 친구가 지금 집에서 날 기다리고 있을 텐데. 기다리고 기다릴 텐데. 리이젤이 효모 반죽 경단을 만들어주면 좋으련만. 그걸 좀 먹으면 좋으련만. 그는 입술을 꼭 다물고 계기 바늘을 눈여겨보면서 금속을 파이프 안으로 흘려보내며 생각하고 있었다. 폐쇄 캡슐들이 단단히 조여졌다고 피들러가 신호를 보내면, 그는 왼편 다리를 재빨리 들어 올리면서 파이프들을 열었다. 왼쪽 다리를 드는 것은 불필요한 행동이었지만 그는 예전부터 그렇게 하고 있었다. 모두가 힘세고 큰 남자들이었다. 반쯤은 벌거벗은 채 일하고 있는 이들 사이에서 파울은 나이 따위 신경 쓰지 않는 작고 날쌘 소년 같았다. 모두가 그를 좋아했다. 그가 농담을 잘하고 또 농담을 잘 참아낼 줄 아는 사람이기 때문이었다. 20년 동안 너희들은 날 좋아했지. 파울은 격한 기분으로 생각했다. 지금도 날 좋아하지, 너희들은. 하지만, 이제 다른 익살꾼을 찾아보시지. 지금 당장 무엇이든 마시지 않으면 미쳐버릴 것 같아. 이제 겨우 10시인데 가능할까? 갑자기 보이틀러가 그의 곁에 들어서더니 믿을 수 없을 만큼 빠른 동작으로 그의 상처에 연고를 문질렀다. "고마워, 고마워, 보이틀러." "천만에!" 피들러가 시켰군, 파울은 생각했다. 모두가 착실한 자들이야. 나도 여길 떠나고 싶지 않아. 내일도 난 여기 서 있고 싶어. 저 빌어먹을 묄러, 저자가 나에 대해 뭔가를 알아낸다면 어떡하지. 보이틀러는? 우리 집에 누가 앉아 있는지 보이틀러가 안다면? 보이틀러는 착실한 사람이야. 그래서? 어느 정도는 가능하지. 나와는 잘 통해. 하지만 그 스스로가 불에 타 죽어야 할 상황이라면? 피들러는? 파울은 번개처럼 빠르게 피들러 쪽을 쳐다보았다. 그래, 그는 좀 다른 사람이야. 일 년 내내 옆에서 일해온 피들러를 한 번 쳐다보는 것으로 갑자기 무엇인가 새로운 것을 발견한 것처럼 파울은 속으로 생각했다.

여전히 한 시간은 족히 남았군, 조금 지나 파울은 또 생각했다. 게오르크가 보다 분별 있는 방안을 생각해내지 않는다면, 그는 오늘 밤에도 우리 집에 있어야 하는데. 게오르크는 이 자우어라는 자를 철석같이 믿었어. 그래 좋아, 내가 있잖아.

"한 손으로는 아무것도 못할 것 같지만, 그래도 저을 수는 있잖아요." 리이젤이 게오르크에게 말하고 있었다. 무릎 사이에 양푼을 꼭 끼워요!" "뭘 할 건데요? 뭘 하는지를 먼저 알아야죠." "효모 반죽 경단을 만들려는 거예요. 바닐라 소스를 넣은 효모 반죽 경단." 게오르크가 말했다. "그렇다면 모레까지라도 저어 주지요, 뭐."

그러나 젓기 시작하자마자 그의 몸에서 땀이 배어 나왔다. 그는 아직 몹시 약했다. 그리고 지난밤은, 아주 조용했지만, 아파하면서 반쯤 잠든 상태로 보낸 밤이었다. 셍크나 자우어, 둘 중 한 사람은 만났겠지, 게오르크는 생각했다. 셍크나 자우어, 셍크나 자우어, 게오르크는 저었다.

길거리에서 통들이 굴러가는 소리, 그리고 어린 아이들이 생기 있게 부르는 아주 오래된 노래가 들려왔다. 쌍무늬 바구미가 날아요. 아빠는 전쟁터에, 엄마는 포메른*에, 포메른은 불탔고요. 평범한 창문 뒤에 앉은 손님이 되기를 간절하게 소망했던 것이 언제였더라? 그래 라인 강변의 오펜하임에서였어. 운전기사를 기다리며, 성문 통로의 어두운 길에 서 있었지. 그 기사는 나중에 날 길에 내던졌지만 말이야. 옆에서는 리이젤이 침구를 두들겨 털고 있었다. 한 아이에게는 꾸중을 하고, 다른 아이들에게는 열까지 세는 것을 가르치면서, 그러더니 재봉틀로 솔기를 박고, 노래를 부르면서 커피 주전자를 채우고, 훌쩍

---

*발트 해에 면한 북독일 지방 이름.

이는 아이를 위로하고, 그러다가 10분에 거의 열 번쯤씩 참을성을 잃고. 그녀는 대체 어떤 마르지 않는 샘에서 끊임없이 그 모든 것을 다시 건져 올리는 것일까? 믿는 자에게는 참을성이 있다고들 하지. 그런데 리이젤은 무엇을 믿는 것일까? 그렇다, 그녀는 중요한 것을 믿고 있었다. 그녀가 하는 일이 유의미하다는 것을 믿고 있었다.

"이리 와봐요, 리이젤. 양말을 좀 기워줘. 여기 좀 앉아봐요."
"지금? 양말을? 이 마구간 같은 방을 먼저 청소해야 돼요. 그러지 않으면 쓰레기 때문에 영 못 살걸요." "이 반죽이 다 저어진 건가?" "기포가 올라오면 다 된 거예요."

내게 무슨 일이 일어나고 있는지 안다면 그녀는 날 내쫓을까? 어쩌면 그럴 수 있고 또 어쩌면 아닐 것이다. 모든 부당한 대우에 익숙해져 있는, 산전수전 다 겪은 리이젤 같은 이들은 대체로 용기가 있는 법이다.

리이젤은 물통을 화덕에서 세탁대 위로 밀쳐놓더니 빨래판을 가슴 앞에 놓고 힘차게 빨랫감을 비비기 시작했다. 그러자 그녀의 둥근 두 팔에 힘줄이 나타났다. "왜 그렇게 서둘러요, 리이젤?" "이걸 서두른다고 하는 거예요? 기저귀를 두 개씩 널면서 그 사이로 몸을 돌릴 수도 있어요."

적어도 나는 이 모든 것을 안에서 다시 한 번 보았구나. 늘 이렇게 사는 걸까? 사는 게 늘 이렇게 계속될까? 리이젤은 벌써 부엌을 가로질러 두어 개의 옷가지를 널고 있었다. "이제 그 양푼을 이리 내요. 이것 봐요. 이걸 기포라고 하는 거예요." 아무엇도 모르는 그녀의 실팍한 얼굴에는 어린아이같이 순진한 기쁨이 나타나 있었다. 그녀는 밀가루 반죽의 양푼을 화덕 위에 놓고 그 위에 천을 덮었다. "왜 그렇게 하는 거지요?" "공기가 들어가면 안 돼요. 그것도 몰랐어요?" "잊어버렸지. 리이젤, 이런 걸 본 지 오래됐어요."

"이 짐승을 줄에 좀 묶어요." 양치기 에른스트는 소리를 질렀다. "넬리, 넬리야!" 메서 씨 댁의 큰 개가 가까이 오면 그 냄새를 맡고, 넬리는 분노로 몸을 떨었다. 메서 씨네 개는 붉은색 사냥개였다. 이 개는 숲 가장자리에 멈춰 서서 꼬리를 흔들며 너덜너덜한 귀가 달린 긴 얼굴을 주인인 메서 씨에게로 돌렸다.

메서 씨는 개를 묶을 줄도 없었거니와, 그것이 필요하지도 않았다. 왜냐하면 이 개는 넬리가 흥분해 있거나 말거나 전혀 상관하지 않기 때문이었다. 이 사냥개는 광분하여 날뛸 때도 있지만, 지금은 집에 돌아와서 기뻐하고 있었다. 배가 불룩한 늙은 메서 씨는 자신의 숲 토지와 슈미트하임 숲을 가르고 있는 철조망을 조심스럽게 올라탔다. 슈미트하임 숲은 가장자리에 전나무가 한 줄 둘러서 있는 너도밤나무 숲이었다. 메서 씨 소유인 모서리 숲은 전나무로만 이뤄져 있었다. 전나무들은 느슨하게 무리를 이루며 집 뒤까지 이어져 있었고, 집 위로 숲의 가장 높은 부분이 솟아 있었다.

"여보, 여보." 메서 씨가 낮은 소리로 말했다. 그는 어깨에 사냥총을 걸치고 있었다. 그는 보첸바흐의 산림 감독관인, 죽은 전처의 남동생을 방문하고 오는 길이었다.
 '여보'는 오이게니를 말하는 거겠지, 에른스트는 생각했다. 웃기는 호칭이네. 넬리는 메서 씨네 개의 냄새가 들판 위에 머물고 있는 동안 내내 화가 나서 몸을 떨었다. "에른스트, 좀 착하게 굴어!" 오이게니가 소리쳤다. "네 식사를 창턱에 올려놓을게."
 에른스트는 양들을 눈에서 놓치지 않도록 비스듬히 앉았다. 작은 소시지 데친 것 네 개, 감자 샐러드, 오이, 그리고 어제저녁에 마셨던 것과 같은 한 잔의 호호하이머 맥주. "오이 샐러드에 겨자 넣을래?" "그럼요. 아무리 넣어도 난 안 맵거든요." 오이게니는 창턱에서 샐러드를 버무렸다. 부드럽고 하얀 두 손, 그러나 그 손가락에 아무것도 끼어 있지 않다니! "메서 씨가 아직 반지도 하나 안 끼워준 거예요?" 오이게니가 조용히 대꾸했다. "이거 봐 에른스트, 너도 결혼해야 할 때가 올 거야. 그러면 남의 손에 낀 잡동사니 같은 건 네 머릿속에 굴러다니지 않을걸." "있죠, 오이게니, 내가 누구랑 결혼해야 할까요? 마리에게는 마음을, 엘제에게는 춤추는 작은 발을, 젤마에게는 귀여운 코를, 조피에게는 엉덩이를, 그리고 아우구스테에게는 저금통장을 가져오고 싶거든요." 오이게니는 낮게 웃기 시작했다. 아, 이 웃음소리! 에른스트는 열심히 귀를 기울였다. 오이게니의 그 웃음은, 부드럽고 낮게, 거짓 없고 흠 없이 울리고 있었다. 그녀가 계속 웃을 수 있도록, 그는 무슨 말이라도 꾸며내고 싶었다. 그러다가 그는 진지해졌다. "중요한 건 말이죠," 에른스트는 말했다. "그건 당신에게서 가져와야 한다는 거예요."

"내가 결혼할 나이는 아니지. 훨씬 지났어." 오이게니가 말했다. "그런데 중요한 게 대체 뭔데?" "그건 당신처럼 그렇게 침착할 수 있는 것, 무언가 자유로운 것이죠. 아주 건방지게 생각되다가도, 지나놓고 보면 아무것도 아닌 것, 빠져나올 수가 없어서 설명할 수도 없는 것, 아니 빠져나올 수 없게 만드는 것이죠. 그게 중요해요."

"아, 실없는 소리 마." 오이게니가 말했다. 그러나 그녀는 호흐하이머 새 병을 무릎 사이에 끼우고는, 코르크 마개를 따고 에른스트에게 따라주었다.

"당신네 집은 정말 갈릴리 가나의 혼인 잔치에서처럼 먹는 군요. 처음에는 신 것을, 다음에는 단 것을 말예요.* 메서 씨가 야단치지 않나요?" "나의 메서 씨는 먹는 것 가지고 나를 혼내지 않는단다." 오이게니가 말했다. "너 있지, 그래서 내가 그를 좋아하는 거야."

그리스하임 철도 공장의 직원 식당에서 헤르만은 맥주를 곁들여, 엘제가 싸준 빵 포장을 풀었다. 모르타델라 소시지**와 간 소시지. 늘 같은 것이었다. 세상을 뜬 그의 전처는 여러 아이디

---

*요한복음 2장 1~11절 참조. 예수는 갈릴리 가나의 혼례에서 물을 포도주로 변화시켰다. 예수가 행한 기적인지 모르고 그 포도주를 맛본 피로연 책임자는 신랑에게 "누구든 먼저 좋은 포도주를 내놓고 손님이 술에 취하면 그보다 못한 것을 내놓는데, 지금까지 좋은 포도주를 남겨두었군요"라고 말한다.
**볼로냐식 대형 소시지. 곱게 간 돼지고기에 사각으로 썬 지방, 피스타치오 등을 넣어 만든다.

어를 발휘해 샌드위치를 만들었었다. 맑은 두 눈을 빼곤 예쁜 데가 없던, 조용하고 영리한, 그리고 집회에서 일어나 자기 의견을 발표할 만큼 당찬 여성이었다. 그녀는 그 힘든 시기를 자기와 함께 어떻게 견뎌냈던가? 헤르만은 그 시절을 생각하면서 네 장의 소시지와 함께—아내는 얇게 썬 소시지를 꼼꼼히 세어서 네 장을 넣어주었다—빵을 먹어치웠다. 그러면서 그는 좌우로 귀를 기울였다.

"이젠 둘만 남았네. 어제만 해도 셋이라더니." "한 명은 여자를 두들겨 팼다지." "왜?" "그가 빨랫줄에서 빨래를 훔치는데, 여자가 왔대." "누가 빨랫줄에서 빨래를 훔쳤다는 거야?" 헤르만은 모든 것을 알고 있었음에도 불구하고 물었다. "탈주범 중 하나 말이에요." "무슨 탈주범들?" 헤르만은 물었다. "베스트호펜 탈주범들이지, 누구겠어요? 그자가 여자의 배를 걷어찼대요." "대체 어디서 일어난 일인데?" 헤르만은 물었다. "그건 신문에 나와 있지 않더라고요." "어떻게 알 수가 있지? 그게 탈주범이란 걸 말이야. 빨랫감 도둑일 수도 있잖아." 누군가가 말했다. 헤르만은 이 말을 한 사람을 바라보았다. 꽤 나이 든 용접공이었다. 작년 내내 아무 말 없이 일만 해서 매일 그를 보는데도 불구하고 기억하지 못할 것 같은, 그런 사람들 중의 하나였다. "그래요. 그런데 그가 탈주범이 맞다면요! 필러 상점에서 속옷을 살 수는 없는 처지란 말이죠. 그런데 주인 여자가 나타나 방해를 했다면, 친절하게 이것 좀 다려주시오, 이렇게 말할 수는 없었을 거 아녜요." 한 젊은이가 말했다. 헤르만은 그자를 바라보았다. 얼마 전에 들어온 젊은이였다. 그는 바로 어제 헤르만에게 이렇게 말했었다. 내게 중요한 건 손에 납땜인두를 다시 쥐었다는 거예요. 다른 것은 별 관심 없어요, 라고. "그자는 아마 들짐승 같았을 거야. 잡히면 어떻게 될지 뻔히 아는 마당에. 휙! 끝나는 거지." 세 번째 사람이 말했다. 헤르만은 손바닥으로 허공을 가르는 세 번째 사람을 바라보았다. 모두가 잠깐 그를 쳐다보았다. 침묵, 그다음에는 가장 중요한 이야기가 나오든가, 아니면 더 이상 아무 말도 나오지 않든가 했다. 얼마 전에 공장에 들어온 두 번째 젊은이가 화제를 바꿔 툭 던지듯이 말했다. "요번 일요일 야유회가 아주 볼 만할 거라던데요." "마인츠의 동료들이 푸짐하게 준비했다더군요." "우리도 최소한 빙거 로흐*까지는 타고 가보자고." "배 위에 유치원 보모라도 탔을지 누가 알아!" 헤르만은 빠져나가려는 미끄러운 것에 작은 못을 박아 넣듯이 질문을 던졌다. "남아 있는 두 사람이 누구라고?" "뭐가 남아 있단 말입니까?" "탈주범들 중에 말이야." "늙은이 한 사람과 젊은이요." "그런데 그 젊은이는 이곳에 있다는 소문이에요." "그건 사람들이 지어낸 얘기야. 대체 뭣 땜에 수백 명이 자기를 알아보는 이 도시로 도망 오겠어?" 다시 그 용접공이 끼어들었다. 그는 긴 여행을 마치고 식구들 곁으로 돌아온 듯한 태도였다. "그건 그 탈주범에게도 이점이 있기 때문이라고요. 사람들은 낯선 이를 훨씬 쉽게 고발

*빙겐 근처 라인 강의 협곡과 여울.

하거든요. 날 고발한다고 한번 생각해봐요!" 이 말을 한 사람은 말상의 얼굴을 한 친구였다. 헤르만은 언젠가 집회에서 집회장 경비대원으로 나서서 가슴을 앞으로 쑥 내민 채 돌아다니던 이 친구를 본 적이 있었다. "세상 사람들이 무슨 상관이겠어요?" 이 친구는 지난 3년간 자신이 이해 못하는 일에 대해 가끔 조심스럽게 헤르만에게 물어왔었다. 갑자기 헤르만은 이 친구가 내보이는 것보다 많은 것을 이해하고 있다는 인상을 받았다. "난 아주 마음 편하게 널 고발할 거야. 왜 안 되는데? 만약 네가 예전의 어떤 일로 인해 더 이상 내 동료가 아니게 되었다면, 넌 지금 내 동료가 아닌 거야. 내가 널 고발해서 네 동료가 아니기 이전에, 네가 먼저 내 동료가 아니란 말이야." 이 말을 한 자는 나치의 끄나풀인 레르쉬였다. 그는 사람들 사이에서 의견이 갈릴 때 취하는 특유의 분명한 어조로 이렇게 말했다. 어린 오토가 아이의 긴장된 얼굴을 하고서 레르쉬의 입을 쳐다보고 있었다. 레르쉬는 어린 오토에게 납땜인두질을 훈련시키는 중이었다. 그런데 레르쉬는 틀림없이 그에게 염탐질도 함께 가르치고 있을 것이다. 헤르만은 오토를 잠깐 똑바로 바라보았다. 오토는 히틀러 청소년단의 수석 조장이었지만, 건방지지도 않았고, 모든 행동이 지나치게 긴장해 있는, 조용하고 잘 웃지 않는 소년이었다. 사람들은 오토가 너무 레르쉬에게 맹목적으로 복종한다고 뒷말들을 했다. 헤르만은 이 소년을 자주 생각했다. 앞서의 그 나이 든 이가 조용하게 레르쉬의 말에 대꾸했다. "그래, 맞는 말이야. 누군가가 날 밀고하려 한다면, 그렇게 하기 전에 잘 생각해봐야지. 내가 이전에 무슨 잘못을 저질러 이제 그의 동료가 아닌지, 그래도 아직 그의 동료인지를 말이야."

직원 식당 안의 많은 이들이 그들이 있는 구석으로 몰려와 있었다. 헤르만은 더 이상 끼어들지 않았다. 그는 엘제가 내일 다시 사용할 수 있도록, 빵 포장지를 접어서 집어넣었다. 그는 레르쉬가 자신을 감시하고 있다고 거의 확신하고 있었다. 자신에게서 무엇인가 파악할 수 없는 것의 낌새를 채고, 자신의 어떤 말에서든, 혹은 어떤 장소에서든 그 파악할 수 없는 것을 붙잡으려 애쓰고 있다는 것을 알고 있었다. 점심시간의 끝을 알리는 벨이 귀청을 찢을 듯 울려댔을 때, 모두가 약간 가벼워진 마음으로 몸을 일으켰다. 끊임없이 마음을 갉아먹으며 떨어져 나가지 않던 그 어떤 것이, 사람들과 얘기하는 가운데 그래도 조금 해결된 듯한 생각이 들었던 것이다.

이날 정오 베르트하임의 어느 작은 길을 통과해 집으로 가고 있던 한 무리의 아이들은 싸움이 붙어—싸움이라기보다는 놀이라고 해야겠지만—두 패로 나뉘어 치고받고 했다. 그들의 학용품들이 길 양편으로 내동댕이쳐져 있었다.

갑자기 한 아이가 놀라서 멈칫하고 섰다. 그리하여 놀이는 중단되고 말았다. 누더기를 걸친 한 늙은이가 길가에서 흩어진 학용품들을 뒤지고 있었다. 그는 먹다 남은 빵 가장자리의 한 조각을 재빨리 거머잡았다. "저기, 여보세요!" 아이들 중 하나가 말했다. 늙은이는 킬킬거리면서 터벅터벅 그곳을 떠났다.

아이들은 그를 성가시게 하지 않고 그대로 두었다. 평소 같으면 온갖 못된 짓을 서슴지 않는 아이들이었지만, 이번에는 그냥 떨어진 물건들을 주워 담았다. 아이들은 털이 많은 거친 얼굴의 킬킬거리는 이 늙은이가 몹시 거슬렸다. 약속이나 한 듯 그 늙은이에 대해서는 한 마디도 입에 올리지 않았다.

늙은이는 반대쪽 방향에서 시내로부터 터벅터벅 걸어왔다. 그는 어느 식당 앞에서 잠시 생각해보더니 씩 웃고는 들어갔다. 식당 여주인은 막 두어 명의 마부들을 접대하던 참이었다. 그사이 그녀는 늙은이에게 그가 주문한 화주 한 잔을 가져다주었다. 그는 금방 일어나더니 돈도 지불하지 않고 머리와 어깨를 경련하듯 움찔거리면서 킬킬 웃으며 나가버렸다. 여주인이 소리쳤다. "이 작자 어디 갔어?" 마부들이 그를 따라잡으려 했다. 그러나 금요일이라 빨리 생선을 사러 가야 하는 데다, 당장 시끌벅적 혼란스러워지는 것이 싫은 주인이 아내와 손님들을 말렸다. "그냥 내버려둬요."

그 늙은이는 방해받지 않고 무거운 발걸음으로 계속 터벅터벅 걸어갔다. 그는 큰길을 택하지 않고 작은 장터를 가로질러 이 소도시를 통과했다. 상당히 확신에 찬 모습으로 아까보다 몸을 꼿꼿이 세우고 침착한 표정을 짓고서 그는 도시 가장자리의 정원들 사이로 언덕을 타고 올라갔다.

집들 사이로 난 길은, 아주 가파른 장소에서는 계단으로 끊어지긴 했지만, 여전히 포장이 되어 있었다. 그 길은 언덕에 올라서자 일반적인 들길이 되었다. 그 들길은 마인 강과 국도에서 육지 깊숙이 이어지는 길이었다. 시 가장자리에 딱 붙어서 비슷한 길이 나뉘어져 있었는데, 이 길은 국도와 이어졌다. 반면 가로등과 많은 상점들이 늘어선 이 소도시의 가장 큰 거리는 결국에는 시내를 관통하는 국도의 그저 한 부분이 되었다. 그러나 그 늙은이가 걸어온 계단 길은, 마인 강변 마을들에서 국도를 넘어오는 농부들을 위한 것이 아니라, 멀리 떨어진 마을들에서 작은 장터로 이어지는 가장 짧은 연결로였다.

그 늙은이는 알딩거였다. 일곱 명 중, 퓔그라베가 자진하여 수용소로 돌아간 후 남은 여섯 번째 탈주범이었다. 베스트호펜에서는 탈출한 알딩거가 리바흐까지라도 갈 수 있을 거라고 누구도 믿지 않았었다. 탈출 후 바로 잡히거나, 얼마 안 가 잡힐 것이라고 생각했었다. 그사이 금요일이 되었고, 알딩거는 베르트하임까지 왔다. 그는 밤에는 들판에서 잤다. 한번은 가구 트럭을 네 시간 얻어 타기도 했다. 그는 모든 수색을 피했다. 꾀를 써서가 아니었다. 그의 머리는 책략 같은 것과는 상관이 없었다. 수용소에서 이미 사람들은 그의 지력을 의심했었다. 그는 며칠 동안 아무 말이 없다가 명령이 떨어지면 갑자기 킬킬거렸었다. 수많은 우연은 어느 때고 체포로 이어질 수도 있었다. 훔친 작업복 가운은 그의 죄수복을 거의 가려주지 못했다. 그러나 수많은 우연 중 그 어떤 것도 체포로 이어지지는 않았다.

알딩거는 생각도 계산도 할 줄 몰랐다. 그가 아는 것은 오직 그가 가야 하는 방향이었다. 그의 마을에서 해는 아침에 이쪽에서 뜨고, 정오에는 이렇게 떠 있었다. 게슈타포가 세밀하고도 강력한 추적 도구를 작동시키지 않고 대신 베스트호펜에서 부헨바흐로 이어지는 직선거리를 쫓았더라면, 그들은 이 거리의 어느 지점에서 벌써 그를 붙잡았을 것이다.

시내가 내려다보이는 언덕에서 알딩거는 멈춰 섰다. 그는 주위를 둘러보았다. 얼굴의 경련이 멈추고 시선도 확고해졌다. 거의 인간의 것이라고 할 수 없는 방향감각이 그의 마음속에서 사라졌다. 이제 그것은 더 이상 필요 없었다. 알딩거는 이곳을 너무나 잘 알고 있었다. 이곳에서 그는 한 달에 한 번 그의 마차를 멈추었었다. 그러면 아들들은 저 작은 장터로 바구니들을 운반했고, 그 사이 그는 이 풍경을 감상하곤 했었다. 그의 마을은 멀지 않은 곳에 있었다. 이곳은 일부는 숲으로 둘러싸인, 또 일부는 집들이 들어앉은 작은 언덕이었다. 언덕은 또 물에 반사되었다. 강은 모든 것을 받아들였다가 도로 내어주었다. 심지어 구름과 사람들이 타고 가는 보트들까지. 옛날 그의 눈에는 이 모든 것이 약간 멀리 있는 것처럼, 산만하게 비쳤었다. 옛날……, 그것은 그가 돌아가고자 하는 삶이었다. 그래서 그는 탈출했던 것이다. 옛날에 땅은 저 도시 뒤에서 시작된다고 했다. 옛날엔 그의 마을도 그렇다고 했다.

베스트호펜에서의 첫 며칠 동안, 그의 늙은 머리 위로 욕설과 주먹질이 난무하던 그때, 그는 증오와 분노를 느꼈고, 복수의 욕망도 가졌었다. 그러나 구타는 점점 더 자주, 점점 더 심해졌고, 그의 머리는 늙어갔다. 이 치욕스러운 짓에 복수하겠다는 소망은 점점 시들어갔다. 치욕스러운 행위들에 대한 기억

자체가 희미해져 갔다. 그렇기는 해도 수많은 구타가 남겨놓은 것은 여전히 강력했다.

알딩거는 마인 강 쪽에 등을 돌리고 들길을 따라 마차가 남겨놓은 고랑 사이로 계속 터덜터덜 걸어갔다. 그는 주위를 살펴보았다. 그러나 이번에는 불안하게 두리번거린 것이 아니라, 확고한 지점을 목표로 삼고 찾아보았다. 그의 얼굴은 이제 덜 거칠어 보였다. 그는 작은 언덕 하나를 내려가서는 또 다른 작은 언덕 하나를 올라갔다. 작은 전나무 숲을 통과하고, 작은 보호림을 통과했다. 이 구역은 사람들이 살지 않는 것처럼 보였다. 알딩거는 빈 들판을, 순무 밭을 지났다. 날씨는 아직 꽤 따뜻했다. 하루가 아니라 온 한 해가 정지해 서 있는 듯했다. 알딩거는 이제 자신의 팔다리에 '옛날'을 느꼈다.

부헨바흐의 시장 부르츠는 계획했던 혹은 떠벌렸던 것과 달리 들로 나가지 않고 사무실에 들어가 숨었다. 부르츠는 그 방을 자신의 거실쯤으로 생각하고 있었는데, 그것은 그가 시 행정과 호적 사무를 보는, 물건들이 빼곡 들어찬 곰팡내 나는 작은 방이었다. 아들들은 그에게 동요하지 말고 들로 나가라고 설득했다. 영웅적인 아버지를 원했던 것이다. 그러나 부르츠는 탄식하기를 그치지 않는 아내의 말을 따랐다.

부헨바흐에는 여전히 경비병들이 세워져 있었다. 부르츠의 농장에는 특별 경비까지 세워져 있었다. 이를 두고 동네 사람들은 웃었다. 동네 사람들은 알딩거가 동네 안으로 들어오지는 못할 것이라고 믿었다. 그가 부르츠를 닦달하고 따질 다른 기회를 찾을 것이라고 생각했다. 이 특별 경비대가 얼마나 오래 부르츠를 지켜주겠는가? 특별 경비대를 세운 건 정말이지 비싼 사치였다. 파견된 돌격대 청년들 역시 자기 집 농장 일에 더 필요한, 같은 농부의 아들들이 아닌가 말이다.

잡화상 여주인 슈츠 부인은 부르츠가 사무실에 있는 것을 보았다. 그녀는 이 사실을 상점에서 일을 돕고 있는 질녀의 신랑에게 말해주었다. 그곳은 마을 사람들이 필요로 하는 모든 것을 살 수 있는 상점이었다. 신랑은 치겔하우젠 출신이었다. 그는 자신의 수의사 자동차에 이런저런 물건들이 든 상자를 싣고 예정보다 두어 시간 일찍 도착했다. 그는 이날 저녁쯤에 부르츠에게 혼인신고를 할 예정이었다. 그런데 아주머니가 말했다. "시장이 지금 사무실에 있어." 신랑은 셔츠의 칼라를 단정하게 여몄고, 신부 게르다는 옷을 갈아입기 시작했다. 먼저 준비를 마친 신랑이 길을 건넜다. 사무실 앞에는 경비가 서 있었다. 그는 신랑과 아는 사이였다. "히틀러 만세!" 신랑도 같은 돌격대 소속이었다. 신랑은 갈색 셔츠* 없이 살아갈 수가 없어서 돌격대에 입대한 것이 아니라, 안정되게 일하고 결혼하고, 유산을 물려받기 위해 돌격대원이 된 사람이었다. 만약 돌격대원이 아니라면 이런 것들은 틀림없이 쉽지 않을 것이었다. 돌격대 경비는 그가 혼인신고 때문에 온 것을 보았고, 신랑이 사무실 창을 두드리는 것을 보고 웃었다. 그러나 부르츠는 대답하

---

*돌격대원들이 입던 셔츠를 말한다. 나치 대원을 나타내는 상투적 표현이다.

지 않았다.

부르츠는 히틀러 사진 아래, 책상 앞에 앉아 있었다. 창으로 그림자가 하나 미끄러져 오는 것을 보자 그는 의자 속에서 몸을 움츠렸다. 노크 소리가 나자 그는 미끄러져 내려가 책상을 돌아 기어서 문 뒤로 갔다. "들어가봐. 너희들 둘." 밖에서 경비가 말했다. 그사이 스커트와 블라우스를 차려입은 게르다가 왔다. 신랑은 사무실 문을 노크하고, 들어오라는 외침이 없었으므로 손잡이를 눌렀다. 그러나 문에는 빗장이 걸려 있었다. 경비가 뒤따라와 주먹으로 문을 치면서 소리쳤다. "혼인신고요!"

그러자 부르츠는 빗장을 밀쳤다. 부르츠는 서류를 펼쳐 들고 있는 신랑을 숨을 헐떡이며 빤히 바라보았다. 부르츠는 용기를 내어 민족 근간으로서의 농민에 대해, 국가사회주의 국가에서의 가족의 의미에 대해, 종족의 성스러움에 대해 축사를 늘어놓았다. 게르다는 진지하게 귀 기울여 들었고, 신랑은 고개를 주억거렸다. 밖으로 나온 신랑이 경비에게 말했다. "참 더러운 작자를 지키고 있네, 동지!" 그는 금련화 한 송이를 잡아 뽑아 단추 구멍에 꽂았다. 그러고는 신부와 팔짱을 끼었다. 그들은 마을 길을 따라가 마을 광장을, 히틀러 참나무를 끼고 돌아—이 참나무는 아직까지 어떤 아이도 그늘로 보호해주지 않고, 기껏해야 두어 마리의 달팽이와 참새들만 가려주는 나무였다—교회에 가서는, 법적 혼인신고를 마친 부부로서 목사 앞에 섰다.

알딩거는 마지막에서 두 번째의 언덕을 뒤로했다. 그것은 북스베르크라는 언덕이었다. 이제 그는 지칠 대로 지쳐 있었지만, 자기에게 휴식이란 없다는 것을 알고 있는 사람답게 아주 천천히 터벅터벅 걸었다. 그는 더 이상 주위를 두리번거리지 않았다. 이곳의 구석구석을 그는 잘 알고 있었다. 치겔하우젠의 마지막 들판 사이로 부헨바흐의 몇몇 들판이 이어져 있었다. 예전 그때 경지 정리를 두고 말들이 많았지만, 여기 위에서 보자면 땅은 여전히 농부 아이의 기워 입은 앞치마처럼 네모지게 잘라져 있었다. 알딩거는 무지하게 느린 걸음으로 작은 언덕을 기어올랐다. 그의 시선은 확고하지 않았다. 그렇다고 몽롱하고 산만한 것은 아니었다. 그것은 그가 가야 할, 예측할 수도 규정할 수도 없는 목적지를 예감하고 있는 눈빛이었다.

저 아래 부헨바흐에서는 언제나 이 시간쯤 경비병이 교대를 했다. 부르츠 집의 경비병도 교대했다. 경비병은 술집으로 갔다. 두 명의 교대된 다른 경비병이 와서 합류했다. 그들 셋은 신랑이 목사관에서 돌아가는 길에 그들에게 와서 한잔하기를 바랐다. 부르츠는 낮의 일들과 그가 겪은 쇼크로 피곤했다. 그는 책상에, 신혼부부의 서류 위에, 그들의 족보와 건강증명서* 위에 머리를 얹었다.

알딩거의 처는 들에 있는 자식들에게 점심 식사를 내어 갔

---

*나치 독일에서 모든 예비 신랑 신부는 결혼식 전 호적 사무소에 부부 되기에 결함이 없음을 증명하는 결혼 적격증을 제시해야 했다. 이때 결함이란 혈통 보호에 부적합한 질병이나 위배사항을 뜻했다. 또, 나치 친위대장과 그의 신부는 1750년부터, 또한 친위대원과 그의 신부는 1800년부터 자기 집안에 유대인이 없었음을 증명하는 족보를 제시해야 했다.

다. 그들은 모두 바깥에서 함께 식사를 했다. 예전에는 알딩거네 집에서도 다른 가족과 마찬가지로 가끔 불화가 있었다. 그러나 그 늙은이가 체포된 후 가족들은 하나로 뭉쳤다. 바깥에서 보기에만 그런 것이 아니라, 자기들끼리도 거의 큰소리를 내지 않았다. 이곳에 없는 아버지에 대해서도 말하지 않았다.

명령을 받은 경비 한 명이 언제나처럼 알딩거의 처에게서 눈을 떼지 않고 뒤를 쫓았다. 꼬챙이처럼 마른 몸에 검은 옷을 걸친 알딩거의 처는 이제 마을이 끝나는 곳에 서 있는 두 명의 경비를 지나쳤다. 그녀는 왼쪽도, 오른쪽도 쳐다보지 않았다. 그 모든 것이 그녀와 아무 상관없다는 듯 지나갔다. 그녀는 자기 집 앞의 경비 역시 인지하는 것 같지 않았다. 이웃집 정원의 메마른 벚나무라도 그녀를 감시하라는 명령을 문제없이 수행했을 것이다.

알딩거는 이제 위쪽에 다다랐다. 이 위쪽은 보통 젊은이의 기준으로는 그리 높은 것이 아니었다. 그렇기는 해도 그곳에서는 그 아래 놓여 있는 마을이 보였다. 그 길은 양쪽 1~2미터 정도 개암나무 덤불이 덮고 있었다. 알딩거는 덤불 사이에 앉았다. 그는, 몸의 반쯤을 그늘에 둔 채, 한동안 아주 조용히 앉아 있었다. 지붕들과 들판 일부가 나뭇가지들 사이로 반짝거렸다. 그는 거의 잠이 들 뻔하다가 가볍게 소스라치면서 깨어났다. 그리고 몸을 일으켰다. 아니 일으키려고 애썼다. 그는 계곡으로 눈길을 던졌다. 그러나 계곡은 그가 알던 한낮의 광채 속에, 일상의 달콤한 빛 속에 있지 않았다. 마을 위에 놓여 있는 것은 냉랭하고 엄격한 밝음이었다. 광채와 바람이 하나가 된 밝음, 그래서 그것은 갑자기 전에 없이 분명해지면서, 그로 인해 다시 낯설어졌다. 그러자 깊은 그림자가 땅 위로 떨어졌다.

시간이 지나 오후에 두 명의 농부 아이들이 도토리를 주우려고 올라왔다. 그들은 비명을 질렀다. 아이들은 들판에 나가 있는 부모들에게 달려갔다. 한 아이의 아버지가 그 남자를 보았다. 그는 아이 한 명을 이웃 마을로 보내 농부 볼베르트 씨를 불러오게 했다. 볼베르트가 말했다. "아이고, 알딩거 씨잖아요!" 그러자 처음의 농부도 알딩거를 알아보았다. 아이들과 어른들이 모두 덤불 속에 서서 죽은 자를 바라보았다. 마침내 두 사람은 두어 개의 막대기로 들것을 만들었다.

그들은 경비병을 지나 시체를 마을로 가지고 들어갔다. "거기 누굴 들고 가는 거요?" "알딩거야. 우리가 발견했다네." 그들은 알딩거를 그의 집으로 데려갔다. 그곳이 아니면 어디로 가겠는가? 알딩거 집 앞의 보초에게도 그들은 말했다. "우리가 그를 발견했다네." 보초는 너무 어리둥절한 나머지 그들을 제지하지 못했다.

사람들이 갑자기 남편의 시체를 가져오자, 알딩거의 처는 무릎이 후들거렸다. 그러나 그녀는 마음을 다잡고 자제했다. 남편의 시체가 집으로 왔을 경우 행동해 마땅한 꼭 그대로 침착하게 처신했다. 대문 앞에는 벌써 이웃 사람들이 모여 있었다. 집 앞을 지키던 경비병도, 마을 입구를 지키던 두 명의 새 경비병도, 그리고 술집에 앉아 있던 세 명의 돌격대원도, 목사관에서 나온 신혼부부도 와 있었다. 다만 마을 골목 다른 쪽 끝의 경비병들만 그대로 서 있었다. 그들은 아직 아무것도 알지 못한 채, 알딩거의 침입을 막기 위해 그들이 경비하는 마을 바깥쪽을 돌아보고 있었다. 부르츠의 집 문 앞에도 알딩거가 복수하러 오는 것을 막기 위해 경비병이 그대로 서 있었다.

알딩거의 처는 남편이 없는 동안 내내 깨끗이 보존해온 침대에 새 시트를 깔았다. 그러나 죽은 남편이 너무 거칠어지고 더러운 것을 보고는 우선 그를 자기 침대에 눕혔다. 그녀는 데울 물을 올려놓았다. 그러고는 들에 있는 가족을 데려오라고 큰손자를 내보냈다.

대문 앞에 있던 사람들은 아이에게 길을 터주었다. 아이는 이미 상을 당한 집의 아이답게 입을 앙다물고 두 눈을 내리깔고 있었다. 아이는 곧 아빠, 엄마, 삼촌, 숙모와 함께 되돌아왔다. 알딩거 아들들의 얼굴에는 호기심에 차 모여 선 사람들을 향한 경멸의 표정이 어렸지만, 그들의 방 안으로 들어서자마자 어두운 슬픔에 사로잡혔다. 그러나 곧, 죽은 자는 모든 죽은 자와 같았으므로, 그들의 슬픔은 좋은 아버지에 대한 좋은 아들들의, 일반적이고도 정중한 애도가 되었다.

이제 모든 것이 제자리를 찾았다. 이 집에 들어오는 사람들은 더 이상 '히틀러 만세'를 외치지 않았고, 팔을 들어 올리지도 않았으며, 대신 모자를 벗고 악수를 나누었다. 하마터면 이 늙은 남자를 때려 죽였을지도 모를 돌격대 소속 경비병들은 이번에는 죄짓지 않은 손으로 양심의 가책 없이 들판으로 되돌아갔다. 부르츠의 창 앞을 지나는 사람은 입을 비죽거렸다. 아무도 경멸감을 감추려 하지 않았다. 왜냐하면 부르츠는 자기 자신을 위한, 혹은 자기 가족을 위한 이득을 잃어버릴까 봐 공포에 떠는 인간이기 때문이었다. 사람들은 오히려 어떻게 하여 부르츠 같은 인간이 권력을 갖게 되었는지 스스로 물어보게 되었다. 사람들은 이제 부르츠를 권력에 둘러싸인 이로 보지 않고, 지난 나흘간 보아온바, 젖은 바지를 입고 떨고 있는 보잘것 없는 인간으로 보았다. 국유지 문제 역시, 그곳에 입주한 가족을 선발하는 것을 두고 예전과는 다른 눈으로 바라보았다. 그런 것보다는 감세를 해주는 것이 훨씬 나았을 것이라고 생각했다. 국유지 마을에 들어가려고 부르츠에게 굽신거려?

두 며느리가 알딩거의 처를 도와 함께 죽은 자를 씻기고, 머리칼을 자르고, 좋은 옷을 입혔다. 누더기 같은 죄수복은 불에 처넣었다. 며느리들은 물을 끓였고, 두 번째 물통의 물로써 죽은 자는 마침내 깨끗해졌다. 남은 물은 그들 자신이 상복으로 갈아입기 전에 씻으려고 그대로 두었다.

알딩거가 돌아가고 싶어 했던 '그 옛날'은 이미 문을 열고 있었다. 이제 그는 자기 침대에 눕혀졌다. 조문객들이 도착했다. 식구들은 그들 모두에게 약간의 구운 과자를 대접했다. 게르다의 아주머니는 신랑이 수의사의 자동차에 싣고 와 배달해준 잡화 상자를 서둘러 풀었다. 이제 알딩거네는 틀림없이 비누와 검은 리본, 양초가 필요할 것이기 때문이었다. 모든 것이 제자리를 찾고 있었다. 죽은 자는 마을의 포위를 뚫고 몰래 들어오는 데 성공했던 것이다.

파렌베르크에게 보고가 올라갔다. 여섯 번째 탈주범이 발견되었습니다. 죽은 채 발견되었어요. 어떻게 죽었냐고? 그것은 베스트호펜에 중요하지 않았다. 그것은 하느님의 일이요, 베르트하임 관청과 죽은 자가 소속된 가우*의 농민 조직과 시장이 처리할 일이었다.

  보고를 다 들은 파렌베르크는 무도장이라 불리는 광장으로 나갔다. 이 사건에 관계하고 있는 돌격대와 친위대가 벌써 정렬해 있었다. 걸걸한 목소리가 죄수들을 호령했다. 더럽게 때가 묻고 절망에 지친 죄수들의 종대가 명령에 따라, 마치 죽은 영혼에서 빠져나온 바람처럼 소리 없이 빠르게 행진했다. 수용소장 막사의 문 오른쪽에 아직 온전하게 남아 있는 두 그루의 플라타너스가 가을 늦저녁의 빛을 받아 붉게 빛나고 있었다. 낮이 끝나가고 있었다. 갈대가 무성한 늪에서는 이 저주받은 곳으로 안개가 올라오고 있었다. 케루빔 천사의 얼굴을 한 분젠은, 마치 창조주의 명령을 기다리기라도 하는 듯, 자신의 친위대 앞에 서 있었다. 예전에 문 왼편에 서 있던 열 그루, 아니 열두 그루의 플라타너스 가운데 필요한 일곱 그루만 남기고는 모두 잘라 없애버린 후였다. 돌격대 앞에 선 칠리히가 목숨 줄이 붙어 있는 네 명의 탈주범을 나무에 묶으라고 명령했다. 매

*Gau. 나치 시대의 행정구역.

일 저녁 이 명령이 울려 퍼질 때면, 재소자들의 마음속에는 얼어붙기 전의 마지막 오한 같은 전율이 일었다. 친위대의 경계가 하도 삼엄해 재소자들은 움직일 수도 없었다.

그러나 나무에 매달린 네 남자들은 떨지 않았다. 필그라베조차 떨지 않았다. 죽음 자체가 그에게 이제 좀 점잖게 행동하라고 호통이라도 치고 있다는 듯이, 그는 입을 벌리고 똑바로 앞을 노려보았다. 그의 얼굴에는 어슴푸레한 빛이 어려 있었다. 오버캄프의 취조 불빛과 비교하자면 그저 비참하고 어둠침침한 빛에 불과했지만. 펠처는 눈을 감았다. 그의 얼굴에서 부드러움이 사라졌다. 그 얼굴은 모든 소심함과 허약함이 사라지면서 대담하고 날카로워졌다. 그는 생각을 모았다. 의심하고 핑계를 찾기 위해서가 아니라, 회피할 수 없는 것을 제대로 파악하기 위해 생각을 모았다. 그는 자기 곁에 발라우가 서 있음을 느끼고 있었다. 발라우의 다른 편에는 탈출하자마자 붙잡혀 두들겨 맞았던 저 보이틀러가 서 있었다. 그는 오버캄프의 바람에 따라, 궁색하긴 했지만 그럭저럭 상처를 꿰매고 다시 살아났다. 그 역시 떨고 있지 않았다. 그 역시 오래전에 떠는 것을 멈추었다. 여덟 달 전, 외국환 지폐들을 속에 넣어 꿰맨 상의를 입고 독일 제국의 국경에 섰던 그는 겁이 나서 떠는 바람에 속마음을 들키고 말았다. 이제 그는 발라우의 오른쪽, 결코 꿈꿀 수 없었던 진기한 영예의 자리에, 서 있다기보다 매달려 있었다. 그의 젖은 얼굴은 불빛으로 얼룩져 있었다. 발라우만이 두 눈에 시선을 담고 있었다. 이 십자가 앞으로 끌려 나올 때면 거의 돌처럼 굳어버린 발라우의 심장은 다시 뛰었다. 게오르크가 잡혀 왔을까? 그가 지금 노려보고 있는 것은 죽음이 아니라 재소자들의 행렬이었다. 그렇다. 그는 아는 얼굴들 사이에서 새로 들어온 얼굴을 발견하기도 했다. 그 얼굴은 구빈원에 누워 있던 동지의 얼굴이었다. 그 동지는 게오르크의 은신처를 마련하기 위해 그날 아침 파울 뢰더가 찾아갔던 솅크였다.

이제 파렌베르크 소장이 앞으로 나섰다. 그는 칠리히에게 두 그루의 나무에서 못들을 뽑으라고 명령했다. 잎과 가지 없이 앙상하게 서 있는, 무덤을 대신한 두 개의 진짜 십자가. 주인 없이 못이 박혀 있는 나무는 이제 왼쪽 끝 필그라베 옆의 한 그루뿐이었다. "여섯 번째 탈주범이 발견되었다!" 파렌베르크가 선언했다. "아우구스트 알딩거다. 너희들도 알다시피, 그는 죽었다. 그의 죽음은 그 자신의 책임이다. 우린 일곱 번째 탈주범도 그리 오래 기다릴 필요가 없을 것이다. 즉 그는 도망 중이다. 그러나 우리 국가사회주의 국가는 민족공동체에 반하는 범죄를 저지른 자는 누구든 가차 없이 추적할 것이다. 국가사회주의 국가는 보호할 가치가 있는 것을 보호하고, 처벌받아야 할 것은 처벌한다. 국가사회주의 국가는 근절돼야 할 것을 근절할 것이다. 우리나라에 도주하는 범죄자를 위한 피난처는 없다. 우리 민족은 건강하다. 병든 자가 우리 민족을 흔들고 있다. 미친 자가 우리 민족을 때려죽이고 있다. 탈출 사건이 일어난 지 아직 닷새가 지나지 않았다. 여기 너희들은 두 눈을 치켜 뜨고 내 말을 새겨 넣어라."

뒤이어 파렌베르크는 막사로 되돌아갔다. 분젠은 죄수들 대열에게 2미터 앞으로 나오라고 명령했다. 이제 나무들과 대열의 첫 줄 사이에는 아주 좁은 공간이 남아 있었다. 파렌베르크가 일장 연설을 하고 뒤이어 명령을 받고 하는 동안 날은 완전히 저물었다. 좌우에서 돌격대와 친위대가 죄수들의 대열을 죄었다. 무도장 위로, 그리고 그 뒤로 안개가 둘러쌌다. 모두가 자기 자신을 포기하게 되는 시간이었다. 죄수들 가운데 신을 믿는 자들은 신이 그들을 버렸다고 생각했다. 전혀 아무것도 믿지 않는 자들은, 몸이 살아 있어도 인간이 썩어갈 수 있는 것처럼, 그들의 내면을 썩어가게 내버려두었다. 죄수들 가운데 인간 내면에 존재하는 힘 외에 아무것도 믿지 않는 자들은, 이 힘이 그저 자신들의 안에만 살아 있으며, 그들의 희생이 소용없게 되고, 그들의 민중이 그들을 잊었다고 생각했다.

파렌베르크는 책상 뒤에 앉았다. 그가 앉은 자리에서는 창을 통해 십자가들의 뒷모습, 돌격대와 친위대의 옆모습, 죄수 대열의 정면을 볼 수가 있었다. 그는 보고서를 작성하기 시작했다. 그러나 이 업무를 하기에 그 역시 너무 흥분해 있었다. 그는 수화기를 들고 단추를 누르다가 다시 수화기를 놓았다.

오늘이 며칠이더라? 이날도 이미 기울고 있었다. 그렇기는 해도 그가 스스로 정해놓은 기한이 아직 사흘은 남아 있었다. 나흘 안에 여섯 명을 발견했다면, 사흘 안에 한 명은 문제없이 잡아들여야 할 것이다. 게다가 이 한 명은 이미 포위된 것이나 다름없었다. 이자는 한숨도 자지 못할 것이다. 유감스럽게도 파렌베르크, 그 역시 한숨도 자지 못했다.

막사 안이 거의 어두워졌다. 그는 전등을 켰다. 파렌베르크의 방에서 나온 불빛으로 인해 나무들의 그림자가 죄수들의 대열 첫째 줄 앞까지 뻗어갔다. 그들이 서 있은 지 얼마나 지난 것일까? 벌써 밤인가? 여전히 해산 명령은 떨어지지 않고, 나무에 묶인 남자들의 힘줄은 화끈거리고 당겼다. 갑자기 대열의 뒤쪽 셋째 줄에 있던 누군가가 크게 비명을 내지르더니—이에 네 탈주범은 움찔하고 경련하면서 못들에 부딪쳤다—앞으로 내달으며 그의 앞사람을 쳤다. 그는 앞사람을 함께 잡아끌면서 땅바닥에서 뒹굴고 울부짖으며 몸부림을 쳤다. 그는 이미 두들겨 맞으며 발길에 채이고 있었다. 돌격대가 여기저기서 들어섰다.

이 순간 안쪽 수용소에서 모자를 쓰고 방수 코트를 입은 피셔 경감과 오버캄프 경감이, 그들의 서류철과 손가방을 든 전령을 대동하고 나타났다. 이곳에서의 오버캄프의 활동은 끝났던 것이다. 그의 베스트호펜 파견과 게오르크 하이슬러의 추적은 이제 상관이 없었다.

두 번의 명령, 그리고 모든 것이 조금 전과 같아졌다. 쓰러진 죄수와 그 앞사람은 이미 끌려 나갔다. 두 경감은 좌우를 보지 않은 채 십자가들과 대열 첫 줄 사이를 지나 소장의 막사 쪽으로 갔다. 지나가는 길이 이상하다는 것을 알아챈 것 같지도 않았다. 짐을 든 전령은 소장실의 문 앞에 서 있었다. 그는 놀라서 이 모든 것을 멍하니 바라보았다. 두 경감은 곧 다시 나와서 왔던 길을 되돌아 지나갔다. 이번에 오버캄프의 시선은 나무들을 훑었다. 발라우의 시선이 그와 부딪쳤다. 오버캄프는 거의 눈에 띄지 않을 정도로 멈칫했다. 그의 얼굴에는 발라우를 알아보았다는 표정, '유감'과 '당신 잘못이지 뭐' 하는 표정이 뒤섞여 나타났다. 아마도 이 뒤섞인 표정 속에는 일말의 존경심도 들어 있었으리라.

오버캄프는 그가 수용소를 떠나자마자 이 네 남자가 끝장나리라는 것을 알았다. 수용소 측은 기껏해야 일곱 번째 탈주범이 잡혀 올 때까지만 그들을 살려두리라. 그 이전에 소장이 서투르게 행동하지 않고 참을성을 잃지 않는다면 말이다.

무도장의 사람들은 차 시동이 걸리는 소리를 들었다. 사람들의 마음은 그쪽으로 향했다. 나무에 묶인 네 사람 중 발라우만이 그들이 이제 패배했다는 것을 분명하게 인식했다. 그런데 게오르크는? 그 역시 발견되어서 이리로 오고 있는 길일까?

"발라우가 맨 처음 자기들이 졌다는 걸 알게 되겠지요." 피셔가 말했다. 오버캄프는 끄덕였다. 그는 오래전부터 피셔를 알아왔다. 둘은 온갖 무공훈장을 받은, 애국적인 남자들이었다. 둘은 이 체제하에서 가끔씩 함께 일해왔다. 오버캄프는 그의 직업에서 경찰의 통상적인 방식을 사용했다. 즉 그의 취조 방식은 강한 자에게 강하게 대하는 것이었다. 취조는 그에게 있어, 다른 모든 일과 마찬가지로 하나의 일이었다. 그러나 그 일이 그에게 즐거움을 안겨준 것은 아니었다. 즐거움이라니, 당치도 않았다. 그가 취조하여 진술을 캐내야 하는 사람들을 그는 항상 자신이 생각하는 질서의 적으로 간주했다. 오늘도 그는 자신이 취조하여 진술을 캐낸 사람들을 질서의 적으로 여겼다. 자기가 생각하는 질서의 적으로. 이런 점에서 그가 하는 일은 복잡할 것이 없었다. 그런데 그가 대체 누굴 위해 일하고 있는가 하는 것을 생각할 때, 그럴 때면 상황은 그에게 불분명해졌다.

그러나 오버캄프는 베스트호펜 생각을 떨쳐버렸다. 게오르크 건은 그대로 남겨두라지. 그는 시계를 보았다. 그들에게는 70분 후 프랑크푸르트에서 약속이 있었다. 그들의 자동차는 안개 때문에 시속 40킬로미터로 달렸다. 오버캄프가 자동차의 앞 유리를 닦아냈다. 그는 가로등 불빛에 비친 마을의 출구를 알아보았다. "이보게! 멈추게!" 갑자기 그가 소리 질렀다.

"내려요, 피셔! 금년에 모스트* 마셔봤소?" 자동차에서 안개 속 인적 없는 땅에 내려서자 이제는 생각하기도 싫은 일의 긴장과 압박감이 사라졌다. 그들은 마을의 술집으로 들어갔다. 메텐하이머가 딸 엘리와 함께, 하나도 달갑지 않은 베스트호펜 면회 허가를 받고 찾아와 딸을 기다리던 바로 그 술집이었다.

파울 뢰더가 일을 마치고 집으로 올라왔을 때, 게오르크는 전혀 물어볼 필요가 없었다. 은신처를 찾는 일이 어떻게 되었는지 파울의 얼굴에서 금방 알 수 있었기 때문이었다.

---

*대체로 압착하여 얻은, 발효 중인 과일즙을 말한다. 포도, 사과, 배 등의 과일로 만든다. 포도의 경우에는 포도주가 되기 전 단계로서, 발효가 덜 된 포도즙이 된다. 이 포도즙은 회백색으로 알코올 농도가 강하다.

리이젤은 그녀의 효모 반죽 경단을 내놓고 남자들이 '아!' 와 '음!' 소리를 내지르며 맛있게 먹어주기를 기다리고 있었다. 그러나 남자들은 그 효모 반죽 경단이 마치 양배추 튀김인 것처럼 맛없게 씹고 있었다. "당신 어디 아파?" 리이젤이 파울에게 물었다. "아냐, 아플 일이 왜 있겠어? 그저 오늘 재수가 좀 없었을 뿐이야." 그는 그을린 팔을 내보였다. 남편이 고맙다는 말 없이 먹고 있는 데 대한 이유가 생겨서 리이젤은 거의 반가울 지경이었다. 그녀는 덴 자리를 살펴보았다. 리이젤은 어려서부터 가족에게 생겼던, 작업장에서의 크고 작은 상처에 익숙했다. 그녀는 작은 연고 단지를 가져왔다. 갑자기 게오르크가 말했다. "나도 이제 붕대 안 감아도 될 것 같아. 리이젤, 그렇게 치료를 잘한다면, 내게도 연고를 좀 발라줘요."

파울은 아내가 별로 놀라지 않고 그 더러운 붕대를 풀어내는 모습을 말없이 지켜보았다. 첫째와 둘째 아이가 게오르크의 의자 팔걸이 너머로 보고 있었다. 한 시선이 게오르크를 붙잡았다. 파울의 작고 파란 두 눈이 단호하고 차갑게 지켜보았다. "당신 운이 좋았네요, 게오르크." 리이젤이 말했다. "유리 파편이 눈에 들어가지 않았으니 말이에요."

"운! 운이라!" 게오르크가 말했다. 그는 자기 손바닥 안쪽을 살펴보았다. 리이젤은 상당히 솜씨 좋게 연고를 바르고 엄지 손가락만 붕대로 감아주었다. 그가 손 모양을 잘 유지하고 있으면 아무 상처도 없어 보였다. 리이젤이 외쳤다. "잠깐! 그러지 마요! 아직 빨아서 쓸 수 있었는데." 게오르크가 일어나서 그 낡은 붕대 쪼가리를 효모 반죽 경단을 만들고 나서 아직 불이 남아 있던 화덕 속으로 재빨리 던져버렸던 것이다. 파울이 꼼짝 않은 채 그의 움직임을 쫓고 있었다. "이럴 수가." 리이젤이 말했다. 그녀는 창문을 열어젖혔다. 냄새를 풍기는 가느다란 연기가 도시의 대기 속에서 다시 한 번 나부꼈다. 공기는 공기로, 연기는 연기로. 이제 그 의사는 편안히 잠자겠지. 그 의사에게 올라가다니, 그 무슨 무모한 일이었던가! 의사의 두 손은 얼마나 노련했던가! 의사의 두 손에는 마음과 이해심이 함께 들어 있었지!

"이봐, 파울." 게오르크가 아주 쾌활하게 말했다. "클라이더 모리츠 씨 생각나?" "그럼." 파울이 말했다. "생각나? 우리가 그 영감님을 심하게 화나게 했잖아. 그래서 그가 너희 아버지에게 와서 불평을 했지. 그래서 너희 아버지가 널 두들겨 팼는데, 그때 그 영감님이 옆에 서서는 이렇게 소리를 질렀잖아. '그렇게 머리를 때리진 마시오, 뢰더 씨, 그러면 머리가 나빠져요. 엉덩이 때려요, 엉덩이를!' 그 영감님 괜찮은 분이었는데, 안 그래?" "그래, 참 괜찮았지. 너희 아버지도 널 고약하게 마구 두들겨 팼잖아." 파울이 말했다. "안 그랬음 너 더 똑똑해졌을 텐데."

한 3분 정도 그들은 가벼운 기분이었다. 그러고 나자 다시 당면하고 있는 문제가 어찌해볼 도리 없이 참을 수 없는 무게로 그들의 마음을 짓눌렀다. "파울." 리이젤이 걱정스럽게 불렀다. 왜 남편은 멍하니 앞을 노려보고 있는 것일까? 그녀는 게오르크에게는 주의를 기울이지 않았다. 식탁을 치우는 동안 그녀는 끊임없이 파울을 흘끔거렸고, 아이들을 재우러 가면서도 문틈으로 재빠르게 남편을 살펴보았다.

"쇼르쉬," 아내의 뒤에서 문이 닫히자 파울이 말했다. "지금 상황은 보는 그대로야. 무언가 더 현명한 방안을 생각해내야 해. 오늘 밤은 여기서 자도 돼."

게오르크가 말했다. "그사이 온 구역에 내 사진이 걸려 있는 거 알고 있어? 모든 구역 감시인에게 내 사진이 가 있는 거 알아? 또 구역 감시인들은 모든 건물 관리인들에게 돌렸다는 것도? 점점 더 좁아들고 있어." "어제 네가 올라오는 걸 본 사람이 있어?" "복도에 사람은 없었지만, 장담은 못해."

"리이젤," 파울이 불렀다. "있지, 몹시 목이 마르네. 왜 이렇게 갈증이 나는지 모르겠어. 얼른 나가서 맥주 한 병 사다줘."

리이젤은 빈 병들을 꾸렸다. 그녀는 순순히 밖으로 나갔다. 맙소사, 무엇이 남편을 그리 내리누르는 걸까?

"우리, 리이젤에게는 아무 말 말아야겠지?" 파울이 물었다. "리이젤에게? 안 돼. 말하면 날 여기 있으라고 하겠어?"

파울은 침묵했다. 어려서부터 알아왔고, 속속들이 잘 알고 있는 리이젤에게 갑자기 알려줄 수도, 들여다보게 할 수도 없는 틈이 생긴 것이다. 두 사람은 골똘히 생각에 잠겼다. "너의 엘리 말이야." 그러다가 파울이 말했다. "네 전 와이프." "그 여자가 무슨 상관이야?" "그녀 가족은 그래도 좀 사정이 낫잖아. 그런 사람들은 다른 사람들을 알고 있지 않을까. 내가 내일 그리로 가볼까?" "안 돼! 그녀는 감시당하고 있어! 게다가 그녀가 어떤 생각을 갖고 있는지 넌 몰라."

그들은 계속 골똘히 생각에 잠겼다. 맞은편 지붕들 뒤로 해가 넘어가고 있었다. 골목에는 벌써 가로등이 켜져 있었다. 해는 꺼지기 전 마지막으로 아주 멀리 떨어진 구석을 노리는 것 같았다. 저녁 빛이 비스듬히 그리고 평평하게 그들의 방 안으로 스며들고 있었다. 두 남자는 그들의 생각을 휘젓고 있는 그 모든 것이 모래가 되어 떨어지고 있음을 동시에 느꼈다. 둘은 계단 쪽으로 귀를 기울였다.

리이젤이 맥주병들을 가지고 들어왔다. 이번에는 아주 흥분해 있었다. "나 참 웃겨서." 그녀가 말했다. "술집에서 누가 우리 집에 대해 물어보았대." "뭐? 우리 집에 대해?" "우리가 어디 사는지 메니히 부인에게 물어보았대. 우리가 어디 살든, 그자가 모른다면, 메니히 부인도 말할 필요가 없는 거지."

게오르크는 몸을 일으켰다. "이제 가봐야겠어요, 리이젤. 정말 고마웠어요, 모든 것이." "같이 맥주 좀 마시고 가요, 게오르크." "미안해요, 리이젤. 많이 늦었네, 그럼……." 그녀가 전등을 켰다. "이제 친구 사이에 너무 그렇게 소식 끊고 지내지 마요." "그럼요, 리이젤." "당신은 어디 가려는 거야?" 리이젤이 파울에게 물었다. "나더러 맥주 사오라 그러지 않았어?" "게오르크를 모퉁이까지만 바래다주고 올게. 곧 돌아와." "아냐, 여기 있어!" 게오르크가 큰 소리로 말했다. 파울이 침착하게 말했다. "모퉁이까지만 함께 갈게. 내가 그러고 싶어."

파울은 문간에서 다시 한 번 몸을 돌렸다. 그는 말했다. "여보, 잘 들어. 게오르크가 우리 집에 왔었다고 아무에게도 말해선 안 돼." 리이젤은 화가 나서 얼굴이 빨개졌다. "대체 무슨 일을 저지른 거야? 왜 내게 바로 말하지 않은 거야?" "갔다 와서 모두 얘기해줄게. 입 다물고 있어. 안 그러면 나쁜 일이 생길 거야. 내게도, 아이들에게도."

리이젤은 닫힌 문 뒤에 멍하니 서 있었다. 아이들에게도 안 좋은 일이 생긴다고? 파울에게도 안 좋은 일이? 그녀는 몸이 뜨거워졌다가 차가워졌다가 했다. 그녀는 창으로 가서, 하나는 크고 하나는 작은 두 사람이 가로등 사이로 걸어가는 것을 지켜보았다. 그녀는 불안했다. 그녀는 식탁 앞에 앉아, 날이 완전히 저물어가는 동안, 남편이 돌아오기를 기다렸다.

"너 지금 당장 돌아가지 않으면," 화가 나서 일그러진 얼굴을 하고 쉰 목소리로 낮게 게오르크가 말했다. "넌 파멸할 거야. 내게도 아무 도움이 안 되고." "입 닥쳐! 내가 뭘 하는지는 내가 잘 알아. 넌 내가 이끄는 대로 가는 거야. 방금 리이젤이 올라왔을 때, 우리 무척 놀랐잖아. 그걸 보니 저들이 내게도 파고든 모양이야. 내게 좋은 생각이 떠올랐어. 이제 리이젤이 비밀을 지킨다면, 그녀는 겁이 나서 우릴 위해 그렇게 할 텐데, 넌 오늘 밤은 최악의 상황에서 벗어난 거야." 게오르크는 아무 대꾸도 하지 않았다. 그의 머리는 텅 비어서, 거의 아무런 생각이 없었다. 그는 파울을 따라 시내로 들어섰다. 어느 곳에도 갈 데가 없는데, 생각은 뭐 하러 하랴? 그의 심장만이 뛰고 있었다. 심장은 마치 대접이 나쁜 자신의 집에서 빠져나가기를 바라는 것처럼 뛰고 있었다. 그가 레니에게 가려고 했던 이틀 전 저녁과 같았다. 게오르크는 마음을 진정시키려고 애썼다. 그거하고 비교할 수는 없지. 그래도 파울인데. 그걸 잊지 마. 이건 연애 사건과는 상관없는 거야. 이건 우정이라고. 네가 아무도 믿지 않는다고? 그래도 한 친구를 믿을 용기쯤은 가져야지. 진정해. 끝없이 그렇게 계속해서 펄떡일 수는 없잖아. 네가 날 방해하고 있어.

"차를 타지 않고 걸어갈 거야." 파울이 말했다. "10분도 안 걸려. 내가 널 어디로 데려가는지 설명해줄게. 오늘 아침에도 난 여길 지나갔었어. 네 그 빌어먹을 자우어를 만나러 가던 길에 말이야. 우리 카타리나 아주머니가 여기 사셔. 운수회사를 하고 있지. 큰 사업체야. 자동차가 서너 대 돼. 오펜바흐 출신인 내 처남이 여기 취직을 하려고 해. 운전면허증을 뺏기고 지금 교도소에 갇혀 있는데, 혈중 알코올 농도가 높았어. 그가 내게 편지를 보냈어. 나중에 나오면 있을 취직자리를 알아봐 달라고. 아주머닌 아무것도 모르셔. 처남을 전혀 알지 못해. 내가 아주머니께 널 소개할게. 넌 그저 모든 것에 '네, 아니오'라고만 대답하면 돼."

"그럼 서류는? 그리고 내일은?" "둘, 하나, 셋이 아니라 하나, 둘, 셋하고 세는 데 좀 익숙해져 봐. 이제 넌 가야 해. 오늘 밤 어디에서든 묵어야 해. 오늘 밤 죽고 나서 내일 서류를 가지면 뭐해? 내일 내가 지나가며 들를게. 파울에게는 언제나 무슨 생각이 떠오른다니까."

게오르크가 파울의 팔을 살짝 건드렸다. 파울은 그를 올려다보았다. 파울은 아이들에게 울지 말라고 달랠 때 하는 것처럼 살짝 얼굴을 찡그렸다. 그의 이마 쪽에는 주근깨가 덜해서 얼굴의 나머지 부분보다 밝았다. 파울이 함께 가준다는 단순한 사실이 게오르크를 진정시켰다. '그가 돌아서지만 않으면 좋겠군.' 게오르크가 말했다. "파울, 언제라도 우리 둘이 함께 체포당할 수 있어." "뭣 땜에 그런 걸 생각해?"

시내는 밝았고 사람들로 차 있었다. 때때로 파울은 아는 사람을 만나 인사를 하고 인사를 받았다. 그럴 때면 게오르크는 고개를 돌렸다. "매번 그렇게 고개 돌리지 마." 파울이 말했다. "사람들은 널 알아보지 못해." "넌 날 곧장 알아봤잖아, 파울." 그들은 메처 골목으로 들어섰다. 그 거리에는 두 개의 수리 공장과 하나의 주유소, 두어 개의 술집이 있었다. 파울이 자주 이곳을 지나다녔으므로, 그는 자주 인사를 받았다. '히틀러 만세'를 주고받았고, 여기저기서 '꼬마 파울'이라는 인사를 받았다. 성문 통로에서도 한 번 더 멈춰 세워졌다. 돌격대원, 두 명의 여자, 그리고 안마당을 향해 있는 작은 방에서 나온 작은 남자. 그 남자의 코는 오늘 저녁 고양이 머리처럼 반짝이고 있었다. "우리 아직 해를 쬐고 있는데, 잠깐 들어오지, 꼬마 파울." "우선 카타리나 아주머니께 인사를 하고요." "우아!" 카타리나라는 이름만으로도 등골이 오싹한 듯, 그 늙은이가 소리를 질렀다. "이리 와요. 고양이 머리 양반." 두 여자가 말하며 그를 가운데에 끼어 끌고 갔다. 뒤이어 마당에서 화물차가 한 대 나오더니 그들을 왼쪽 오른쪽 벽으로 밀어붙였다. 게오르크와 파울이 안 마당으로 들어서자 거기 카타리나 아주머니, 즉 가블러 부인이 문턱에 친히 서 있었다. 그녀는 막 차량을 내보낸 참이었다. 도시에서 도시로 가는 이삿짐들은 주로 밤에 출발했다.

"이 사람이 제가 얘기하던 처남이에요!" 파울이 말했다. "이 사람이야?" 아주머니가 말했다. 그녀는 게오르크를 잠깐 바라보았다. 어깨가 떡 벌어진 아주머니는 억센 인상이었다. 그러나 살이 쪄 그런 것이 아니라 뼈대 자체가 그래 보였다. 심술궂게 튀어나온 이마 위로 덥수룩하게 늘어진 백발의 머리카락과, 심술궂고 날카로운 두 눈 위의, 역시 하얀 색깔의 눈썹은 그녀를 백발 노파로 보이게 하는 것이 아니라, 태어나면서부터 흰 갈기를 지닌 괴상한 피조물처럼 비치게 했다. 그녀는 다시 한 번 흘깃 게오르크를 쳐다보았다. "바로 일할 수 있겠어?" 그녀는 잠깐 대답을 기다리더니, 우연히 그러는 것처럼 게오르크의 모자를 쳤다. "벗게! 앞 차양만 달린 모자 없어?" "짐이 아직 우리 집에 있어요." 파울이 말했다. "처남은 오늘 우리 집에서 자려고 했어요. 그런데 우리 꼬마 파울이 끙끙거리잖아요. 리이젤 생각에 아마 홍역 같다는 거예요." "잘됐군." 아주머니가 말했다. "왜 그 문에 서서 우물거리나? 들어오든지 아니면 바깥에 있든지." "잘 있어, 오토, 잘해." 게오르크의 머리에서 벗겨진 모자를 쥐고 있던 파울이 말했다. "안녕히 계세요. 카타리나 아주머니. 히틀러 만세!"

그 사이 게오르크는 아주머니의 얼굴을 자세히 살펴보았다.

그것은 그가 앞으로 몇 시간 동안 거쳐 지나가야 할 지형이었다. 아주머니도 그녀 편에서 게오르크를 바라보았다. 세 번째로, 이번에는 엄하고 철저하게. 게오르크는 아주머니의 시선에 물러나지 않았다. 두 사람 모두 서로 잘 보여야 할 이유가 없었다. "나이가 몇이야?" "마흔 셋입니다." "그놈의 파울이 날 속여먹었군. 내 회사는 늙은이나 받아들이는 병원이 아니야." "일단 제가 일하는 것부터 보고 말씀하시죠." 아주머니의 콧구멍이 벌렁거렸다. "당신 같은 이들이 어떨지는 잘 알아. 자, 빨리 빨리 옷 갈아입어." "작업복 하나 주세요, 가블러 부인. 제 짐이 아직 파울 집에 있어서요." "뭐야?" "밤에도 일을 하는 줄은 몰랐습니다." 그러자 아주머니는 욕을 하기 시작했다. 욕은 뿜어져 나왔다. 그것은 몇 분 동안 이어졌다. 아주머니가 자기를 쳐서 때렸다 하더라도 게오르크는 이상하게 생각하지 않았을 것이다. 그는 미소를 지으며 말없이 그녀의 욕설을 들었다. 아주머니는 가로등 불빛에 그 미소를 보았을 수도, 보지 않았을 수도 있었다. 아주머니가 욕설을 끝내자 게오르크가 말했다. "제게 줄 작업복이 없으시다면, 팬티 바람으로 일하지요, 뭐. 처음 여기 왔는데, 밤에도 일하는 줄 제가 어떻게 알았겠습니까?"

"이 작자를 다시 집으로 데려가게!" 게오르크의 모자를 손에 들고 갑자기 다시 돌아온 파울에게 아주머니가 소리를 질렀다. 파울은 골목을 걸어 내려가는데 술집에서 사람들이 그에게 히틀러 만세를 외치기에, 팔을 흔들었고, 자신의 손에 들린 게오르크의 모자를 보았던 것이다. 파울은 아주머니의 말에 소스라치게 놀랐다. 그는 얼굴을 찡그렸다. "내일까지만 써보세요. 제가 다시 올게요. 그때 알려주세요." 파울은 할 수 있는 한 재빠르게 도망쳐버렸다.

"파울이 아니었다면," 아주머니는 이제 누그러진 어조로 말했다. "당신 같은 작자는 파멸이야. 내 사업은 그렇게 더러운 일이 아니지. 이리 와." 게오르크는 아주머니의 뒤를 따라 안마당을 가로질렀다. 안마당은 그에게 너무 밝고 너무 활기찬 듯이 여겨졌다. 안마당 쪽으로 난 술집 문 사이로 또 여러 집의 문들 사이로 사람들이 오고 갔다. 이미 시선들이 그를 훑고 있었다. 열린 차고에는 빈 자동차 앞에 경관이 한 명 서 있었다. 나보다 먼저 저자가 와 있었던 것은 아니겠지, 게오르크는 생각했다. 그의 몸에서 땀이 흘러내렸다. 경관은 게오르크에게 주의를 기울이지 않았다. 그는 무슨 서류를 요구하고 있었다. "저기서 헌 옷가지를 찾아봐." 아주머니가 게오르크에게 말했다. 아주머니가 사무실로 사용하는 방의 창에서는 차고 안을 내다볼 수 있게 되어 있었다. 경관은 게오르크가 여기저기 널려 있는 기름 묻은 작업복 중의 하나에 몸을 끼워 넣는 것을 멍하니 보고 있었다. 그런 다음 경관은 밝은 창을, 아주머니의 크고 하얀 머리통을 바라보았다. 그는 웅얼거렸다. "무슨 저런 여자가 다 있담." 경관이 가버리고 나자 아주머니가 창으로 얼굴을 내밀었다. 아주머니는 이 창문이 그녀의 명령을 나르는 다리임이 분명한 태도로 팔을 괴었다. 그리고 욕을 하면서 소리쳤다. "나가, 마당으로 나가라고, 이 느림뱅이야! 저 자동차가

한 시간 반 후 아샤펜부르크로에 가야 한다고. 빨리, 빨리!"
 게오르크는 창 밑으로 다가갔다. 그러고는 위를 보고 말했다. "제가 무슨 일을 해야 할지 제발 좀 조용히 자세하게 설명해주세요." 아주머니는 두 눈을 가느스름하게 떴다. 그녀의 동공이, 자기 가족도 못 먹여 살리는 칠칠치 못한 작자라고 전해 들었던 이 남자의 얼굴을 뚫어질 듯 노려보았다. 그러나 아무리 보아도, 어떤 타격이 일그러뜨려 놓은 것이 분명한 이 작자의 얼굴을 어떻게 해볼 도리는 없었다. 아주머니의 차고는 평소에도 추운 곳이긴 했다. 하지만 이 작자의 얼굴을 보고 있자니, 처음으로 냉기가 느껴졌다. 아주머니는 게오르크가 어떻게 차를 정비해야 하는지 조용히 설명하기 시작했다. 그녀는 게오르크가 일하는 것을 날카롭게 보고 있었다. 잠시 후 아주머니는 사무실을 나와 그의 옆에 서서 몰아대기 시작했다. 게오르크의 반쯤 나은 손은 재빨리 다시 작동했다. 그가 더러운 천 조각을 이빨과 오른손을 써서 묶는 것을 보고 아주머니가 소리쳤다. "다 나아서 빨리빨리 일을 하든가, 아니면 집으로 가든가!" 게오르크는 아무 대꾸도 하지 않았다. 더 이상 그녀를 쳐다보지도 않았다. 그는 생각하고 있었다. 아주머니는 이런 분이고 다르게는 안 되는 분이야. 이럴 수밖에 없고, 다르게는 행동할 수가 없는 거야. 결국 모든 게 다 지나가겠지. 게오르크는 복종했다. 이를 악물고 빠르게 일했다. 그러자 곧 지쳐서 더 이상 아무것도 무서운 것이 없었고, 아무것도 생각할 수가 없게 되었다.

한편 리이젤은 어두운 부엌에서 남편을 기다리고 있었다. 10분이 지나도 파울이 돌아오지 않자, 그녀는 파울이 꽤 먼 거리를 게오르크와 함께 갔음을 알았다. 무슨 일이 벌어진 걸까? 두 사람이 무슨 일을 꾸미는 걸까? 어째서 파울은 아무것도 그녀에게 얘기하지 않은 걸까?

이날 저녁은 몹시 조용했다. 5층의 망치질도, 3층의 욕설도, 라디오에서 나오는 행진곡도, 길 위를 지나 창문에서 창문으로 건너가는 웃음소리도, 이 정적보다 크지 않았다. 계단을 올라오는 가벼운 발소리조차도 이 정적을 뛰어넘지 못했다.

리이젤은 일생에 딱 한 번 경찰과 관련된 적이 있었다. 열 살인가 열한 살의 어린아이 때였다. 그녀의 오빠들 중 하나가 무슨 사고를 쳤었다. 후일 가족들이 그 일을 전혀 입에 올리지 않은 걸 보면, 아마 전쟁에서 전사한 오빠였을 것이다. 그 오빠는 지금 플랑드르*에 묻혀 있다. 그러나 당시 가족 모두를 목 졸랐던 공포는 리이젤의 핏속에 여전히 남아 있었다. 양심과는 아무 상관이 없는 공포, 가난한 사람들의 공포, 독수리 앞에 선 닭의 공포, 국가의 추적에 대한 공포. 국가가 누구의 것인지 헌법과 법전보다 더 잘 알려주는, 이 오래고 오래된 공포. 그러나 동시에 리이젤은 막아서기로 굳게 결심했다. 이빨과 발톱을 세우고 꾀와 술책을 써서 자기 자신과 새끼들을 보호하기로 결심했다.

---

*벨기에 서부를 중심으로 네덜란드 서부와 프랑스 북부에 걸쳐 있는 지방.

마지막 층계참을 밟는 발자국 소리가 그녀의 집 앞에 서는 것이 확실해졌을 때, 그녀는 벌떡 일어났다. 전깃불을 켜고는 공포로 숨이 가쁜, 메마른 목소리로 노래하기 시작했다. 그러면서 리이젤은, 노래와 밝음은 거리낄 것 없는 양심을 가리킨다고 스스로에게 말하고 있었다. 그녀의 문 앞에 선 사람은 벨을 누르기 전 실제로 망설였다.

그는 제복을 입고 있지 않았다. 그녀가 알지 못하는 얼굴, 속을 드러내지 않는, 아무것도 말해주지 않는 흐릿한 얼굴을 리이젤 집의 불빛이 비추었다. 틀림없이 비밀 요원이야. 리이젤은 속으로 말했다. 그녀는 생각 속에서 이 표현을 썼다. 파울은 이런 일을 그녀와 거의 얘기한 적이 없었으므로, 그녀는 어디선가 우연히 들었던 비밀 요원이라는 표현을 쓴 것이다. 이 자는 재킷 안쪽에 틀림없이 형사 배지를 달고 있을 거야.

"뢰더 부인이십니까?" 남자가 물었다. "보시는 대로요." "남편 계신가요?" "아니오." 리이젤이 말했다. "나갔는데요." "대략 언제쯤 집에 오시나요?" "저도 사실 모르겠어요." "그래도 집에 오시긴 하겠지요?" "모르겠어요." "여행 떠나셨나요?" "네, 다른 지방에 갔어요. 남편의 아저씨께서 돌아가셔서요." 반은 문 뒤에 몸을 숨기고 반은 그림자 속에서 리이젤은 낯선 얼굴에 경련이 이는 것을 보았다. 분명 실망의 표정이었다. 이제 가겠지, 그녀는 생각했다. 그러나 남자는 다시 한 번 돌아섰다. "집 떠나신 지 오래됐나요?" "꽤 됐어요." "그럼, 히틀러 만세!" 그의 등 역시 실망한 것처럼 보였다. 그는 어깨를 으쓱했다.

리이젤은 다시 한 번 소스라치게 놀랐다. 그가 건물 관리인에게 물어본다면 어떡하지?

그녀는 양말 바람으로 살그머니 나가서 귀를 기울여보았다. 그러나 그 낯선 남자는 물어보지 않고 떠났다. 리이젤은 부엌 창으로 돌아가서 남자가 조용한 골목길을 떠나가는 것을 지켜보았다.

이날 저녁 프란츠로 하여금 파울 뢰더네 집으로 가게 만든 것은 반은 희망이요, 반은 가능성에 대한 일종의 방향감각이었다. 조용한 거리를 지나 버스 정류장을 향해 가면서 그는 실망하고 낙담한 기분이었다. 그는 버스를 타고 시내의 반대편 끝으로 갔다. 그곳 어느 술집에 자신의 자전거를 맡겨놓았던 것이다. 그는 자신의 자전거를 타고 헤르만의 집이 있는 주거단지로 향했다.

헤르만은 프란츠가 오리라고 확신했기 때문에 15분이 지날 때마다 점점 더 불안해하던 참이었다. 프란츠가 이렇게 여러 날 저녁 연달아 그를 찾아오지 않은 것은 드문 일이었다. 이날 저녁 헤르만은 깨달았다. 프란츠가 그에게서 충고를 가져가는 것처럼, 그 역시 자신이 생각하는 것보다 더 많이 프란츠를 필요로 하고 있음을. 프란츠는 늘 조용한 말과 눈길로 헤르만에게 충고를 청했고, 정확하게 그 충고에 따라 뚜렷한 모양을 갖추어내려고 애썼다. 그리고 헤르만은 지금 충고를 해주기 위해 프란츠가 필요했다. 자전거가 창문 밑에서 찌르릉 소리를 내었을 때, 앞치마를 걸친 엘제는 방수포 천으로 씌운 부엌 식탁을 훔쳐내고 있었다. 헤르만은 기쁨을 감추면서, 서랍에서 체스 상자를 꺼내 왔다.

그러나 바로 오늘 저녁 헤르만의 기쁨은 프란츠가 탁자 앞에 자리 잡고 앉을 때까지만 이어졌다. 프란츠는 평소와 달랐다. 그는 꽤 오래 말없이 앉아 있었다.

헤르만은 그에게 시간을 주었다. 마침내 프란츠의 말문이 터졌다. 아니 그에게서 무엇인가가 터져 나왔다. 헤르만은 처음에는 주의 깊게 귀를 기울이다가 다음에는 놀라고 뒤이어는 걱정스러워졌다. 프란츠는 자신에게 일어난 일을 자세하게 이야기했다. 엘리를, 극장에서, 시장에서, 그리고 사과를 가져다주러 간 다락방에서 세 번 만난 사실을 털어놓았다. 엘리와 그, 둘이서 함께 게오르크의 삶을 훑어보았다는 것, 그들의 기억에서 사람들을 끄집어내 보았다는 것, 게오르크를 찾아내겠다는 일념에 사로잡혀 그가 직접 게오르크의 자취를 추적해본 것 등을 털어놓았다. 그 모든 것이 뜻대로 되지 않았다는 것, 그는 '도대체!'라고 말하다가 말을 끊었다. "뭐가 도대체라는 거야?" 그러나 프란츠는 다시 말이 없어졌다. 헤르만은 기다렸다. 프란츠가 이제 와서야 그 모든 것을 헤르만에게 털어놓다니, 자기와 상의 없이 혼자 힘으로 행동한 것은 잘못되고 무익한 것이었다. 헤르만은 놀라고 어안이 벙벙해져서 강인함을 감추고 있는 젊은 친구의 약간은 거칠고 약간은 졸린 듯한 얼굴을 바라보았다.

프란츠는 다시 말하기 시작했으나, 헤르만이 예상했던 말은 아니었다.
"있지요, 헤르만. 난 아주 보통 사람이에요. 내가 인생에서 원하는 것은 아주아주 평범한 것들이에요. 내가 원하는 것, 그건 내가 지금 있는 이곳에 계속 머물고 싶다는 거예요. 난 여기가 좋으니까요. 많은 사람들은 가능하다면 이곳에서 떠나고 싶어 하지만, 난 그럴 생각 없어요. 난 이곳에 언제까지나 머물고 싶어요. 너무 눈부시지도 않고 너무 회색도 아닌 이 하늘이 좋고, 사람들도 너무 농부 같지도 또 너무 도시 사람들 같지도 않아 좋아요. 모든 것이 함께 공존하죠. 공장 연기와 과일이 함께 말이에요. 내가 만약 엘리를 얻을 수 있다면 얼마나 좋을까 싶어요. 다른 이들은 모든 가능한 여자들을 욕망하고 온갖 모험을 꿈꾸죠. 하지만 난 그런 거 없어요. 엘리한테만 충실할 거예요. 엘리에게 딱히 특별한 것이 있지 않다는 것도 잘 알아요. 그냥 귀여울 뿐이죠. 우리가 늙고 백발이 될 때까지 그녀와 살 수 있다면 참 만족스러울 것 같아요. 하지만 지금으로서는 더 이상 그녀를 만나서는 안 되겠지요."
"그럼 안 되지." 헤르만이 말했다. "혼자서 그녀에게 갔던 건, 지나쳤어." "일요일에 엘리와 외출하고 싶다는 게 정말이지 그리 터무니없는 소망일까요. 아닐 거예요. 하지만 그럴 순 없어요. 아니, 헤르만, 날 그렇게 보지 마요. 알아요, 엘리를 가질 순 없어요. 내가 여기 오래 머물 수 있느냐 하는 것이 가장 큰 문제예요. 어쩌면 내일 떠나야 될지도 모르죠.
난 살아오면서 언제나 단순한 것들을 소망했어요. 풀밭이나 보트, 책, 친구, 여자, 나를 둘러싼 안정. 그런데 내 삶 위로 다른 것들이 왔죠. 올바름을 향한 소망, 그것이—내가 아주 젊었을 때—찾아왔어요. 그리고 내 삶은 서서히 변했어요. 지금도 그저 겉보기로만 조용할 뿐이죠.

많은 우리 친구들이 또 하나의 다른 독일이 어떤 모습일지 그려보지요. 그들은 미래를 위해 어떤 꿈을 꾸는 걸까요.

하지만 난 꿈꾸지 않아요. 나중에도 난 내가 지금 있는 이곳에 있고 싶어요. 그저 다른 모습으로, 같은 공장에, 그저 다른 사람으로요. 우리를 위해 여기서 일하고 싶어요. 오후에 일이 끝났는데도 기운이 남아 있다면, 공부를 하고 책을 읽을 수도 있겠죠. 풀이 아직 따뜻할 때 말이에요. 그렇지만 그건 여기 이곳 마르네트 아저씨네 울타리 앞의 풀이라야 해요. 그 모든 것이 여기라야 해요. 나도 여기 이 주택단지에, 아니면 위쪽 마르네트 아저씨네와 망골트 씨 댁 곁에 살고 싶어요."

"벌써 그런 걸 알다니, 좋군." 헤르만이 말했다. "그런데 게오르크의 친구 말이야, 이 파울 뢰더라는 사람이 어떻게 생겼는지 말 좀 해줘."

"작아요." 프란츠가 말했다. "멀리서 보면 꼭 소년 같아요. 그런데 왜 그러세요?"

"만약 뢰더네가 누군가를 숨기고 있다면, 자네가 얘기한 꼭 그대로 행동해야만 했을 거야. 그런데 보아하니 그들은 아무도 숨기고 있는 거 같지 않군."

"내가 갔을 때, 부인은 애들하고만 있었어요." 프란츠가 말했다. "들어가기 전에, 또 나온 후에도 귀 기울여 보았거든요."
 헤르만은 속으로 생각했다. 프란츠는 이제 이 일에 절대 관여하지 말아야 해. '꼭 소년 같다'는 세 마디 말에 그는 놀랄 뻔했다. 그는 이 말을 오늘 두 번째로 들은 것이다. 내가 시간만 있다면 좋으련만. 바커가 이번 주 초에는 아직 마인츠에 있겠지! 꼭 이런 때 시간이 안 되는군. 그 젊은이를 꼭 빼내야 하는데, 그런데 시간…… 시간이……. "이 파울 뢰더라는 친구가 어디서 일했나?" "포코르니 공장이요. 왜 또 그 얘길 하는 거예요?" "그저 그냥." 그러나 프란츠는 헤르만이 자기에게 어떤 생각을 감추고 있다고 느꼈다. 아니 느낀다고 믿었다.

 이날 밤 파울과 리이젤은 부엌 소파에 함께 앉아 있었다. 파울은, 마치 처음 사랑을 나누던 시절처럼 서투르게 시도해보려는 듯이, 리이젤의 머리와 둥근 팔을 쓰다듬었다. 심지어 눈물로 젖은 그녀의 얼굴에 입도 맞추었다. 그러면서 그녀의 파울은 비로소 진실의 일부를 이야기했다. 옛날 일 때문에 게오르크의 뒤에 게슈타포가 있다고. 그 일 때문에 잡히면 새로운 법에 따라 무시무시한 처벌을 받게 된다고. 이런 게오르크를 그가 쫓아낼 수 있었겠냐고?
 "왜 내게 사실대로 말해주지 않았던 거야? 내 식탁에서 먹고 마시면서!"
 리이젤은 처음에는, 화가 나 빨개진 얼굴로 욕을 했다. 아니 미친 듯이 펄펄 뛰었다. 부엌 바닥을 쾅쾅 발로 굴렀다. 그러다가 탄식하기 시작하더니, 뒤이어 울기 시작했다. 지금은 이 모든 것이 지나간 후였다. 시간은 자정이 지나 있었다. 리이젤은 울기를 그쳤다. 그러나 여전히 10분마다 물었다. 마치 그것이 사건의 핵심인 것처럼. "왜 내게 사실대로 말해주지 않았어?"

그러자 파울은 조금 전과는 다른 메마른 어조로 말했다. "당신이 진실을 견딜 수 있을지 어떨지 알 수 없었으니까 그랬지." 리이젤은 그의 손에서 자기 팔을 빼냈다. 그녀는 침묵했다. 파울이 말을 이었다. "만약 우리가 당신에게 모든 것을 말했더라면, 만약 당신에게 그가 있어도 좋은지 미리 물어보았더라면, 당신은 된다고 했을까 안 된다고 했을까?" 리이젤은 격렬하게 대꾸했다. "틀림없이 안 된다고 했겠지. 왜냐고? 그는 그저 한 사람이니까! 그런데 우린 넷, 아니 다섯이야. 아니 우리가 기다리고 있는 아이까지 합치면 여섯이지. 게오르크가 지금 있는 아이들을 보고도 놀라니까, 내가 그 말을 안 했지. 당신도 게오르크에게 그렇게 말했어야지. 이봐 게오르크, 넌 하나고 우린 여섯이야." "리이젤, 이건 그의 생명이 달린 문제야." "그래. 그렇지만 우리 생명이 달린 문제이기도 해."

파울은 침묵했다. 그는 자신이 비참하다고 느꼈다. 파울은 처음으로 완전히 혼자였다. 이제 더 이상 예전과 같이 될 수는 없었다. 이 네 개의 벽, 무엇을 위해서지? 뒤죽박죽 흩어져 있는 아이들의 장난감, 뭘 위해서지? 파울은 말했다. "그런데도 당신은 당신에게 모든 걸 얘기하라는 거야! 당신에게 진실을! 당신이 그의 코앞에서 문을 닫아걸었다면, 그 이틀 후 내가 당신에게 신문을 내밀고, 당신이 그 신문에서 그를—게오르크 하이슬러를—'특별 재판소', '판결 즉시 집행' 같은 표제 아래 보게 된다면, 당신은 아무런 후회도 없겠어? 만약 미리 안다면 당신은 또다시 그의 코앞에서 문을 닫을 건가?"

파울은 그녀와 약간 떨어져 앉았다. 그녀는 다시 얼굴에 두 손을 대고 울기 시작했다. 격렬하게 울면서 그녀는 말했다. "이제 당신은 날 나쁘게 생각하는구나. 나쁘게. 당신이 날 이렇게 나쁘게 생각한 적은 없었어. 당신은 이런 나쁜 물건한테서 벗어나고 싶은 거지. 당신의 리이젤에게서. 그래, 당신은 그런 생각이지. 당신이 아주 외롭다고, 우린 당신에게 아무 상관없다고. 게오르크만 중요한 거지. 그래, 그의 일이 그렇게 될 거라는 걸, '판결 집행'으로 될 거라는 걸 미리 알았더라면, 나도 그를 받아들였겠지. 아마 나도 그를 받아들였을 거야. 난 지금도 모르겠어. 그 모든 게 위험천만한 일이잖아. 그래 나도 틀림없이 그를 받아들였을 거야. 갑자기 그런 생각이 드네." 파울이 전보다 조용한 어조로 말했다. "거봐, 리이젤. 그 때문에 당신에게 아무 말도 하지 않은 거야. 당신이 아마 선뜻 그를 받아들이지 못할 것이기 때문에 애초에 말하지 못했던 거지. 조금 뒤에 모든 걸 설명했더라도, 그건 당신을 아프게 했을 거야." "하지만 여전히 안 좋은 일이 뒤따를 수 있는 거잖아. 당신은 그 일에 책임을 져야 하는 거고." "그래." 파울이 말했다. "내가 그 일에 책임을 져야 하지. 내가 결정을 해야만 했던 거야. 당신이 아니라 내가. 왜냐면 내가 남편이고, 또 우리 가족의 가장이니까 말이야. 그러니까, 당신이 처음에는 '아니'라고 했다가 다음에는 '아마도' 라고 했다가, 그다음에는 '그래'라고 말하는 일에 난 곧장 '그 래'라고 말할 수 있는 거야. 난 곧장 결정할 수가 있는 거라고."
"그런데 내일 당장 카타리나 아주머니한텐 뭐라고 할 건데?"
"그건 나중에 얘기하자고. 지금은 커피를 한 잔 줘. 어제 게오르크가 쓰러졌을 때 끓였던 것 같은 커피 말이야."

"그가 모든 것을 뒤집어 놓았네! 밤에 커피라니!" "만약 내일 건물 관리인이 오늘 우리 집에 누가 왔었느냐고 물어보거든, 작센하우젠에서 알프레트가 왔었다고 얘기해." "그들이 왜 내게 물어보겠어?" "그들도 경찰에 들볶이니까 그렇지. 어쩜 우리에게도 경찰이 물어볼지 몰라." 그러자 리이젤은 또다시 흥분 상태에 빠졌다. "경찰이 우리에게 묻는다고! 여보 파울, 당신 알지, 내가 거짓말 못하는 거. 내 얼굴을 보면 사람들이 알아채. 어린아이 때도 난 거짓말 같은 건 못했어. 다른 애들이 거짓말하면 사람들이 내 얼굴을 봤어." 파울이 말했다. "그래, 당신은 그렇게 못한다고. 당신 정말 거짓말해본 적 없어? 만약 당신이 경찰에게 거짓말을 못 한다면, 그땐 여기 우리 집을 세운 돌들이 와르르 무너지는 거지. 당신은 날 다시는 볼 수 없는 거고. 그렇지만 당신이 내가 시킨 대로 거짓말을 한다면, 내 약속하지, 우리 공짜 표를 얻어 일요일에 베스트엔드 대 니더라트 팀 경기를 볼 수 있다고." "공짜 표가 있대?" "그래, 있대."

게오르크는 자정 직전 차고에서 잠자리에 들었으나 곧 다시 불려 나갔다. 자동차를 가져온 운전기사가 무슨 불평을 했기 때문이었다. 가블러 부인은 낮은 소리로 심하게 그 기사에게 욕을 해댔다. 게오르크가 몸을 눕히자 아샤펜부르크로 가는 두 번째 차가 들어왔다. 이번에 가블러 부인은 바로 게오르크 뒤에 서서 그의 손가락을 날카롭게 바라보면서 조금 굼뜨게 거머잡거나 잘못하면 앞에서의 잘못까지 들춰가며 일일이 참견을 했다. 그가 대신하고 있는 이 오토라는 작자도 꽤 볼품없고 수치스러운 삶을 살아왔음에 틀림없었다. 그 오토가 오랫동안 아프다는 핑계를 대고 있는 것도, 또 파울이 이곳에서 그에게 준비해준 알코올 치료 코스를 꺼리고 있는 것도 이상하달 것이 없었다. 게오르크가 다시 몸을 눕히려고 하자 이번에는 차고의 청소 도구들을 정비하라고 했다. 아침이 가까워오고 있었다. 게오르크는 처음으로 카타리나 아주머니를 올려다보았다. 아주머니가 멈칫했다. 어떤 바퀴 밑에 들어가 누워도 이 작자에겐 상관없는 것일까? 지금 들어가 누운 머리 위의 바퀴가 그래도 저자에겐 괜찮은 건가? 그녀는 놀라서 잠잠해졌다. 그러자 상대방도 잠잠해졌다. 그녀는 물러났다. 그러다 다시 한 번 창으로 몸을 굽히고 내다보았다. 그는 벤치 위에 몸을 말고 누워 있었다. 그녀는 속으로 생각했다. 어쩌면 저자와는 잘 해나갈 수 있을 것 같군. 게오르크는 벨로니의 외투를 덮고, 천근만근 무거운 몸으로 누워 있었다. 잠들겠다는 생각은 할 수 없었다. 그의 생각은 이리저리 끝도 없이 이어졌다. 생각은 꿈에서처럼 두서가 없었다. 그들이 날 데리러 오지 않는다면 어떡하지? 파울이 날 여기 내버려둔다면 어떡하지? 오토의 자리에 이대로 머물러 있게 된다면 어떡하지?

만약 이곳에 계속 머물러야 한다면 그의 삶이 어떻게 흘러갈지, 게오르크는 상상해보았다. 이 장소를 떠날 힘도 없이 무력하게, 모두에게 잊힌 채 이 안마당에서 나갈 수 없다면 어떻게 될까. 그러기 전에 가능한 한 빨리 내 힘으로 도망치는 게 낫겠지. 그러면 도움이 올까? 길에 나서자마자 두어 시간 뒤에 뒷덜미를 거머잡히는 건 아닐까!

저들이 날 붙잡는다면, 저들이 날 수용소로 넘긴다면, 그는 혼잣말을 했다. 그러라면 그러라지 뭐. 발라우 선생이 살아 있는 한은 괜찮아. 피할 수 없는 거라면 빨리 잡혀 가는 게 낫겠지. 발라우 선생과 함께 죽을 수 있게 말이야! 그가 아직 살아만 있다면! 이 순간 게오르크에게는 자신의 종말이 피할 수 없는 것처럼 보였다. 보통 사람들의 삶에서는 여러 해의 노정으로 나누어져 나타나는 것, 즉 모든 힘들의 긴장, 그 힘들의 찢어짐, 느슨해짐, 가라앉음, 그리고 고통스러운 또 한 번의 긴장. 이 모든 것이 그의 머릿속에서는 한 시간 동안에, 아니 단 몇 분 동안에 이루어졌다. 마침내 그것은 불타 없어졌다. 그는 날이 밝아오는 것을 물끄러미 바라보았다.

제6장

I

파렌베르크는 옷을 입은 채 등을 대고 누워 있었다. 가죽 부츠를 신은 그의 두 다리가 침대 끝에 늘어져 있었다. 그는 눈을 뜬 채 밤의 속으로 귀를 기울였다.
　파렌베르크는 이불 속으로 머리를 말아 넣었다. 그러자 최소한 소음 같은 것이 들려오기는 했다. 그러나 그건 인간의 내면에서 울려 나오는 쏴쏴 부서지는 파도 소리였다. 더 이상 들어서는 안 돼! 그는 실제적인 소리를 기다렸다. 어디서 오는 것인지 미리 알 수 없기 때문에 가슴 졸이며 귀 기울이면 더 완벽해지는, 경보 소리 같은 것이 그리웠다. 멀리 국도를 지나는 자동차 소리, 따르릉따르릉 울리는 관리실의 전화기 소리, 그리하여 마침내 관리실에서 수용소장의 막사로 뛰어오는 발자국 소리 같은 것이 있다면, 이 기다림을 끝낼 수 있을 텐데. 그러나 수용소는 돌격대가 나름의 방식으로, 경감들의 환송회를 끝낸

후 조용했다. 죽은 듯이 조용했다. 11시 반까지는 술을 마셨다. 11시 반과 12시 반 사이에는 오후의 우발적인 사건 때문에 죄수들의 막사를 '불시 점검'했다. 새벽 1시경 죄수들과 마찬가지로 돌격대들도 지쳐 나자빠지자 그 소동은 중단되었다.

파렌베르크는 그날 밤 두어 번 더 경련을 일으키며 놀라 깨어났다. 한 번은 마인츠 방향으로 가는, 두 번째는 보름스로 가는 자동차 때문이었다. 발걸음 소리가 다가오더니 무도장을 지나, 소장의 막사를 지나 분젠의 문 쪽으로 가버렸다. 새벽 2시 직후, 관리소의 전화벨이 울렸다. 파렌베르크는 보고가 오기를 기다렸다. 그러나 그것은 밤낮을 가리지 않고 그에게 가져와야 하는 긴급 보고, 즉 일곱 번째가 잡혀 왔다는 소식은 아니었다.

파렌베르크는 거의 질식할 듯한 기분이 들어 머리에서 이불을 벗겨내었다. 밤은 왜 이리도 고요한가! 사이렌 소리로 채워지지도 않고, 권총과 엔진 소리로 탕탕거리지도 않고, 전 대원이 참여하는 거대한 수색도 없는 이날 밤은 아주 조용했다. 그것은 주중 평일들 사이의 평범한 밤이었다. 하늘을 가로지르는 탐조등도 없었다. 수용소를 둘러싸고 있는 마을들 위의 가을 하늘에는 별들이 안개 속에 길을 잃고 있었다. 그러나 이번 주와 함께 기울어가는 달빛은 수용소 주변의 마을들뿐 아니라, 동지들에게 발견되기를 갈망하는 그 사람도 찾아내어 비추고 있었다. 부드럽게, 그러나 강렬하게. 힘든 하루 일을 마친 사람들은 조용히 잠들어 있었다. 이곳저곳에서 누군가의 잠을 깨우는 두어 번의 비명을 제외한다면, 베스트호펜 수용소에도 평화가 찾아와 있었다. 비명 소리에 놀라 잠 깬 사람들은 일어나 앉아 귀를 기울이리라. 바깥에서 나는 싸움패의 떠들썩한 소리는 다시 한 번 강해지더니, 뒤이어 완전히 잠잠해졌다. 그리하여, 이제 잠 깨어 머무는 사람은 더 이상 바깥소리에 방해받지 않게 되었다.

좀 자야겠다, 파렌베르크는 혼잣말을 했다. 오버캄프는 원래 자신의 현장에 돌아가고 없었다. 대체 나는 무엇 때문에 탈주범들을 잡아들이는 기한을 못 박았단 말인가? 어째서 나는 이 기한을 공표했더란 말인가? 그러지 않았더라면, 게오르크 하이슬러를 지금 못 잡아들인다 해도, 그게 내 짐으로 떨어지지는 않을 텐데. 어쨌든 이제 좀 자야겠다.

그는 또다시 이불을 뒤집어썼다. 그런데 그자가 벌써 국외로 빠져나갔으면 어쩌지? 국내에 없기 때문에 찾지 못한다면? 그자가 막 국경을 넘고 있다면? 그러나 국경은 전쟁 때 못지않게 삼엄한 경비가 서 있을 것이었다.

그는 놀라 벌떡 일어났다. 5시였다. 바깥에서 혼란스러운 소음이 일고 있었다. 그래, 그렇구나. 국도 쪽으로부터, 수용소 입구 쪽으로부터 호송대를 대동한 오토바이 소리가 들려오고 있었다. 뒤이어 아직 제대로 된 음향에 이르지 못한, 달콤 씁쓸한 맛에 이르지 못한, 끽끽거리며 올라가는 애매한 소리. 그것은 아직 죄수들이 피를 쏟으며 내는 소리는 아니었다.

파렌베르크는 두어 개의 작은 전등을 켰다. 그러자 너무 밝아서 청력이 흐려지는 것 같았다. 그는 전등을 다시 모두 꺼버렸다. 그리고 벌떡 뛰어 일어나려고 하면서, 어쩌면 채워질 듯도 싶은 고통스러운 희망으로 수용소 입구 쪽에 귀를 기울였다.

이제 그 소음이 더 커졌다. 호송대가 죄수들을 데려오는 모양이었다. 그 소음은 두어 명이 내는 것이 아니었다. 불분명하긴 했지만, 외부의 명령을 받은 떼거리가 내는 소음도 아니었다. 폭도들이 들고 일어난 것 같았다. 그러나 그 소음은 제각각 따로따로 거칠게 떠들고 있었다. 이제 소음은 소리가 되었다. 그러나 그 소리는 그의 문 앞을 지나가 버렸다. 순간은 지나갔다. 피로 대가를 치르는 순간. 그리고 지상의 모든 맛과 마찬가지로 피의 맛 역시 약속한 것을 오래 지켜주지는 않았다. 죄수들의 울부짖는 목소리는 이미 쉬어 있었다.

파렌베르크는 아주 인간적인 동작을 취했다. 그는 가슴에 손을 얹었다. 그의 아래턱이 늘어졌다. 그의 얼굴도 실망으로 축 늘어졌다. 그의 귀로 듣기에, 이 모든 것은 정확하게 규정할 수 있는 이성적인 소리의 순서를 따르고 있었다.

바깥에서 새로운 명령이 울렸다. 파렌베르크는 정신을 차렸다. 그는 두어 개의 작은 전등을 켜고, 스위치를 눌러 전화선을 연결했다.

몇 분 뒤 무도장을 지나던 분젠은, 닫힌 문을 통해 파렌베르크가 미친 사람처럼 날뛰는 소리를 들었다. 칠리히가 막 보고를 마친 참이었다. 여덟 명의 새로운 죄수가 들어왔다는 보고였다. 무슨 일인가에 대항해, 그걸 하지 않으려고 발버둥 치다 끌려온, 모두가 오펠-뤼셀하임에서 온 죄수들이었다. 나중에 새로운 도급 조항을 보다 잘 받아들이도록 하기 위해 단기 치료를 요하는 사람들이었다.

 칠리히는 눈을 감은 채 음침한 얼굴을 하고, 새로운 욕설의 홍수를 기다리며 서 있었다. 상관 파렌베르크는 욕설을 하고 미쳐 날뛰며 일상적으로 그에게 분풀이를 하곤 했는데, 칠리히는 그런 것에는 끄떡없는 사람이었다. 그러나 이번에 상관이 그에게 내보인 분풀이에는 옛 시절에 대한 암시나 그들의 연대감에 대한 언급이 한마디도 들어 있지 않았다. 칠리히는 큰 머리통을 가슴에 눌러 박은 채 절망적으로 기다렸다. 섬세한 감정으로 파렌베르크의 모든 마음의 움직임을 쫓고 있는 칠리히는 이번 한 주가 지나는 동안 자신에 대한 그의 태도가 변했음을 느끼고 있었다. 그렇다, 그의 감정은 오로지 상관의 마음이 어떤 상태이지를 좇는 데에만 집중돼 있었다. 월요일 탈출 사건이 일어난 직후 그들 사이에는 그래도 함께 느끼는 공동의 불행감이 있었다. 그러나 뒤이은 며칠 동안에 파렌베르크는 그를 내버렸음에 틀림없었다. 파렌베르크는 그를 완전히 지워버린 것일까? 영원히? 사람들이 수군대는 대로 수용소장의 교체설이 사실이라면, 그, 칠리히는 어떻게 되는 것일까? 파렌베르크가 전보되는 곳으로 다시 그를 데려갈까? 아니면 혼자 베스트호펜에 남아야 하는 것일까?

 파렌베르크는 미간이 좁은 두 눈으로—결코 공포를 자아내는 눈은 아니었다. 또 본래 태생대로라면, 사람들의 마음속이 아니라 막힌 수도관이나 깔때기를 들여다봐야 할 눈이었다—

차갑게, 심지어 공포를 담아 칠리히를 노려보았다. 파렌베르크는 이제 정말로 그렇게 생각하고 있었다. 이 바보 멍청이 녀석에게 모든 책임이 있다고. 그 생각은 이번 주가 지나는 동안 그의 머릿속을 돌아다니더니 이제는 갈고리처럼 단단하게 달라붙어 있었다.

칠리히는 파렌베르크가 숨 돌리는 틈을 돌진의 기회로 이용했다. 일종의 신뢰 회복의 기회로. "소장님, 다음의 인원 교체 허가를 요청합니다. 특별 중대 호송대의 교체 건입니다."

바깥에 있던 분젠은 방금 두 번째로 파렌베르크가 날뛰는 소리를 들었다. 그러나 이 소리를 듣는 즐거움의 기회도 이제 얼마 남지 않은 것이 틀림없었다. 죄수 탈출 및 그 이후 과정을 조사 중인 위원회는 외부적으로는 아무런 발표를 하지 않았지만, 친위대 내부에서는 저 늙은이가 한 주도 더 붙어 있지 못할 것이라고 공공연히 얘기들을 했다.

두 번째의 숨 돌리는 틈. 분젠이 눈으로 웃으면서 앞으로 나섰다. 칠리히는 물러났다. 칠리히는 뿔 잘린 황소처럼 보였다. 파렌베르크는 자신의 명령권이 뒤집을 수 없는 결정적인 규모와 지속성이라도 지닌 듯한 어투로 말했다. "새로 입소한 죄수들은 탈출 사건 후 전 재소자에게 적용되고 있는 전체적인 처벌 조치를 따른다." 그는 같은 어조로 신참 죄수들을 세었다. 숫자를 세어갈수록 죄수들은 점점 긴장했다. 늘어진 자들 중 몇몇은 곧 두들겨 맞고 바닥에 엎어지겠군, 분젠은 생각했다. 저자가 또 한 번 미쳐 날뛸 거야.

칠리히는 구내식당으로 들어갔다. 커피가 분배되고 있었다. 칠리히는 별 생각 없이 탁자의 좁은 쪽 늘 앉던 자리에 앉았다. 파렌베르크가 그에게 호통을 치며 짖어댄 후, 특별 중대의 책임은 더 이상 그가 아니라 울렌하우트에게 가 있었다. 칠리히는 눈앞이 뿌예졌다. 식당 안에선 울렌하우트를 둘러싸고 굶주리고 힘세고 젊은 녀석들이 한창 분위기를 돋우고 있었다. 그들은 튼튼한 이를 묵직하고 건강한 음식물에 박아 넣고 있었다. 거친 호밀 빵과 자두 마멀레이드. 이 모든 것은 인근 지방에서 풍족하게 구할 수 있었다. 게다가 이번 주 수용소 살림은 죄수들에 대한 처벌로 그들에게서 빼앗은 음식물로 인해 더욱 풍성했다. 식탁 위로는 우유를 담은 큰 양철 주전자가 이리저리 왔다 갔다 하고 있었다. 신참 죄수들을 수송해 온 호송대가 베스트호펜 돌격대의 손님으로 와 있었다. 젊은이들은 큰 소리로 웃고 빵을 씹었다. "별난 녀석이 있었어." 누군가가 이야기를 꺼냈다. "도무지 입을 닫을 줄 모르는 녀석이었어. 곧장 그를 영창으로 데려갔어. 문을 열었더니 그 녀석이 안을 들여다보며 이러는 거야. '노동 장소의 아름다움'*이라고." 칠리히는 앞을 노려보면서 빵을 입 안에 쑤셔 넣었다.

---

*노동 장소의 아름다움(Schönheit des Arbeitsplatzes): 1933년 설치된, 공장의 예술적 조형을 담당했던 나치 기관의 이름이다. 당시 공장은 조명과 색채로 꾸며야 했고, 소규모 도서관과 휴게실이 설치돼야 했다.

II

위로 올라온 안개의 조각들은 마르네트 씨와 망골트 씨네 사과나무들 사이에 여기저기 걸려 있었다. 프란츠는 자전거 바퀴로 두 번 파도치듯이 땅 위를 훌쩍 뛰어넘었다. 그러나 그는 오늘 이 쿨렁거림이 즐겁지 않았다. 그 쿨렁거림의 충격이 밤을 지새운 프란츠의 텅 빈 머리를 때렸다. 안개를 뚫고 달리자, 그의 피곤한 얼굴로 안개가 가볍고 차갑게 부딪쳐 왔다.

    그가 망골트 씨 댁 농장을 돌아 나오자 해가 약간 뚫고 나왔다. 그러나 이제 사과를 다 따버린 나무들 사이에서 반짝거리는 것은 없었다. 망골트 씨 댁 농장 뒤편으로 땅은 한없는 외로움 속에 아래로 뻗어 있었다. 저 아래 획스트에 공장들이 놓여 있다는 사실, 이 나라의 대도시들이 바로 근처에 있다는 사실, 자전거 탄 사람들의 떼가 곧 찌르릉거리며 길을 따라 내려갈 것이라는 사실을, 사람들은 안개 속에서 잊고 있는 듯했다. 이곳은 낟알들 아래서 번성해온 황야였다. 도시 성문들 앞 3백 미터의 거리를 감싼 정적 역시 오래고 오래된 것이었다. 에른스트가 한 번 양 떼를 데리고 지나가면, 이 땅은 풀 없는 벌거숭이가 되었다. 이 황야는 여전히 길들여지지 않았다. 또 누가 이 황야를 길들이려 하겠는가. 누구나 이 황야를 거쳐 가야만 하고, 또 앞으로도 거쳐 갈 것이었다. 오늘 저녁 이 황야를 거쳐 집에 돌아간 사람들은 난롯불 앞에서 아늑한 기분을 느끼리라. 프란츠는 에른스트를 그리 좋아하지 않았지만, 오늘 아침에는,

삶 자체가 에른스트와 함께 다른 곳으로 가버린 것 같아 그가 그리웠다.

망골트 씨네 농장을 뒤로하면, 땅은 파도치듯 아래로 내려가며 이어지고, 마치 금빛 회색 안개로 만들어진 무(無)의 세계로 들어서는 것 같았다. 이곳은 아무도 살지 않는 땅인 것처럼 그토록 조용했다. 사람이라곤 찾아와 보지 않은 곳 같았다. 그러니 이곳에서 그 옛날 군대가 군기를 꽂고 자기네들의 신과 함께 주둔했었다고, 이곳에서 민족들이 충돌했었다고 어찌 믿을 수 있겠는가. 어떤 남자가 황무지를 개간하기 위해 믿음의 갑옷을 두르고 혼자서 당나귀에 앉아 이곳까지 올라왔었다고 어찌 믿을 수 있겠는가. 권력자들이 추종자들의 선두에 서서 선거를 위해, 축제를 위해, 십자군 원정을 위해, 전쟁을 치르기 위해 이곳까지 올라왔었다고 어찌 믿을 수 있겠는가. 이 금빛 회색의 무의 세계가, 셀 수 없을 만큼 많은 일이 감행되고, 그 모든 일이 실패하고, 또다시 모든 일이 감행된 장소임을 어찌 믿을 수 있겠는가. 만약 무슨 일이 이곳에서 일어났었다면, 그 일은 이미 영원이 되어버린 것에 틀림없었다. 그렇지 않다면, 이곳에선 전혀 아무것도 제대로 시작되지 않은 것이리라.

프란츠는 생각하고 있었다. 언제까지나 이렇게 자전거를 타고 달렸으면, 이 길이 횝스트까지만 이어지는 것이 아니었으면. 그러나 그의 머리 위쪽에서는 이미 찌르릉 소리가 울리고 있었다. 그리고 셀터 광천수를 파는 작은 매점 앞에는 안톤 그라이너가 서 있었다. 저 녀석이 날 기다리지 않고 이곳을 지나는 날이 있을까 몰라, 프란츠는 속으로 생각했다. 가을의 적막함과 황량함이 묻어 있던 프란츠의 얼굴에 속 좁은 표정이 드러났다. 그러나 이 표정은 곧 사라졌다. 그는 좀 슬픈 얼굴이 되었다. 안톤 그라이너와 그의 약혼녀를 생각하자 그 생각이 곧 엘리에게로 이어졌기 때문이었다.

젤터 광천수 매점의 창에서 따뜻한 공기가 새어 나왔다. 매점 아가씨가 불을 지핀 모양이었다. 그녀는 새 상품을 팔기 시작했는데, 멀리 떨어진 마을들에서 출근하는 노동자들을 위해 뜨거운 전열판 위에 커피를 마련해놓은 거였다. "금방 집에서 오는 것 같은데 또 커피를 마시려는 거야?" 프란츠가 물었다. "네가 내 돈 좀 절약하게 해줄래?" 안톤이 대꾸했다. 둘은 짜증 나는 기분으로 경사진 길을 자전거로 내려갔다. 그들은 이제 사람들의 무리 속에 섞이게 되었다. 갑자기 경적이 울렸다. 한 번, 연달아 두 번, 연달아 두 번. 사람들이 모두 재빨리 좌우로 흩어지며 길을 비켰다. 안톤 그라이너의 사촌이 오토바이를 타고 달려왔다. "어제 저 친구가 우스운 얘기를 했어." 안톤이 말했다. "자네가 어떤 사람이냐고 묻더군." 프란츠는 소스라치게 놀랐다. "자네 기분이 어떠냐고, 자네가 누구 고소하게 여기는 사람이 없냐고 묻더라고!" "내 기분이 대체 무슨 상관이야?" "나도 그렇게 물었지. 그는 어중간하게 취해 있었어. 그러면 왜, 달라붙어서 꼬치꼬치 물어보잖아. 완전 고주망태로 취한 것보다 더 안 좋아. 그런데 저 오토바이는 이제 완전히 쟤 거야. 할부를 다 갚았거든. 참, 있지, 오토바이를 가진 대원 전부가 투입되었대. 시내를 샅샅이 뒤지라고 말이야. 골목들까지 모두 봉쇄했다더라고." "왜 그런대?" "여전히 그 탈주범들 때문이지 뭐." "그렇게 심하게 통제를 하면 한 사람쯤 찾기는 어렵지 않겠네." 프란츠가 말했다. "나도 사촌에게 물어봤지. 그가 그러더라고. 심하게 통제하면 곤란한 점도 많다고." "어떤 곤란한 점인데?" "나도 그렇게 물어봤어. 그가 그러데, 그렇게 심한 통제는 그것 자체가 통제하기 힘들어진다고 말이야. 그건 그렇고 내 사촌은 곧 결혼할 거야. 누구랑 하는지 맞혀볼래?" "안톤, 그러지 말고 털어놔." 프란츠가 말했다. "네 사촌이 누구랑 결혼하는지 내가 어떻게 알겠어." 프란츠는 자신의 흥분을 감추었다. 저 친위대 사촌이 정말 내 기분을 알아보려 했단 말이지. "내 사촌은 보첸바흐의 어린 마리와 결혼해." "그녀는 에른스트의 약혼녀 아니었나?" "대체 어떤 에른스트 말이야?" "양치기 말이야." 그러자 안톤 그라이너는 크게 웃기 시작했다. "이봐 프란츠, 그자는 상대가 안 돼. 아무도 에른스트를 경쟁 상대로 보지 않아."

　프란츠가 알지 못하는 무엇인가가 틀림없이 있었다. 그러나 그는 설명을 들을 생각은 하지 못했다. 곧 그들이 획스트 시의 가장자리에서 헤어져야 했기 때문이었다. 프란츠는 한 골목으로 접어들었다. 두 대의 대형 유조차가 그 골목을 막고 서 있었다. 모두가 자전거에서 내려 천천히 밀고 갔다. 사람들의 얼굴은 공기처럼 회색이었다. 금속 평면 위에, 자전거의 핸들 위에, 누군가의 배낭에서 삐져나온 병 위에, 유조차의 둥근 탱크 위에 약간의 아침 햇빛이 반짝이고 있었다. 프란츠의 바로 앞에는 회색과 푸른색 앞치마를 두른 아가씨들의 대열이, 오들오들 떨면서 어깨를 서로 꼭 붙인 채 걸어가고 있었다. 프란츠는 자전거를 밀치며 억지로 뚫고 들어갔다. 아가씨들이 투덜거렸다. 한 아가씨가 "프란츠" 하고 말했던가? 그는 한 번 더 돌아다보았다. 검은 눈의 날카로운 시선이 그를 쏘아보고 있었다. 프란츠는, 심하게 일그러진 얼굴을 머리 다발로 가리고 심술궂게 입을 비죽이고 있는 이 여자를 알고 있었다. 이번 주 초에도 한 번 그녀와 부딪친 적이 있었다. 그녀는 비웃는 듯이 그에게 고개를 끄덕였다.

탈의실에서는 사람들이 쉬쉬거리는 소리, 통나무, 통나무 하는 소리가 들렸다. "통나무가 어떻게 됐다는 거야?" "여기 나와 있어." "뭐, 여기, 어디에?" "아니, 아니. 아마 월요일부터 다시 나온대." "대체 어디서 그걸 안 거야?"

"내가 어제저녁 부둣가 술집에 갔거든. 그때 통나무의 딸이 오더라고. 다리 저는 아이 말이야. 자기 아버지가 나와 있다 그러더라고. 그래 곧장 그의 집에 올라가 보았지. 정말 통나무가 침대에 앉아 있는 거야. 그의 아내가 찜질을 해주고 있더라고. 머리를 찜질 주머니로 싸고 말이야. '맙소사, 통나무' 내가 말했지. '히틀러 만세!' '그래, 히틀러 만세!'라고 그도 말하더군. '자네가 즉시 이 통나무를 보러 와주어서 좋구먼.' '뭐 당연하지' 내가 말했어. '그런데 얘기 좀 해봐. 저들이 대체 자넬 어떻게 한 거야? 얘기 좀 해보라고.' 그러자 그가 그러더군. '이보게 카를, 자네 입 다물 수 있겠나?' '물론이지!' 그는 '나도 입 다물 거야'라고 하더군. 더 이상은 말하지 않았어."

III

몇 시간 동안의 밤 취조로 더 이상 낯설지 않게 된 그 남자의 얼굴을 엘리는, 갈색 눈을 들어 똑바로 바라보았다. 그 남자는 오버캄프 경감이었다. "제발 좀 집중해보세요. 하이슬러 부인. 내 말 알아듣겠어요? 당신의 기억력은 이리저리 돌아다닐 때보다 이렇게 조용히 앉아 있을 때 더 잘 작동되잖습니까. 그거야 뭐 곧 쉽게 확인되겠지만 말입니다."

전등 불빛에 너무 눈이 부셔 그녀의 생각은 말라 있었다. 그녀는 눈에 보이는 것만 생각할 수 있었다. 그녀는 속으로 생각했다. 저기 윗니 세 개는 틀림없이 의치일 거야.

오버캄프는 그녀의 앞으로 바싹 다가섰다. 그러자 강렬한 램프 불빛이 매끈하게 면도한 경감의 목으로 떨어지면서 마침내 엘리의 얼굴에는 그늘이 졌다. "내 말 알아듣겠냐고요? 하이슬러 부인."

엘리는 낮은 소리로 말했다. "아니요."

"자유롭게 풀어주었더니 아무 생각도 안 난다, 이 말씀이시군. 지난번에 바로 당신을 잡아 가두지 않은 것은 말이죠, 당신이 게오르크 하이슬러와 관계가 좋지 않아 헤어져 살았기 때문이라고요. 정 그렇다면, 당신을 당장 구금할 수도, 경우에 따라선 캄캄한 독방 암실에 감금할 수도 있어요. 당신의 기억력을 되살리기 위해서 말입니다. 이제 알아듣겠어요, 하이슬러 부인?"

그녀는 대답했다. "네." 이마에 불빛이 비치지 않고 그늘이 지면, 그녀는 생각이라는 걸 해볼 수가 있었다. 그런데 내가 갇히게 되면, 내가 할 일들은 어떡하지? 사무실은? 양말 공장 사장님에게 매일 오는 수십 통의 편지는 어떡하지? 독방 감금이라고? 머릿속을 잘라내는 듯한 이 불빛보다는 낫겠네.

그렇지 않아도 반쯤 무의식 상태에서 꿈꾸는 듯하던 그녀의 생각은, 아주 잠깐 동안 강렬하고도 분명하게, 이 상황에서 고려될 수 있는 모든 것을 파악했다. 심지어 죽음의 가능성까지도. 죽음—그것은 이 지상에서의 일시적인 고통과 구타 후에 찾아오는 영원한 평화*라고 그녀는 학교에서 배웠었다. 이 막연한 교훈이 후일 일상적 삶의 사용 지침이 되리라고는, 이것을 가르쳐준 교사나, 그 옛날 이 말을 들었던 갈색 많은 머리의 여학생이나, 둘 다 꿈에도 몰랐을 것이다. 미처 생각하지 못했을 것이다.

오버캄프가 그녀의 옆으로 비켜섰다. 숨도 쉴 수 없게 만드는 하얀 불빛 앞에서 엘리는 재빨리 두 눈을 감았다. 오버캄프

---

*엘리가 생각하고 있는 것은 임마누엘 칸트의 저서 《영구 평화론》(1795)의 근저에 놓인 사상이다. 1차 세계대전의 영향으로 인해 이 저서에 들어 있는 사상은 나치 치하에서도 여전히 영향력을 갖고 있었다.

는 다시 한 번 꼼꼼하게 그녀를 관찰했다. 어떤 연인이라도 더 잘 보살펴줄 수 없을 것 같은 시선으로 철저하게 관찰했다. 그는 오늘, 막 잠이 든 열두어 명의 사람들을—엘리 하이슬러도 그중 하나였는데—소환해 오게 했다. 그의 모든 질문에 대해 이 젊은 여자는 부드럽게 '예' 혹은 '아니오'라고 말하는 외에는 아무것도 내놓지 않고 있었다. 그녀의 작은 얼굴은 살인적인 전등 불빛 속에서 녹아내리고 있는 것 같았다. 오버캄프는 다시 한 번 떠보았다. "자, 하이슬러 부인, 처음부터 다시 시작합시다. 부인의 신혼 시절, 기억 좀 해보세요. 그 인간이 아직 부인을 제대로 사랑하고 있었을 때—뭐 그야 당연한 일이죠—그놈의 사랑이라는 것이 그러다가 약간씩 바래는 거죠. 그러다 화해를 하고, 그래서 달콤해졌다가, 그러다가 또, 하이슬러 부인, 그렇죠? 작은 불꽃처럼 서서히, 서서히 더 이상 불이 붙지 않게 되지요. 남편이 부인에게서 멀어져 갔던 것처럼 말입니다. 그런데 그때, 부인의 위대한 사랑이 망가진다는 쓰라린 생각에서 부인이 헤어나지 못하고 있을 때, 그때 일 기억합니까?"

엘리는 낮게 대답했다. "네."

"그래, 기억하는군요. 그럴 때 어떤 친구는 당신을 비웃기도 하고, 또 안 그러는 친구도 있죠. 남편이 처음으로 저녁에 집에 안 들어오고, 그러다가 아주 거리낌 없이 일주일의 반을 나가서 자고, 하필 그런 인간과 함께 말이죠. 부인, 기억하세요?"

엘리는 말했다. "아니요." "무엇이 '아니'라는 겁니까?"

엘리는 고개를 돌리려고 애썼다. 그러나 강렬한 불빛은 사람을 얽어매어 꼼짝 못하게 하는 힘이 있었다. 그녀는 낮은 소리로 말했다. "그는 나가서 들어오지 않았어요. 그게 전부예요." "그런데 남편이 누구와 함께였는지 부인은 전혀 기억나지 않는다고요?" 엘리는 대꾸했다. "네."

심문 중에 질문이 이 지점에 이르면, 오버캄프가 정확하게 예견한 대로, 엘리의 머릿속으로는 달갑잖은 기억들이 빡빡하게 떼 지어 스쳐 갔다. 찌르는 듯한 경찰의 불빛 아래서 그 기억들은 나방 떼처럼 어른거렸다. 뚱뚱한 경리 여사원, 피히테-에프(Fichte-F)라는 붉은색 자수가 새겨진 푸른색 작업복 가운을 입고 있던 두세 명의 새로운 여자들, 이웃 여자 한 명, 니더라트 출신의 굼떠 보이던 말라깽이 여자, 그리고 전혀 그럴 이유가 없었기 때문에 아주 오래도록 질투가 났던 한 여자, 리이젤 뢰더. 당시의 리이젤은 오늘의 살찐 리이젤이 아니라 붉은빛 금발의, 약간 굼떠 보이던 쾌활한 여자였다. 취조를 받으며 기억이 이 지점에 이르자 엘리는 곧장 파울 뢰더네 가족과 프란츠, 그리고 그와 연관되는 모든 것을 생각해내었다.

즉, 오버캄프는 언제나처럼 전체 심문을 잘 계산하여 짜 맞추었다. 그의 질문들은 엘리의 기억으로부터 끄집어내야 할 것들을 끄집어내었다. 단지 문제는 그 모든 것이 그의 앞에 조용하고 얌전하게 앉아 있는 이 여자의 내면에 들어앉아 나오려 하지 않는다는 것이었다. 오버캄프는 이 심문이, 경찰들끼리 하는 말로, 툭 꺾여졌다는 인상을 받았다. 그것은 아주 잘 되어 가던 심문에서 아무리 능력 있는 경찰이라도 비틀거리게 만드는 끔찍스러운 지점이었다. 그것은 심문받는 자의 자아가, 연달아 치고 들어와 그 자아를 녹초로 만드는 천 가지 질문 아래 결국 느슨해지고 산산이 분해되는 대신, 마지막 순간 갑자기 움츠러들어 다시 굳어져 버리는 지점이었다. 그렇다. 심문받는 엘리의 두근거리는 가슴은 지쳐서 녹초가 되는 대신 전보다 더욱 굳어졌다. 게다가 이 젊은 여성은, 녹초가 되는 듯했다가도 결코 스러지지 않고 다시 힘을 얻곤 했다. 오버캄프는 전등을 껐다. 천장의 온화한 불빛이 장식 없는 방을 비추었다. 엘리는 가볍게 안도의 숨을 내쉬었다. 덧창으로 가려진 창문 아래엔 낯선 황금빛 줄이 하나 놓여 있었다. 아침의 햇빛이었다.

"일단 가셔도 좋습니다. 그러나 언제든 불려올 수 있도록 대비하고 계세요. 오늘이나 내일 다시 당신이 필요할지 모릅니다. 히틀러 만세!"

엘리는 시내로 들어왔다. 그녀는 피곤해서 비틀거렸다. 엘리는 가장 가까이 보이는 빵집에서 따뜻한 달팽이 빵 하나를 샀다. 어디로 가야 할지 생각나지 않았으므로, 그녀는 매일 하듯이 사무실로 갔다. 그러나 그곳에서 청소부 아줌마 외에 아무도 만나지 않고 누구에게도 방해받지 않은 채 9시까지 한쪽 구석에 웅크려 있고 싶다는 그녀의 소망은 이뤄지지 않았다. 철저한 아침형 인간인 상사가 벌써 출근해 있었다. "아침 시간, 내 늘 하는 말이지만, 이봐요 엘리, 당신 입에 황금이라도 물려 있습니까? 그렇지도 않은데, 엘리 부인, 내 장담컨대, 어슬렁거리며 걸어왔군요. 그런데 부끄러워하지도 않다니. 엘리 부인, 당신 코끝 주변의 지친 기색이, 눈 아래의 푸른 반원이 참 잘 어울리는 것, 알고나 있는지 모르겠네요."

평생에 한 번이라도 제대로 된 사랑을 가졌더라면, 하고 엘리는 생각했다. 게오르크, 그가 있긴 하지만 그는 더 이상 날 사랑하지 않아. 퀴블러는 이제 생각도 안 나고. 프란츠는 고려 대상이 아니지. 오후 사무실 일이 끝나면, 아버지에게 가봐야겠다. 적어도 아버진 날 보면 기뻐하실 테지. 내게 언제나 잘 대해주시는 아버지. 아버진 언제나 그대로이실 거야.

IV

나는 이 안마당에 갇힌 채 잊혔구나, 하고 게오르크는 생각했다. 여기 있은 지 얼마나 지났지? 몇 시간, 아니 며칠인가? 이 마녀는 결코 날 풀어주지 않을 거야. 파울도 다시 나타나지 않을 거고.

집에서 나온 사람들이 거리를 지나 시내로 들어갔다. "이봐, 마리, 잘해. 다리 괜찮아? 히틀러 만세!" "그리 서두르지 마세요. 마이어 씨. 일이 달아나는 거 아니잖아요." "안녕, 예쁜이." "그래, 알마, 저녁 때까지 안녕."

어째서 사람들은 저리 즐거운 걸까? 대체 무엇 때문에 저리 재미있어하는 거야? 다시 하루가 시작돼서? 다시 해가 떠서? 저들은 언제나 저렇게 재미있어하나?

"이봐." 가블러 부인이 불렀다. 망치질 소리가 그쳤다. 그녀는 벌써 2, 3분 전부터 게오르크의 뒤에 서 있었다.

게오르크는 속으로 생각하고 있었다. 만약 파울이 날 잊어버렸다면, 만약 내가 그의 처남 대신 영원히 여기 머물러야 하면 어떡하나. 밤에는 차고의 벤치에서 자고, 낮에는 여기 안마당에서 일하면서 말이야. 이건 파울의 처남 일이 아닌가.

가블러 부인이 말했다. "잘 들어, 오토! 당신 매형 파울과 당신 보수에 대해 얘기했어. 당신 같은 자를 여기 붙잡기로 내가 결심할 경우에 말이지, 아직 결심을 못했지만 말이야. 120마르크 어때?"

"그래, 알았어." 아주머니는, 남자가 망설이는 듯이 보였으므로 다시 말했다. "계속 일해. 당신을 소개해준 파울과 얘기하지." 게오르크는 아무 대꾸도 하지 않았다. 그 자신의 망치질 소리가 아주 크고 심하게 울렸다. 온 거리 사람이 다 귀를 기울이고 있을 것만 같았다. 그는 속으로 생각했다. 파울이 일요일이 되기 전에 다시 올까? 오지 않으면 어떡하지? 대체 얼마나 그를 기다려야 하는 걸까? 어쩌면 빨리 여기서 도망가야 하지 않을까. 나 혼자 힘으로 흔적 없이 사라져야 하는 건 아닐까. 그런데, 이 일만 생각하고 있진 말아야겠다. 쳇바퀴 돌듯 말이지. 너무 깊게 생각하진 않아야겠어. 파울을 믿나? 그래, 그렇다면 그를 기다려야지.

가블러 부인은 게오르크의 뒤에 계속 멈춰 서 있었다. 게오르크는 그녀를 완전히 잊어버렸다. 그녀가 갑자기 그에게 물었다. "대체 어쩌다가 운전 면허증을 뺏긴 거야?" "이야기가 깁니다. 가블러 부인. 오늘 저녁에 말씀드리죠. 오늘 저녁, 제가 아주머님 회사에 자리를 잡게 된다고 합의가 되면 말이죠."

V

파울은 일터에서 입을 앙다문 채, 마개가 고정되면 두 다리를 벌리고 지레가 누그러지면 황새처럼 다리 하나로 서면서, 골똘히 생각에 잠겨 있었다. 오늘 아침 게오르크를 도와줄 수 있는 사람이 누굴까.

  파울의 부서에는 전혀 고려 대상이 되지 않는 작업반장을 제외하고, 열여섯 명의 남자들이 있었다. 김이 피어오르는 그들의 벗은 몸통에는, 팽팽하든 살이 쪘든 늙었든 젊었든, 모두 제각각 한 인간이 얻을 수 있는 흉터를 갖고 있었다. 어떤 이는 플랑드르나 카르파티아에서, 어떤 이는 태어나면서부터, 어떤 이는 드잡이 싸움질을 하다가, 어떤 이는 베스트호펜이나 다하우*에서, 또 어떤 이는 작업장에서 얻은 흉터였다. 파울은 하이드리히의 견갑골 밑 흉터를 천 번도 더 보아왔다. 하이드리히가 혼자서 헤치고 나오며 자신의 삶을 살아온 것, 포코르니 공장에서 용접공의 삶을 살아온 것은 충분히 기적이었다.

*뮌헨 근교로 역시 강제수용소가 있는 곳이다.

파울은 1918년 11월에 하이드리히가 예셔스하임의 야전병원으로부터 이곳에 갑자기 나타나던 때를 아직 기억하고 있었다. 두 눈이 움푹 들어간 모습으로, 지팡이 두 개에 몸을 기댄 채 이 나라를 변화시키겠다던 그때의 모습을. 파울은 그 시절 속성으로 기술 교육을 받고 있었다. 그가 하이드리히에게서 가장 인상 깊었던 것은 총알이 뚫고 지나간 커다란 흉터였다. 하이드리히는 곧 두 목발을 벗어 던졌다. 그는 때로는 루르 지방으로, 때로는 중부 독일*로 가려고 했다. 그렇잖아도 총알을 맞은 하이드리히는 중대한 문제들과 대결해야 하는 곳이면 어디든 가려고 했다. 그러나 하이드리히가 예셔스하임에서 그곳에 도착하기도 전에 노스케와 바터 그리고 레토브-포어베크는 폭동을 총칼로 진압해버렸었다. 그러나 그 어떤 총칼보다 더 하이드리히를 피 흘리게 한 것은, 그 후 이어진 평화의 해들이었다. 실업, 굶주림, 가족의 해체, 모든 권리의 박탈, 계층의 분열, 소중한 시간의 낭비……, 올바른 생각을 가진 자는 자신의 올바름을 지체 없이 실천해보기도 전에 결국 33년 1월의 무시무시한 타격을 맞고 말았다.** 믿음의 성스러운 불꽃은 사그라졌다. 자기 자신의 믿음에 대한 불꽃도 사그라졌다. 파울은 어떻게 자기가 저자에게 생긴 변화를 전혀 눈치채지 못했는지 스스로 의아하게 생각했다. 이날 아침 하이드리히의 모습을 보고

---

*1권 51쪽 각주 참조.
**1933년 1월 30일 제국 대통령 폰 힌덴부르크(1847~1934)는 나치당(NSDAP)과 독일국가민족당(DNVP) 연립 정부의 수상으로 아돌프 히틀러를 임명했다.

있자니, 파울에게는 그가 머리카락 한 올도 잃어버리지 않고 영원히 일에 붙어 있으려 할 것처럼 생각되었다. 누구를 위한 일인지, 누구로부터 온 일인지는 모르겠지만 말이다.

엠리히는 어떨까, 파울은 생각했다. 그는 이 부서의 가장 연장자였다. 엄격한 두 눈 위의 하얀색 짙은 눈썹, 하얗게 꼬인 머리. 그는 한때 당 조직에 속해 있었다. 5월 1일*이 되면 전날인 4월 30일 저녁에 붉은 깃발을 내다 꽂았다. 첫새벽에 그 깃발이 휘날릴 수 있도록 하기 위해서였다. 파울은 지금 새삼스럽게 엠리히가 깃발을 내걸던 때 일을 생각하고 있었다. 그런 일들은 예전에는 파울에게 관심 밖이었다. 깃발을 내다꽂는 일이나, 불평을 투덜대는 것이나 다 인간 나름의 특성이라고 생각했다. 엠리히는 아마도 공장에 꼭 필요한 전문직 노동자에 속했고, 또 상당히 나이가 들었기 때문에 강제수용소로 보내지지 않았을 것이다. 그러나 그의 이도 이젠 무디어졌다. 그는 이제 어떤 것도 덥석 물려 하지 않을 것이다. 그러자 파울은 엠리히가 두어 번, 젊은 크나우어와 그 친구들과 함께 에르벤베크의 술집에 앉아 있던 것을 본 기억이 떠올랐다. 그들이 여기 공장에서는 서로 이야기를 나누지 않는데도 불구하고 말이다. 그리고 그 크나우어가 가끔 저녁에 엠리히의 집에서 나오던 것도 떠올랐다. 갑자기 파울은 사람들의 속살거림을 이해했다. 마치 어떤 음식을 맛보고 나서 새들의 소리를 이해하게 된 동화

*노동절.

속의 인간처럼.* 그렇다. 이들 셋은 한통속이었다. 베르거 또한 같은 통속이었다. 어쩌면 압스트도 한패일지 몰랐다. 엠리히는 그의 깃발을 고이 말아서 간직하고 있을지도 몰랐다. 그의 늙고 엄격한 두 눈에는 경계의 표정이 나타나 있었다. 저자와 그 패들은 적어도 게오르크가 숨을 은신처를 알고 있을 것이다. 파울은 생각했다. 하지만 섣불리 물어봐서는 안 돼. 저들은 저들끼리 꼭 들러붙어 있어, 아무것도 흘려보내지 않아. 저들은 날 모르지. 그러니 믿지 못할 거야. 그들이 옳지 않은가? 어째서 날 믿어야 하겠는가? 그들에게 내가 무엇이겠는가? 꼬마 파울이.

누가 그에게 무엇인가 물어볼 때면 파울은 언제나 이렇게 말했었다. 날 좀 내버려둬. 내게 중요한 건 내 마누라가 수프를 끓여준다는 거야. 내가 그 수프에 손대지 않을 때라도 말이지.

그런데 지금은? 그리고 내일은? 얼굴이 회색이 되어 붕대 감은 손을 부엌 소파 위에 놓고 이리저리 뒤척이던 손님 자신보다 더 몸이 달아 도와줄 사람을 찾고 있는 파울의 급하고도 쉰 목소리. 그래, 파울. 저들이 왜 이 수프를 네게 허용한다고 생각해? 빵과 기저귀와 열두 시간 아닌 여덟 시간의 노동과 휴가와 선박 표를 왜 허용한다고 생각해? 선의에서? 인간에 대한 사랑에서? 저들은 무서워서 네게 그런 것들을 허용하는 거

---

*그림 형제의 동화 〈하얀 뱀〉을 말한다. 어느 시종이 왕에게 가져가야 할 비밀의 음식을 맛보게 되는데, 그것은 하얀 뱀이었다. 그로 인해 그는 동물들의 언어를 이해하게 되고, 새들의 도움을 받아 왕녀를 얻어 유복해진다는 내용이다.

야. 만약 우리가 그런 것을 이뤄내지 못했다면, 우리가 말이야, 저들 아닌 우리가 이뤄내지 못했다면, 넌 지금 그걸 누릴 수 없을 거야. 너나 우리 같은 사람들이 여러 해에 걸쳐 피 흘리고 감옥에 들어가면서 이뤄낸 거라고.

파울은 이렇게 대꾸했었다. 너 지금 또 시작하려는 거냐? 그러면 게오르크는 어제저녁 그랍버 부인의 안마당에서 그를 떠나올 때 보았던 것과 꼭 같은 사려 깊은 눈을 하고 파울을 쳐다보곤 했었다. 어제 본 게오르크의 귀 위 머리칼은 하얬고, 아랫입술은 갈라져 있었다.

내가 오늘 중으로 누군가를 찾아내지 못하면, 게오르크는 끝장이야. 난 다른 어떤 것도 생각해선 안 돼. 그런데 대체 내가 어떻게 누군가를 찾아낸단 말인가? 나쁜 자들은 날 배신할 거고, 선한 자들은 몸을 숨기고 있어. 너무나 잘 숨기고 있어.

저쪽에는 누군가 마치 조립된 것처럼 건장한 두 다리로 서 있었다. 프리츠 볼터만이었다. 여자 머리를 한 푸른 뱀 문신이 크고 둥근 그의 몸통을 휘감고 있었다. 그의 두 팔에도 비슷한 작은 뱀 문신이 새겨져 있었다. 볼터만은 예전에 군함의 용접공이었다. 그는 저돌적인 인간이었으며, 저돌적인 모험을 즐겼고, 다른 저돌적인 사람들을 알고 있었다. 그런 일로 인해 자신이 망가지건 말건, 그런 것은 별 상관하지 않았다. 그런 일은 오히려 그를 자극했다.

파울은 속으로 생각했다. 그래, 볼터만이야! 그는 이제 기뻤다.

그러나 그것은 잠깐 동안이었다. 파울의 마음은 다시 답답해졌다. 그가 이 지상에 소유하고 있는 귀중한 사람을 푸른색 뱀이 휘감고 있는 저 저돌적인 두 팔에 내준다는 것이 갑자기 불쾌하게 생각되었다. 누군가가 망하든 말든 저 볼터만에게는 아마 상관없는 일일 것이다. 그러나 그, 파울에게는 결코 상관없는 일이 될 수 없었다. 볼터만도 고려 대상이 아니었다.

이제 곧 정오였다. 평소에는 해가 목조 지붕 바로 위에 오면 파울은 언제나 심호흡을 했었다. 그것이 그의 시계였다. 시계 바늘의 놋쇠 표면이 햇빛을 받아 반짝이면, 휴식 시간이 멀지 않았다는 표시였다. 파울은 속으로 생각했다. 누군가와 휴식 시간에 얘기를 해야 하는데, 바로 그 누군가가 없구나.

베르너는 어떨까. 그는 모두들 가운데 가장 붙임성이 좋은 사람이었다. 어디선가 두 동료 사이에 싸움이 벌어지면, 그는 뛰어가서 둘을 화해시켰다. 누군가가 무슨 일을 잘 해내지 못하면, 그는 그를 곤경에서 구해주었다. 그리고 어제 그, 파울에게 마치 어머니처럼 팔을 붕대로 감아주었던 것도 베르너였다.

어쩌면 그가 정말 적임자일지도 몰라! 반쯤은 성자 같은 사람! 그리고 언제나 말이 없잖아. 그래, 저 사람이야, 파울은 생각했다. 좀 있다 곧 얘기해야겠다. 정오의 햇빛 속에서 시침의 뾰족한 금속 끝이 번쩍했다. 피들러가 낮게 소리쳤다. "이봐, 파울!" 파울은 깜박 레버를 제때에 누르지 못했다.

아냐, 파울은 생각했다. 평소에는 통찰력이 있다거나 예민하지 않은 그의 머릿속에서 무엇인가가 경고하고 있었다. 내가 얘기를 하면, 베르너 저자는 자기 자신을 아주 중요한 사람이라고 생각할 거야. 내가 그에게 부탁을 하면, 그는 허풍을 떨 거야. 무슨 성스러운 변명거리를 만들어낼 거야. 계속해서 백 개쯤의 반창고를 붙이려 할 거고, 싸움을 말리려 할 거고, 백 개쯤의 걱정거리를 위로하려 들 거야.

피들러가 그의 뒤에서 낮게 두 번째로 경고했다. "파울!"

아 참, 피들러, 저자 역시 아니야. 저자는 지난주에 공개적으로 선언했었지. 브란트가 해명을 요구했을 때 말이야. 이봐 피들러, 예전에는 스트라이크에도, 데모에도 결코 절대 안 빠졌지 않나. 그랬더니 저자는, '시대가 변했어. 우리도 시대와 함께 변하는 거지'라고 대답했었어.

파울은 고개를 돌리지 않은 채 피들러를 곁눈질했다. 피들러는 피들러대로, 파울이 어제도 갑자기 저렇게 이상하게 날 쳐다보았는데, 하고 생각했다. 무슨 답답한 일이 있나? 피들러는 40대에 접어든, 단단하고 강해 보이는 사람이었다. 그는 늘 조정을 하러 가고 수영을 했다. 조용하고 넓적한 얼굴에, 그의 눈 역시 조용하게 상대를 내다보고 있었다.

따져보면 피들러가 브란트에게 그런 대답을 했다고 해서 피들러가 틀린 건 아니지, 파울은 생각했다. 그저 그렇고 그런 대답이지, 뭐. 그래도 내가 잘 알고 있는 사람이라야 되지 않을까. 지난 몇 년 동안 피들러는 죽 조용했다. 거의 점잖을 정도로 모두에게, 모든 것에 침묵했다. 그래, 그는 누구에게나 잘 대해주고 예의 발랐어. 그랬었지, 파울은 마치 지금까지의 그의 인생의 경계에 피들러가 막 도착해 서 있기라도 한 것처럼, 생각하고 있었다. 그, 파울이 문지기가 되고, 피들러는 문지방에 서서 받아들여지기를 기다리고 있는 것처럼. 그래, 그는 언제나 예의 바른 사람이었어. 그러자 건너편 공사장에서 벌어졌던 리프트 사건이 떠올랐다. 그것은 노동 재판소에까지 올라갈 뻔했던 불쾌한 사건이었다. 당시 건너편 공사장에서 그들 부서의 두 사람을 보내달라고 요청해왔다. 리프트가 막 조립된 참이었다. 건너간 사람들은 아래위로 움직이는 그 리프트에 올라 탄 첫 번째 그룹에 끼어 있었다. 추측건대 슈베르트페거의 잘못으로 인해 밧줄 하나가 튕겨져 나가버렸다. 그리고 그 안에 있던 네 명 모두는 심한 골절상을 입고 말았다. 피들러 자신도 쇄골 골절상을 입었다. 그들은 법원에 높은 액수의 손해배상을 청구할 수 있었고, 책임을 져야 할 슈베르트페거를 검찰에 넘겨줄 수도 있었다. 그러자 피들러가 나서서 나머지 셋을 설득하여 그 일을 사소한 것으로, 그 자신의 쇄골 골절도 별것 아닌 것으로 처리하여 슈베르트페거를 곤란하게 만들지 않았다. 사고를 당한 각자의 뒤에서 그 아내와 자식들이 일을 쉬어야 하는 문제와 손해배상 액수를 놓고 불평했던 것을 생각해본다면, 피들러는 대단히 어려운 일을 해냈던 것이다.

그것으로 피들러를 신뢰하기에 충분할까, 파울은 스스로에게 물어보았다. 어쩌면 브란트 같은 사람도, 나치가 말하는 이른바 단체정신에서, 피들러처럼 행동했을지도 모른다. 아마도 브란트는 이렇게 주장했을 것이다. 누구든 책임은 져야 한다.

부주의 역시 단체정신의 부족에서 생기는 것이다. 따라서 슈베르트페거는 처벌받아야 한다.

피들러는 공장에서 집회가 열리면 조용하게 작은 질문들을 던졌다. 자신들이 해야 할 일이 검증된 것인지를 늘 확실하게 알고 싶어 했다. 이런 점에서도 그는 브란트와 일치했다.

금속 시계 바늘의 끝 부분이 번쩍하고 빛났다. 곧 정오였다. 곧 휴식 시간을 알릴 것이었다.

그러자 지금까지 까맣게 잊고 있던 어떤 사건이 스치듯 파울의 마음속에 떠올랐다. 그것은 행동도 아니고, 발언도 아니었다. 지난봄이었어. 우리 모두 다 같이 근무 교대 후 대강당에서 총통님의 연설을 들어야 한다고 했어. 그때 누군가가 말했지. 맙소사, 난 기차 시간에 맞춰 가야 하는데. 다른 친구가 대꾸했어. 그래, 그렇담 가, 눈치 못 챌 텐데 뭐. 그러자 세 번째 친구가 그랬어. 이번엔 강제로 안 들어도 된대. 그, 파울도 그때 이렇게 말했었다. 강제가 아니라면 나도 마누라한테 갈래. 총통님이 무슨 말을 하실지는 모두가 알고 있었다. 상낭히 많은 인원이 갑자기 빠져나가 버렸다. 다시 말해 그들은 집에 가고 싶었던 것이다. 그런데 공장 문 세 개가 모두 잠겨 있었다. 그러자 수위 집 옆에 아주 작은 문이 하나 있다고 누군가가 나섰다. 그 문은 정말이지 인형이나 드나들 만한 좁은 문이었다. 그들 전 직원은 1200명이 넘었다. 일이 진행된바, 그들 모두가 갑자기 그 작은 문으로 빠져나가려 했다. 그, 파울까지도. 자네들 모두 미쳤냐. 아이들같이 왜 이래. 수위가 말했다.

그렇게 밀치는 가운데 누군가가 말했다. 이거야 원 바늘구멍이로군. 우리보다 낙타가 통과하는 게 낫겠어.* 파울은 몸을 돌렸다. 그때 피들러의 진지하고 억제된 얼굴에서 조용한 두 눈이 어떤 승리감으로 빛나고 있었다.

시계 바늘의 뾰족한 끝에 가 있던 태양의 번득임이 사라졌다. 해는 이제 안마당 쪽 벽의 창문들 사이에 가 있었다. 휴식을 알리는 벨이 울렸다.

"잠깐 할 얘기가 있어요." 파울은 안마당에서 피들러를 기다렸다. 피들러는 속으로 생각했다. 정말이지 무슨 괴로운 일이 있는 모양이군. 무엇이 저 파울을 괴롭히는 걸까?

파울은 망설이고 있었다. 피들러는 깜짝 놀랐다. 가까이서 보니 파울이 그가 생각하던 것과 달라 보였기 때문이었다. 특히 눈이 그러했다. 파울의 두 눈은 교활하지도 어린아이 같지도 않았다. 그의 두 눈은 차고 엄숙했다. "충고가 필요해요." 파울이 말을 시작했다. "그래, 말해봐!" 피들러가 말했다. 파울은 다시 망설였다. 그러나 뒤이어 차근차근, 침착하고 분명하게 말을 이었다. "있지요 피들러, 베스트호펜에서 나온 사람들 얘기예요. 탈주범들요. 그중 한 사람에 관한 거예요."

파울은 말을 시작하자, 이틀 전 게오르크가 그에게 같은 말을 털어놓을 때와 꼭 마찬가지로 창백해졌다. 피들러 역시 첫마디를 듣자마자 입술까지 창백해졌다. 그는 심지어 두 눈을

*부자가 천국에 들어가는 것은 낙타가 바늘구멍에 들어가는 것보다 어렵다고 한 성경 구절의 비유.

감았다. 이 안마당은 얼마나 살랑거리는가! 두 사람은 끊임없이 들려오는 그 어떤 살랑거림 속에 빠져든 것인가?
피들러가 말했다. "어떻게 하필 날 고른 건가?" "잘 설명할 수가 없네요. 믿음이겠죠."
피들러는 생각을 가다듬었다. 그는 딱딱하고 무뚝뚝하게 치아 사이로 질문을 내뱉었다. 파울도 마찬가지로 딱딱하고 무뚝뚝하게 대꾸를 했다. 그래서 사람들이 보기에는 그들이 서로 싸우고 있는 것 같았다. 그들의 주름진 이마, 그들의 창백한 얼굴은 증오를, 싸움을 향하고 있는 것처럼 보였다. 마침내 피들러가 파울의 어깨를 가볍게 두드리면서 말했다. "일 끝나고 45분 후 핑켄회프헨 술집에 가서 기다리게. 우선 좀 생각을 해봐야겠어. 지금으로선 아무것도 약속할 수가 없네."
그날 근무의 후반부는 그들이 지금까지 겪은 가장 이상한 작업 시간이었다. 파울은 가끔씩 피들러에게로 몸을 돌렸다. 피들러가 정말 적임자일까? 어떤 일이 있어도 그렇게 돼야 하는데.
어째서 하필 나에게 떨어졌단 말인가, 피들러는 생각하고 있었다. 내게서 무엇을 알아챘단 말인가? 그래 피들러, 피들러야. 사람들이 네게서 아무것도 눈치채지 못하도록, 넌 그렇게 오랫동안 잘 조심해왔어. 그런데 어느 순간 네게서 알아채지 말아야 할 것이 이제 없어져버렸어. 꺼져버렸지. 그러니 네게서 뭔가를 알아챌 위험도 이제 없는 거야.
그러나 아무리 조심했더라도 또 네가 의도하지 않았더라도,

무언가가 남아 있었음에 틀림없어. 그는 자기 자신에게 말했다. 남아 있었어. 그리고 파울 뢰더가 그걸 감지한 거고.

내가 말할 수 있었을까? 파울, 도와줄 수가 없네. 자넨 날 잘못 생각한 거야. 난 이제 어떤 지도부나 동지와도 연결돼 있지 않아. 함께했던 사람들과의 연결점은 벌써 오래전에 끊겼어. 그 연결을 찾기 어려워서가 아니라네. 어쩌면 접선을 할 수 있었을지도 몰라. 하지만 난 그쯤에서 내버려두었지. 내겐 접선할 사람이 없어졌어. 난 끊어졌다네. 그러니 자넬 도울 수가 없어. 이런 말을 파울에게 해야 했을까? 그래도 날 믿고 털어놓은 건데.

어떻게 해서 갑자기 혼자가 되고 연결이 끊겨버리게 되었지? 많은 동지들이 체포된 후 연결선들이 차차 끊기면서 난 더 이상 연결점을 찾을 수 없게 돼버렸지. 아니면 내가 그렇게 진지하게 연결점을 찾지 않았던 걸까? 동지들과의 연결—그것이 없으면 죽을 수도 살 수도 없을 정도로 그렇게 절박하게 찾지 않았던 걸까?

그렇지만 내 상황이 그리 나쁘지만은 않아. 그렇게 나쁜 건 아니지. 내가 그렇게 완고하고 둔하게 돼버린 건 아니야. 난 여전히 그곳에 속해 있어. 파울이 날 뽑아냈잖아. 난 내 사람들을 다시 찾을 거야. 접선할 사람을 찾아낼 거야. 설사 접선이 안 되더라도 이 일은 도와야 해. 늘 기다리고 있을 수만은 없어. 늘 묻고만 있을 수는 없지.

난 그때 모든 일이 잘못 돌아가자 지쳤던 거야. 그땐 이런 말도 했었지. 일이 잘못되면 기껏해야 6년, 8년 들어앉아 썩는 거고, 최악의 경우에 목이 날아가는 거라고. 그때 사람들은 이렇게들 대답했어. 피들러, 자네가 뭘 원하든 그것 때문에 내 목을 내놓을 순 없지. 그리고 갑자기 나 역시도 그렇게 대답하게 되어버렸어. 지도부가 날아가 버리자, 나도 그럴 수밖에 없었던 거야. 하지만 이제 모든 것이 제자리를 찾으려나 봐. 그래, 그때 지도부가 날아가 버리자 나도 그만둬 버렸는데 말이야. 그러니까, 그게 바로 그자, 게오르크 하이슬러가 함께 날아가 버린 그때였어.

VI

"이제 우리 이별 잔치네요." 에른스트가 말했다. "당신 주인 메서 씨가 지난봄 작은 숲 뒤의 땅을 프로카스키 씨에게 팔지만 않았으면, 내가 양 떼를 끌고 낯선 땅으로 가지 않아도 될 텐데 말예요." "그래, 그렇지만 그렇게 먼 곳은 아니야." 오이게니가 말했다. "내 침실 창에서 네가 손 흔드는 걸 볼 수 있어." "그래도 이별은 이별이죠." 에른스트가 말했다. "그래도 잠깐 내 곁에 앉아요. 내 마지막 감자 팬케이크 옆에요." "내가 그럴 시간이 어디 있어?" 오이게니는 이렇게 말하면서도 두 다리는 부엌 안에 둔 채 머리를 밖으로 내밀고 창턱에 비스듬히 걸터앉았다. "난 과자도 굽고 요리 준비도 해놔야 해. 내일 우리 세 아이가 집에 오거든. 66연대에 있는 막스가 첫 휴가를 나와. 한스도 학교에서 오고, 말썽꾸러기 요제프도 온다고. 틀림없이 걘 또 돈 얻으러 오는 거야." "말해보세요, 오이게니. 당신의 그 아이도 오나요?" "대체 무슨 내 아이?" 오이게니가 냉랭하게 말했다. "아냐, 아냐. 내 로베르트 말이지, 걘 일요일에도 시간이 없어. 비스바덴에서 호텔 일을 배우고 있거든." "그거 별거 아니에요." 에른스트가 말했다. "걘 자기 길을 만들어나가고 있는 거야. 걔 피가 그래. 손님들과 사귀는 거 말이야." 오이게니가 다시 싹싹한 어조로 말했다. "개도 이리로 와요?" "로베르트 말이야? 뭐 하러 와? 메서 씨도 걔가 오는 데 반대하지 않지만, 한스는 아직 와본 일이 없어. 막스는 말을 잘 듣지. 하지만 요제프는, 걔가 허풍을 떨고 내가 그걸 못하게 하면 언제나 싸움이 생겨. 난 그러고 싶지 않은데 말이야." "왜 허풍을 떠는데요?" 에른스트가 다시 말꼬리를 잡고 늘어졌다. 그의 빈 접시와 잔, 숟가락과 포크를 포개고 있는 오이게니를 더 붙잡아 두고 싶기 때문이었다. "그런데 그 아이 아버지는 그래도 유대인이 아니었죠?" "그럼. 다행스럽게도 프랑스인이었지." 오이게니가 말했다. 그러면서 그녀는 몸을 일으켰다. "그래, 잘 가 에른스트. 네 넬리에게 휘파람 불어줘, 내가 고 녀석에게도 작별 인사하게 말이야. 그래 잘 가, 넬리. 넌 정말 예쁜 강아지야. 잘 가, 에른스트!"

그녀는 양 떼가 떠나가는 것을 보기 위해 또다시 비스듬하게 창턱에 걸터앉았다. 에른스트는 이제 그 집에 등을 돌리고 있었다. 그는 느슨하게 목도리를 두르고, 한 발을 앞으로 내민 채 한 손은 엉덩이에 받치고 있었다. 양 떼를 불러 모으는, 그리고 아마도 그 행동으로 온 세계를 불러 모으는 군사령관처럼, 내리깐 속눈썹 아래 날카로운 눈초리를 하고서, 그는 그리 크지 않은 목소리로 짤막하게 명령을 내렸다. 그러자 강아지는 때로는 이곳으로 때로는 저곳으로 튕기듯이 재빨리 돌아다녔다. 양 떼가 단단하고도 길쭉한 작은 구름 모양이 되어 가문비나무 숲으로 들어갈 때까지.

이제 초원은 텅 비었다. 그것을 보고 있자니 오이게니의 마음은 움츠러들었다. 사실 그녀는 에른스트에게 아무 관심도 없었다. 그가 이곳에서 양 떼에게 풀을 먹이는 지난 사흘 동안 일은 더 늘어났고, 시답잖은 수다만 떨었을 뿐이다. 그러나 이제 저 작은 숲이 그들 모두를 집어삼키면—아마 지금쯤 양 떼는 벌써 저편 숲을 나오고 있으리라—저 초원은 내년까지 텅 비어 있겠지! 그 풍경은 어떤 이에게는 모든 가능한 것을 의미하겠지만, 또 어떤 이에게는 지나가 버린 것을 기억시켜 주리라. 그리고 한 번 지나가 버리고 나면 그것은 더 이상 전과 같지 않고, 울음이 나올 만큼 조용하고 쓸쓸했다.

헤르만은 이날 점심을 끝내고 공장 안마당을 지나다가 레르쉬와 부딪쳤다. 레르쉬는 위쪽에 대고 짤막짤막하게 명령을 내지르고 있었는데, 헤르만은 그런 레르쉬의 얼굴 표정이 거슬렸다. 헤르만은 위를 올려다보았다. 어린 오토가 화물 적재 차량의 바퀴들 사이에 밧줄로 매어진 채, 무거운 땜질인두를 서투르게 돌리고 있었다. 공장 안마당은 지면보다 아래쪽에 있었다. 화물차는 케이블 장치에 의해 높은 곳에 세워질 수, 아니 밀어 올려질 수 있었다. 어린 오토는 아주 가볍게 흔들거리고 있었는데, 꼿꼿하게 몸을 세우려 애쓰고 있었다. 오토는 번갈아가며 한 번은 그곳에서 보자면 아주 아득하게 깊이 생각되는 안마당을 내려다보고, 또 한 번은 머리 위에서 뒤집어질 듯한 화물차를 올려다보고 있었다. 차량 장치를 조종하는 젊은 노동자가 뭐라고 오토에게 소리치고 있었다. 그는 무뚝뚝하게 비꼬는 듯한 말투가 아니라 웃으면서 활기차게 소리치고 있었다. 보아하니 오토는 아직 일이 서툰 데다 공포의 발작에 사로잡힌 것 같았다. 그건 견습 기간에는 자주 일어나는 일이었다.

레르쉬는 공장에서 일할 때는, 꽤 나이 든 숙련 노동자의 침착한 모습을 하고 있었다. 그러나 그의 목소리의 울림, 딱하다는 듯한 미소, 눈의 번쩍임은 지금 이 단순한 과정에, 즉 어린 아이의 속성 교육을 하기에 적절한 것이 아니었다. 헤르만은 그냥 지나쳐갔다. 지금 이곳의 일은 자신의 소관이 아니라고 생각했기 때문이었다. 그러나 헤르만은 3미터쯤 떨어진 곳에서 멈춰 섰다. 이건 자신이 참견해야 할, 자신의 소관이라고 마음 속에서 스스로 다짐했기 때문이었다.

헤르만은 어린 오토가 일을 다 끝낼 때까지 철 계단 앞에 서서 기다렸다. 오토는 레르쉬 앞에 하얗게 질린 얼굴을 하고, 눈도 깜박이지 않은 채, 아이답게 입을 반쯤 벌리고 뻣뻣하게 서 있었다. 오토가 위로 올라왔을 때, 헤르만은 오토에게 이렇게 말했다. "애야, 처음엔 누구나 그런 일이 일어날 수 있어. 그럴 때는 긴장하면 안 돼, 그 반대야. 긴장을 풀고 느긋하게 마음을 먹어. 네가 흔들린다는 생각을 하지 마. 화물차의 장치와 네 자신만을 생각하렴. 차량 장치는 모든 것이 수백 번도 더 검사를 마친 거야. 내가 이곳에서 일한 지 10년 동안 사고는 한 번도 없었단다. 네게 무슨 일이 생기면 내 말을 생각하렴. 일을 처음 배울 때 그런 일을 겪지 않는 사람은 없단다. 나도 그랬어!" 헤르만은 오토의 어깨에 손을 얹었다. 그러나 아이는 눈에 띄지 않게 어깨를 움츠렸고 헤르만의 손은 미끄러져 떨어졌다. 오토는 이 나이 든 남자를 차갑게 바라보았다. 아이는 아마도 이렇게 생각했으리라. 이건 레르쉬와 저 사이의 문제예요. 아저씨는 아무것도 몰라요.

헤르만은 계속 걸어가면서 화물 운반 차량의 아까 그 젊은 노동자가 크게 웃는 소리를 들었다. 레르쉬는 공장이 아니라 군대 병영의 마당에 서 있는 것처럼, 위를 향해 여전히 짧은 명령을 내지르고 있었다. 헤르만은 재빨리 주위를 둘러보았다. 그는, 명령을 받들 일도 명예심을 충족시킬 일도 아닌 이 하찮은 사건에서 공포로 질려 있던 아이의 얼굴을 보았다. 저 아이가 어떻게 될까, 헤르만은 속으로 혼잣말을 했다. 아이는 동료들의 선의를 수다로, 결속을 케케묵은 허튼 짓으로 생각하고 있음에 틀림없었다. 아마도 또 하나의 레르쉬로군, 교훈이 뒤늦게 찾아오므로 더욱 나빠질 레르쉬.

헤르만은 두 개의 안마당을 가로질러 도로와 같은 높이로 올라섰다. 그는 귀를 먹먹하게 하는 공장의 소음 속으로, 끊임없이 이어지는 하얗고 노란 용접의 불꽃 속으로 들어갔다. 여기저기서 미소가 그를 반겼다. 그 미소는 검댕이 묻은 얼굴들 위에서 찡그림과 비슷해 보였다. 흑인의 눈처럼 하얀 안구가 위협하듯 구르며 삐딱하게 쳐다보는 눈길, 천둥처럼 그의 귀를 뚫고 들어오는 두어 개의 외침. 난 외롭지 않아. 헤르만은 스스로에게 말했다. 내가 방금 막 저 어린애를 두고 했던 생각, 그것이 허튼 생각이야. 정말 바보 같은 생각이지. 저 아이는 다른 남자아이와 꼭 같은 어린애일 뿐이야. 저 아이에게 대부 역할을 해줘야겠어. 일종의 비밀 대부. 저 아이를 레르쉬에게서 낚아채 와야겠어. 그렇게 될 거야. 누가 더 강한지 두고 보자고. 그래, 그러기 위해서는 시간이 필요해. 그 시간은 어쩌면 그에게 허용되지 않을지도 몰랐다. 지금 갑자기 그가 자기 자신에게 부여한 오래 걸릴 힘든 과제, 너무 갑작스러운 결심이라 헤르만 본인도 누군가가 자신에게 이 과제를 급히 부여한 듯이 생각될 정도였다. 그러다가 그의 생각은 지금 현재 발등에 떨어진 가장 시급한 그 과제로 옮겨 갔다. 어쩌면 그 과제에 관계하는 사람은 모두 파멸할 수도 있었다. 어제 교대 근무가 끝난 직후, 극도로 위급할 경우에만 만나기로 되어 있는 장소에서 건축가 자우어가 그를 기다리고 있었다. 자우어는 자기가 아침의 방문객을 너무 단숨에 쫓아버린 것은 아닌가 하는 의구심으로 괴로워하고 있었다. 자우어가 그에게 제시한 모습, 키가 작고 눈이 파랗고 주근깨가 가득한 얼굴은 프란츠 마르네트가 묘사한 파울 뢰더의 모습과 꼭 맞아떨어졌다.

만약 파울 뢰더가 아직 포코르니 공장에서 일하고 있다면, 그곳에는 이 파울 뢰더를 알아봐 줄 수 있는 딱 좋은 사람이 하나 있었다. 꽤 나이가 든, 단단하고 과묵한 이 사람은 히틀러 집권 전 마지막 2년간 운동과 일정 거리를 두었고, 옛 동지들과 불화한 것으로 간주되었기 때문에 박해를 피할 수 있었다. 만약 아직도 그 공장에 있다면, 그는 오는 월요일 파울에게 접근할 수 있을 것이었다. 헤르만은 그 남자의 어제와 오늘을 잘 알고 있었다. 만약 게오르크 하이슬러가 정말로 아직 살아 있다면, 그에게 게오르크를 위한 돈과 서류를 맡길 수 있으리라. 헤르만은 일상적인 오전의 쿵쾅거리는 소리와 번쩍이는 불꽃 속에서 온통 생각에 골몰해 스스로에게 묻고 있었다. 그 남자 한 사람에게만 일을 맡기는 것이 옳은 것인가 하고. 파울 뢰더를 찾아봐 줄 수 있는 그 사람은 포코르니 공장에서 거의 유일한 실제의 버팀목이었다. 한 사람을 위해 다른 사람을 위험에 내놓는 것이 허용될까? 어떤 조건하에서 허용될까? 헤르만은 다시 한 번 이리저리 생각을 굴리고 있었다. 그래, 허용될 거야. 허용될 뿐만 아니라, 꼭 필요한 일이야.

VII

오후 4시 정각에 칠리히의 업무는 끝났다. 평상시에도 그는 여가 시간이 생기면 어찌해야 좋을지 몰라하는 인간이었다. 동료들이 인근 도시로 놀러 나가거나, 오락 같은 걸 즐길 때도 신경 쓰지 않았다. 이런 점에서 그는 여전히 농부였다.

수용소 입구에 돌격대 동료들이 낡아서 덜커덩거리는 자동차 옆에 서 있었다. 라인 강으로 놀러 가려고 모여 있는 것이었다. 그들이 함께 가자고 칠리히를 불렀다. 칠리히가 진짜로 그들의 말을 따랐더라면, 그들은 오히려 놀랐을 것이다. 그의 동행에 압박감을 느꼈을 것이다. 그들의 즐거운 웃음이 갑자기 멈춘 데서, 칠리히를 쫓는 그들의 시선에서, 그들과 칠리히 사이에는 여전히 거리가 존재함을 알 수 있었다.

칠리히는, 새로 닦아 반짝거리는 그의 단단한 가죽 부츠를 더럽히지 않게 무르고 건조한 흙을 골라 밟으며, 리바호로 향하는 들길을 걸어갔다. 그는 국도와 라인 강을 연결하는 길을 건넜다. 식초 공장 앞에는 오늘도 경비병이 서 있었다. 베스트호펜의 가장 전초 격인 경비 초소였다. 경비병이 인사를 하자 칠리히도 되받아 인사를 했다. 그는 2미터쯤 공장 뒤로 걸어갔다. 그리고 아마도 게오르크가 몸을 숨기고 기어갔을 하수구를 바라보았다. 그는, 게오르크가 구토한 곳이라고 성가신 모자 할아범이 진술했던 바로 그 장소도 바라보았다. 게슈타포는 게오르크의 다레 학교까지의 탈출 경로를 상당히 정확하게 재구성했었다. 칠리히는 이 길을 이미 두어 번 따라가 보았었다. 이제 식초 공장에서 수십 명의 사람들이 몰려나왔다. 이곳에 오래도록 거주해온, 한 철에만 농사일을 돕는 계절 노동자들이었다. 그들은 모두 뼛속까지 심문을 받은 사람들이었다. 이제 그들은 칠리히의 뒤에 멈추고 서서 하수도의 배수관을 바라보았다. 아마 백 번째쯤 될 것이었다. 그들은 또 백 번쯤 같은 말을 하고 있었다. 믿을 수가 없어! 어떻게 저기에 들어갔지! 아직 못 잡았다지! 아냐, 아냐, 모두 잡았대! 자기 아버지의 헐렁한 작업복을 걸친, 어린 얼굴의 남자아이가 칠리히에게 대놓고 물었다. "그 사람 결국 잡혔나요?" 칠리히는 고개를 들고 둘러보았다. 그러자 모두가 뿔뿔이 흩어졌다. 질린 얼굴로 조용하게 흩어져 갔다. 얼굴에 고소하다는 표정을 했던 사람은 마치 감추어둔 깃발처럼 그 표정을 거둬들였다. 질문을 했던 남자아이에게 사람들이 말하고 있었다. "너 대체 저 사람이 누군지 알아? 저 사람 칠리히야!"

칠리히는 서늘한 오후의 햇살 아래 들길을 지나갔다. 이 땅은 그의 고향 땅과 꼭 같았다. 이곳에서는 강이 보이지 않을 뿐이었다. 칠리히는 알딩거가 살던 곳과 멀지 않은 동향 사람이었다. 그는 베르트하임 뒤쪽의 외진 마을에서 성장했다.

이곳저곳에 머리 스카프를 쓰고 밭 위에 몸을 굽힌 아낙네들이 보였다. 지금이 몇 월이더라? 무얼 심을 철인가? 감자, 무? 그의 아내는 지난번 편지에서 그가 여전히 집으로 돌아올 수 없는지 묻고, 만약 돌아온다면 소작 주려던 것을 취소할 수 있다고 썼었다. 그러면 저축해두었던 돈을 땅에 쓸 수도 있을 것이었다. '옛 투사'의 가족으로 자식이 많아 이런저런 혜택을 받고 있으니만치, 이제 마침내 농장을 오물 더미에서 건져낼 수 있을 것이었다. 위의 두 아들도 아버지만큼 강해져 있었다. 그렇다고 아들들이 아버지를 완전히 대신할 수는 없었다. 그가 돌아간다 하더라도 소작을 주었던 땅은 반은 갈아엎고, 또 반은 소들을 사서, 그 소들이 먹을 클로버가 자라게 해야 할 것이었다.

칠리히는 양가죽 부츠를 신은 한 발을 내밀었다. 게오르크가 늙은 할멈에게 준 머리 리본을 발견했던 바로 그 자리였다. 2, 3분 후 그는 서랍 할멈이라는 별명을 가진 그 노파가 방향을 바꾸어 꺾어졌던 분기점에 이르렀다. 그는 다레 학교 쪽으로 올라가지 않고, 아래쪽 부헤나우를 향해 걸어갔다. 그는 목이 말랐다. 칠리히는 규칙적으로 물을 마시지 않고, 간격을 두고 발작적으로 마셨다.

회청 빛 하늘 아래 조용한 땅 위를 걸어가고 있자니 여기저기서 삽이 번쩍거렸다. 길가에 바짝 붙어서 걷는 그의 발걸음 소리에 농부 여인은 얼굴을 들고, 누구인지 보려고 주먹으로 눈가의 땀을 훔쳐내었다. 그의 마음속에서는 이제 영원히 집으로 돌아가야 한다는 생각이 맴돌고 있었다. 파렌베르크가 그를 떨어뜨린다면, 아니 파렌베르크 자신이 무섭게 추락해 더 이상 아무도 거느릴 수 없게 된다면, 그, 칠리히가 고향 말고 달리 어디로 가겠는가? 무엇보다도 한 가지 기억이 그를 괴롭히고 있었다! 1918년 11월 전쟁이 끝나고 그가 황폐한 고향 마당으로 돌아갔을 때, 있는 것이라고는 파리와 곰팡이, 휴가 같은 많은 시간과 수많은 아이들뿐이었다. 이미 있었던 그의 두 아이도 포함하여 말이다. 그리고 아내는 오래되어 굳어진 빵처럼 메마르고 딱딱했었다. 아내는 부드러운 눈빛으로 그에게 수줍게 물었었다. 못질로 창틈을 좀 막아주지 않겠느냐고. 바람이 들어오는 외양간부터 먼저 좀 고쳐주지 않겠느냐고. 그러면서 그에게 녹슨 연장들을 갖다 주었었다. 그때 그는 생각했다. 이번에는 고향에서 두어 개의 못이나 박고 다시 돌아가는 그런 휴가가 아니야. 틈새나 못이 문제가 아니라, 이제는 영원히 고향 마을에 있을 수밖에 없게 되었다는 거야. 벗어날 수 없이, 구제될 수 없게 되어버렸다는 거지. 그날 저녁 칠리히는 술집으로 갔었다. 여기 이곳의 마을 술집과 비슷한, 붉은 기와지붕에 담쟁이덩굴이 올라간 술집이었다. 이제 부헤나우 입구의 들판 뒤로 마을 술집이 가물가물 빛나는 것이 보였다. 그때 고향 술집의 주인이 그에게 따라준 것은 슬픈 포도주였었다. 그 고향 마을의 술집에서 칠리히는 처음에는 마음속으로 꿍꿍거리다가 결국 거칠게 터져버렸다. "그래, 내가 다시 고향에 와서 이 거지 같은 술집에 왔다. 그래, 내가 다시 왔다고! 저들이 우리 전쟁을 망쳤어. 우리의 깨끗하고도 훌륭한 전쟁을 저들이 망쳤어. 이제 소나 끌고 이리저리 어슬렁거려야 하나? 그래, 그건 저들에게나 어울리는 짓이지. 이제 이 칠리히가 못으로 곰팡이를 긁어내야 한단 말이야? 니들, 내 손 좀 봐, 내 엄지 손가락 좀 보라고. 꽃잎 받침처럼 부드러웠던 손이라고. 못이나 박고 있을 손이 아니라고! 폰 쿠비츠 소위님이 그러셨어. '이봐 칠리히, 자네 아니었으면 난 지금쯤 하늘나라에 가 있을 거야.' 그런데 저들이 폰 쿠비츠 소위님의 가슴에서 철십자 훈장을 잡아채려고 했단 말이야, 아헨 역에서 그 불량배들이. 그때 파렌베르크 소위님이 살짝 스쳐 간 총탄으로 찰과상을 입고 급히 수송되셨지. 그래서 폰 쿠비츠 소위님이 파렌베르크 소위님과 교대하셨던 거야. 파렌베르크 소위님은 들것에 실려 가시면서도 내 손을 잡으셨다고."

"참 이상한 일이네." 그때 고향 술집에서 누군가가 말했었다. 군인이었지만 이미 견장을 떼어버린 사람이었다. "칠리히, 자네가 그곳에 있었는데 우리가 이 전쟁에 지다니 말이야." 그때 칠리히는 이 남자에게 달려들어 그를 거의 목 졸라 죽일 뻔했었다. 그의 아내가 아니었더라면, 사람들은 아마 경찰을 불러왔을 것이다. 뒤이은 몇 해 동안에도 마을 사람들은 그의 아내가 죽는 소리를 하는 바람에 그를 참아주었다. 칠리히가 그들의 눈앞에서 죽는다고 난리를 치는 바람에 마을 사람들은 처음에는 그에게 이것저것 제공을 했다. 탈곡기를 공짜로 사용하라고, 연장도 무료로 쓰라고 빌려주었다. 그러나 칠리히는 이렇게 대꾸했다. "농사나 짓는 저런 것들한테 뭘 얻어 쓰느니 차라리 뒈져버리겠어." 아내가 물었다. "어째서 '저런 것들'이라는 거예요?" 칠리히가 대꾸했다. "감자나 캐내겠다고 전쟁터에서 모두 빨리 집에 돌아온 자들이야." 칠리히의 아내가 품고 있던 공포 속으로, 고통과 중압감에도 불구하고, 남편에 대한 감탄 같은 것이 섞여 들어왔다. 그러나 칠리히네 농장은 황폐해지고, 빚을 진 사람에게든 아닌 사람에게든 위기는 찾아왔다. 칠리히는 자기에게 연장을 빌려주려던 사람들에게 싸잡아 욕을 퍼부었다. 그는 처가가 물려준 그 코딱지만 한 농장을 떠나고 싶었다. 그것은 그가 구석으로 내몰리던 가장 힘든 해였었다. 칠리히가 저녁에 집에 들어가면 아이들은 오들오들 떨었다. 그러던 어느 날 그가 베르트하임 시장에 나갔더니, 갑자기 누군가가 불러 세웠다. "칠리히!" 전쟁터에서 함께 싸웠던 전우였다. 그가 말했다. "가세, 칠리히. 우리랑 함께 가. 그게 자네에게 맞는 일이야. 자넨 전우야. 전투적인 사람이란 말이야. 민족적인 사내지. 자넨 저 불량배들이, 현 체제가, 유대인이 싫잖아." "그럼, 그럼, 그럼." 칠리히는 말했었다. "난 그런 것들이 싫어." 이날부터 칠리히는 모든 것에 휘파람을 불 수 있게 되었다. 그런데 이제 그 기름진 평화가 끝나가고 있었다. 칠리히는 끝이었다.

 그때 칠리히는, 마을 사람들의 놀라는 눈앞에서, 매일 저녁 오토바이를 탄 사람들에게 불려 나갔었다. 가끔은 하노버 기계 제조 주식회사의 자동차*가 그를 모셨다. 어느 날 저녁 기와 공장의 일당이 돌격대들이 모여 있는 술집에 나타나지만 않았더라면! 쨰려보다가 말다툼이 되고, 말다툼은 칼부림이 되었다.

---

*당시 하노버 기계 제조 주식회사(Hanomag)의 자동차는 호기심을 불러일으키는 차체로 사람들의 눈길을 끌었다.

물론 교도소에 갇혀 있는 것이 고향의 숨 막히는 쥐구멍 속에 있는 것보다 나쁘지는 않았다. 오히려 더 깨끗하고 유쾌했다. 칠리히의 아내는 몹시 수치스러워하면서 이 치욕을 한탄했다. 그러나 그녀는 남편의 귀환을 축하하려고 돌격대가 마을에 몰려왔을 때 눈물을 훔치며 두 눈을 똥그랗게 뜰 수밖에 없었다. 인사말 한마디 하시지! 만세! 마셔! 술집 주인과 이웃 사람들은 멍하니 입을 벌린 채 바라보고 있었다.

두 달 후 대규모 돌격대 행군에서 그는 옛 상관이던 파렌베르크가 연단에 선 것을 알아보았다. 그는 저녁에 파렌베르크에게로 가서 물었다. "소위님 아직 절 알아보시겠습니까?" "아이고, 칠리히로군! 우리 같은 셔츠*를 입고 있네!"

그런데 이제 또다시 소를 몰고 돌아다녀야 하다니, 칠리히는 생각했다. 그 자신의 고향을 연상시키는 좁은 골목길을 보는 것만으로도 그의 마음은 흐릿한 불안으로 가득 찼다. 그는 생각했다. 우리 고향 술집의 손잡이도 꼭 저렇게 흔들거리는데.

"히틀러 만세!" 술집 주인은 과장된 목소리로 크게 외쳤다. 뒤이어 평소의 목소리로 말했다. "정원에 해가 비치는 자리가 있습니다. 동지께서는 정원에 앉으시지요."

칠리히는 열려 있는 정원 출입구를 잠깐 바라보았다. 밤나무 잎을 통과한 얼룩덜룩한 가을 햇빛이 빈 탁자들 위로 떨어지고 있었다. 탁자들에는 일요일을 위한 빨간 바둑무늬의 깨끗한 식

---

*나치의 갈색 셔츠.

탁보가 이미 덮여 있었다. 칠리히는 시선을 돌렸다. 그 광경은 그에게 평범한 일요일을, 그의 지나간 삶을, 아주 불쾌한 평화를 상기시켜 주었다. 그는 카운터 앞에 서서, 라우셔*를 한 잔 주문했다. 칠리히와 마찬가지로 라우셔를 시음해보기 위해 카운터 앞에 서 있던 두어 사람이 약간 뒤로 물러섰다. 그들은 이 마를 약간 찡그린 채 칠리히를 관찰했다. 칠리히는 자기 주위에 형성된 침묵을 전혀 알아차리지 못했다. 그는 세 번째 잔을 들이켰다. 피가 그의 귀로 쏠렸다. 마음을 좀 가라앉히려던 희망은 이번에도 그를 배신했다. 오히려 반대로, 그를 가득 채웠던 불안감이 내면에서 폭발할 듯 자라나고 있었다. 그는 소리 내어 울부짖고 싶었다. 칠리히는 어릴 때부터 이 불안감을 알고 있었다. 그로 하여금 아주 무시무시한, 겉보기에 아주 대담한 일들을 하도록 부추긴 것은 바로 이 불안감이었다. 그러나 그것은, 아무리 동물적인 몸짓을 하고 있어도, 가장 일반적인 인간의 불안감일 뿐이었다. 그의 타고난 지력, 거인 같은 힘은 어려서부터 속박당해 있었다. 그것은 어느 누구의 충고도 받지 못한 채, 구제받지 못한 채, 사용되지 못하고 억눌려 있었다.

    그의 마음을 가볍게 해주는 단 한 가지를 칠리히는 전쟁에서 발견했었다. 사람들은 살인자들이 피를 보면 횡포해진다고 뒷말들을 하지만, 칠리히는 피를 보고도 그렇게 되지 않았다. 칠리히가 피를 보며 느꼈던 것은 일종의 도취였다. 아마도 또

---

*갓 압착한, 아직 완전히 발효되지 않은 새 포도주.

다른 도취로 치유될 수밖에 없는 도취. 피를 보는 것은 그의 마음을 안정시켰다. 그 자신의 치명적인 상처에서 마치 방혈되는 것처럼 피가 흘러나왔다 해도 그는 아무렇지 않았을 것이다. 피를 보게 되면 그는 조용해져서 밖으로 나갔고 그런 다음에는 조용히 잠들었다.

술집 안의 한 탁자에는 두세 명의 히틀러 청소년단원들이 앉아 있었다. 그중에는 헬비히와 헬비히의 조장인 알베르트도 있었다. 지난주까지만 해도 헬비히가 모든 일에 무조건 듣고 따르던 그 알베르트였다. 식당 주인은 알베르트의 숙부였다. 소년들은 갓 짜낸, 발효되지 않은 사과 주스를 마시고 있었다. 소년들은 한 접시의 호두를 앞에 놓고 있었는데, 그것들을 서로에게 까주기도 하고, 주스 속에 던져 넣기도 했다. 나중에 잔이 비게 되면 호두 알이 주스 속에서 흠뻑 젖어 달콤한 맛을 내기 때문이었다. 그들은 일요일의 작은 여행에 대해 의논하는 중이었다. 알베르트는 짙은 갈색으로 얼굴이 탄, 교활한 눈의 날쌘 사내아이였다. 그는, 말을 하면서, 자기와 동년배 아이들 간의 미세한 거리를 눈에 띄지 않게 유지할 줄 아는 아이였다. 헬비히는 칠리히가 이 식당에 들어온 후부터 말하는 것도 삼가고, 호두 까는 것도 중단했다. 그의 시선은 칠리히의 등에 꽂혀 있었다. 그 역시 칠리히의 얼굴을 알고 있었다. 그 역시 사람들이 칠리히를 두고 이러쿵저러쿵 소곤대는 뒷말들을 듣고 있었다. 그러나 헬비히는 그런 일에 신경을 쓰지는 않았다.

이날 아침 헬비히는 베스트호펜으로 다시 소환을 받았다. 그는 잠 한숨 못 자고 꼬박 밤을 새운 후 콩닥콩닥 뛰는 가슴으로 들어갔었다. 그러나 놀라운 일이 있었다. 그냥 집으로 돌아가도 좋다는 통보를 받았던 것이다. 경감님들은 이미 떠났고, 나머지 소환은 필요 없다는 것이었다. 헬비히는 한없이 가벼운 마음으로 학교로 돌아왔다. 이제 그에게 없는 것은 재킷뿐이었다. 그는 기꺼이 그것을 대가로 지불하고 싶었다. 오늘 아침 그는 일하러 갔고 근무를 했으며 친구들과 어울렸다! 그는 정원사 퀼처 씨는 피했다. 파이프 담배를 빨아대는 이 늙은이에게 그는 얼마나 입이 가볍게 이야기를 늘어놓았던가. 이날 하루 종일 헬비히는 지난주와 꼭 같은 헬비히였다. 무엇 때문에 그리 불안해했단 말인가! 대체 내가 무엇을 어쨌다고! 더듬더듬 몇 마디 내뱉었을 뿐인데! 내 재킷이 아니라고 작게 말했을 뿐인데! 그의 말은 어떤 결과도 초래하지 않았다. 아무 결과도 없다면 그건 일어나지 않은 일이나 마찬가지가 아닌가? 불과 5분 전까지만 해도 그는 이 소년들의 탁자에서 가장 명랑한 녀석이었다. "뭘 그렇게 멍하니 봐, 헬비히?" 그는 놀라서 움찔했다.

저자가 누구야, 칠리히 아냐? 그가 나하고 무슨 상관이람? 내가 칠리히하고 무슨 상관인데? 그가 우리와 무슨 관계야? 사람들이 그에 대해 수군대는 게 사실일까?

어쩌면 그것은 정말 내 재킷이 아닐지도 몰라. 구별을 못하고 혼동할 만큼 비슷한 사람들도 많잖아. 재킷이라고 그러지 말란 법 있나. 어쩌면 지금쯤은 정말 모든 탈주범이 잡혀 왔을 수도 있어. 그 탈주범도 잡혀 와 있을지 몰라. 헬비히는 그 재킷을 자기 것으로 인정하지 않아왔다. 저 사람 칠리히도 알베르트처럼 우리 편이 아닌가, 사람들이 그를 두고 하는 얘기가 사실일까? 대체 왜 우리는 칠리히 같은 사람이 필요한 거지? 어쩌다가 그 탈주범을 잡아 가둔 걸까? 대체 왜 그는 탈출한 걸까? 대체 왜 갇혔던 걸까?

헬비히는 이 '왜'를 노려보았다. 갈색의 완강한 등을 노려보았다. 칠리히는 이제 다섯 잔째를 마시는 중이었다.

갑자기 식당 앞으로 오토바이가 달려왔다. 한 친위대원이 왼발을 오토바이 안장에서 내려놓지도 않은 채, 식당 안을 향해 소리쳤다. "이봐, 칠리히!" 칠리히는 천천히 몸을 돌렸다. 그는 일상의 상태와 만취 사이에 매달린, 여기에도 있지 않고 저기에도 있지 않은 사람의 얼굴을 하고 있었다. 헬비히는, 자기가 왜 그렇게 긴장하는지 알지 못한 채, 자세하게 그 광경을 지켜보았다. 소년의 친구들은 잠시 그쪽을 바라보더니, 별다른 볼거리가 아닌 것을 알고 여행에 대한 의논을 계속했다. "여기 올라타게." 그 돌격대원이 말했다. "자넬 찾으려고 야단이야. 여기 있을 거라고 내가 장담했지."

칠리히는 약간 무겁게, 그러나 똑바로 몸을 세우고 식당을 나갔다. 칠리히의 불안감은 사라졌다. 사람들이 찾는다는 것, 필요한 사람이 된다는 것은 만족감을 주는 일이었다. 그는 오토바이 뒤편에 뛰어올랐다. 두 사람은 떠나갔다.

이 모든 일이 진행되는 데는 3분도 걸리지 않았다. 헬비히는 비스듬히 앉아 오토바이가 떠나는 것을 지켜보았다. 칠리히의 얼굴에, 그리고 이 두 남자가 주고받는 시선에 그는 경악했다. 그는 서늘한 기분이 되었다. 그의 어린 가슴에 무엇인가가 소용돌이쳐 올라왔다. 그것은 경고 같기도 하고 의심 같기도 했다. 이러한 감정을 두고 어떤 이들은 태어날 때부터 지니는 것이라고 주장했다. 또 어떤 이들은 그것은 타고나는 것이 아니라 차츰 만들어지는 것이라고, 또 다른 이들은 그런 것은 존재하지 않는다고 주장했다. 어쨌든 소년의 마음속에는 그런 것이 소용돌이쳐 올라왔다. 그리고 그는 오토바이의 쿵쿵거리는 소리가 사라질 때까지 계속 떨고 있었다.

"대체 무엇 때문에 내가 필요한 건데?" "발라우 때문이야. 분젠이 한 번 더 그를 심문하고 있거든."

그들은 이번 주 초에 피셔와 오버캄프가 설치해놓았던 막사로 들어갔다. 문 앞에 돌격대와 친위대가 서 있었다. 그들은 긴장이 풀어진 탓인지 들떠 있었다. 보아하니 오버캄프의 일을 떠맡은 분젠은 심문의 각 단계가 끝날 때마다 두어 사람의 이름을 불렀다. 그가 문을 열 때면, 문밖의 경비병들은 그가 안에서 누구를 필요로 할지 신경을 곤두세웠다.

발라우는 막사로 끌려오면서, 오버캄프가 아직 떠나지 않아서 불필요한 질문 따위는 받지 않았으면 좋겠다는 약간의 희망을 가졌다. 그러나 막사 안에는 분젠과, 칠리히의 후임이 될 거라는 특별 중대의 울렌하우트가 앉아 있었다. 그리고 분젠의 얼굴에는, 이제 종말이 왔다고 씌어 있었다.

발라우의 모든 감정은 한군데로, 갈증으로 흘러들었다. 이 무슨 심한 갈증이란 말인가. 그는 결코 이 목마름을 달랠 수 없을 것 같았다. 그의 몸에서 모든 땀이 솟구쳐 나왔다. 그는 바싹 메말라버렸다. 이 무슨 불이란 말인가! 몸의 이음새 모든 곳에서 연기가 솟구쳐 나오는 것 같았다. 모든 것이 증발해버렸다. 그리고 그, 발라우 혼자만이 아니라 마치 세상 전체가 몰락하고 있는 것 같았다.

"당신은 오버캄프한테는 아무것도 말하고 싶지 않았겠지. 그렇지만 우리 둘은 잘 통하잖나. 게오르크 하이슬러는 당신이 아끼던 친구였지. 그가 당신에게는 모든 걸 얘기했을 텐데. 그래, 그의 애인 이름이 뭐요?"

그렇군, 게오르크는 아직 잡히지 않았군. 발라우는 생각했다. 그는 마지막으로 자기 자신에게서 해방되는 것 같았다. 오롯한 그만의 멸망. 분젠은 발라우의 눈에 나타난 그 반짝임을 보았다. 그의 주먹이 날아갔다. 발라우는 벽에 부딪쳤다.

분젠은 때로는 낮게, 때로는 크게 말했다. "울렌하우트! 주목! 그래, 그 여자 이름이 뭐야? 이름! 벌써 잊었나? 곧 알게 되겠지!"

칠리히가 베스트호펜을 향해 들판을 지나 오토바이를 타고 오는 동안, 발라우는 이미 막사의 바닥에 뻗어 있었다. 그러나 발라우에겐 자기 머리가 깨어진 게 아니라, 부서지기 쉬운, 가느다란 세계가 깨어진 것 같았다.

"이름! 그 여자의 이름 말이야? 빨리 대! 엘제? 빨리 대! 에

제6장 225

르나? 빨리 대! 마르타? 빨리 대! 프리다? 빨리 대! 아말리아? 빨리 대! 레니?"

레니, 그래, 니더라트에 사는 레니였어, 왜 쇼르쉬는 내게 그 이름을 말해주었지? 어째서 막 그 여자 이름이 생각났단 말인가? 어째서 빨리 대라는 말이 계속되지 않는 건가? 내가 뭐라고 말했던가? 내 입이 저절로 열렸단 말인가? "빨리 대! 카타리나? 빨리 대! 알마? 이제 좀 쉬지. 그자를 앉혀놓게!"

분젠은 문밖을 내다보았다. 분젠의 두 눈에 나타난 불꽃은 칠리히를 기다리고 있는 다른 사람들의 눈에도 비슷한 불꽃을 일으켜놓고 있었다. 분젠은 칠리히를 보았다. 칠리히는 그에게 손을 흔들며 들어왔다.

발라우는 피가 쏟아진 몸으로 벽을 향해 앉아 있었다. 칠리히는 문으로 들어오면서 조용히 그를 건너다보았다. 칠리히의 어깨에 내려앉은 약간의 빛, 이 작은 푸른색 가을의 모퉁이가 마지막으로 발라우에게 가르쳐주고 있었다. 세상의 이음새는 견고하며, 어떤 투쟁이 계속되더라도 견고하게 유지되리라는 것을. 칠리히는 한순간 멍하니 서버렸다. 여태까지 그 누구도 그토록 침착하게 그를 마주 본 적은 없었다. 전혀 꿇릴 것 없이 대등하게 마주 본 적은 없었다. 발라우는 생각했다. 이제 죽는구나. 칠리히가 천천히 등 뒤의 문을 닫았다.

오후 6시였다. 평소에는 아무도 남아 있지 않을 시각이었다. 그러나 예전에 발라우가 경영참여 근로자대표협의회에 참여했던 만하임 근처 오펠 공장들에서는 다음 주 월요일 아침 일찍

쪽지가 돌았다. 우리의 전 경영참여 근로자대표협의회장 에른스트 발라우 의원이 지난 토요일 6시 베스트호펜에서 두들겨 맞아 사망했음. 이 살인은 심판의 날 무겁게 기록될 것임.

토요일 저녁 발라우의 플라타너스 나무가 비어 있는 것을 발견했을 때, 베스트호펜의 재소자들 사이로 눈에 띄게 전율이 흘렀다. 수용소 위로 납처럼 무겁게 내려앉은 압박감, 칠리히의 갑작스러운 귀환, 억눌린 소음, 돌격대의 집합—이 모든 것이 재소자들에게 진실에 대비하도록 해주었다. 재소자들은, 경솔하게 굴다가 자기 자신들의 목숨을 잃게 된다 하더라도, 더 이상 복종만 하고 있을 수는 없었다. 두어 명은 대열에서 이탈해 쓰러졌다. 여기저기서 일부러 대열을 벗어났다. 모두 함께 이 경직된 질서를 무너뜨리고자 이렇게나마 규칙에 저항해보는 것이었다. 끊이지 않는 위협, 점점 심해지는 처벌, 매일 저녁 죄수들의 막사로 밀고 들어오는 돌격대의 명령들, 이런 것들은 이제 더 이상 아무도 위축시킬 수 없었다. 왜냐하면 이미 모두가 각자 자기 자신을 포기했기 때문이었다.

발라우의 죽음과 함께 친위대와 돌격대 내부에서도 지난 이삼일 동안 그들을 막아왔던 무엇인가가 없어져 버렸다. 발라우의 생존은 그들을 막고 있던 마지막 방해물이었다. 이제 발라우의 살해라는 마지막 조치가 취해지자 상상할 수 없던 것, 예감치 못했던 것들이 나타나고 있었다. 펠처, 보이틀러, 필그라베는 발라우처럼 단번에 죽임을 당하지는 않았다. 그들의 죽음은 서서히 시작되고 있었다. 이제 특별 죄수 중대를 맡은 울렌하우트는 그가 제2의 칠리히임을 보여주고자 했다. 칠리히는 그가 아직도 칠리히임을 보여주고자 했다. 파렌베르크는 그가 여전히 전 수용소에 명령을 내리고 있음을 보여주고자 했다.

그러나 베스트호펜의 강자들 가운데는 또 다른 목소리도 있었다. 이들은 지금의 상태를 참을 수 없다고 생각했다. 파렌베르크는 가능한 한 조속히 교체돼야 하고, 그와 함께 그가 데려왔거나 주변에 거느리고 있는 무리들도 사라져야 한다고 생각했다. 이렇게 판단한 자들도 지옥이 그치고 정의가 시작돼야 한다고 원한 것은 아니었다. 이들은 지옥에서도 질서가 지켜지기를 원했다.

물론 파렌베르크는 그가 아무리 거칠게 행동했더라도, 발라우의 살해와 그에 뒤이은 모든 것을 명령했다기보다는 견디고 있었다. 그의 생각은 오래전부터 단 한 사람에게 가 있었다. 그리고 그의 생각은 이 사람이 더 이상 이 세상에 존재하지 않게 될 때까지 이 사람에게서 떨어져 나올 수가 없었다. 파렌베르크는 마치 자기가 쫓기는 사람인 것처럼, 전혀 자지도 먹지도 못했다. 게오르크 하이슬러가 산 채로 끌려와서 당해야만 하는 것, 바로 그것이 파렌베르크가 아주 세세하게 독자적으로 완벽하게 명령할 수 있는 유일한 것이었다.

VIII

 "이제 끝낼 시간입니다, 메텐하이머 영감님." 수석 도배공 슐츠가 생생하고 활기찬 목소리로 외쳤다. 그는 반 시간 전부터 이 외침을 준비해놓고 있던 터였다. 메텐하이머는 예상하던 대답을 내놓았다. "나머진 내게 맡기시게, 슐츠."
 "있지요, 메텐하이머 영감님." 슐츠는, 엄격한 얼굴에 슬픈 콧수염을 하고 사다리 위에 웅크리고 앉은 이 늙은이를 몹시 좋아했으므로 억지로 웃음을 참으며 말했다. "친위대 부대장 브란트가 영감님에게 훈장이라도 줘야겠네요. 이제 좀 내려오세요. 정말 다 끝났다니까요." 그러자 메텐하이머가 말했다. "다 끝났다고? 그런 건 없어. 끝나지 않은 걸 브란트가 알아채지 못할 정도로 끝난 거지." "그래, 그래서요." "아냐, 브란트를 위한 것이든, 존트하이머를 위한 것이든 내가 하는 일은 흠이 없어야 해."
 슐츠는 재미있어하면서 메텐하이머를 올려다보았다. 까다로운 주문자가 마치 눈앞에 있기라도 한 듯 자신의 의무를 다하려는 생각에 사로잡혀, 나뭇가지에 앉은 다람쥐처럼 사다리 위에 웅크리고 앉은 메텐하이머 영감을.
 슐츠가 이제 색채로 제법 화려해진 빈 방을 지나 계단을 내려갈 때, 일꾼들이 웅얼웅얼 불평을 했다. 나치인 슈팀베르트가 월권에 대해, 작업 시간에 대해 해명을 요구하며 불평을 하고 있었다. 슐츠는 웃는 눈으로 아주 조용하게 말했다. 다른 사람들도 싱긋이 웃었다. "당신의 친위대 부대장을 위해 반 시간도 초과하지 못하겠다는 건가요?" 그러자 슈팀베르트의 얼굴색이 변했다. 모든 사람이 재미있어하면서도 당황해했다. 계단실로 이어지는 첫 번째 열린 방 문지방에 엘리가 서 있었다. 조용히 소리 없이 올라온 모양이었다. 쓰레기를 쓸어 모으던 견습생이 그녀 뒤에서 이를 드러내며 웃었다. 그녀가 물었다. "제 아버지 아직 계세요?" 슐츠가 소리쳤다. "메텐하이머 영감님, 따님이 왔어요!" 메텐하이머가 사다리 위에서 아래로 소리쳤다. "어떤 딸?" 슐츠가 되받아 외쳤다. "엘리 따님요!" 대체 어떻게 내 이름을 아는 걸까? 엘리는 속으로 생각했다.

메텐하이머는 젊은이처럼 사다리를 기어 내려왔다. 엘리가 그를 작업장까지 마중 나온 것은 여러 해 만에 처음이었다. 가장 사랑하는 딸이, 그가 꿈속에서 그녀를 위해 벽지를 발라준 많은 방들 중의 하나인 그 방에, 아직 마무리해야 하는 크고 빈 방에 서 있는 것을 보자, 자부심과 기쁨이 그를 젊게 만들어주었다. 그는 즉시 딸의 눈에 어린 근심을 보았다. 그녀의 얼굴을 더욱 여리게 만드는 피곤함. 그는 그 집의 모든 것을 딸에게 보여주기 위해 그녀를 이리저리 끌고 다녔다.

견습생이 처음에는 자제하고 있더니 곧 입 맞출 때 내는 쪽쪽 소리를 냈다. 슐츠가 그를 손바닥으로 찰싹 하고 때렸다. 그의 동료들이 말했다. "대단하네요! 으르릉대기만 하는 저 영감님이 저런 예쁜 딸을 세상에 내놓다니요!"

슐츠는 재빨리 옷을 갈아입었다. 그는 아버지와 딸이 팔짱을 끼고 미쿠벨 가를 내려가는 뒤를 따라갔다. 엘리가 말했다. "어젯밤 그런 일이 있었어요. 저들은 또 날 데려갈 거예요. 어쩜 오늘 밤에도요. 발걸음 소리가 들리면 움찔하고 놀라게 돼요. 참 지쳐요. 아버지." 메텐하이머가 말했다. "맘을 편하게 가져, 얘야. 넌 정말 아무것도 모르잖니. 그럼 된 거야. 항상 내 생각을 하렴. 아버진 널 혼자 두지 않아. 이제 반 시간 동안은 이 일을 생각하지 말자꾸나. 이리 와라. 어디 좀 들어가 앉자. 어떤 아이스크림을 먹을래? 여러 가지 섞인 것?"

엘리는 아이스크림보다는 뜨거운 커피를 훨씬 더 마시고 싶었다. 그러나 그녀는 아버지의 기쁨을 뺏고 싶지 않았다. 아버지는 그녀가 어린아이였을 때도 늘 아이스크림을 사주곤 했었다. 아버지가 말했다. "와플 과자에 담아 큰 것으로."

그때 수석 도배공 슐츠가 그들이 앉아 있는 카페로 들어왔다. 그는 부녀가 앉아 있는 탁자로 왔다. "내일도 아침 일찍 작업장으로 오실 거지요, 메텐하이머 영감님?" 메텐하이머는 놀라서 대답했다. "물론이지." "그럼 내일 뵐게요." 슐츠가 말했다. 혹시 메텐하이머가 함께 자리에 앉으라고 권하지 않을까 싶어, 슐츠는 잠깐 기다렸다. 그는 엘리에게 악수를 청하면서 똑바로 그녀의 눈을 들여다보았다. 단정하고 솔직한 얼굴을 한, 생기 있고 당당한 풍채의 이 남자가 그들의 자리에 합석했더라도 엘리는 전혀 반대하지 않았을 것이다. 그녀는 아버지하고만 있는 것이 어쩐지 약간 갑갑했다. 그러나 메텐하이머는 슐츠가 작별인사를 할 때까지 짜증스러운 듯 그를 바라보고만 있었다.

IX

"여기 우리 술집에 편하게 앉아 있는 걸 보니, 파울 뢰더 씨, 부부 싸움이라도 했나요?" 핑켄호프헨 술집의 주인이 물었다. "난 마누라와 절대 안 싸워요. 그런데 오늘은 축구 표를 가져오지 않으면 집에 안 들여보내 준다네요. 내일이 베스트엔드 대 니더라트 팀 결승전이잖아요. 그래서 내 여기 이렇게 이른 시간에 당신에게 돈을 벌어드리고 있는 거랍니다. 핑크 씨." 파울은 벌써 두 시간째 핑켄호프헨 술집에서 피들러를 기다리는 중이었다. 이곳은 늙은 주인 핑크 씨의 이름을 따 상호가 붙여진 술집이었다. 파울은 창문으로 거리를 내다보았다. 벌써 가로등이 켜지다니! 피들러는 6시 정각에 이곳에 온다고 했었다. 그러나 만약 그러지 않을 경우 어떤 일이 있더라도 꼭 기다려달라고 간청했었다.

술집의 창턱에는 모자 쓴 난쟁이의 형태로 조각된 두 개의 코르크 병이 세워져 있었다. 파울이 어린아이 때 아버지를 따라 이 핑켄호프헨 술집에 왔을 때부터 같은 자리에 있던 것이었다. 파울은 이 코르크 병들을 볼 때마다, 사람들이 참 이상한 잡동사니도 다 만들어낸다고 생각했다. 그 자신은 이런 것을 만들어내는 세계와는 전혀 상관이 없다는 듯이. 그는 속으로 아버지를 생각하고 있었다. 우리 아버지, 아버지도 저런 걸 만들곤 하셨지. 아들처럼 키가 작았던 파울의 아버지는 마흔여섯의 나이로 세상을 떴다. 전쟁 중에 걸린 말라리아 때문이었다.

아버지는 말했었다. "내 죽기 전에 해보고 싶은 것이 있다면, 네덜란드의 아메롱겐에 가서 빌헬름* 황제님께 무얼 좀 만들어 드렸으면 하는 거야."

이제, 파울은 생각했다. 돼지갈비를 좀 먹으면 좋겠다. 크라우트**를 곁들여서 말이지. 하지만 아내가 일요일에 쓸 돈을 축내면서 그걸 먹을 수는 없지. 그는 또다시 맥주 한 잔을 시켰다. 누군가가 지나가면서 물었다. "아직 여기 죽치고 있는 거야? 아니면 벌써 와 있는 거야?" 그때 피들러가 들어섰다. 파울의 온몸에 소름이 돋았다. 그런데 피들러는 아무도 찾지 못하는 것 같았다. 피들러의 얼굴은 딱딱하게 긴장돼 있었다. 그는 파울을 금방 알아채지 못했다. 그러나 카운터 앞에 서서 서성이는 동안 그는 자신에게 내리꽂히는 파울의 지속적인 눈길을 알아차렸다. 그는 밖으로 나가는 척 파울의 어깨를 툭 치고는, 잠깐 지나가며 하는 행동이라는 듯 제일 가까운 의자 모서리에 걸터앉았다. "8시 15분 영화 상영 직전 올림피아 극장 옆 주차장에 서 있는 푸른색 소형 오펠***이야. 여기 차 번호야. 재빨리 올라타야 하네. 차 안에서 누가 그를 기다리고 있을 거야. 잘 듣게, 일이 어떻게 되었는지 알고 싶으니, 내 처가 자네 집에 올라갈 때, 자네의 리이젤에게 무슨 핑계를 대면 되겠나?" 파울은 이제야 피들러에게서 시선을 돌렸다. 파울은 멍하니 앞

*독일의 마지막 황제 빌헬름 2세는 1918년 11월 바이마르 공화국 창설과 함께 퇴위한 후 네델란드에 가서 망명 생활을 했다.
**소금에 절인 신맛의 양배추 절임.
***자동차 회사 이름.

을 바라보다가 말했다. "효모 반죽 경단 레시피요." "자네 처에게 말해놓게. 내게 차가운 효모 반죽 경단을 맛보게 해주겠노라 자네가 약속했다고 말이야. 내 처가 자네 집에 가서 레시피를 가져올 때 모든 일이 잘 맞아들었으면, 잘 드시라고 말하게. 만약 조금이라도 뻐끗했다면, 경단 드시고 속 아프지 않게 조심하시라고 해." 파울이 말했다. "지금 곧 게오르크에게 갈게요. 두 시간 후에 부인을 보내세요."

피들러는 곧 몸을 일으켜 밖으로 나갔다. 그의 손이 한 번 더 가볍게 파울의 어깨를 눌렀다. 파울은 꼼짝 않고 조금 더 앉아 있었다. 그는 피들러의 손이 남긴 가벼운 압박을, 말 없는 존경의 작은 암시를, 형제애적인 신뢰의 작은 암시를 느꼈다. 그것은 어떤 다정한 말보다 더 깊이 인간의 마음속으로 뚫고 들어오는 접촉이었다. 파울은 이제야 비로소 피들러가 그에게 가져다준 소식의 영향력을 파악했다. 이웃 탁자에서 누군가 담배를 말고 있었다. "여보게, 나도 하나 주게."

실업자였을 때 파울은 질이 좋지 않은 엉터리 담배를 피웠었다. 배고픔을 잠재우기 위해서였다. 그러다가 리이젤의 말을 듣고 담배를 끊었다. 돈을 절약하기 위해서였다. 지금 그의 손가락 사이에는 손으로 말은 질 나쁜 담배가 타들어 가면서 잘게 부서지고 있었다.

파울은 벌떡 몸을 일으켰다. 그는 환승 정류장에서 기다릴 수 없을 만큼 마음이 다급해져 걸어서 시내로 들어갔다. 길들과 사람들이 그의 좌우로 흩어졌다. 그래도 그는 사건의 진행에서 그의 몫을 다하고 있는 것이 아닌가. 그는 마음이 진정될 때까지 어두운 성문 통로에서 기다렸다. 파울은 술집으로 가는 일행이 지나가도록 벽에 몸을 바짝 붙였다. 골목 쪽에서 토요일 저녁의 소음이 들려왔다. 그 역시 늘 이런 저녁이면 리이젤을 벗어나 술집으로 가려고 애를 썼었다. 아내와는 일요일 온종일 함께 있을 테니까 말이다. 이곳의 넓은 안마당 역시 어제보다 붐볐다. 그의 눈에 게오르크가 들어왔다. 게오르크는 땅바닥에 웅크린 채 가로등 불빛에 망치질을 하고 있었다. 어제 그가 게오르크를 데려왔던 것과 같은 시각이었다. 차고 안의 창문에는 불이 밝혀져 있었다. 즉 아주머니가 안에 있었다.

　게오르크는 등 뒤에서 발소리가 다가오면 언제나 그랬듯이, 더 깊이 몸을 숙였다. 그는 양철 조각에다 망치질을 계속했다. 오래전에 평평했던 것이 구부러져 있었다. 그는 그것을 다시 평평하게 두들겨 폈다. 누군가가 자기 뒤에 멈춰 서는 것을 그는 느꼈다. "이봐, 게오르크." 그는 재빨리 위를 올려다보았다. 뒤이어 또 재빨리 땅바닥을 내려다보더니 손목 관절을 느슨히 하여 두어 번 가볍게 망치질을 했다. 파울의 얼굴에는 게오르크를 미치게 만들 수 있는 무엇인가가 떠올라 있었다. 피를 말리는 길고 긴 2초가 지나갔다. 그는 엄숙한 진지함에 영악함이 약간 뒤섞인 것 같은 파울의 얼굴을 제대로 읽어낼 수가 없었다. 파울은 그의 옆에 무릎을 꿇고 양철 조각을 살펴보았다. 파울이 말했다. "됐어, 게오르크. 8시 15분 올림피아 극장의 옆쪽 출구야. 소형 푸른색 오펠. 여기 차 번호야. 재빨리 올라타야 해." 게오르크는 방금 평평하게 펴놓은 모서리를 다시 구부려 뜨렸다. "누구야?" "나도 몰라." "꼭 이래야만 하는지 난 잘 모르겠어." "물론이지. 꼭 해야 하고말고. 침착해. 이 일을 주선한 사람은 내가 아는 이야." "누군데?" 파울은 망설이면서 말했다. "피들러." 게오르크는 황급히 기억을 더듬었다. 그 여러 해 동안 만났던 얼굴과 이름들의 무더기. 그러나 이 이름과 관련된 어떤 기억도 떠오르지 않았다. 파울이 되풀이 말했다. "틀림없이 괜찮은 사람이야." 게오르크가 말했다. "그래, 그렇게 할게." "난 이제 안에 들어가 봐야지." 파울이 말했다. "아주머니하고 일을 끝내야 해. 네가 가서 짐을 가져온다고 말할게."

그랍버 부인이 아무런 이의도 제기하지 않았으므로 파울은 한결 마음이 가벼웠다. 아주머니는 방을 거의 채우고 있는 책상 뒤로 들어가 앉았다. 천장에서부터 길게 내려와 달려 있는 전등이 하얀 불꽃의 말갈기 같은 아주머니의 더부룩한 머리를 비추었다. 책상 위에는 원장, 도표, 달력, 그리고 공작석 문진 밑에 몇 통의 편지가 놓여 있었다. 공작석으로 된 산 모양의 장식품에는 시계가 들어 있었고, 펜들과 연필들 사이에 잉크 통이 놓여 있었다. 그녀는 열여섯 살의 신부였을 때 이 물건을 보고 좋아했었다. 아주머니의 사무실에 놓여 있는 것은 이 세상 어디에서나 볼 수 있는 평범한 책상이요, 이곳은 또 평범한 안마당이었다. 이곳에서 가장 진기한 것은 바로 아주머니 자신이었다. 아주머니는 스스로 숨어 들어간 이 장소에서 자신이 만들 수 있는 모든 것을 만들어내었다. 이 안마당은 아주머니의 남편이 어떻게 아주머니를 구타했는지, 그녀가 어떻게 끌려나와 매질을 당했는지를 목격했었다. 전쟁 중에는 두 남자가 있었다. 남편과 연인. 그리고 백일해로 질식해 죽은 자식 역시 벌써 20년째 쾨니히슈타인의 우르술라 수녀회* 묘지에 누워 있었다. 그녀가 그때 이곳으로 돌아왔을 때, 그녀는 안마당에 있던 사람들이 입을 벌리고 눈을 똥그랗게 뜨며 놀라는 것을 보고, 자신의 비밀을 모두가 알고 있음을 눈치챘었다. 언제나 발을 구르고 호통을 쳐대는 그녀를 보고 운전기사들은 생각했다. 저 여자도 언젠가는 숨이 끊어지겠지. "입 벌리고 하품하라고 돈 주는 줄 알아? 빨리빨리 해!" 그 순간부터 그녀 밑에서 일하는 사람은 어느 누구도 쉴 수 없었다. 우선 그녀 자신이 그러했다.

 어쩌면 오늘 저녁은, 어쩌면 지금은 아주머니의 기분이 약간 누그러져 있는 것인지도 몰랐다. 이 게오르크라는 작자에게서 파울네 집에 있는 옷가지를 가져오는 걸 막아야 할까? 어째서 파울은 곧바로 그걸 가져오지 않았던 걸까? 곧장 이자의 헌 옷가지들을 가져다줄 수 있었는데 말이지. 이 작자가 꼭 여기 눌러 앉으려 한다면, 임금 문제를 다시 얘기해보아야겠어. 이자는 아주머니의 마음에 들었다. 그녀는 그를 끽소리 못하게 만들 작정이었다. 그에게는 무언가 편안한 구석이 있었다. 그는 처음에는 찬바람이 불다가, 뒤이어는 누그러져 보이는 그런 사람이었다. 말하자면 이자는 그녀와 같은 기질의 사람이라 할

---

*젊은 여성들의 교육에 주력하는 카톨릭의 여성 교단이다.

수 있었다. 일단 이사를 마쳐야지. 잠은 차고에 있는 칸막이 방에서 자고. 죽은 남편의 침대 틀을 가져다 쓰라고 해야겠군. 유익하게 이용하는 거지, 뭐.

파울이 게오르크에게 돌아왔다. "됐어, 게오르크." 게오르크가 대꾸했다. "그래, 파울?" 파울이 곧장 떠나지 않고 미적거리자 게오르크가 말했다. "가라고, 가라고." 그러자 파울은 작별 인사도 없이, 그 골목에 눈 한 번 주지 않고 떠나갔다. 그들 두 남자의 마음속에는 즉각 그리고 동시에 잠재울 수 없는 가느다란 불길이 타고 있었다. 이제 살아서 다시는 볼 수 없을지도 모른다는 것을 예감할 때 느끼게 되는 마음속의 불길.

게오르크는 서서 술집에 걸려 있는 시계를 보고 있었다. 잠시 후 그랍버 부인이 나와서 그에게로 왔다. "이제 결정하지." 그녀가 말했다. "옷가지들을 가져오게."

게오르크가 말했다. "오늘은 혼자서 여기 일을 끝내고 잠은 파울네 집에 가서 자는 게 좋겠습니다." "그 집 아이가 홍역이라면서." "전 벌써 예전에 홍역 치렀는걸요. 제 걱정은 마세요."

아주머니는 게오르크의 뒤에 멈추어 서 있었다. 그를 몰아댈 이유는 없었다. "이리 오게." 갑자기 그녀가 말했다. "취직 축하로 한잔하지." 게오르크는 소스라치게 놀랐다. 안마당의 차고 앞에서 일에 몰두해 있을 때 그는 비교적 안전했었다. 그는 마지막 순간의 우발적인 사고가 두려웠다. 그는 말했다. "지난번 사고 이후 전 절대 마시지 않기로 했답니다." 그랍버 부인은 소리 내어 웃었다. "그게 얼마나 오래갈 것 같나?" 그는 한

순간 진지하게 생각하는 듯하더니 말했다. "적어도 3분은요."
 술집에 들어선 그들은 떠들썩하게 환영을 받았다. 술집은 사람들로 차 있었다. 아주머니는 술집 사람들에게 익숙한 손님이었다. 잠시 크게 소리쳐 부르는 소리가 오가더니 더 이상 떠들썩한 소동은 없었다. 그들은 카운터 앞에 섰다.
 그때 게오르크의 시선이 꽤 늙은 두 사람에게 가 닿았다. 남자와 여자였다. 둘은 맥주잔을 앞에 놓고 사람들 사이에 의좋게 꼭 끼어 앉아 있었다. 둘 다 살이 쪘고 둘 다 느긋한 모습이었다. 맙소사, 클랍로트 씨 부부네. 쓰레기 수거 회사의 클랍로트 씨 부부. 무슨 신청서를 앞에 놓고 있는지 여자는 찬성하고 남편은 반대하고 있었다. 그러자 두 사람은 서로의 머리를 거머잡았다. 그 모습을 본 사람들이 웃지 않을 수 없었기 때문에, 두 사람은 갑자기 격분했다. 당신네 두 분, 절대 뒤돌아보지 마세요. 친애하는 클랍로트 씨 부부여, 그래도 내 당신들을 한 번 보기는 했군요. 제발 날 향해 몸을 돌리지 마세요. "건배!" 그랍버 부인이 말했다. 그들은 잔을 부딪쳤다. 이제 이 작자는 돌아갈 수 없겠지. 이제 완벽해. 그랍버 부인은 속으로 생각했다. "자, 이제 파울네에 가봐야 되겠습니다. 고맙습니다. 그랍버 부인! 히틀러 만세! 안녕히 계십시오!"

 게오르크는 건너가서 옷을 갈아입었다. 빌린 작업복은 잘 접어 개켜놓았다. 그는 생각했다. 곧 자네 외투도 돌려줄게. 자네 잡동사니들도 돌려줘야지. 자네가 어디에 있든 찾아낼게. 저녁이면 자네 공연을 보러 갈게. 자네가 부리는 재주를 볼 거야. 이 중 공중 곡예 말이야. 자넬 기다리고 있을게. 어떻게 이 삶에서 벗어났는지 서로 얘기 나누자고. 자네의 모든 것을 알고 싶어. 우리 사이에 더 이상 낯선 것은 없어야 해. 아 참, 퓔그라베가 그랬지. 자네가 죽었다고. 누가 퓔그라베의 말을 믿겠어?

그는 성문 통로에서 잠깐 멈칫거리다가 거리로 나섰다. 마치 자기 등 뒤의 안마당에 무엇인가를 놓고 온 것 같은 기분이 자꾸 들었다. 무언가 중요한 것, 없어서는 안 되는 것을. 그는 속으로 생각했다. 아무것도 놓고 나오지 않았어. 벌써 골목길에 나와 있군. 벌써 세 개의 골목을 지났어. 난 그 안마당에서 완전히 나온 거야. 다시 들어가기엔 너무 늦었지.

셰퍼 골목이 끝나는 곳, 잡다한 광고들로 도배된 창 없는 벽이 그의 눈에 들어왔다. 그 광고 문구의 글자들이 전등 불빛에 반사되어 그의 앞 포장도로에 나뒹굴고 있었다. 원래의 의미를 상실해버린, 붉고 푸른빛의 깨진 글자들. 그의 지난 삶에도 한 번, 저렇게 붉고 푸른 불빛으로 얼룩진 하룻밤이 있었다. 그때 성당 안은 지독하게 추웠지. 그때 그는 어린아이 같은 공포로 가득 찬 소년이었다. 그는 셰퍼 골목을 죽 따라가서 주차하고 있는 자동차들에게 다가갔다. 푸른 색 오펠이 눈에 띄었다. 그는 번호를 비교해보았다. 맞았다. 이 모든 것이 맞아야 할 텐데! 파울이 날 속이는 게 아니어야 할 텐데. 설사 속인다 하더라도 파울, 난 마음에 두지 않을게. 다른 사람들도 다 속았는데 뭐. 만약 일이 잘못되면, 그저 애석할 뿐이지.

게오르크가 다가가자 자동차의 문이 안에서 열렸다. 차는 곧 출발했다. 상자 같은 차 안에선 독특한 냄새가 났다. 달콤하고도 둔중한 냄새. 그들은 두어 개의 골목을 지나 차일 가*를 향해 똑바로 달렸다. 게오르크는 핸들을 잡고 있는 남자를 흘긋 바라보았다. 그는, 마치 게오르크가 올라타지 않은 양, 별로 주의를 기울이지 않은 채 묵묵히 앞만 보고 앉아 있었다. 길쭉하고 가는 코 위에 걸린 안경, 무엇인가를 씹고 있는 것같이 흥분으로 씰룩거리는 광대뼈, 빌어먹을, 이 모든 것이 누구를 연상시키더라? 그들은 동부 역 쪽으로 가고 있었다. 게오르크는 빠른 속도로 스쳐 가는 불빛 속에서 막연히 그를 불안하게 했던 그 무거운 냄새가 어디서 오는지 알아차렸다. 옆 창문 곁 대롱 속에 하얀 카네이션이 한 송이 꽂혀 있었다. 그들은 이미 동부 역 뒤쪽에 와 있었다. 운전석의 남자는 시속 60킬로미터로 속도를 높였다. 그는, 자신의 손님을 전혀 알아차리지 못한다는 듯이, 여전히 말이 없었다. 어쩌면 나는 정말 증발된 것인지도 몰라. 게오르크는 생각했다. 저자가 누구랑 닮았더라. 맙소사. 펠처를 연상시키는구나! 봐. 이렇게 차를 타고 가게 되리라곤 꿈에도 생각하지 못했었지. 단지, 펠처의 안경은 부헤나우 마을에서 깨지고 말았지만 말이야. 그런데 당신의 안경은 반짝반짝 무사하군. 왜 당신은 아무 말도 않는 거야? 대체 우리는 어디로 가는 거지?

*프랑크푸르트의 유명한 상가 거리. 동서 방향으로 도시의 중심을 관통한다.

그러나 게오르크는, 그가 올라타지 않은 것처럼 행동하기를 바라는 운전대 앞 남자의 소망에 맞춰주려는 듯, 소리 내어 물어보지 못했다. 그 남자는 게오르크에게 눈길 한 번 주지 않았다. 그는 서투르게 비스듬히 앉아 있었다. 그가 게오르크를 건드릴 때 비로소 게오르크의 존재가 현실이 된다는 듯이.

그들은 동부 공원을 지났다. 게오르크는 생각하고 있었다. 이제 곧 덫이 덮칠지도 몰라. 뒤이어 곧 또 그는 생각했다. 아냐, 덫을 치는 자는 이렇게 행동하지 않아. 그런 자는 지껄이고 속이면서 얽어넣지. 만약 이런 상황이라면 펠처도 꼭 이 사람처럼 행동했을 거야. 뒤이어 또 그는 생각했다. 그래도 이게 덫이라면, 그렇다면…… 그들은 리더발트 주거 단지 안으로 들어서고 있었다. 그들은 조용한 거리, 노란색의 작은 집 앞에 멈추었다. 남자가 차에서 내렸다. 그는 지금도 게오르크를 보고 있지 않았다. 그는 그저 어깨로 게오르크에게 내리라는 표시를 했을 뿐이었다. 그러고는 복도로 들어갔고, 복도에서 방으로 들어갔다.

게오르크가 처음으로 인지한 것은 강한 카네이션 냄새였다. 탁자 위에 크고 하얀 꽃다발이 놓여 있었는데, 그것은 어슴푸레한 어둠 속에서 희미하게 비치고 있었다. 방은 천장이 낮았지만 상당히 넓었다. 그래서 구석에 놓인 전등은 방의 작은 부분만을 비추고 있었다. 구석에서 누군가가 일어섰다. 푸른 가운을 입고 있었는데, 남자아이 같기도 하고, 여자아이 같기도 하고, 또 이 집의 안주인 같기도 했다. 그녀는 두 사람을 반기면서 나오지 않았다. 책 읽는 것을 방해받았다는 듯, 책을 의자에 던지고 그들을 맞았다.

"여기 내 학교 친구야. 갑자기 오게 돼서 내가 데려왔어. 오늘 여기서 좀 자도 되겠지?"

여자는 관심 없다는 듯 말했다. "왜 안 되겠어!" 게오르크는 부인과 악수를 했다. 두 사람은 잠시 마주 보았다. 남편은 움직이지 않고 서서 그의 손님이 이제 꿈으로부터 붙잡을 수 있는 실체로 변하기 시작하는 것을 보고 있었다. 부인이 말했다. "우선 방으로 들어가시겠어요?"

게오르크는 남편을 바라보았다. 남편은 눈에 띄지 않게 고개를 끄덕였다. 아마 남편은 안경 너머 처음으로 게오르크를 보는 것이리라. 부인이 앞장을 섰다.

게오르크의 마음속으로 간신히 약간의 안도감이, 안전에 대한 확신은 아니지만 그것에 대한 희망이 흘러 들어왔다. 그러자 그는 곧장 계단에 깔린 여러 색깔의 깔개를 보는 것이, 하얗라커 칠과 이 집 안주인의 긴 다리와 그녀의 짧게 깎은 매끄러운 머리를 보는 것이 기뻤다.

그가 방에 혼자 앉아 생각할 수 있다는 것은 기적이었다. 부인이 밖으로 나가자 게오르크는 문을 잠갔다. 그는 수도꼭지를 틀어보고 비누의 냄새를 맡아보고 약간의 물을 마셨다. 거울 속에 비친 자신의 모습이 너무 낯설어서, 그는 다시 쳐다보는 것을 피했다.

이 시간 피들러는 처가 집으로 들어섰다. 그는 아내와 함께 처가의 방 하나를 쓰고 있었다. 그가 만약 따로 살았더라면 그는 틀림없이 게오르크를 자기 집에 받아들였을 것이다. 그래서 그의 머리에 떠오른 사람이 크레스 박사였다. 크레스 박사는 예전에 포코르니 공장에서 일하다가 카셀라 공장으로 옮겨가 있었다. 피들러가 그를 알게 된 것은 노동자 야간학교에서였다. 크레스 박사는 그곳에서 화학을 가르쳤다. 그들은 자주 만났는데, 그러다가 정작 크레스가 학생에게서 가르침을 받게 되었다. 크레스는 천성이 소심한 사람이었다. 그러나 그는 1933년에 자신이 옳다고 인식한 것을 용감하게 고백했다. 그러다가 크레스는 그만 피들러에게 치명적인 답을 내놓고 말았다. "피들러, 더 이상 수집 명단을 들고 오지 마세요. 금지된 신문을 갖고 내게 오지 마요. 작은 책자 하나 때문에 내 목숨을 위태롭게 하고 싶진 않아요. 반드시 그래야만 한다고 가치 있게 생각되는 일이 있을 때, 그때 다시 오세요." 그리고 바로 세 시간 전 피들러는 그에게 약속의 이행을 요구했던 것이다.

계단을 오르는 소리가 들렸을 때, 피들러의 아내는 생각했다. 마침내 왔구나, 그녀는 남편을 기다리는 일이 별로 내키진 않았지만, 그렇다고 친정 식구들과 함께 저녁을 먹으러 그 부엌에 들어가기에는 너무 자존심이 강했다. 피들러 부부는 예전에는 처가 식구들과 함께 저녁을 먹었었다. 그러나 몇 번의 불화 끝에 처가 식구들은 젊은 피들러 부부를 저녁에는 자기들 마음대로 하도록 내버려두기로 했던 것이다. 따져보자면 피들러 부부는 이제 더 이상 젊은 사람들이 아니었다. 그들이 결혼한 지는 6년이 넘었다. 그러나 제3제국이 집권한 이후 많은 사람들이 겪은 것과 같은 일이 피들러 부부에게도 닥쳐왔다. 겉으로 드러난 상황이 불투명해지면서, 사람들과의 관계 역시 불투명해지고 타당성이 없어졌을 뿐만 아니라, 그들의 시대 개념 자체가 해체되어 버렸다. 부부는 자신들이 공중에 붕 떠 있는 듯이 생각되었고, 한 해가 또 지나가면 그것을 참으로 신기해했다.

피들러 부부는 애초에 아이를 가지려 하지 않았다. 그때는 실업자였고 게다가 아이 양육보다 다른 종류의 일을 해야 한다고 믿었다. 그때 그들 부부는 믿었다. 지금, 부름을 받으면 곧장 길거리로 뛰쳐나갈 수 있도록, 자유를 위해 투쟁할 수 있도록 그들은 자유로워야 하고 구속받지 않아야 한다고. 그때 그들 부부는 믿었다. 지금, 자기들은 대단히 젊으며, 나중에도 여전히 젊을 것이라고. 그때는 그 '지금'이 이 부부에게 아침처럼 비쳤고, 그 후일은 저녁처럼 생각되었다. '지금'이나 '후일'이나 모두 꼭 같이 많은 것을 약속해주는 날이었다. 그들은 제3제국에서는 아이를 낳고 싶지 않았다. 아이들이 갈색 셔츠를 입고 군인으로 훈련받을 것이 뻔하기 때문이었다.

피들러 부인은 점차 남편에게 온 정성을 쏟았다. 그녀는, 어떤 대가를 치르고라도 끌어올려야 하는 아이에게 하듯이, 남편을 살피고 돌보았다. 물론 다 자라난 아이는 때로 위험에 노출될 수가 있고 또 실제로도 그래야 하지만 말이다. 이 부부는 지난해 함께 성장했다. 그것은 좋기도 하고 또 나쁘기도 했다. 피들러 부부는 히틀러의 집권 첫해에 마치 두 젊은이처럼 함께 찬바람을 맞으며 같은 위험 아래 살았다. 그들의 사랑은 서로 아껴줌으로써 약해지지 않았다. 후일 그들의 옛 친구들이 하나둘 체포되거나 몸을 빼냈을 때, 피들러 부인은 자주 스스로에게 물어보았다. 남편이 새로운 가능성을 생각하고 있는 것일까, 아니면 그냥 기다리고 있는 것일까. 그녀가 남편에게 물어볼 때면, 남편은 대개 어정쩡한 대답을 내놓았다. 그것은 남편이 자기 자신에게 하는 대답이기도 했다. 그런데 이날 저녁 피들러가 제시간에 집에 돌아오지 않았을 때, 아내는 평소 남편의 미지근한 대답이 이제 완전한 대답이 된 것이라고 해석했다. 그리고 언제나 제시간에 꼭 맞춰 오던 남편을 기다리는 시간이 길어질수록, 그녀는 확신하게 되었다. 그들이 옛날에 함께했던 삶과 관련되는 무슨 일인가가 남편에게 생긴 것이라고. 옛날 함께하던 그 삶은 그러나 입김 하나만으로도, 기억 하나만으로도 사람을 아주 젊어지게 만들 수 있는 그런 것이었다.

벌써 복도에서 그녀는 남편의 얼굴에 생기가 돌고 그의 두 눈이 반짝이는 것을 보았다. "잘 들어, 그레테." 그가 말했다. "지금 뢰더 씨네 집에 올라가 봐. 그 집 부인 얼굴은 알고 있지. 그 뚱뚱하고 가슴 큰 부인 말이야. 가서 효모 반죽 경단 레시피 좀 달라고 해. 그러면 그 부인이 당신에게 적어줄 거야. 덧붙여 무슨 말도 해줄 거야. 한 문장인데, 아주 정확하게 주의해서 듣고 와. 그 부인은 '맛있게 드세요!'라고 하든지 아니면 '너무 많이는 들지 마세요'라고 할 거야. 당신은 그 부인이 말하는 것을 내게 와서 그대로 전해주면 돼. 여하튼 에움길로 돌아서 갔다 와. 자, 가."

피들러의 아내는 고개를 끄덕이고 집을 나섰다. 이제 그들은 더이상 어정쩡한 상태에 있지 않았다. 옛날의 실이 다시 이어졌거나 아니면 그동안에도 결코 완전히 끊어지지는 않은 것이겠지. 파울 뢰더네 집으로 가는 에움길에 들어서자마자 그녀는 오랜 휴식 후에 다른 동지들도 자기네와 함께 출발하고 있다는 생각이 들었다. 이제 두려움 없이.

뢰더 부인을 피들러 부인은 곧장 알아보지 못했다. 리이젤의 얼굴이 울어서 퉁퉁 부어 있었기 때문이었다. 리이젤은 파울을 기다리고 있던 터라 실망하고 절망하여 낯선 방문객을 노려보았다. 이 낯선 여자가 그녀의 파울로 변신해주지나 않을까 하고.

피들러 부인은 무언가 잘못된 것을 알아차렸다. 그녀는 아무런 정보 없이 집으로 돌아가고 싶지 않았다. 그녀는 말했다. "히틀러 만세! 저녁에 찾아온 것을 용서하세요, 뢰더 부인. 그래도 아주 적당한 시간을 잡아 온 것 같네요. 난 그저 효모 반죽 경단 레시피를 좀 물어볼까 해서요. 댁의 남편이 우리 남편에게 먹어보라고 권했나 봐요. 두 분이 친구잖아요. 제가 피들러의 아내랍니다. 절 못 알아보시겠어요? 레시피에 대해 제가 찾아올 거라고 당신 남편께서 아무 말씀 안 하셨나요?

이제 진정하세요, 뢰더 부인. 조용히 좀 앉자고요. 제가 마침 여기 찾아왔고 또 우리 남편들이 친구라면, 아마도 제가 당신에게 조금쯤 쓸모가 있을지도 모르지요. 난처해하지 마시고요, 뢰더 부인. 우리 서로 아무것도 부끄러워할 게 없답니다. 특히 이런 시기에는 그렇죠. 이제 울지 마세요. 여기 좀 앉으세요. 대체 뭐가 그리 답답한가요?" 그사이 그녀는 부엌으로 들어와 소파에 앉아 있었다. 리이젤은 울음을 그치기는커녕 다시 눈물을 쏟기 시작했다.

"뢰더 부인, 뢰더 부인." 피들러 부인이 말했다. "어쨌든 그렇게 나쁜 상황은 아니잖아요. 아주 상황이 나빠지면, 우리가 그걸 묶어버리지요 뭐. 남편께서 부인에게 아무 말씀 안 하셨나요? 집에 안 돌아오셨어요?" 리이젤은 울면서 말했다. "잠깐 다녀갔어요." 피들러 부인이 말했다. "누가 와서 데려갔나요?" "아뇨, 남편이 직접 가야만 했어요." "직접요?" "그래야만 했어요." 리이젤은 지친 태도로 답했다. 그녀는 젖은 팔로 얼굴 양쪽을 훔쳐내었다. "남편이 집에 왔을 때 소환장이 와 있었거든요. 남편은 그보다 늦게 집에 왔고요." "그러고는 아직 돌아오지 않으셨단 말이죠." 피들러 부인이 말했다. "그래도 진정하세요." 리이젤은 어깨를 으쓱했다. 그녀는 아주 힘없이, 지친 어조로 말했다. "그럼요. 남편은 해낼 수 있어요. 남편은 돌아올 거예요. 아니면 그곳에 붙잡혀 있겠죠. 틀림없이 그곳에 붙잡혀 있을 거예요." "그건 알 수 없는 일이죠. 뢰더 부인. 댁의 남편은 그곳에서 대기하고 있을지도 몰라요. 그곳에는 끊임없이 소환된 사람들이 있거든요. 밤낮으로 끊임없이요." 리이젤은 무어라고 혼자서 우물거렸다. 그녀는 이제 울기를 그쳤다. 그러더니 갑자기 방문객을 향해 몸을 돌렸다. "무슨 레시피라 그러셨죠? 효모 반죽 경단요? 아뇨, 남편은 아무 말 없었는데요. 소환장에 너무 놀라서요. 곧장 그리로 가야 했거든요." 리이젤은 울어서 퉁퉁 부은 눈인 채로 몸을 일으켜 아주 굼뜨게 부엌 탁자의 서랍을 뒤졌다. 만약 그들이 서로 친한 사이였다면 피들러 부인은 리이젤에게 낱낱이 물어서 캐내었을 것이다. 그러나 그녀는 괜한 일을 물어서 공연히 자신의 남편을 끌어들이고 싶지 않았다.

그사이 리이젤은 몽당연필을 찾아내더니, 뒤이어 가계부 한 장을 찢었다. "전 온몸이 떨려서요." 그녀가 말했다. "직접 받아 적으시면 좋겠네요!" "뭘 받아 적을까요?" 피들러 부인이 물었다. "효모 5페니히어치." 리이젤은 울면서 말하고 있었다. "밀가루 2파운드, 같은 양의 우유, 우유는 굳혀야 해요. 소금 약간. 충분히 반죽할 것."

피들러 부인은 밤거리를 지나 집으로 걸어오면서, 그동안 뚜렷이 드러나지 않았던 수많은 소문들, 반쯤은 사실이고 반쯤은 상상만 했던 위협들이 이제 명백하게 우리 곁에 모습을 드러내었구나 하고, 확인해볼 수도 있었을 것이다. 그러나 그녀는 그런 생각을 할 여유가 없었다. 그녀의 온 신경은 자신이 제대로 길을 돌아서 가고 있는지, 아무도 뒤따르는 자가 없는지 살피는 데에만 집중돼 있었다. 그녀는 심호흡을 했다. 밤공기가 숲에서 불어오는 것처럼 친숙하게, 다시금 그녀의 관자놀이를 간질이고 있었다. 이 친밀한 어둠, 그 속에서 그들은 벽보를 붙이고 널빤지 벽에다 암호를 그려 넣고 문틈으로 전단을 밀어 넣었었다. 만약 오늘 낮 누군가가 현 투쟁의 전망에 대해, 작업의 현 상황에 대해 물어보았더라면, 그녀는 남편과 꼭 같이 어깨를 으쓱하고 말았을 것이다. 그녀는 지금 울고 있는 한 여자에게 쓸데없는 발걸음을 한 것 외에 뭐 그리 특별한 일을 한 것도 아니었다. 그러나 그녀는 다시 옛날의 삶으로 들어가 있었다. 모든 것을 가속화시키는 것이 중요하다는 생각이 갑자기 들면서, 그녀에게는 이제 모든 것이 가능해 보였다. 막 시작된 이 시간, 이제 모든 것이 가능했다. 모든 정세를 뒤집고, 그녀 자신의 상황을 바꾸는 것도 사람들이 생각했던 것보다 더 빨리 가능해 보였다. 그토록 많은 쓰라림을 겪은 후였지만, 공동의 행복을 누리기에 그들은 아직도 충분히 젊었다. 물론, 피들러가 몸담게 된 이번 일에서 부부가 가장 두려워하는 것, 즉 남편의 파멸은 어쩌면 더 빠르게, 더 무시무시하게 찾아올 수도 있었다. 그러나 아무것도 가능하지 않은 시대의 삶은 그저 그림자처럼 시들어가는 것일 뿐이었다. 그래도 무엇인가가 가능해 보이는 시대에는, 물론 파멸도 그 속에 들어 있겠지만, 생생한 삶이 그 안에 숨어 있었다.

"아무도 따라오지 않은 게 확실해?" "맹세할 수 있어." "잘 들어, 그레테. 난 이제 꼭 필요한 것만 추려서 짐을 쌀게. 내가 어디 있냐고 누가 물으면 난 타우누스 산에 가 있는 거야. 당신은 이렇게 해줘. 리더발트 주거 단지 괴테블릭 18번지로 가. 거기 예쁜 노란 집에 크레스 박사가 살고 있어."

"야간학교의 그 크레스 말이지? 안경 쓴? 기독교와 계급투쟁에 대해 항상 발처와 논쟁하던 그 사람?"

"그래. 하지만 당신에게 누가 물으면 당신은 살면서 지금까지 단 한 번도 크레스를 본 적이 없는 거야. 그에게 내 말을 전해. 파울이 게슈타포에게 잡혀가 있다고. 그가 그 말을 새길 시간을 잠시 줘. 그러면 크레스가 앞으로 어디서 그 동지와 접선해야 할지 당신에게 말해줄 거야. 여보, 그레테. 주의해 들어. 이건 지금까지의 삶에서 당신이 겪어보지 못한 지극히 위험하고도 까다로운 일이야.

난 몸을 숨길 거야. 하지만 지금 당장 타우누스 산으로 가는 건 아니야. 내일 아침 일찍 당신이 저 바깥쪽 창고로 와. 만약 밤에 경찰이 집에 왔다면, 방풍 재킷을 입어. 아무도 오지 않았으면 새로 산 좋은 재킷을 입어. 만약 당신이 오지 않으면, 저들이 당신을 데려간 걸로 알게.

만약 당신이 새 재킷을 입고 있으면 내 조용히 그 창고로 들어갈게. 그러면 최악의 상황은 지나가는 셈이지. 당신, 생활비 아직 있어?"

그레테는 수중에 가지고 있던 2, 3마르크를 그에게 찔러주었다. 그녀는 말없이 그의 짐을 챙겼다. 부부는 이별의 키스를 나누지 않고 서로의 손을 굳게 잡았다. 남편이 떠나자, 그녀는 곧장 방풍 재킷을 걸쳤다. 그녀는 실질적인 성격의 사람이었다. 그녀는 스스로에게 말했다. 만일의 사태가 되면, 옷을 갈아

입을 시간이 없을 거야. 평화롭게 밤이 지나간다면, 내일 아주 편하게 새 재킷을 입을 수 있을 것이었다.

크레스는 아까부터 방의 어두운 쪽에 그대로 서 있었다. 아내는 그를 올려다보지 않고, 앉았던 자리에 도로 앉았다. 그녀는 두 남자의 도착으로 인해 중단되었던 책의 페이지를 다시 펼쳤다. 매끄럽고 뻣뻣한, 낮에는 오히려 옅은 금발인 그녀의 머리카락은 이제 그것을 반짝이게 만드는 전기 불빛보다 더 강렬하게 반짝거리고 있었다. 그녀는 재미 삼아 헬멧을 뒤집어쓴 홀쭉한 소년 같아 보였다. 부인은 아래쪽 책에 시선을 고정한 채 말했다. "당신이 날 노려보고 있으면, 책을 읽을 수가 없잖아."
 "하루 온종일이 책 읽을 시간이었는데, 뭘. 이제 나하고 얘기 좀 해." 여자는 책에서 눈을 들지 않은 채 말했다. "얘기는 뭐 하러?" "당신 목소리가 날 안정시키거든." "대체 뭣 땜에 안정이 필요한데? 우리 집에선 안정이 넘쳐나는데, 뭘." 그녀를 꼼짝 않고 바라보면서 남편은 말을 이었다. 아내는 책의 두세 페이지를 넘겼다. 남편의 어조가 갑자기 바뀌었다. "게르다!" 그녀의 이마에 주름이 잡혔다. 그녀는 자제하고 있었다. 그것은 분명 습관에서 그리했을 것이다. 아니면 그녀는 자기 자신에게 타일렀는지도 모른다. 크레스는 자기 남편이라고, 저녁이 되어 피곤해하고 있으며 이제 그들이 함께하는 저녁이 시작되었다고. 그녀는 펼쳐진 책을 무릎에 놓고 담배를 피우기 시작했다. 그러다가 말했다. "당신 대체 누굴 주워 온 거야? 특이한 친구던데." 남편은 아무 말 하지 않았다. 아내는 자기도 모르게 양미간을 모았다. 그리고 더 날카롭게 남편을 바라보았다. 어스름 불빛 속에서 그녀는 남편의 표정을 잘 구분할 수가 없었다. 무엇 때문에 그의 얼굴이 저렇게 빛나는 걸까? 그가 저렇게 창백했었나? 마침내 남편이 말했다. "프리다는 내일까지 나가 있는 거지?" "모레 아침까지야." "잘 들어, 게르다. 우리에게 방문객이 있었다는 걸 아무에게도 얘기해선 안 돼. 누가 물으면, 학교 시절 친구라고만 말해."

아내는 별로 놀라지 않고 대답했다. "알았어." 남편이 아내에게 다가섰다. 이제 아내는 남편의 얼굴 표정을 볼 수가 있었다. "당신 라디오로 들었지, 베스트호펜 탈출 사건 말이야?" "내가? 라디오로? 아니." "몇 명이 탈출을 했어." 크레스가 말했다. "아, 그래." "그들 모두가 잡혔어." "안됐네." "한 사람만 빼고."

여자의 두 눈이 빛났다. 그녀는 고개를 들었다. 그들이 함께 살기 시작하던 처음 그때 그녀의 얼굴은 지금처럼 밝았었다. 그리고 그때도 지금처럼 아내의 눈이 빛나던 순간은 곧 지나가 버렸었다. 아내는 남편을 위에서부터 아래까지 꼼꼼하게 훑어보았다. 그녀가 말했다. "여보." 그는 기다렸다. "당신이 이런 일을 하리라곤 정말 믿지 않았어. 여보."

그는 뒤로 물러섰다. "뭐? 무엇을 믿지 못했다는 거야?" "이일! 이 모든 것! 정말이지…… 미안해." 크레스가 말했다. "당신 지금 무슨 얘길 하는 거야?" "우리 둘 얘기를 하는 거지."

게오르크는 손님 방에서 생각하고 있었다. 내려가 볼까. 여기 위에서 뭘 바라고 있는 거야? 무엇 때문에 혼자 있어야 해? 무엇 때문에 스스로 안에서 문을 잠근 이 파랗고 노란 벙커 안에서 고민하고 있어야 한단 말인가? 손으로 짠 매트가 깔려 있고, 니켈로 된 수도꼭지에서 물이 나오고, 어둠처럼 가차 없이 내 모습을 비춰주는 거울이 딸린 이 벙커 안에서 무얼 한단 말인가.

낮고 하얀 침대에서는 갓 표백한 서늘한 냄새가 흘러나오고 있었다. 그러나 그는 고꾸라질 듯이 피곤했음에도 불구하고, 마치 침대에 들어가지 말라는 벌이라도 받은 것처럼, 문에서 창으로 이리저리 왔다 갔다 하고 있었다. 이것이 나의 마지막 침상일까? 마지막의? 그렇다면 무엇에 앞선 마지막? 이제 저 사람들에게 내려가 봐야겠다. 그는 문을 열었다.

게오르크는 계단에서 남편과 아내의 목소리를 들었다. 크지는 않았으나 사람의 마음을 뚫고 들어오는 목소리였다. 신기하다는 생각이 들었다. 두 사람은 그에게 거의 벙어리나 아니면 극도로 과묵한 사람들처럼 비쳤는데 말이다. 그는 문 앞에서 망설였다. 크레스가 말하고 있었다. "당신은 대체 왜 날 괴롭히는 거야?" 게오르크의 귀에 부인의 약간 낮은 목소리가 들렸다. "이게 당신을 괴롭히는 거야?" 크레스가 아까보다 침착하게 대꾸했다. "나도 당신에게 얘기 좀 해야겠어. 게르다. 저 사람이 어떡하다 위험에 처하게 됐는지 당신에겐 관심 없는 일이겠지. 저 사람이 누구든, 당신에겐 상관없겠지. 이 모든 것이 당신에겐 이래도 저래도 매한가지잖아. 당신이 위험해지는 거, 그게 제일 중요한 거지. 이게 탈출이든 자동차 경주든 말이야. 당신은 그렇게 살고 있지. 당신은 옛날에도 그랬고 지금도 그래." "당신은 반은 맞고, 반은 틀렸어. 내가 예전에 그랬는지 모르지. 어쩜 지금도 그럴지 몰라. 그런데, 왜 그렇게 됐는지 알고 싶지 않아?" 그녀는 잠깐 기다렸다. 그러고는, 남편이 알고 싶어 하든 않든 개의치 않고 단호하게 말을 이었다. "그동안 당신은 내내 이렇게 말했지. 대항해봤자 아무 소용없다고. 대항해봤자 허용되지 않는다고, 그저 기다려야 한다고. 기다린다, 나도 생각해봤어. 소중한 모든 것을 다 밟아 으깰 때까지 내 남편은 기다리려 한다고. 제발 날 좀 이해해줘. 내가 가족을 떠나 당신에게 왔을 때 그때, 난 스무 살도 채 되지 않았어. 난 고향을 떠났어. 고향의 모든 것이 지겨웠기 때문에 말이야. 아버지, 오빠들, 매일 밤 거실에 찾아들던 정적, 그 모든 것이 말이야. 그런데 여기 이 집도 결국 내 고향 집과 꼭 같이 되고 말았어."

크레스는, 어쩌면 문 앞에 서 있는 게오르크보다 더 놀라면서, 아내의 말에 귀 기울였을지도 모른다. 지난 천 일의 저녁 내내, 이빨 사이에서 말을 끌어내야 할 정도로 아내는 말이 없었다. "그런데 있지. 우리 친정집에는 그 어떤 것도 달라져서는 안 됐어. 언제나 그대로라는 것, 그게 우리 부모님의 자랑이었어. 그러다가 당신을 만났어! 당신이 내게 말했었지. 돌 속에 있는 어떤 물질도 한 순간도 그대로 멈춰 있는 건 아니라고. 물론 사람의 내면도 멈춰 있지 않다고. 그런데 나는 예외라고!

응? 당신이 그렇게 말하고 있잖아. 내가 옛날이나 지금이나 같다고 말이야."

남편은 잠시 아내의 말이 끝나기를 기다렸다. 그는 한 손을 아내의 머리에 얹었다. 아내는 또다시 냉정하게 책을 들여다보았다. 심지어 약간 완강해 보이기도 했다. 남편은 그녀의 머리카락을 쓰다듬는 대신 끌어안았다. 그녀는 연약하고도 강인했다. 사랑하기에, 가르치기에, 어쩌면, 맙소사, 변화시키기에. 그는 아내를 약간 흔들었다.

게오르크가 들어왔다. 두 사람은 얼른 떨어졌다. 빌어먹을, 어째서 저자는 모든 걸 아내에게 얘기해야 하지? 그녀의 얼굴에는 이제 더 이상 아까의 무관심은 보이지 않고, 냉담한 호기심이 나타나 있었다. 게오르크는 설명했다. "잠이 오지 않네요. 당신들하고 좀 같이 있어도 될까요?" 크레스가 벽에 기댄 채 게오르크를 멍하니 바라보았다. 손님이 와 있는 것은 명백한 사실이었다. 초대는 취소할 수 없는 것이 되어 있었다. 크레스는 격식을 갖춘 주인의 말투로 말했다. "뭐라도 드릴까요? 차? 화주? 주스 같은 거라도? 아니면 맥주를 드시겠습니까?" 아내가 말했다. "시장하실 것 같아요." "차하고 화주를 주세요." 게오르크가 말했다. "그리고 먹을 것도요, 가지고 계신 것 중에서요."

이 말에 남편과 아내는 얼마 동안 부산하게 움직였다. 게오르크의 앞에 식탁이 차려졌다. 크고 작은 대접들이 그의 앞에 놓였다. 그들은 술병의 코르크 마개를 땄다. 아, 일곱 개의 접시를 앞에 두고 먹는다는 것, 일곱 개의 술잔으로 마신다는 것,

그것은 누구에게나 기분 좋은 일이었다.* 크레스 부부는 둘 다 건성으로 먹는 척했다. 게오르크는 하얗고 작은 천 냅킨을 주머니에 쑤셔 넣었다. 다친 손에 붕대로 쓰면 좋을 것 같았다. 그러다가 그는 그것을 꺼내 평평하게 쓰다듬었다. 그는 이제 배가 불렀고, 그 자리에서 쓰러질 만큼 피곤했다. 그저 혼자여선 안 된다는 것. 게오르크는 포크와 나이프, 접시를 밀쳐놓고 머리를 식탁에 얹었다.

그가 다시 머리를 들었을 때, 저녁은 깊어 있었다. 식탁은 오래전에 치워졌고, 방은 연기로 자욱했다. 게오르크는 금방 정신을 차리지 못했다. 그는 추웠다. 크레스는 다시 벽에 기대어 있었다. 게오르크는, 왜 그랬는지는 모르겠는데, 그에게 웃음을 지어 보이려 애썼다. 그가 보낸 미소의 반사는 주인의 얼굴에도 마찬가지로 애써 만든 일그러진 미소로 나타났다. 크레스가 제안했다. "이제 좀 더 마십시다." 그는 술병을 도로 가져왔다. 그는 술을 따랐는데, 그의 손이 약간 떨리면서 술을 엎지르고 말았다. 게오르크를 완전히 침착하게 만들어준 것은 바로 집주인이 손을 떨며 술을 엎지른 사실이었다. 점잖은 사람, 나를 받아주느라 모든 것을 감수한 남자. 그는 나를 받아주었다.

부인이 돌아왔다. 그녀는 자리에 앉더니, 두 남자가 말이 없었으므로 역시 말없이 담배만 피웠다.

빠르고 가벼운 발소리와 함께 길의 모래가 삐걱거리는 소

*동화 〈백설공주와 일곱 난쟁이〉의 비유.

리가 들려왔다. 발걸음은 이 집의 문 앞에서 멈추었다. 누군가가 벨을 찾는 듯, 타일 바닥 위를 문지르는 소리. 두 남자는 벨이 울릴 것을 예상하면서 움찔하고 경련했다. "당신은 저를 극장 앞에서 우연히 만난 겁니다." 게오르크가 낮은 음성으로 단호하게 말했다. "당신은 날 화학 수업에서 알게 된 거고요." 크레스는 고개를 끄덕였다. 위험한 상황에 처한 많은 사람들이 그러하듯이, 그는 위험이 정말로 닥치게 되면 곧바로 침착해졌다. 부인이 일어나 창가로 갔다. 그녀의 얼굴에 오만과 약간의 냉소가 나타났다. 그것은 모든 종류의 대담한 시도를 할 때 누구에게나 나타나는 표정이었다. 그녀는 덧창을 열고 밖을 내다보더니 보고했다. "어떤 여자예요." "문을 여세요." 게오르크가 말했다. "하지만 안에 들이지는 마세요."

"아주 단정해 보이는 여잔데, 당신과 직접 얘기하고 싶대. ―내 남편 말이에요." "내가 집에 들어와 있는 줄 그 여자가 어떻게 아는 거지?" "알고 있는데. 당신이 6시에 그녀의 남편과 얘기했다는데." 크레스가 밖으로 나갔다. 부인은 다시 게오르크가 있는 식탁에 앉았다. 그녀는 담배를 피우면서, 그들 둘이 함께 매달려 커브를 돌기라도 하는 것처럼, 아니면 지독히도 무거운, 얼어붙은 가파른 절벽에 함께 매달려 있기라도 한 것처럼 가끔씩 그에게 흘끔흘끔 시선을 보냈다.

크레스가 돌아왔다. 게오르크는 그를 보고 아주 안 좋은 일이 일어난 것을 알았다. "당신에게 전할 수밖에 없군요. 게오르크. 파울이 게슈타포에게 가 있답니다. 찾아온 여인의 남편은 만일의 경우를 위해 벌써 집을 떠났다고 하네요. 우리 편 사람들이 당신을 찾아낼 수 있기 위해, 이제 우리가 어디로 갈 건지, 혹은 게오르크 당신 혼자 갈 건지 저 여성 분에게 말해주어야 합니다." 그는 자기 술잔에 술을 따랐다.

엎지르지 않는군. 게오르크는 생각했다. 그의 머리는 완전히 텅 비어버렸다. 사람들이 그의 머리에 무엇인가 새로운 것을 집어넣는 대신, 완전히 비어내어 쓸어버리기라도 한 것 같았다.

"우린 당신을 차에 태워 어디론가 데려다 줄 수 있습니다. 아니면 우리 모두 나갈까요? 셋이 한 차에? 어딘가로? 곧장 동부 역으로 갈까요? 아니면 멀리 육지 안으로 들어갈까요? 카셀*로 갈까요? 아니면 곧장 헤어지는 게 나을까요?" "아, 제발 잠깐 조용히 해주세요."

텅 빈 게오르크의 머릿속으로 생각이 되돌아왔다. 그래, 파울이 들통 났구나. 잠깐, 어쩌다 들통이 났지? 연행돼 갔나? 그저 소환장을 받은 건가? 그런 데 대해선 얘기가 없었어. 어쨌든 저들이 파울의 목덜미를 쥐고 있단 말이지. 그렇다면 파울 자신은 어떨까? 파울이 게오르크를 자기 집에 재워준 사실을 저들이 증명할 수 있다 해도, 저들이 정말로 그것을 증명할 수 있다 해도, 파울은 결코 게오르크가 지금 와 있는 은신처를 말하지 않을 것이다. 대체 파울이 이곳의 주소를 알고 있기나

*독일 헤센 주의 북부 도시.

한 것일까? 지금 게오르크가 와 있는 이곳은 실상 틀어박혀 숨어 있어야 하는 좁은 은신처는 아니었다. 만약 중간에 선 중개인이 진지한 사람이라면, 정말 우리 동지들 중의 하나라면, 그는 파울에게 절대 아무 이름도 말하지 않았을 거야. 하지만 그 중개인은 자동차 번호를 파울에게 주었어. 그것으로 충분하지. 게오르크는 파울보다 강한, 거인 같은 정신력을 가진 다른 사람들을 기억해내려 애썼다. 젊어서부터 모든 투쟁을 겪으며 노련하고 영리해진 사람들을. 하지만 그들은 이제 제거당한 사람들이었다. 그리고 전해져야 할 소식들은 죽음의 공포 속에서 모든 이음새가 끊어져 버렸다. 게오르크는 지금 당장, 모든 위험을 무릅쓰는 이 모험의 한가운데에서, 대담하고도 재빠른 결정을 내려야 했다. 그는 파울을 신뢰했다. 파울은 지금 앞서 소환된 다른 이들이 이를 악물며 누워 있던 바로 그 자리에 누워 있을 것이었다. 그들의 완강한 묵비가 서서히 소용없이 끝장났던 그 자리에.

어쩌면 파울은 그냥 소환만 당한 것일지도 몰라. 그곳 취조실에서 어벙벙해하며 위축돼 있겠지. 그 친구는 조심스럽게 또 요령 있게 누구에게도 해되지 않을 대답들을 내놓고 있을 거야. 게오르크가 말했다. "전 여기 머물겠습니다." "어쨌든 나가는 게 낫지 않을까요?" "아닙니다. 여기 머물지 않고 달리 행동한다면 일이 더 어려워질 뿐입니다. 내게 이곳으로 소식을 보낼 거예요. 돈과 서류를요. 만약 내가 여기서 나간다면, 난 또다시 실패하는 겁니다."

크레스는 말이 없었다. 게오르크는 그의 생각을 떠보았다. "만약 선생께서 무서우셔서 날 내보내려 하신다면……" 크레스가 말했다. "내가 두려워한다고 하더라도, 그것 때문에 당신을 내보내지는 않겠습니다. 이 파울이라는 분을 알고 있는 사람은 당신뿐입니다. 지금 모든 것은 오직 당신에게 달려 있습니다."
"네, 좋습니다." 게오르크가 말했다. "밖에 있는 여자 분께 말씀드리세요. 저는 지금 있는 곳에 그대로 있겠다고요."

크레스는 곧장 밖으로 나갔다. 게오르크는 그가 점점 더 마음에 들었다. 잠깐 눈에 띄게 저항하다가 곧장 자기 존재의 허약한 부분을 보다 강한 부분에 종속시키려는 태도, 잠시도 허세나 수다로 빠지지 않는 그의 정직함이 마음에 들었다. 그래서 부인보다 남편이 더 마음에 들었다. 부인은 담뱃갑 속에 든 담배를 다 피우고 나서 연기를 불어 흩뜨리고 있었다. 이 여인은 아마도 잃을까 봐 두려운 어떤 것을 아직 소유해보지 못한 것 같았다.
크레스가 되돌아와 벽에 기대어 섰다. 그들은 주거 단지에서 멀어져 가는 발소리에 귀를 기울였다. 그 소리가 들리지 않고 완전히 조용해지자 부인이 말했다. "기분 전환도 할 겸 올라가죠." "그럽시다." 크레스가 말했다. "쉽게 잠이 올 것 같진 않네요."
크레스는 지붕 밑 다락방에 수백 권의 장서를 갖고 있었다.

이곳 창에서 보면 이 집이 새로 만든 길의 끝에, 리더발트 주거 단지에서 약간 떨어져 놓여 있음을 알 수 있었다. 하늘은 맑았다. 별이 떠 있는 탁 트인 하늘을 바라보는 것이 얼마 만인가. 라인 강변은 안개에 싸여 있었다. 게오르크는 위를 올려다보았다. 극도의 위험에 처한 자신이, 이곳에서 다른 사람들보다 훨씬 하늘에 가까이 있는 것 같은 생각이 들었다. 부인이 덧창을 닫고 난방을 틀었다. 평소에는 오후 일찍 귀가할 경우 크레스가 하는 일이었다. 그녀는 두어 개의 의자와 책상 모서리에 있던 책을 내려놓았다. 지금쯤 파울이 시달리고 있겠군, 게오르크는 생각했다. 리이젤은 앉아 기다리고 있겠지. 그의 가슴이 공포와 의구심으로 오그라들었다. 그가 자신의 목숨을 파울과 연결시킨 것이 과연 잘한 일일까? 파울은 충분히 강할까? 물론 이제는 너무 늦어버렸다. 그는 이제 꼼짝달싹할 수 없게 되어버린 것이다. 크레스 부부는 차분하게 처신하고 있었다. 그들은 게오르크가 잠이 들었다고 생각했다. 그러나 게오르크는 두 손을 얼굴에 모으고 발라우에게 충고를 청하고 있었다. 발라우는 말하고 있었다. 마음을 진정시키라고. 지금 운명이 달린 이 사건은 그저 우연하게도 일주일 동안 게오르크라는 이름으로 진행되고 있는 거라고.

게오르크는 갑자기 쾌활한 목소리로 집주인을 향해 물었다. 그가 몇 살이며 직업이 무엇이냐고. 서른네 살이라고 크레스가 말했다. 그의 전공은 물리화학이라고도 말했다. 게오르크는 그것이 무엇이냐고 물었다. 크레스 역시 마음이 좀 놓여서 그것에 관해 설명하려고 애를 썼다. 게오르크는 처음에는 주의 깊게 듣다가 곧 다시 피 흘리고 있을 파울을, 또 파울을 기다리고 있을 리이젤을 생각했다. 크레스는 게오르크의 침묵을 자기 방식대로 해석했다. "아직 시간이 있어요." 그가 낮게 말했다. "무슨 시간요?" "여기서 떠날 시간요." "우리 여기 머무르기로 하지 않았나요? 그건 더 이상 생각하지 마세요." 하지만 게오르크 자신이 다른 것을 생각할 수가 없었다. 그는 일어나서 책들을 뒤졌다. 두세 권은 프란츠와 함께 보냈던 시절에 자신도 알던 책이었다. 그 시절은 게오르크의 인생에서 가장 즐거운 때였다. 요동치던 그 시절의 기억 속에는 조용하고 단순한 날들도 숨어 있었다. 어째서 사람들은 가장 중요한 것을 잊는 것일까, 게오르크는 생각했다. 아마도 그것은 그 가장 중요한 것이 다른 어떤 것으로도 대체되지 않기 때문이며, 또 그것이 당사자의 바깥에 머무는 것이 아니라, 소리 없이 그 사람의 내부로 들어가 있기 때문일 것이었다. 게오르크는 느닷없이 부인을 향해 그녀의 고향과 유년시절에 대해 물었다. 그녀는 가볍게 움찔했다. 그것은 남편 크레스도 아직 그녀에게서 들어보지 못한 얘기였다. 그녀도 즉시 얘기하기 시작했다. "제 아버진 아주 젊어서 군에 들어가셨어요. 무슨 특별한 능력이 없으셨죠. 그래서 마흔네 살에 젊은 육군 소령으로 군을 떠났어요. 우리 집은 저하고 남자 형제 넷이었어요. 아버진 우리가 자랄 때까지 우릴 볶아대셨죠." "당신 어머니는요?" 게오르크는 그녀의 어머니에 대해선 얻어듣지 못했다. 자동차 한 대가 가까이 다가왔기 때문이었다. 세 사람 모두 숨을 죽였다. 자동차는 그냥 지나갔다. 그러나 세 사람 모두 말을 나누고 싶은 생각이 사라져버렸다. 게오르크는 또다시 파울을 생각하고 있었다. 뒤이어 게오르크는 그가 방금 놀랐던 것에 대해 용서를 구했다. 그가 크레스처럼 모든 가능성을 각오하고 있었음에도 불구하고, 그렇게 깜짝 놀랐던 데 대해서. 그러나 다음번 자동차가 지나갈 때 게오르크는 꼭 마찬가지로 움찔하고 기겁을 했다. 그들은 이제 더 이상 얘기를 나누지 않았다. 그동안 밤은 한없이 길게 천천히 흘러가고, 방은 담배 연기로 가득 찼다.

제7장

I

 아직 밤이었다. 들판과 지붕들은 서리가 내려앉은 까닭에 달빛 없이도 하얗게 보였다. 크론베르크 쪽에서 등에 배낭을 짊어진 아주 작은 여자 하나가 국도 쪽을 향해 걸어왔다. 등에 짊어진 배낭과 뭉툭한 나뭇가지 지팡이는 그녀에게 무엇인가 마녀 같은 분위기를 부여했다. 날이 밝기 전 갑자기 들판에 나타난 여자는 이리저리 눈을 굴리며 웅얼웅얼 혼잣말을 하고 있었다. 이 마녀 같은 느낌은 그녀가 가까이 오자 사라졌다. 배낭은 보통 평범한 배낭이었으며, 옷 역시 토끼털이 달린 보통의 모직 외투였다. 그녀는 평일에 쓰는 머리 스카프 위에 장식이 달린 외출용 모자를 덧쓰고 있었다.
 여자는 망골트 씨 댁 농장 바로 앞에서 대로변의 도랑을 폴짝 뛰어넘었다. 마치 그곳에서 무엇인가를 냄새로 찾아내려는 듯 들판 위로 허리를 굽히더니 화가 난 듯 웅얼거리고는 다시 뒤로 깡충 뛰어서 길을 따라 메서 씨 댁까지 올라갔다. 지면과 거의 같은 높이에 있는 메서 씨 댁 부엌 창에서는 벌써 불빛이 새어 나오고 있었다. 이 근방에서 가장 먼저 켜진 불빛이었다. 일요일 커피와 함께 먹는 따뜻한 슈트로이젤 케이크는 이 집의 착한 아들들에게 마땅히 돌아가야 할 음식이었다. 그럼 행실 나쁜 아들들은? 그들에게도 슈트로이젤 케이크를 줘야 한다고, 오이게니는 생각했다. 그래야 그 달콤하고 부드러운 케이크의 토핑이 그들의 기분을 선량하게 만들어줄 것이라고.

그 늙은 여인은 도랑을 폴짝 뛰어넘었다. 그러나 부엌 창 쪽으로 가지 않고 메서 씨네 들판 안으로 더 깊이 들어갔다. 잠깐 그녀는 허리를 굽혔다. 그러더니 한 치의 망설임도 없이 어제 양 떼가 지나갔던 길을 따라 그 작은 숲 안으로 들어갔다. 그녀는 양치기 에른스트의 어머니였다. 그녀는 휴일이면 몇 시간씩 아들을 대신하여 양 치는 일을 봐주고 있었다. 메서 씨네 초원에 널린 양 떼의 똥은 양들이 어제 어디에서 풀을 뜯었는지 그녀에게 가르쳐주었다. 그녀는 양 떼가 지나간 길을 알아내었다. 오늘 양 떼는 마몰스베르크 교구 앞 프로카스키 씨 집 근처에 있는 것이 틀림없었다.

그녀가 작은 숲을 통과하여, 지난봄 메서 씨가 프로카스키 씨에게 팔아버린—메서 씨는 세습 농장 한도*를 초과하지 않으

---

*나치의 제국 세습 농장법에 따르면 세습 농장은 최소 7.5헥타르 이상으로 분할되지 않은 채 맏아들에게 상속되어야 했다. 이는 한 가족이 시장에 영향받지 않고 자급자속할 수 있는 규모였다. 이 한도 이하의 농지는 팔 수 있었고, 여러 자식에게 분할 상속할 수도 있었지만 세습 농장은 그렇게 할 수 없었다. 메서 씨는 이 법에

려고 그렇게 했다―부지 위로 나왔을 때, 그녀는 오른편 아래쪽 크론베르크 가의 몇 그루 서리 앉은 전나무들 앞에 납작한 노란 호텔이 서 있는 것을 보았다. 들판은 이제 부드럽고 푹신하게 아래로 떨어지고 있었으나, 길 저편에서 마찬가지로 부드럽고 푹신하게 다시 위로 올라갔다. 그녀의 시선은 뻗어 나가지 않고, 두 시간 거리가 채 되지 않는 가장 높은 구릉 위의 너도밤나무 숲 앞에서 멈추었다. 해가 떠오르면 크고 둥근 계곡은 온갖 가을의 색깔로 반짝이리라. 지금 해가 뜨기 직전 모든 것은 서리가 내려앉은 흐릿한 세상이었다. 달은 아주 창백해져서 찾아봐야만 보일 지경이었다. 회백색 비탈을 쿵쿵 디디며 내려가는 에른스트의 어머니는 어떤 그림자도 던지지 않았다.

그녀는 갑자기 멈추어 섰다. 그녀 앞 2백 보쯤 되는 곳에 한 아가씨가, 드문드문 나 있는 몇 그루의 작은 참나무들과 가늘고 길쭉한 수풀 사이를 걸어가고 있었다. 에른스트의 어머니는 자신의 이 일요일 방문이 에른스트의 아버지에게 가는 것이 아니라 아들에게 가는 것임을 잠시 잊었다. 저렇게 잽싸게 걸어가는 아가씨는 예로부터 양들이 남긴 온갖 오물보다 더 잘 그녀에게 가야 할 방향을 제시해주었다. 그녀는 밝은 목소리로 흐릿한 새벽 여명에 대고 소리를 내질렀다. "이봐요, 아가씨!"

아가씨는 소스라칠 듯이 놀라 멈추어 서더니 주위를 둘러보고 또 둘러보았다. 멀리 아득한 곳까지 온통 회색으로 고요

얽매이지 않도록 농지를 팔았던 것이다.

했다. 에른스트의 어머니는 아가씨의 등 뒤로 산을 내려왔다. "이봐요, 아가씨!" 그녀는 두 번째로 놀랐다. "아가씨, 무얼 놓고 온 모양이우!" "어디에, 무엇을요?" "아가씨의 금발 머리카락 한 올 말이우." 아가씨는 벌써 침착해져 있었다. 그녀는 둥글고 단단한 얼굴을 하고 있었다. 그리 놀라지는 않은 것 같았다. "아, 그럼 아가씨의 성경책 속에 그 머리카락을 잘 넣어두시우." 노파는 크게 웃으면서 기침을 했다. 아가씨는 길고 튼튼한 혀를 내밀어 보이더니 가버렸다.

저 위에서는 달이 다시 한 번 솟아오르고 있었다. 하늘이 푸르러지자 달은 더욱 분명해졌다. 이제 아가씨는 그 늙은 여인이 누구인지 어렴풋이 알 것 같았다. 그녀는 화가 나서 아주 불쾌해졌다. 인근 마을들에서 종이 울리기 시작했다. 대체 어쩌다 그런 남자와 관계를 맺게 되었을까! 에른스트가 양 떼와 함께 자기 집 뒤에 있었을 때 그녀는 꾹 참고 자제했었다. 그가 떠나고 없는 지금, 마몰스베르크 쪽에서 갑자기 그의 어머니가 건너오다니! 맙소사, 맙소사! 이 늙은 노파, 그의 어머니가 그녀를 허튼 잡담에 끌어넣다니! 그런데 이 늙은 마녀는 모든 얌전한 아가씨를 허튼 잡담으로 끌어들이는 선수였다. 그녀는 심지어 보첸바흐의 어린 마리까지 잡담에 끌어들이지 않았던가? 열다섯 살의 어린 마리는 슈미트하임의 메서 씨네 친위대 아들과 정혼했는데, 메서 씨네 아들이 이 일을 알면, 틀림없이 좋게 생각할 리가 없었다. 그 작은 수풀을 나와 오이게니의 부엌 창 앞에 서자 조피는 순진하게 잡담에 말려든 것이 좀 자랑스러우면서도 우울한 기분이 들었다. 그녀는 창을 두들겼다. "히틀러 만세! 오이게니, 벌써 케이크를 굽고 있네요. 괜찮다면 말린 바나나 열매 하나만 떼어 주세요."

"한 다발 다 가져가, 조피. 하나가 아니고." 오이게니는 반짝거리는 유리병들 안에 모든 양념을 넉넉하게 챙겨놓고 있었다. "조피, 네가 내 첫 손님이야." 그녀는 말린 바나나 열매 한 다발을 가져왔다. 케이크 나이프 위에 아직 뜨거운 슈트로이젤 케이크도 한 조각 가져왔다.

어머니의 꾸중을 피할 수 있는 슈트로이젤 케이크, 즉 알리바이를 가지고 설탕투성이의 입술을 한 채, 조피 망골트는 길을 건너 어머니가 원두커피를 갈고 있는 자기 집 부엌으로 뛰어 들어갔다.

밤이 지나갔다. 두 남자는, 리더발트 주거 단지 쪽으로부터 자동차가 오거나 야간 순찰대의 발걸음 소리가 들릴 때마다 움찔움찔 기겁을 했다. 이 밤이 지나는 동안 그들의 몸이 마치 중력을 잃어버린 것처럼, 그들은 점점 심하게 지속적으로 경련을 했다.

부인이 덧창을 걷어올리자 방이 밝아졌다. 그사이 두 남자는 폭삭 늙고 말라버린 것처럼 보였다. 부인 자신의 남자도, 낯선 남자도 둘 다. 그녀는 가볍게 소스라치면서, 전기스탠드의 니켈로 된 평평한 받침대에 시선을 던졌다. 그곳에 비친 그녀 자신의 얼굴은 훼손되지 않고 온전했다. 입술만 약간 창백했다. "밤이 지났어요!" 그녀가 선언하듯 말했다. "난 이제 목욕을 좀 하고, 일요일이니 옷을 갈아입을게요." "내가 커피를 만들지." 크레스가 말했다. "게오르크, 당신은 뭘 드릴까요?"

크레스는 아무런 대답도 듣지 못했다. 창이 열리고 차가운 아침 공기가 밀려 들어오자 게오르크는, 반은 잠결에 반은 지쳐서 잠깐 나가떨어졌던 것이다. 크레스는 게오르크가 탁자 모서리에 이마를 박고 웅크리고 앉은 의자로 다가갔다. 탁자 모서리가 게오르크의 얼굴을 받치고 있었으므로 크레스는 그의 머리를 들어서 돌려놓았다. 크레스의 가슴 한구석에서 얼마나 오랫동안 이 손님을 집에 묵게 해야 하는가, 하는 의문이 떠올랐다. 감히 그따위 의문을 제기하려는 자아의 한 부분을, 크레스는 침묵시키려고 애썼다. 넌 잘못 생각하고 있어, 크레스는 스스로에게 말했다. 그의 시체라 할지라도 난 우리 집에 데리고 있을 거야.

게오르크는 펄쩍 놀라 곧바로 일어났다. 아마도 문이 한 번 닫힌 것 같았다. 그는 익숙해진 압박감 아래 반쯤 잠든 상태에서 집 안의 모든 소음을 해명해보려고 애썼다. 저건 원두커피 가는 기계 소리야. 저건 목욕물 소리. 그는 몸을 일으키려 했으나 부엌에 있는 크레스 쪽으로 쓰러지고 말았다. 게오르크는 새롭게 덮쳐오는 잠에 대항해, 바람직하지 않은 잠에 대항해 싸우려 했다. 그러나 잠은 이미 그를 덮치고 있었다. 그리고 그는 알았다. 그것은 그를 다시 위협하는 꿈 외에는 아무것도 아니라는 것을. 그는 끌려들어 가고 싶지 않았다. 그러나 이제 그것은 게오르크 자신보다 강했다.

　게오르크는 붙잡혀 있었다. 저들은 그를 8번 막사에 밀어 넣었다. 여러 곳의 상처에서 피가 흐르고 있었다. 그러나 이제 닥쳐올 것에 대한 공포 때문에 그는 아무런 아픔도 느끼지 못했다. 그는 스스로에게 말했다. 용기를 가져, 게오르크. 그러나 그는 알고 있었다. 이 막사 안에서 그를 기다리고 있는 것이 아주 무시무시한 것이라는 사실을. 그것은 이미 시작되고 있었다.

　전깃줄과 전화기들로 덮여 있는, 그런 것들만 없었다면 술집 탁자와 비슷해 보였을 탁자 뒤에―전선들 사이에는 마분지로 된 두어 개의 맥주잔 받침이 놓여 있었다―파렌베르크가 앉아 있었다. 파렌베르크는 얼어붙은 웃음을 지으며 찢어진 작은 눈으로 그를 노려보았다. 파렌베르크의 좌우에는 분젠과 칠리히가 앉아 있다가 그를 향해 고개를 돌렸다. 분젠이 소리 내어 웃었다. 칠리히는 여느 때와 다름없이 음침했다. 그는 카드놀이를 하던 중인지 카드의 점수를 세기 시작했다. 방 안은 어두웠다. 게오르크의 눈에 전등은 보이지 않고, 탁자 위만 밝았다. 전선줄 하나가 세 겹으로 칠리히의 건장한 몸통을 휘감고 있었다. 그것이 게오르크를 공포로 얼음처럼 차갑게 만들었다. 그럼에도 불구하고 게오르크는 아주 분명하게 생각하고 있었다. 저들은 정말 칠리히와 카드놀이를 하고 있구나. 이 책상 앞에서 계급의 차이는 없어져 버렸구나.

　"가까이 오게." 파렌베르크가 말했다. 그러나 게오르크는 반항심에서 그대로 서 있었다. 또 무릎이 떨려오기 때문이기도

했다. 그는 파렌베르크가 발작적으로 고함치기를 기다렸다. 그러나 파렌베르크는 이해할 수 없는 합의라도 한 듯, 두 눈만 껌뻑거리고 있었다. 그때 게오르크는 알았다. 이들 셋이 무언가 새로운 짓거리를 꾸며냈다는 것을. 곧 게오르크의 살과 영혼 속으로 파고들 무언가 아주 비열한 짓거리, 음험한 짓거리를 꾸며냈다는 것을. 그러나 그 순간은 아무 일 없이 지나갔다. 그들 셋은 모두 게오르크를 보고만 있었다. 조심해야 해, 게오르크는 스스로에게 타일렀다. 마지막 힘을 끌어모아야 해. 그때 마치 뼈나 몹시 건조한 나뭇가지가 바스라지는 것 같은, 아주 미세한 소리가 들려왔다. 게오르크는 멈칫했다. 그는 이 사람 저 사람을 번갈아 쳐다보았다. 그때 게오르크는 알아채기 시작했다. 자신을 향하고 있는 칠리히의 뺨이, 마치 그의 살이 사라지고 있는 것처럼, 움푹 패어 있는 것을. 분젠의 잘생긴 길쭉한 두개골에서도 귀 하나가, 그리고 이마 일부가 부스러지고 있었다. 게오르크는 그 세 사람이 그곳에 앉은 채로 죽어 있다는 것을 깨달았다. 그리고 게오르크 역시, 그들 셋이 죽으면서까지 영원히 일치단결하여 맞아주었던 그 역시, 이미 죽어 있었다.

게오르크는 크게 비명을 내질렀다. "어머니!" 그는 한 손으로 전기스탠드를 움켜잡았다. 전기스탠드가 그의 다리를 거쳐 바닥으로 넘어졌다. 크레스 부부가 달려왔다. 게오르크는 손으로 얼굴을 훔치면서, 밝은 방 안에 있는 자기 자신을 보았다. 그는 당황하여 사과했다.

앙상한 팔을 드러낸 채 텁수룩한 머리카락이 젖어 있는 부인은 아주 젊고 순수해 보였다. 그들은 게오르크를 식탁 앞으로 데리고 가서 자신들 사이에 앉히고 물을 따라 그의 앞에 놓아주었다. "무슨 생각을 한 거예요? 게오르크?" "우리 위에 있는 힘이 소유한 거요. 그게 무엇이 문제인가 하는 거요. 만약 자유로워진다면 전 아마 스페인의 어느 위험 지역에 서 있게 될 겁니다.* 그곳에서 교대할 사람을 기다리겠지요. 어쩌면 교대하기 전에 폭파당할 수도 있어요. 배에 총알을 맞을 수도 있고요. 그건 베스트호펜 일당들이 짓밟는 구타처럼 기분이 나쁘겠지요. 그래도 전 그곳이 아주 다를 거란 생각이 듭니다. 왜일까요? 전체 절차 때문일까요? 그들의 힘이 이곳과 다르기 때문에? 아니면 나 자신 때문에? 그런데 최악의 경우, 당신 생각에 제가 얼마나 더 오래 여기 머물 수 있을까요?" "당신을 데려갈 사람이 올 때까지요." 크레스는 단호하게 말했다, 자신이 얼마나 오랫동안 이 기다림을 참을 수 있을지 몰래 의문을 가져보지 않은 것처럼.

---

*게오르크가 스페인 내전(1936~1939년)에 참전할 것임을 암시한다. 1936년 스페인 선거에서 인민전선(공화주의자, 사회주의자, 급진적 조합주의자)이 승리하자 프랑코 장군 휘하의 군대는 파시스트 팔랑헤당(스페인 파시스트당)과 연합하여 내전을 시작한다. 세계 각지에서 참전한 반파시스트들(국제여단)은 공화주의자들 편에서 싸웠는데, 그들 중에는 저명한 작가, 지식인, 그리고 수백 명의 독일 망명자들이 있었다.

II

이 시간 피들러는 시내를 떠나 그가 처남과 함께 임대한 창고 방에 앉아 있었다. 그는 이곳으로 들어오기 전, 밤이 무사히 지나갈 경우 입기로 약속한 옷을 아내가 입고 있는 것을 확인했었다.

그러니 파울은 지금까지 아무것도 발설하지 않은 것이다. 파울은 중간에 선 사람을 배신하지 않았다. 만약 배신했더라면 피들러의 머리 위에는 벌써 사냥개 떼가 덤벼들었을 것이다. 지금까지는, 지금까지는 아니었다. 그러나 그것은 어느 정도의 완강함을 의미하는 것이지, 끝까지 그러리라는 보장은 없었다.

피들러 부인은 난방 겸 요리용으로 쓰는 작은 난로에 불을 지폈다. 널빤지로 지은 이 작은 창고 방은, 겉에는 깨끗하게 페인트칠이 돼 있었으며, 내부는 피들러네가 더 이상 이사 같은 건 생각하지 않은 듯 깔끔하게 정돈돼 있었다. 특히 꽤 조용하게 보낸 작년에 피들러는 이 창고 방을 꼼꼼하게 손질했었다. 피들러 부인은 접었다 폈다 할 수 있는 탁자에다 그의 커피를 올려놓았다. 이 탁자는 피들러가 직접 궁리하여 짜 맞춘 것이었다. 단순한 전나무 목재로, 그러나 피들러가 대패로 밀고 광을 내고 해서 예쁘게 나무무늬를 넣은, 많은 경첩이 달린, 필요에 따라 접어놓을 수 있는 물건이었다.

피들러는 직접 끼워 넣은 작고 반짝이는 유리창 너머, 수많은 들장미가 매달려 희미하게 빛나는 산울타리를 통해, 덤불과

울타리의 갈색과 황금색 파도 위로 저 멀리 있는 시내의 교회 첨탑들을 바라보았다. 파울이 오늘 밤에는 아무 자백을 하지 않았다 하더라도, 그가 내일, 아니 지금 자백하고 있을지도 모를 일이었다. 그의 머리에 얌전한 젊은이로 보이던 멜처의 이야기가 떠올랐다. 멜처는 사흘 동안 침묵했다 한다. 그러나 나흘째 되던 날 고문자들에게 이끌려 큰 인쇄소인 자기 일터에 와서는, 저들이 의심한다고 생각되는 혹은 예감하는 모든 동료들을 고해바쳤다. 저들은 멜처와 무슨 일을 했단 말인가? 어떤 독약으로, 어떤 집게로 저들은 멜처의 살아 있는 몸에서 영혼을 훔쳐냈단 말인가? 만약 파울이 내일 두 명의 그림자를 거느리고 공장에 나타난다면, 파울은 저들에게 피들러를 지목할까? "아냐." 피들러는 큰 소리로 말했다. 이 공상의 배신 속에서 심지어는 공상의 파울도 몸서리를 쳤다. "뭐가 아니야?" 피들러의 아내가 물었다.

피들러는 묘하게 웃으며 그저 고개를 흔들었다. 어떤 일이 있어도 게오르크는 지금 있는 곳에 오래 머물러선 안 돼. 피들러는 이제 긴급하게 충고와 도움을 구해야 했다. 작년 한 해 내내 피들러는, 자신이 완벽하게 혼자라고, 어디로 향해야 할지 알 수 없다고 단언하지 않았던가? 그러나 어쩌면 그래도 한 사람쯤은 도와줄 사람이 있을지 몰랐다. 정말 그가 도와줄까? 충고하고 도와줄 이 유일한 사람이 같은 공장에서 일하고 있었음에도 불구하고, 피들러는 오래전부터 그를 피해왔다. 왜 그랬을까? 거기에는 여러 가지 이유가 혼합되어 있었다. 그러나 여러 가지 이유가 합쳐져 있다고 말할 때 언제나 그런 것처럼, 진짜 중요한 이유는 없었다. 피들러는 자신이 이 남자를 귀찮게 하고 싶지 않아서 그를 피한다고 믿었다. 즉 포코르니 공장에서 이 남자는 중요한 일들을 책임지고 있었다. 또 다른 한편으로 피들러는, 자기가 전부터 이 남자를 알고 있으며, 어쩌다 부주의하게 그에 대해 실수하는 말을 할지도 모른다는 이유로 그를 피해야 한다고 믿었다. 즉 자기 자신을 믿지 못해서, 또 진심으로 그를 믿어서 그를 피했던 것이다. 그러나 게오르크의 일이 걸린 지금, 더 이상 잃어버릴 시간이 없었다. 지금의 피들러에게는 이 사람을 피해온 여러 이유들에 대해 계속 생각하느라 놓치고 있을 단 1분의 여유도 없었다. 피들러는 갑자기 깨달았다. 그가 이 남자를 피해온 진짜 이유는, 그가 한 번 이 남자 앞에 앉게 되면 더 이상 빠져나올 수 없기 때문이라는 것을. 그러자 그, 피들러가 모두에게서, 모든 것에서 손을 떼고 영원히 물러나 있을 것인지, 아니면 계속 그들과 함께할 것인지가 궁극적으로 밝혀졌다. 이 남자는 역시, 자기 나름의 방식으로, 상대에게서 가장 내면의 것을 이끌어내는 힘을 갖고 있었다.

피들러가 그토록 신뢰를 쏟아부은 그 남자—그의 이름은 라인하르트였다—는 일요일을 맛보면서 어스름한 방의 침대에 누워 있었다. 그는 집 안에서 나는 소리를 건성으로 들으며 졸고 있었다.
  그의 아내는 부엌에서 손주에게 밥을 먹이고 있었다. 딸이

'기쁨의 힘'과 함께 어딘가 포도 수확제에 갔기 때문이었다. 그는 아주 젊은 나이에 결혼했었다. 그의 머리는, 이제 막 희어지기 시작하는 것인지 아니면 오래전부터 그런 것인지, 바랜 회색이었다. 게다가 금속 먼지로 부식돼 있었다.

나이를 알 수 없는 메마른 그의 얼굴에서, 눈 부분을 잘 보지 않는다면, 특별한 것을 발견할 수는 없었다. 그러나 이 눈이 상대방에게서 무엇인가를 발견하고 주의를 기울이게 되면, 그때 그의 얼굴에는 특별한 것이 나타났다. 그럴 경우 그의 두 눈은 선량함과 의구심, 그리고 새로운 친구를 놀리는 즐거움과 그에 대한 희망이 함께 뒤섞여 반짝거리며 빛났다.

그는 오래전부터 깨어 있었음에도 불구하고, 두 눈을 감고 있었다. 1분만 더 있다가 그는 일어나려고 했다. 이번에 그가 하려는 일은 일요일과는 아무 상관이 없었다. 벌써 한 시간 전부터 생각하고 있는 그 남자를 라인하르트는 찾아야 하는 것이다. 그 남자가 공장 야유회에 가지 않았다면 말이다! 라인하르트는 헤르만이 얘기해준 키 작은 파울을 실상 외견상으로는 알고 있었다. 그러나 소문과 추측이 난무하는 이 어두컴컴한 세상에서 그토록 많은 것을 걸고 그가 직접 파울에게 다가갈 수는 없는 일이었다. 그러자 한 사람이 떠올랐다. 파울에 대해 캐내기에 꼭 적당한 사람, 라인하르트는 지금 바로 그를 생각하고 있었다.

어쩌면 모든 것이 꾸며낸 이야기일지도 몰랐다. 이름과 장소가 거론되고, 두어 개의 거리가, 두어 채의 집이 샅샅이 수색당하기도 했다. 그러나 어쩌면 저들은 이 탈출 소문을 또 다른 두어 사람을 체포하기 위한 추출 견본으로 이용하고 있는 것인지도 몰랐다. 어제부터는 라디오도 침묵하고 있었다. 어쩌면 게오르크 하이슬러는 벌써 잡힌 것인지도 몰랐다. 사람들의 소문 속에서만 그는, 이 도시에서 이리저리 쫓기며 상상의 은신처에 몸을 숨기고 갖가지 책략을 써서 끊임없이 저들을 벗어나고 있는 것인지도 몰랐다. 모든 사람들이 갖는 공통의 꿈이 되어서 말이다. 그, 라인하르트에게는 그것이 가장 그럴 듯하게 비쳤다. 그러나 그에게는 헤르만이 건네준 노란 봉투가 있었다. 이 유령 같은 게오르크에게 전해 주라고 건네준 봉투. 한 그림자를 위해 빌려온 여권. 사람들의 삶이 질식할 만큼 억압 받고 있는 이 시대에, 소망과 꿈의 영역에선 무엇인들 가능하지 않으랴.

  일요일 아침 안식의 마지막 순간이 흘러갔다. 그는 한숨을 쉬며 두 발을 바닥에 내려놓았다. 라인하르트는 이제 곧장 파울과 같은 부서에서 일하고 있는 이 남자를 찾아가야 했다. 이 지어낸 이야기에 살과 피를 붙여줄 이 남자를 아직 찾아낼 수 있을 때에 찾아야 했다. 라인하르트는 이 탈출 이야기가 공기 중에 서서히 녹아 없어질 거라고 예상하고 있었다. 그러나 동시에 그는 이 이야기를 또 그만큼 진지하게 받아들이고 있었다. 이제 잠시도 가만 앉아 있을 수는 없었다. 그의 절친한 친구 헤르만 역시, 온갖 의심에도 불구하고, 곧장 어떤 의심도 없는 것처럼 행동하지 않았던가. 이 탈출 이야기를 들은 첫 순간부터 돈과 서류를 마련하느라 애쓴 사람은 헤르만이었다. 헤르만을 생각하자 라인하르트의 두 눈은 반짝였다. 대단히 어려운, 많은 일을 행할 수 있는 힘을 상대방에게 내줄 뿐 아니라, 그 어려운 일이 아무 소용없다 하더라도 행할 수 있게 해주는 사람이 바로 헤르만이었다. 그, 라인하르트가 지금 찾아가야 하는 남자, 파울의 부서에서 함께 일하는 그 남자를 생각하자 그의 회색 눈빛은 부드러워졌다. 그는 이마를 약간 찡그렸다.
  라인하르트가 지금 찾아가려는 그 남자는 틀림없이 자기에게 파울에 관한 정보를 줄 수 있을 것이었다. 그 남자는 여러 해 동안 파울과 포코르니 공장에서 함께 일해왔으니 말이다. 또 그 남자는 파울에 대해 물어보는 자에 관해서도 침묵을 지켜줄 것이었다. 그러나 그것을 넘어서는 문제에 대해선, 라인하르트 자신이 오래전부터 망설여왔던 것처럼, 아마 그도 망설이리라. 라인하르트는 그 남자를 빈틈없이 관찰해왔다. 위축돼 있는 이 불안한 사람을 그 자신으로부터 끄집어내는 일에 오늘 아침 라인하르트는 성공할까?
  라인하르트는 침대에 앉아 양말을 신었다. 복도의 문에서 벨 소리가 났다. 제발 아무 방해도 받지 않았으면, 왜냐하면 이 일은 월요일이면 너무 늦어버리기 때문이었다. 그는 지금 즉시 나가야 했다. 그의 아내가 머리를 들이밀면서 손님이 왔다고 말했다. "접니다." 피들러가 들어서면서 말했다. 라인하르트는 방문객을 알아보기 위해 창의 덧문을 올렸다. 피들러는 지난 일 년 동안 그가 두려워했던 바로 그 두 눈이 자신에게 내리꽂히는 것을 느꼈다. 먼저 눈을 내리뜨고 깜짝 놀라고 당황해하면서 말을 꺼낸 것은 라인하르트였다. "자네, 피들러로군! 막 자넬 찾아가려던 참이었어." "전," 피들러는 아주 침착하고 솔직하게 말했다. "당신을 찾아보기로 결심했습니다. 누군가에게 믿고 털어놓아야만 할 상황에 빠졌답니다. 제가 왜 그리 오랫동안 우리 일에서 빠져 있었는지, 당신이 이해해줄지 모르겠군요."

라인하르트는 재빨리 모든 것을 이해한다고 확인해주었다. 사과를 해야 할 사람이 자기인 듯이 라인하르트는 1923년에 있었던 먼 얘기를 꺼내기 시작했다. 바터 장군이 입성할 때 그는 빌레펠트 지역에서 봉기에 가담했는데, 당시 공포가 사지로 몰려와 여러 주일 동안 숨어 있었다는 얘기였다. 마침내 두려움이 사라지자, 두려움을 느꼈던 데 대한 수치와 분노가 그를 사로잡았다고 말했다.

상대방이 먼저 자기 태도에 대한 설명을 끝내자, 피들러는 즉각 자신을 이리로 끌어온 것이 무엇인지 상세하게 설명했다. 라인하르트는 조용히 귀 기울여 들었다. 중간중간 두어 번 끼어들어 질문한 그의 날카로운 어조는, 그의 얼굴과는 딴판이었다. 그의 얼굴은 삶에서 가장 중요한 것이 마침내 생생하게 다시 자기 앞에 와 있음을 목격하고 있는, 한 남자의 표정을 보여주고 있었다. 그는 그것을 위해 자신의 모든 것을 걸지 않았던가. 틀림없이 늘 그 자리에 있으면서도, 가끔 멀어진 것처럼 보여서 그를 지치게 하고 의심 들게 하며 숨어버리던 것. 이제 그것이 그의 앞에 있었다. 심지어 그에게 찾아와 주었다.

라인하르트는 모든 것을 다 듣고 난 후 몸을 일으켰다. 그리고 피들러를 2분 동안 혼자 있게 내버려두었다. 그렇게 쉽고도 어려웠던 이 발걸음을 피들러가 직접 확실하게 깨닫는 시간을 주기 위해서였다. 그런 다음 라인하르트는 되돌아왔다. 그는 피들러의 앞에 봉투 하나를 내놓았다. 그 짙은 누런색 봉투 안에는 네덜란드 선적인 증기 예인선의 선장 조카 이름으로 된 서류들이 들어 있었다. 그 조카는 자기 아저씨와 함께 주로 마인츠를 왔다 갔다 하는 선원이었다. 이번에 그는 마침 때맞춰 빙엔*에서 접선이 되었다. 그 선장 조카가 다른 이에게 필요한 서류와 여권을 양도할 수 있는 것은, 그 자신은 늘 호주머니에 넣고 다니는 국경 통행증을 사용하기 때문이었다. 여권의 사진란에는 지명수배 전단에 나온 사진이 세심한 손길로 붙어 있었다.

여권 안에는 두어 장의 지폐도 들어 있었다. 라인하르트는 손을 옆으로 세워 가능한 한 봉투가 평평해지도록 쓰다듬었다. 필요하기도 하고 또 다정하기도 한 행동이었다. 봉투 안에 들어 있는 것은 위험하고도 수고스러운, 꼼꼼한 노력의 결과물이었다. 그 봉투 안에는 수많은 길들, 탐문, 꾀, 지나간 여러 해의 노고, 옛 우정과의 연결, 선원들과 부두 노동자들의 단결, 바다와 강을 넘나드는 연결망이 들어 있었다. 지금 그 그물에 손가락을 대고 있는 자의 삶은 좁고 힘들었다. 그리고 이 시기에 두어 장의 지폐는 거액이었다. 그것은 특별한 경우를 위해 구역

---

*라인 강 중류의 도시.

지도부의 금고에서 나온 긴급 자금이었다. 피들러는 그 봉투를 집어넣었다. "자네가 직접 가져다줄 건가?" "아니, 제 집사람이 할 겁니다." "잘할까?" "아마 저보다 나을 겁니다."

리이젤 뢰더는 밤을 꼬박 새운 후 울어서 퉁퉁 부은 눈을 하고서 아이들을 먹이고 옷을 입혔다. "그래도 일요일인데." 그녀가 작은 빵 대신 큰 빵을 썰어서 내놓자 제일 큰아이가 불평을 했다. 평소 일요일이면 파울은 길 건너 빵집에 가서 따뜻하게 구운 작은 빵들을 사 왔었다. 리이젤은 그것이 생각나 또다시 울음을 터뜨렸다. 아이들은 놀라고 골이 나서 빵을 갉아먹고, 또 마셨다.

다시 말해, 파울은 집으로 돌아오지 않았다. 함께 해온 삶이 끝난 것인가. 몸을 흔들며 흐느껴 운 후에 생각해보니, 지금은 곁에 없는 파울과의 삶은 비길 데 없이 행복한 것이었다. 리이젤은 미래를 향해서도, 또 아이들의 미래를 위해서도 아닌, 현재의 함께하는 삶을 위해 온 힘을 쏟아부어 왔다. 그녀는 심하게 부어오른 눈을 하고 거리를 내려다보고 있었지만, 실상은 아무것도 보고 있지 않았다. 그녀는 자기의 이 삶을 뒤흔들려고 하는 모든 사람이 미웠다. 그 사람이 추적이나 협박과 관련된 것이든, 아니면 보다 나은 것을 약속하는 미래와 연결된 것이든 간에.

식탁의 아이들은 다 마시고 나서도 이상하게 조용히 앉아 있었다.

저들이 남편을 때렸을까? 리이젤은 혼자 물어보았다. 그녀는 이제 자기 자신 앞에 놓이게 될 자신의 파괴된 삶을, 그 모든 결과와 세세한 사항까지 다 그려보았다. 그러나 다른 사람의 파괴된 삶을 그려보는 것은 더 어려웠다. 그 다른 사람이 비록 파울이라 할지라도. 게오르크가 있는 곳을 파울이 자백할 때까지 저들이 파울을 구타한다면? 만약 자백한다면 파울은 집으로 오게 될까? 그렇다면 남편은 곧바로 집으로 올 수 있을까? 그러면 모든 것이 예전 그대로 돌아가게 될까?

리이젤은 골똘히 생각에 잠겨 있었다. 그녀의 눈물도 멎어 있었다. 이제 더 이상 생각은 하지 말아야겠다고 리이젤은 다짐했다. 그 어떤 것도 예전 같아질 수는 없을 것이었다. 평소 리이젤은 자기 자신의 온전한 삶 외에는 아무것도 알지 못했다. 현실의 경계 푯말 뒤에 있는 그림자 따위는 알지 못했다. 물론, 경계 푯말들의 사이에서 일어나는 이상한 사건들에 대해서도 전혀 알지 못했다. 현실이 무(無)로 미끄러져 들어가 다시는 되돌아오지 않거나, 그림자들이 밀치고 들어와 단 한 번 현실로 여겨지게 되는 그런 경우를, 리이젤은 알지 못했다.

하지만 이 순간 리이젤은, 겉으로 보이는 세계가 실상은 어떤 것인가 하는 것을 깨달았다. 자백을 하고 잘못된 채 집으로 돌아오는 파울은 더 이상 파울이 아닐 것이며, 가족 역시 더 이상 가족일 수가 없을 것이다. 여러 해 이어져 온 공동의 삶은 10월 어느 날 밤 게슈타포의 지하실에서 내뱉은 두어 마디의 자백으로 인해 더 이상 삶이 되기를 그쳐버릴 것이다.

리이젤은 고개를 흔들었다. 그녀는 창에서 몸을 돌려 부엌 소파의 아이들 곁에 앉았다. 그녀는 아이들에게 더러워진 양말을 화덕 옆 빨래 줄에 걸려 있는 마른 새 양말로 갈아 신으라고 시켰다. 그리고 어린 막내딸을 무릎에 앉혀놓고 단추 하나를 단단히 채워주었다.

III

메텐하이머는 자신이 계속 감시당하고 있다고 스스로에게 끊임없이 환기시키긴 했지만, 이제 이런 생각을 해도 애초에 느꼈던 공포 같은 것은 느껴지지 않았다. 그는 일종의 자부심을 가지고 혼잣말을 했다. 날 감시해야 한다면, 그렇게 하라지 뭐. 저들은 결국 한 정직한 남자를 알게 될 테니까.

그러나 그는 끊임없이 기도하고 있었다. 엘리에게 어떤 고통도 주지 않은 채, 또 사람들이 여기저기서 죄를 짓게 하지 않은 채, 게오르크가 그의 삶에서 사라져주기를.

그의 옆 벤치에 와 앉는 저 비쩍 마른 작은 남자가 아마, 지난 주 그를 거의 절망으로까지 몰아갔던, 중산모자를 썼던 그 스파이의 후임인 모양이었다. 메텐하이머는 그럼에도 불구하고 침착하게 곧 교회에서 돌아와 자기에게 문을 열어줄 관리인 식구들을 기다렸다. 참 근사한 집이야, 메텐하이머는 생각했다. 저런 집을 짓게 한 이는 화 같은 건 낼 줄 모르는 사람일 거야.

가볍게 활 모양으로 휜 낮은 지붕, 같은 각도로 기울어진 아름다운 정문을 가진 2층짜리의 이 하얀 집은 무르익어 가는 가을 정원의 뒤편에서 보면 실제보다 더 커 보였다. 이 집은 시에서 사들이기 전까지 원래는 도시 안에 포함되지 않았다. 이 집 때문에 도로 하나를 약간 구부러지게 만들어야 하기도 했다. 이 집을 허물기에는 너무 아까웠기 때문이었다. 그것은 자신들의 감정이 그대로 지속될 것을 믿는 것과 마찬가지로 외부 사정도 그대로 지속될 것을 믿는 연인들, 결혼식에서 이미 손주를 기대하는, 사랑하는 연인들을 위한 집이었다.

"참 좋은 집이로군요." 그 비쩍 마른 남자가 말했다. 메텐하이머는 그를 똑바로 쳐다보았다. "한 번 다 청소를 하고 이사를 하면 좋겠네요." "선생이 새 세입자요?" 메텐하이머가 물었다. "아이고! 내가요!" 그 남자는 자지러질 듯이 웃었다. "난 도배하는 사람이라오." 메텐하이머는 딱딱한 어조로 말했다. 그 비쩍 마른 남자는 경외하는 표정으로 그를 바라보았다. 메텐하이머가 아무 말이 없이 앉아 있자, 그 남자는 곧 몸을 일으키더니, "히틀러 만세!"를 외치고는 뛰어가 버렸다. 분명 첩자는 아닌가 보네, 메텐하이머는 생각했다.

그는 일어나서 관리인 식구들이 돌아오는 것을 놓쳤나 하고 살펴보려 했다. 그때 수석 도배공 슐츠가 버스 정류장에서 오고 있었다. 메텐하이머는 슐츠가 일요일에 이런 열성을 보이는 것이 이상했다.

그러나 슐츠는 작업장에 들어가는 것을 전혀 서두르지 않았다. 그는 해가 비치는 벤치에, 메텐하이머 곁에 앉았다. "아름다운 가을이네요. 영감님." "그러네." "이 가을이 그리 오래가진 않을 거예요. 어제저녁엔 저녁놀이 있었어요." "그래." "영감님," 슐츠가 불렀다. "어제 영감님을 모시러 왔던 딸 엘리 말인데요." 메텐하이머는 벌떡 몸을 돌렸다. 슐츠는 당황해했다. "내 딸이 어떻다고?" 메텐하이머는 무슨 이유에서인지 화를 내며 물었다. "뭐가 어떻겠습니까? 아, 아무것도 아니에요." 슐츠는 쩔쩔매며 말했다. "따님이 정말 예쁘다고요. 그런데 왜 다시 결혼하지 않고 있나 궁금해서요." 메텐하이머의 두 눈이 화를 내고 있었다. 그가 말했다. "그건 엘리의 문제일세." "부분적으로는 그렇죠." 슐츠가 말했다. "따님이 게오르크 하이슬러와 이혼했나요?" 이세 메텐하이머는 몹시 화가 났다. "모든 건 엘리에게 직접 물어보게." 이분 정말 쇠귀에 경 읽기네, 하고 슐츠는 속으로 생각했다. 슐츠가 조용히 말했다. "그럼요. 그래도 되죠. 제 생각엔 그냥, 저하고 영감님하고 미리 터놓고 얘기해두는 것이 더 좋지 않을까 싶어서요." "대체 무슨 일을 말인가?" 메텐하이머가 당황해하며 물었다. 슐츠는 한숨을 쉬었다. 그는 어조를 바꾸어 말을 하기 시작했다. "메텐하이머 영감님, 영감님의 가족을 알게 된 지 이제 10년째 되어갑니다. 같은 회사에서 함께 일한 지 거의 그렇게 되지요. 따님 엘리는 예전엔 자주 한 번씩 우리 공사장에 오곤 했지요. 그런데 어제 다시 따님을 보니, 이런저런 생각이 나더라고요."

메텐하이머는 자신의 콧수염을 잡아당겨 씹었다. 됐군! 슐츠는 생각했다. 그는 말을 이어나갔다. "전 편견 없는 사람이랍니다. 게오르크 하이슬러를 두고 떠도는 소문들을 저도 들었어요. 전 그 사람을 모릅니다. 믿고서 드리는 말씀인데, 영감님, 전, 전 정말 그가 무사히 탈출하기를 진심으로 바랍니다. 전 그저 다른 사람들이 생각하는 걸 말씀드리는 겁니다. 그러니 따님 엘리는 당장 처자 불법 유기 소송을 내도 될 거란 말씀입니다. 참, 하이슬러의 아이도 있지요. 저도 알고 있어요. 착한 아이라면 좋겠네요."

메텐하이머가 나지막하게 말했다. "착한 아이라네." "그래요. 만약 제가 게오르크 하이슬러라면 말이죠, 이렇게 말할 것 같습니다. 내 아이가 저 악당들의 손에 들어가 악당으로 커가는 것보다는 슈츠가 내 아이를 돌보는 것이 낫겠다. 하이슬러가 저와 같은 종류의 인간이라면 말이죠. 하이슬러의 아이가 커서 직접 우리와 공사장에 가게 될 때쯤이면, 저 악당들이 으스대는 시대도 끝나 있을 겁니다."

메텐하이머는 소스라치게 놀랐다. 그는 주위를 두리번거렸다. 그가 확인할 수 있는 한, 주변에는 가을 햇빛 속에 앉은 그들밖에 없었다. "만약 게오르크 하이슬러가 잡힌다면," 슈츠는 낮은 소리로 혼잣말하듯이 말했다. "어쩌면 이미 잡혔는지도 모르죠. 어제오늘 라디오에선 전혀 얘기가 없더라고요. 그리되면 그 불쌍한 인간은 빠져나올 수 없는 거지요. 그의 목숨은 사라지게 되고, 그러면 엘리도 소송할 필요가 없고요."

그들은 앞만 보고 있었다. 해가 비치는 조용한 길 위에 정원들에서 떨어져 나온 나뭇잎들이 흩어져 있었다. 메텐하이머는 생각했다. 슐츠는 착실한 노동자야. 마음과 분별력을 가진 자야. 풍채도 당당하지. 내가 늘 엘리를 위해 바라던, 바로 그런 사람이야. 대체 왜 오래전에 우리 식구가 안 된 걸까? 그랬다면 이 모든 일을 겪지 않아도 됐을 텐데.

슐츠가 말했다. "영감님, 예전에는 친절하게 영감님 댁에 초대를 해주기도 하셨지요. 그땐 제가 가지 않았습니다. 이제 허락하신다면, 한번 가족을 찾아 뵙고 싶네요.

그렇지만 한 가지는 약속해주세요, 영감님. 오늘 우리 둘이 나눈 얘기를 절대 엘리에게는 털어놓지 말아주세요. 따님 엘리가 친정에 와 있을 때, 그때 제가 방문하는 거, 그건 우연인 겁니다. 여자들은, 미리 약속된 걸 싫어하거든요. 그런 여자들은 뢰머*의 야외극장에서 구애하는, 그런 구혼자를 좋아한답니다."

만약 기다림이라는 판결을 받게 된다면, 어떻게 빠져나가야 할지, 몇 시간이 걸릴지 몇 날이 걸릴지, 얼마나 오래 걸릴지 알 수 없이, 삶과 죽음을 건 기다림의 판결을 받게 된다면, 그 판결을 받은 사람은 시간이라는 것에 대항해 무슨 조치를 취하려 할 것이다. 시간을 이루는 분들을 붙잡아서 무효화시키려 할 것이다. 시간에 대항하여 일종의 둑을 쌓고, 끊임없이 둑을 막으려고 애쓸 것이다. 시간이란 놈이 이미 그 둑 위를 덮쳐 왔음

---

*프랑크푸르트에 있는 뢰머 언덕을 줄여서 부르는 말. 시청이 있는 언덕을 말한다.

에도 불구하고 말이다.

　게오르크는 식탁 앞에 크레스 부부와 앉아서 처음에는 그들과 함께 이런 시도를 했었다. 그러다가 그는 슬그머니 물러났다. 그는 더 이상 기다리지 않기로 했다. 크레스는 자기가 어디에서 어떻게 피들러를 알게 되었는지 얘기하고 있었다. 게오르크는 처음에는 억지로 들었으나, 점차 진심으로 관심을 가지고 들었다. 크레스는 피들러를 어떤 의심과 불안도 접근할 수 없는, 변치 않을 사람이라고 단언했다. 그러나 창 앞에서 나는 뒤엉킨 음성들이 크레스의 이야기를 중단시켰다. 그것은 늘 있는, 일요일 피크닉에 가는 사람들의 소리였다. 크레스는 다른 것을 시도했다. 그는 일어나서 라디오를 틀었다. 아침 콘서트의 토막토막이 몇 분의 시간을 막아주었다. 게오르크는 크레스에게 지도를 가져다 달라 하고는 함께 앉아, 그가 인생에서 꼭 알고 싶었던 몇 가지에 대해 자기에게 알려달라고 간청했다. 2주도 채 지나지 않은 일이었다. 베스트호펜에 새로 끌려온 한 죄수가 젖은 땅 위에 두어 개의 나뭇조각으로 스페인을 그려놓고는, 검지로 전쟁터를 표시했다. 게오르크는 그 죄수가, 경비병이 가까이 오자 나막신으로 곧장 그것을 지워버리던 장면을 기억했다. 그 죄수는 하나우 출신의 키 작은 인쇄공이었다. 게오르크는 말을 마치고 침묵했다. 시간이 다시 솨솨 소리를 내며 들어왔다. 갑자기 크레스 부인이, 누가 그녀에게 대답을 명한 것처럼, 그녀 오빠 한 사람이 프랑코의 편으로 스페인에 건너갔으며, 이 오빠의 친구이자 그녀가 어릴 때 함께 놀았던 젊은 시절의 남자친구 벤노도 그곳으로 가려 한다고 이야기했다. 그녀는 시간이란 놈이 다시 등장하지 못하게 하려는 듯이, 둑의 균열을 막기 위해 가장 가까이 있는 것을 손에 집듯이, 이야기를 이어나갔다. "난 그때 당신과 벤노 중에 누굴 취해야 할지 오랫동안 확신하지 못했어." "나하고 벤노 중에?" "그래. 그는 나에게 더 친숙했거든. 하지만 난 다른 곳으로 가고 싶었어." 그녀의 고백은 별 효과가 없었다. 두어 마디 단어는 시간에게서 아무것도 빼앗지 않은 것이나 다름없었다.

"일하러 가십시오, 크레스 씨. 혹은 당신이 계획했던 것을 하세요." 게오르크가 말했다. "아니면 부인과 팔짱을 끼고 일요일 산책이라도 하던가요. 그래서 제가 여기 있다는 것을 두어 시간은 잊어버리세요. 전 올라갈게요."

게오르크는 몸을 일으켰다. 남편과 아내는 깜짝 놀랐다. "그의 말이 옳아." 크레스가 말했다. "정말로 그렇게 할 수만 있다면, 그가 옳겠지." "그래. 할 수 있어." 부인이 말했다. "난 이제 정원으로 나가 튤립 구근을 옮겨 심을게."

파울은 결코 날 배신하지 않을 거야, 혼자가 된 게오르크는 스스로에게 다짐했다. 하지만 서투른 일을 저지를 수는 있어. 어떻게 대답해야 할지 파울은 알지 못해. 어떤 태도를 취해야 할지 그는 알지 못해. 그렇다 하더라도 파울에게 앙심을 품어선 안 돼. 두들겨 맞아 약해지고, 잠을 안 재워 병이 들 지경이 되면, 누구든 재치 있게 대처할 수가 없는 거거든. 아주 영리한 사람이라도 무디고 둔해지지. 사람들은 틀림없이 매일 파울이 피들러와 함께 있는 것을 보았을 거야. 게슈타포로 가는 지름길이지. 하지만 파울을 비난해선 안 돼. 게오르크는 이 집을 떠나는 것이 더 현명한 것이 아닐까 하고 다시 한 번 자기 자신에게 물어보았다. 최선의 경우를 가정하여, 파울이 아무 말 않았다 하더라도 공포에 사로잡힌 피들러가 마찬가지로 아무 말 않고 침묵할까? 그랍버 부인의 안마당에서 게오르크는 떠나지 못하고 묶여 있어야 할지 모른다고 두려워했었는데, 여기서는 원하면 떠날 수 있었다. 부부는 그를 이 집에 있도록 허용해주었고, 그는 눈에 띄지 않은 채 머무르고 있으나, 크레스는 계속하여 그를 도와줄 사람이 아니었다. 여러 날을 기다리느니, 오늘 떠나는 것이 낫지 않을까?

닫힌 공간이 싫어 게오르크는 창 앞으로 갔다. 그는 이 주거 단지를 가르고 있는 하얀 길을 내다보았다. 아주 깨끗한 마을처럼 생각되는 이 주거 단지의 뒤에 공원 혹은 숲 같은 것이 보였다. 게오르크는 고향 잃은 사람의 처절한 고립감에 사로잡혔다. 그러나 다음 순간 곧 극복하고 동시에 자부심을 느꼈다. 자기 외의 어느 누가 저 짙푸른 넓은 가을 하늘을, 오직 자기를 위해 황야로 이어지는 것 같은 저 길을, 자기와 같은 눈으로 바라볼 수 있겠는가? 그는 아래쪽에 지나가는 사람들을 살펴보았다. 일요일의 외출복을 차려입은 사람, 아이들과 늙은 어머니를 데리고 가는 사람, 온갖 꾸러미들을 들고 가는 사람, 오토바이에 여자 친구를 태우고 가는 사람, 두 명의 히틀러 청소년 단원, 조립식 보트 자루를 든 사람, 아이의 손을 잡고 가는 돌격대원, 과꽃 꽃다발을 든 젊은 여자.

뒤이어 현관의 벨이 울렸다. 벨이 자주 울리네, 게오르크는 혼잣말을 했다. 집과 거리는 조용했다. 크레스가 올라왔다. "잠깐 계단으로 나와보세요." 게오르크는 갑자기 크레스의 집에 나타나 자기보다 세 계단쯤 아래에 서 있는, 과꽃 꽃다발을 든 그 젊은 여자를, 미간을 찡그린 채, 바라보았다. "당신에게 건네줄 것을 가져왔어요." 여자가 말했다. "그리고 또 전해줄 말이 있어요. 내일 아침 5시 반 마인츠의 카스텔 다리* 선착장 앞에 가 있어야 해요. 배 이름은 빌헬미네 호예요. 당신을 기다리고 있을 겁니다." "알겠습니다." 게오르크가 말했다. 그는 그 자리에서 꼼짝도 할 수 없었다. 여인은, 꽃다발을 내려놓지도 않은 채, 윗도리 주머니의 단추를 풀었다. 그녀는 게오르크에게 두꺼운 봉투를 건네주었다. 그러면서 확인했다. "난 이 봉투를 당신에게 전달했어요." 그녀의 거동에서, 그녀가 게오르크를 숨어 있어야 하지만 누구인지는 모르는 동지로 간주하고 있음을 느낄 수 있었다. 게오르크가 말했다. "잘 알았습니다."

리이젤은 아이들에게 맥아 커피**를 만들어주느라 복도의 문이 열리는 것을 알아차리지 못했다. 파울의 손에는 집에 들어오면서 사가지고 온 일요일의 빵 봉지가 들려 있었다. 그는 말했다. "리이젤, 식초 탄 물로 얼굴 씻어. 옷도 갈아입고. 시간

*라인 강 위에 놓인 마인츠와 강 오른편 카스텔 사이의 다리.
**말리고 볶은 보리 낱알의 배아로 만든 커피 대용품.

맞춰 운동 경기장에 가야지. 여보, 리이젤, 뭘 또 삐죽거리는 거야?"

파울은 식탁에 고개를 숙이고 있는 그녀의 머리칼을 잡았다. "자아, 이제 그쳐. 이제 됐어. 꼭 돌아온다고 내가 약속했잖아!"

"하느님 아버지!" 리이젤이 말했다. "하느님과는 전혀 상관 없는 일이었어. 아니, 그분이 모든 것과 관계하시는 꼭 그만큼만 관계가 있었지. 분명 그분은 게슈타포와 특별한 관계는 아니셔. 모든 게 내가 생각했던 그대로였어. 참 거창한 마술이었지. 저들은 여러 시간 동안 속속들이 날 쥐어짜고 또 쥐어짜더라고. 내가 지껄이는 것을 그곳에 앉아서 받아 적더라고. 참 꿈에도 생각 못했던 일이 내게 생긴 거지. 나중에는 내가 그 모든 걸 정말 지껄였는지, 그 밑에다 서명까지 시키더라고. 게오르크를 언제 어디서 알게 됐는지, 얼마나 오래 알고 지냈는지, 왜 그와 친구가 되었는지. 게오르크의 다른 친구들이 누군지, 내 친구들은 누군지 말이야. 저들은 또 그저께 우리 집에 온 손님이 누군지도 묻더라고.

그러면서 내게 할 수 있는 온갖 협박을 다 하더군. 유황불만 없지 연옥이 따로 없더라고. 내가 자기들을 최후의 심판관으로 여기길 바라는 것 같았어. 그런데, 저들은 다 아는 척하지만 전혀 그렇지 않아. 사람들이 그들에게 말해주는 것만 알 뿐이야."

잠시 후, 리이젤이 약간 진정을 하고, 아이들을 외출복으로 갈아입히고 자기도 옷을 갈아입고, 얼굴도 식초 섞은 물로 씻고 나자, 파울이 다시 입을 열었다. "한 가지가 참 신기했어. 사람들이 그렇게 말이 많은 것 말이야. 왜지? 그들이 모든 것을 다 안다고 생각하기 때문이야.

그러나 난 스스로에게 타일렀지. 게오르크가 정말 우리 집에 왔었다는 걸, 아무도 실제로 증명할 수는 없어. 설사 누가 게오르크를 보았다 하더라도 난 그걸 부정하면 돼.

그 사람이 게오르크라는 걸 아무도 증명하지 못해. 오직 게오르크 자신만이 할 수 있지. 그런데, 만약 저들이 그를 벌써 잡고 있다면, 그렇다면 물론 모든 게 이러나저러나 끝이지 뭐. 만약 저들이 그를 잡았다면, 저들은 내게 그렇게 많이 물어보지 않았을 거야."

20분 후 그들은 시내로 들어갔다. 아이 둘을 오후 동안 가족에게 맡기기 위해 길을 우회했다. 막내는 관리인 아내가 맡아 주었다. 그건 며칠 전부터 약속돼 있던 일이었다. 파울은 게오르크 문제를 신고한 것이 이 관리인 아내인 것 같아 몹시 의심스러웠지만, 이번 일을 제외하면 그녀는 아주 친절하고 아이들을 좋아했다.

갑자기 파울이 리이젤과 아이들에게 잠시 기다리라고 했다. 그의 얼굴이 달아올랐다. 그는 결심을 한 듯, 성문 통로를 지나 들어갔다. 대낮이라 안마당은 환했음에도 불구하고, 차고의 작은 창에는 언제나처럼 불이 켜져 있었다. 파울은 가족을 많이 기다리게 하지 않으려고, 또 귀찮은 문제를 빨리 해결하려고 빠르게 창 앞으로 달려갔다. 그는 소리쳐 불렀다. "카타리나 아주머니!"

그랍버 부인의 머리가 창에 나타나자, 파울은 빠르게 말을 이었다. "제 처남이 미안하다고 전해달라네요. 오펜바흐 경찰이 그에게 우편물을 보냈어요. 그래서 고향으로 가야 했어요. 그가 다시 올지 어떨지는 잘 모르겠네요. 정말 죄송해요, 카타리나 아주머니. 제 잘못은 아니지만요."

그랍버 부인은 잠시 말이 없더니, 곧 소릴 내질렀다. "내게서 완전히 달아났단 말이지! 그렇잖아도 내가 내쫓아버리려 했는데 말이야! 감히 내게 그따위 자식을 소개하다니, 혼날 줄 알아!"

"그럼, 그럼요." 파울이 말했다. "그래도 전혀 손해는 안 보셨잖아요. 처남이 돈 안 받고 아주머니 자동차를 수리하기도 했고요. 히틀러 만세!"

그랍버 부인은 책상 뒤에 앉았다. 달력의 붉은 숫자가 일요일임을 알려주고 있었다. 일요일에는 이사 차량들이 대부분 목적지에 머물고 있었다. 그녀에겐 가족이 없었다. 그녀에게 가족이 있었다면, 그녀는 차고에 나오지도 않았을 것이다. 파울의 처남이 돌아오지 않는다는 이 하찮고 사소한 소식은 그녀를 몹시 실망시켰다. 경찰의 소환장은 틀림없이 핑계일 것이다. 파울의 처남이 그녀에게 와 있었다면 전해지지도 않았을 것이다. 그가 다시 그랍버 부인에게 오지 않을 작정이었다면, 그는 어제저녁 그녀와 함께 술을 마셔서는 안 되었다. 아주머니는 화가 나서 생각했다. 정말 나쁜 인간이로군.

아주머니는 헤아릴 수 없이 크나큰 일요일의 황량함 속에서 주위를 두리번거렸다. 그야말로 황량함의 대홍수였다. 그 황량함 속에 두어 개의 물건이 여기저기 떠다니고 있었다. 공작석으로 만든 산 모양의 장식품, 전등, 원장, 달력.

그녀는 창 앞으로 엎어지듯 달려가 안마당에 대고 소리쳤다. "파울!" 파울은 이미 한참 전에 리이젤과 함께 니더라트 운동장으로 떠난 뒤였다.

헤르만은, 반은 기쁜 마음으로 반은 미안한 마음으로, 저 앞 동네 마르네트 씨 댁의 일요일 초대를 받아 예쁘게 단장하고 있는 아내의 노랫소리를 듣고 있었다. 빗질한 젖은 머리에 목걸이를 하고 빳빳하게 다림질한 원피스를 입은 맑은 눈의 아내는 견신성사를 받는 활발한 아이처럼 보였다. 10분 정도 산을 올라가면 되는 거리였음에도 불구하고, 아내는 그녀의 둥근 머리에 모자를 얹었다. "이걸 마르네트 아저씨 아주머니께 보여드려야죠." 엘제, 작고 시시한 엘제가 좋은 봉급을 받는 나이 든 철도원을 남편으로 얻었다는 사실을 엘제의 사촌 아우구스테 마르네트는 지금도 여전히 받아들일 수가 없었다.

헤르만은 마르네트 씨 댁으로 향해 가면서 기꺼운 마음으로 엘제의 얼굴을 살펴보았다. 그는, 작은 새의 움직임을 사람들이 재빨리 알아채듯이, 아내의 모든 감정의 움직임을 잘 알고 있었다. 아내는 그들의 결혼 생활을 깨트릴 수 없는 신성한 것으로 생각하면서, 아주 자랑스러워하고 있었다. "왜 그렇게 이상하게 날 쳐다봐요?" 그녀가 묻기 시작한 건 좋은 일일까, 나쁜 일일까?

　슈미트하임 언덕에 올라서면 사람들은 마르네트 씨 댁 정원 울타리 뒤에서 반짝이는, 저렇게 강한 푸른빛이 무엇일까 하고 궁금해하게 된다. 가까이 다가가 보면 비로소 그것이 과꽃 화단 위에 걸어둔 커다란 유리구슬임을 알게 된다.

　마르네트 씨 댁의 부엌은 더웠다. 김도 서려 있었다. 식탁을 빙 둘러 모든 손님들과 온 가족이 앉아 있었다. 일 년에 한 번 사과 수확이 끝나고 나면 이곳 윗집에는 거의 식탁만큼이나 커다란 케이크가 놓였다. 모든 사람의 입은 주스와 설탕으로 반짝였다. 군인의 입도 아이들의 입도, 아우구스테의 인색한 얇은 입도 반짝였다. 식탁 위에 놓인 묵직한 커피 주전자, 작은 우유 주전자 그리고 양파 무늬 찻잔들까지도 한 식구처럼 보였다. 식탁을 빙 둘러 그야말로 한 무리가 앉아 있었다. 마르네트 부인은 빼빼 마른 농부인 남편, 두 손자 헨셴과 구스타프헨, 딸 아우구스테와 사위, 큰아들—사위와 큰아들은 돌격대 제복을 입고 있었다—새로 군에 가 반짝이는 계급장을 단 아들, 역시 신병인 메서 씨의 차남, 친위대 제복을 입은 메서 씨의 막내아들을 거느리고 앉아 있었다. 그러나 사과 케이크는 여전히 사과 케이크일 뿐, 오이게니는 아름다운 모습으로 자랑스럽게, 조피 망골트는 약간 무뚝뚝하게 앉아 있었다. 양치기 에른스트는 목도리가 아닌 넥타이를 매고 있었다. 그동안 양 떼는 그의 어머니가 대신 봐주고 있었다. 헤르만과 엘제가 도착하자 프란츠가 벌떡 일어나 맞았다. 식탁의 머리 부분 끝 주빈석에는 쾨니히슈타인의 우르술라 수녀회에서 온 아나스타시아 수녀가 앉아 있었다. 그녀가 쓴 하얀 두건의 끝 부분이 식탁에 반사되어 반짝였다.

엘제는 자랑스럽게 가족의 여자들 곁에 가 앉았다. 결혼반지가 끼어 있는 그녀의 어린애 같은 손이 느긋하게 사과 케이크에 달려들었다. 헤르만은 프란츠 곁에 자리를 잡았다. "지난주 도라 카첸슈타인이 제게 와 작별을 고했답니다." 아나스타시아 수녀가 말했다. "예전에 그녀의 상점에서 고아들에게 줄 옷감들을 사곤 했지요. '수녀님 아무에게도 말하지 마세요' 하고 그녀는 부탁하더군요. '우리 모두 이제 떠난답니다'라면서 말이죠.* 그녀도 흐느껴 울더라고요. 어제는 카첸슈타인네 가게들이 문을 닫았고요. 열쇠는 문 앞 깔개 밑에 있었어요. 상점 문을 열자 그 안의 모든 것이 다 팔려 나가고 휑하더군요! 미터자만 상점 탁자에 놓여 있더라고요."

"마지막 면직물이 다 팔릴 때까지 문을 닫지 않았나 보네요." 아우구스테가 말했다. 그녀의 어머니가 대꾸했다. "우리도 떠나야 할 때가 되면, 마지막 감자를 다 걷어들일 때까지 기다려야겠네." "우리 감자를 카첸슈타인네 면직물 천과 비교할 순 없죠." "뭐든 비교할 수 있는 거지 뭐. 자라 같은 여자애를 비교하면 안 되겠지만 말이야." 메서 씨의 친위대 아들이 말하면서 침을 뱉었다. 그가 부엌 바닥에 침을 뱉지 않았더라면, 마르네트

---

*도라 카첸슈타인 일가가 유대인이어서 독일을 떠났음을 나타낸다.

부인은 기분이 더 나았을 것이다. 어쨌든 마르네트 씨 댁 부엌에서 엄숙한 분위기가 퍼져 나가기는 어려웠다. 묵시록에 나오는 네 명의 기사*라 하더라도 사과 케이크를 즐기는 이 일요일에 이 집 앞을 지나간다면 그들 역시 마당 울타리에 네 필의 말을 매어놓고 안에 들어와 만족스러운 손님 행세를 했을 것이다.

"자네 휴가를 빨리 얻었군, 프리츠." 헤르만이 자신의 결혼으로 친척 관계가 된 사촌 마르네트에게 말했다. "신문에서 못 봤어요? 모든 어머니는 기쁨을 누려야 한다고 말이죠. 일요일이면 신병 아들이 반짝거리며 집에 휴가 오는 기쁨 말예요."

오이게니가 말했다. "어떤 차림으로 나타나건, 그저 아들을 보면 기쁜 법이죠." 모두가 약간 당황해하며 그녀를 바라보았다. 그러나 그녀는 조용하게 말을 이었다. "저런 새 윗도리는 구멍 뚫린 윗도리보다 물론 좋죠. 특히 깊은 구멍이 뚫린 윗도리보다 말이에요."

그러나 아나스타시아 수녀가 냉랭한 침묵을 깨고 다시 아까의 얘기로 되돌아가자 다른 사람들은 마음을 놓았다. "도라 카첸슈타인은 아주 착실한 이였어요." "하지만 제대로 음정 맞춰 노래할 줄은 몰랐죠. 우리 함께 학교를 다녔잖아요." 아우구스테가 말했다. "아주 단정한 사람이었어. 얼마나 많은 두루마리 옷감을 등에 지고 다녔는지 몰라." 마르네트 부인이 말했다. 도라 카첸슈타인은 이미 독일을 떠나는 배에 올라 있었지만, 지

*요한계시록에 따르면 이들은 인류 위에 내려질 세계의 몰락, 즉 하느님의 심판을 구현한다.

금 마르네트 씨 댁 부엌에서는 한 번 더 그녀를 위한 작은 깃발이 올라가고 있었다. 일종의 추억의 이야기들이.

"너희 둘이 곧 신랑신부가 되는 거니?" 아나스타시아 수녀가 물었다. "우리가요?" 조피와 에른스트가 소리를 질렀다. 그들은 단호하게 떨어져 앉았다. 그러나 아나스타시아 수녀는 그녀의 주빈석에서 식탁 위뿐만 아니라, 식탁 밑도 보고 있었다. "에른스트, 너 대체 언제 군에 가니?" 마르네트 부인이 물었다. "그건 네게 좋을 거야, 에른스트. 그러면 더 이상 누구 앞에서도 기죽을 필요 없고." "에른스트는 몇 달 전부터 훈련에도 안 나와요." 돌격대 마르네트가 말했다. "난 모든 훈련에서 면제받은 몸이야." 에른스트가 말했다. "난 방공대야." 에른스트를 못마땅하게 노려보고 있던 친위대 메서만 제외하고 모두가 웃었다. "너, 아마 네 양 떼들에게도 가스 마스크 시험을 해봐야 할걸?" 에른스트는 갑자기 메서에게로 몸을 돌렸다. 그의 시선을 느꼈기 때문이었다. "그래, 또 너냐, 메서? 넌 네 좋은 검은 연미복을 평범한 군복으로 바꿔 입는 게 아마 힘들었겠지." "아냐, 전혀 그럴 필요가 없었어." 메서가 말했다. 그러나 냉랭한 침묵이 오기 전에, 아니 더 나쁜 대화가 이어지기 전에 아나스타시아 수녀가 다시 말했다. "아우구스테, 사과 케이크 위에 호두를 갈아 얹는 것 말이야, 우리가 가르쳐줬잖니."

"이제 바람을 좀 쐬어야겠어요." 헤르만이 말했다. 프란츠도 그와 함께 정원으로 나갔다. 들판 위의 하늘빛이 변해 있었다. 새들이 낮게 날아갔다. "내일이면 좋은 날씨가 다 지나가 버리겠지요. 아 참, 헤르만……." 프란츠가 말했다. "아 참이라니, 왜?" "어제오늘 라디오에선 아무 소식이 없어요. 탈출에 대해서도, 수배 전단에 대해서도, 게오르크에 대해서도 아무 언급이 없어요." "프란츠. 그 일로 골치 썩이는 건 이제 그만둬. 그게 자넬 위해서도 좋아. 모두를 위해 좋은 거야. 이 사건이 자네 머릿속에 너무 많은 자릴 차지하고 있어. 이제 그만둬. 자네의 게오르크를 위해 해줄 수 있는 일은 다했으니까 말이야."

일순간 프란츠의 얼굴에 생기가 돌았다. 그가 굼뜨거나 느릿느릿한 사람이 아니라, 가능한한 모든 것을 행하고 느끼는 인간이라는 것을 알 수 있었다. 그는 부르짖었다. "구출된 건가요?" "아직은 아니지."

IV

헤르만은 곧 그곳을 떠났다. 야간 근무조였기 때문이었다. 그는 엘제를 마르네트 씨 댁 사과 케이크 옆에 남겨 두었다. 프란츠가 얼마간 헤르만을 배웅했다. 프란츠는 일요일 별다른 약속이 없었으므로, 다시 집으로 돌아가려고 했다. 그러나 그는 부엌의 잡담에 끼어들고 싶지 않았다. 자기 방에 혼자 틀어박히고 싶지도 않았다. 갑자기 프란츠는 외로움을 느꼈다. 일요일에 버림받았다고 느끼는 사람들이 느낄 수 있을 꼭 그만큼의 외로움을. 그는 행복하지 않았고, 답답했으며, 투덜거리고 싶었다.
 혼자 숲으로 올라가 볼까? 숲 속의 빈터에 있는 연인들, 따뜻하고 건조한 가을 나뭇잎들 속에 숨은 연인들을 놀래켜 쫓아 버릴까? 그러나 일요일에 혼자일 때는, 시내에 나가는 것이 더 나았다. 그는 획스트 쪽으로 계속 걸어갔다.
 프란츠는 잠을 푹 잤음에도 불구하고 이상하게 피곤했다. 힘들게 일한 한 주일이 그의 뼛속에 아직 박혀 있었다. 헤르만은 그에게 게오르크 문제에서 손을 떼라고 또 한 번 설득했었다. 게오르크를 위해 할 수 있는 일은 다 취해졌다고 했다. 그러나 사람이 생각을 갑자기 중단할 수는 없는 일이다.
 프란츠는 눈에 띈 첫 번째 술집들 중 가장 괜찮다고 생각되는 곳에 들어가 앉았다. 술집은 상당히 한산했다. 여주인이 탁자에서 시든 이파리들을 쓸어내면서 사과술을 마시겠냐고 물었다. 그러나 사과술은 제대로 달지가 않고 약간 찌르는 맛이 있어 짜증이 났다. 제대로 발효 중인 라우셔를 주문하는 게 나았을 것이다. 그때 한 꼬마 소녀가 술집의 정원으로 뛰어 들어오더니 울타리 쪽으로 쓸어 모아놓은 낙엽들을 이리저리 뒤척여 바스락바스락 소리가 나게 했다. 그러다가 소녀는 프란츠에게 건너와 탁자 보를 잡아당겼다. 작은 두건이 꼬마 소녀의 얼굴을 감싸고 있었다. 소녀의 눈은 검은색에 가까웠다.
 문으로 아이의 어머니가 들어오더니 아이를 이리저리 잡아당기며 야단을 쳤다. 갈라 터진 듯한 그녀의 거친 음성이 프란츠의 귀에 익은 듯이 생각되었다. 젊은 그녀의 체구는 말라 있었다. 그러나 그녀의 얼굴은, 비스듬하게 얹힌 모자와 얼굴 반쪽을 감추도록 빗어 내린 곱슬머리 때문에 약간 찡그린 것 같았다. 프란츠는 아이에게 말했다. "애야, 괜찮아." 아이 어머니는 감춰지지 않은 눈으로 약간 멍하니 잠깐 그를 바라보았다. 프란츠는 말했다. "우리 본 적이 있는 것 같네요." 그녀가 갑자기 고개를 돌리는 바람에 산업재해로 다친 듯한 왼쪽 눈의 귀퉁이가 드러났다. 그녀는 냉소적으로 대꾸했다. "오, 그럼요. 우리 본 적이 있죠. 그렇게 말할 수 있겠네요." 그래요. 자주 본 것 같아요, 프란츠는 생각했다. 그런데 어디서 그녀의 목소리를 들었더라? "얼마 전 내 자전거가 당신에게 부딪쳤지요." "그런가요." 그녀는 메마른 어조로 대꾸했다. 그녀가 단단히 붙잡고 있는 아이는 어머니의 팔을 거의 비틀고 있었다. "그런데 어딘가 다른 곳에서 알던 분 같아요. 훨씬 더 이전에." 그녀는 여전히 그의 얼굴을 똑바로 쳐다보고 있었다. 그러더니 갑자기 입 밖으로 내뱉었다. "프란츠." 그는 눈썹을 치켜떴다. 그의 가슴이 두 번 방망이질을 했다. 낮게 울리는 습관적인 경고 표시였다. 그녀는 그에게 약간 시간을 주었다. "니다 강 작은 섬의 뱃놀이 말이야. 피히테 야영지 생각 안 나? 네가 직접……." "아, 호두다!" 탁자 다리 주변에서 이것저것 만지고 있던 아이가 말했다. "그래, 신발 밑창에 대고 밟아서 까봐." 프란츠에게서 시선을 떼지 않으며 여자가 말했다. 그러나 프란츠는 일종의 압박감에, 냉기에 사로잡혔다. 그 느낌이 어떤 것인지는 그 자신도 분명하지 않았다. 그는 생각에 잠겨 여자를 바라보았다. 그녀는 갑자기 앞으로 몸을 숙이더니, 대단히 절망적으로 그의 얼굴에 대고 소리쳤다. "나 로테야!" 그는 입 밖으로 소리를 내지를 뻔했다. 그럴 리가! 프란츠는 이 말을 제때에 안으로 삼켰다.

그러나 그녀는 지금 프란츠가 자기를 알아보았는지 어떤지 그 속마음을 알아야 했다. 그녀는 프란츠의 얼굴 한가운데를 똑바로 바라보았다. 마치 자기를 알아보았다는 표시를 안타깝게 기다리는 것처럼, 옛날 그녀의 모습이 남긴 희미한 여운을 그가 알아봐 주기를 기다리는 것처럼, 그렇게 바라보았다. 기쁨으로 눈이 번득이던, 태양에 그을린 길쭉하고 탱탱하던 팔과 다리에 머리카락은 건강한 짐승 갈기처럼 강인하던 아가씨.

마침내 그가 그녀를 인식하기 시작한 것을 알아채자, 그녀의 얼굴에 희미한 미소가 나타났다. 이 희미한 미소에서 프란츠는 비로소 로테를 제대로 알아보았다. 그녀가 야영지에서 두 개의 나무 그루터기 위에 널빤지를 걸쳐놓고 그 위에서 음식을 나눠주던 것을 프란츠는 기억해냈다. 청색 작업복을 입은 그녀가 노를 젓고 돌아오던 모습을, 땅바닥에 무릎을 높이 끌어올려 앉아 있던 모습을 프란츠는 기억해냈다. 풍성한 머리카락에 약간의 눈(雪)을 묻힌 채, 피곤하지만 미소를 지으며 깃발을 들고 가던 그녀, 너무나 근사하고 대담해서 하나의 상징물처럼 생각되던, 우리가 서둘러 타고 가는 뱃머리의 선수상(船首像)처럼 생각되던 그녀. 프란츠는 그녀가 일찍 결혼했던 사실도 기억해냈다. 북독일 쪽에서 내려온, 키가 크고 연한 머리색의 철도원인 헤르베르트라는 남자였었다. 흔적이 남아 있지 않으면 그것에 대한 생각도 멈추는 것처럼, 프란츠는 그동안 그녀를 생각해본 적이 없었다. "대체 헤르베르트는 어디 박혀 있는 거야?" 프란츠는 곧 물어본 것을 후회했다. "어디 박혀 있겠어? 저기지!" 여자는 말하면서 집게손가락으로 아래쪽을, 술집 마당의 갈색 흙을, 호두나무 잎들과 가시투성이 호두 껍질이 굴러다니는 땅 밑을 가리켰다. 그녀의 가리키는 모습이 어찌나 침착하고 정확했던지, 프란츠는 그가 찾아보지도 않고 잃어버렸던 헤르베르트가 그저 자기 밑에, 우연히 들른 이 정원의 땅 밑에 누워 있는 듯한 생각이 들었다. 저 시든 나뭇잎들 아래, 돌격대원들과 친위대원들의 긴 부츠와 그 아내들의 신발 아래 그냥 누워 있는 것 같은 생각이었다. 그사이 술집 정원은 사람들로 가득 차 있었다. 모두 제복을 입은 자들과 그들이 데려온 젊고 예쁜 여자들이었다. 그러나 프란츠에게는 그들 모두가 역겨울 뿐이었다. "앉아, 로테." 그가 말했다. 그는 여자를 위해서는 사과주를, 아이를 위해서는 레모네이드를 주문했다.

"난 운이 좋았던 편이야." 로테는 조금 전과 다른 무뚝뚝한 어조로 말했다. "헤르베르트는 우릴 떠나 쾰른으로 갔어. 그곳에서 밀고당했지. 저들은 나도 잡아가려고 했는데, 바로 그때 내가 일하던 부서에서 사고가 터졌어. 관(管)이 터진 거야. 난 도망치는 겸해서 어떤 빈민 병원에 누워 있었지. 아이는 그때 아주 어렸는데 친척이 시골로 데려가 맡아주었어. 내가 다시 두 발로 서게 되었을 때, 아이는 벌써 걷는 걸 배웠더라고. 그리고 헤르베르트, 그래, 헤르베르트, 그는 죽었어. 그 후에는 별다른 일이 생기지 않았어. 난 그렇게 망가지면서 지내왔어."

"애, 그렇게 불지 말고 빨아들여." 로테는 아이에게 말하고, 프란츠에게 변명하듯 덧붙였다. "빨대로는 처음 마셔보거든."

로테는 두건을 바로 쓰면서 말했다. "죽는 게 더 나을 때도 있지. 그렇지만 아이는! 저들에게 내 아이를 맡길 수는 없잖아! 내게 훈계할 필욘 없어, 프란츠. 위로할 필요도 없고. 가끔 혼자서 외롭게 생각될 때가 있어. 그럼 생각해. 너희들은 모든 걸 잊었구나."

"너희들 누구?" "너희들! 너희들 말이야! 너도 포함해서, 프란츠. 너, 헤르베르트를 잊어버리지 않았어? 넌 어쩜 내가 네 얼굴에서 그걸 못 읽어낼 거라고 생각하니? 네가 헤르베르트를 잊어버렸다면 말이지, 넌 얼마나 더 많은 이들을 잊어버렸겠어? 네가 그렇게 잊어버렸다면, 저들은 생각하겠지……." 그녀는 어깻짓으로 돌격대원들과 그 일행이 앉아 있는 옆자리를 암시했다. "아니라고 하지 마. 넌 많은 일들을 잊어버렸어. 벌써 무디어지면 안 좋은 거야. 그러면 저들이 우리에게 행한 나쁜 짓거리들을 잊게 돼. 하지만 더 안 좋은 것은, 모든 무시무시한 일들 가운데서도 우리가 지녔던 가장 좋았던 것을 잊어버리는 거야. 우리 모두 함께 어땠었는지 너 아직 기억하니? 그런데 난, 난 아무것도 잊지 않았어."

프란츠가 딱히 의도하기도 전에 그의 손이 먼저 움직여 나갔다. 그는 부드러운 동작으로 이 바보 같은 여자의 곱슬머리를 쓰다듬었다. 그는 그녀의 흉하게 망가진 눈을, 온 얼굴을 쓰다듬었다. 그 얼굴은 그의 손가락들 아래서 더 창백해지고 약간 서늘해졌다. 그녀는 두 눈을 내리깔았다. 그러자 그녀의 전체 얼굴은 예전 한때의 모습과 비슷해졌다. 그랬다. 프란츠는 아직 몇 번 더 그녀의 얼굴을 쓰다듬어야 할 것 같았다. 그러면 그 상처가 나아서 옛날의 광채가, 잃어버린 아름다움이 이 얼굴로 되돌아올 것 같았다. 그러나 그는 그만 손을 내려놓고 말았다. 그녀는 다치지 않은 메마른 눈으로 그를 멍하니 바라보았다. 그 눈이 어찌나 새까맸던지 그 안의 동공이 사라진 것 같았고, 그로 인해 눈은 더욱 커 보였다. 그녀는 작은 거울을 꺼내더니 그것을 유리잔에 받쳐놓고 머리를 정돈했다.

"가자, 로테." 프란츠가 말했다. "아직 이른 시간이야. 좀 걸어서 내가 사는 곳으로 가자." "결혼했어? 프란츠, 부모님이랑 살아?" "둘 다 아니야. 친척들하고 살아. 난 혼자나 마찬가지야."

그들은 말없이, 거의 한 시간가량 길을 따라 올라갔다. 아이는 그들을 방해하지 않았다. 아이는 점점 높이 오르고 싶은 소망에 사로잡혀 그들을 앞질러 나갔다. 왜냐하면 아이는 거의 획스트에서 나와본 적이 없었던 것이다. 몇 분 후 아이는 점점 더 자주 멈추어 섰다. 저 아래쪽에 얼마나 많은 땅이 펼쳐져 있는지, 땅과 함께 하늘 역시 얼마나 넓게 펼쳐지는지 보기 위해 서였다. 계속 위로 올라가면 새 마을들과 밭들 대신 아주 다른 것, 모든 것의 끝이 보이는구나, 하고 아이는 생각했다. 그 끝에서 구름들이 흘러나오고, 오후의 노란빛과 어울리는 바람이, 더 이상 펼쳐질 수 없는 어떤 것이 흘러나오고 있었다.

저 멀리 망골트 씨 댁이 보였다. 프란츠는 아직 로테와 한마디 말도 나누지 않았다. 그러나 말할 필요가 없었다. 말은 오히려 방해가 될 뿐이었다. 그는 젤터 광천수 매점 앞에서 아이에게는 와플을, 로테에게는 초콜릿을 사주었다. 그들이 마르네트 씨 댁 주방에 들어서자 아우구스테의 입이 쩍 벌어졌다. 모두가 눈을 휘둥그렇게 뜨고 프란츠와 로테와 아이를 바라보았다. 로테는 아주 침착하게 그들과 인사를 나누었다. 그녀는 곧장 설거지하는 것을 도왔다. 식탁만큼이나 커다랗던 사과 케이크는 유감스럽게도 바삭거리는 가장자리 조각만이 남아 있었다. 아이는 이 조각을 손에 얻었다, 과꽃 꽃밭 위에 걸린 푸른 유리 구슬을 살펴봐도 좋다는 허락과 함께. 주방에는 깨끗하게 문질러 닦은 빈 식탁 주위로 아직 모두가 앉아 있었다. 에른스트는 로테를 꼼짝 않고 노려보면서, 그녀가 마음에 들지 않았음에도 불구하고, 저 맹한 프란츠가 그래도 여자를 숨겨놓고 있었다는 사실에 기분 나빠하고 있었다. 조금 후에 마르네트 부인은 그녀의 자두 술병을 꺼내 왔다. 남자들은 모두 한 잔씩 마셨고, 여자들 중에는 로테와 오이게니가 마셨다.

그사이 아이는 정원 문을 열고 풀밭으로 나갔다. 아이는 그녀가 만난 첫 번째 사과나무 아래 멈추어 서 있었다. 저들이 때려죽인 헤르베르트와 로테의 아이.

처음에 아이의 눈에는 나무 둥치만 보였다. 아이는 그곳에 파여 있는 가느다란 홈에다 손가락을 대보았다. 그러다가 고개를 뒤로 젖혔다. 빙빙 돌고 감기면서 힘차게 대기 속으로 뚫고 들어간 가지들이 움직이지 않고 조용히 서 있었다. 아이도 조용히 서 있었다. 이제 나무 아래 부분에서는 검어 보이는 잎들이 지속적으로 약간씩 움직였다. 그리고 비어 있는 틈들 사이로 저녁의 하늘이 내비쳤다. 비스듬한 한 줄기 햇빛이 가지들을 뚫고 정확하게 어떤 황금빛의 둥근 것을 맞히고 있었다.

"저기 하나가 걸려 있어요." 아이가 소리쳤다.

주방에 있던 사람들이 모두 뛰쳐나왔다. 무슨 일이 일어났다고 생각했던 것이다. 그들은 달려 나가 모두들 위를 올려다보았다. 뒤이어 과일을 따는 장대를 가져왔다. 아이가 아직 힘이 약해서, 사람들은 장대를 아이의 손에 쥐어주고는 함께 잡았다. 아이의 손은 무거운 장대를 거대한 철필을 잡듯 꼭 붙잡았다. 장대에 걸리자 사과가 쿵 하고 떨어졌다. 안녕, 사과야.

"네가 가져도 된단다." 마르네트 부인이 말했다. 그녀는 자기 자신이 몹시 풍족하게 살고 있는 듯이 생각되었다.

V

파렌베르크는 일요일에도 평일처럼 저녁 6시에 집합한 죄수들의 대열 앞에 서 있었다. 돌격대 앞에는 오늘 처음으로 칠리히가 아니라 그의 후임인 울렌하우트가 서 있었다. 친위대 앞에는 휴가 중인 분젠이 아니라 긴 말상을 한 하텐도르프인가 하는 자가 서 있었다. 그러나 예전에도 이런저런 작은 변화들을 보아온 죄수들은 지난주의 시달림 이후 이상하게 무기력하고 지속적인 무관심의 상태에 빠져 있었다.

죄수들 중 어느 누구도, 베어진 나무 앞에 끌려 나왔던 나머지 세 명의 탈주범이 이미 죽었는지 아니면 아직 살아 있는지 알 수 없었다. 막사들 앞의 무도장 자체는 중간 기착지 비슷한 성격을 띠고 있었다. 즉 이 광장은 지상에 놓여 있다고 할 수 없었으며, 저 피안에도 놓이기 힘들 것이었다. 파렌베르크 자신도 죄수들 앞에 섰을 때, 오그라들고 비쩍 말라서 죄수들과 마찬가지로 고통을 당한 것처럼 보였다.

죄수들의 멍한 머릿속으로 그의 목소리가 뚫고 들어왔다. 하나하나의 단어들, 정의와 정의의 상실과, 민족과 민족의 종양과, 죄수들의 탈출과 내일이면 죄수들이 탈출한 지 꼭 일주일이 된다는 따위의 말들. 그러나 죄수들은 저 멀리 마을에서 들려오는 술 취한 농부들의 노랫소리를 듣고 있었다.

그때 죄수들 사이를 뚫고 대열을 가로질러 술렁거림이 일었다. 파렌베르크가 방금 뭐라고 한 거야? 만약 게오르크를 잡아들였다면, 그렇다면 다 끝난 거야.

"끝났어." 막사로 돌아오면서 누군가가 말했다. 그들의 입에서 튀어나온 단 하나의 음절이었다.

그러나 한 시간 후 막사 안에서는 한 죄수가 다른 죄수에게, 말하는 것이 금지돼 있었으므로 입은 움직이지 않은 채, 말하고 있었다. "저들이 정말 그를 잡았다고 생각해?" 그러자 상대방이 대꾸했다. "아니, 난 그 말 안 믿어." 말을 건넨 사람은 파울이 찾아갔으나 만나지 못했던 솅크였고, 그 상대방은 막 수용소로 끌려온 뤼셀하임 노동자들 중의 하나였다. 한 사람이 또 다른 사람에게 말했다. "저들의 당황한 얼굴 봤어? 저들이 서로 눈짓하던 거 말이야? 그 늙은이 목소리에도 힘이 없었지. 아냐, 이번에는 정말 아냐. 아냐, 저들은 게오르크를 잡지 못했어."
 가까이 있던 자들만이 두 사람이 하는 말을 알아들을 수 있었다. 그러나 이날 저녁이 지나는 동안 막사들 안에서는 이 사람에게서 저 사람에게 차례차례로 이 말이 쫙 퍼졌다.

분젠은 휴가를 떠났다. 그는 자기보다 젊은 친구 두 명을 함께 데려갔다. 자기처럼 아주 빛나는 용모는 아니었지만, 예쁘고 작은 젊은이었다. 바로 이런 이유에서 같이 데리고 다니기 적합한 자들이었다.
 파렌베르크가 죄수들에게 연설을 하고 있는 동안, 그들은 비스바덴의 라이니셔 호프 술집으로 차를 몰고 갔다. 분젠은 두 동료를 등 뒤에 거느리고, 춤도 출 수 있는 이 술집으로 들어섰다. 그는 모든 사람들을 재빨리 눈으로 훑어보았는데, 술집은 아직 그렇게 붐비지 않았다. 음악은 재즈가 사라진 후 이를 대신한 옛날 왈츠 곡으로 연주되고 있었다.* 밝은 플로어에서 지금 춤추고 있는 사람은 열두어 쌍도 되지 않았다. 모두가 몸을 이리저리 흔들며 춤을 추었고, 여인들이 입은 희고 화려

*제3제국에서는 재즈가 소위 '깜둥이풍'과 '유대적 경박함'을 풍기는 '타락한 음악'으로 낙인찍혀 금지되었다.

한 긴 의상은 모든 동작을 더욱 부드럽게, 더욱 율동적으로 보이게 만들었다. 대부분의 남자들이 제복 차림이어서, 이 모든 것이 승리의 축하연이나 평화 체결에 맞춘 축제 같은 인상을 풍겼다.

분젠은 플로어에 바싹 붙어 있는 한 자리에서 자기 장인을 발견하고 가볍게 고개 숙여 인사를 했다. 그의 장인은 각지로 돌아다니는 헨켈* 사의 직원이었다. 그는 자칭 자기 자신을 샴페인 영사(領事)라 칭하는, 한술 더 떠서 같은 분야에서 출세한 대사 리벤트로프**의 동료라고 떠벌리는 인물이었다. 분젠은 춤추고 있는 쌍들 가운데 자신의 약혼녀도 발견했다. 질투심이 발작처럼 덮쳐 오면서 그는 약혼녀가 모르는 남자와 춤추고 있다고 생각했으나 알고 보니 상대는 막 소위가 된, 그녀의 말라깽이 사촌이었다. 춤이 끝나자 약혼녀가 그에게 왔다. 그녀는 열아홉 살에 옅은 갈색 머리, 다정한 태도에 도발적인 눈을 하고 있었다. 그들은 서로를 만져보면서, 세상 사람들이 눈을 크게 뜨고 그들을 바라보는 것을 즐거워했다. 분젠이 그의 두 동료를 데려와 탁자를 밀쳐서 붙였고, 키 작은 웨이터가 작은 망치로 서둘러 얼음을 깼다. 약혼녀 하니가 이게 그녀의 작별 파티라고 설명했다. 내일부터 친위대-신부 학교에서 6주간의 코스가 시작된다는 것이었다. 약혼녀가 그녀의 들러리들에게 나

---

*샴페인, 포도주, 알코올 음료 등을 생산하는 독일 기업. 비스바덴에 있다.
**요아힘 폰 리벤트로프(1893~1946): 1938년부터 1945년까지 제3제국의 외무상. 1946년 뉘른베르크 전범 재판에서 사형을 선고받았다.

중에 신부 학교에 대해 자세하게 얘기해주든 않든, 친위대-신부 학교보다 더 중요한 건 없다는 것이 분젠의 생각이었다. 하니의 아버지가 그를 날카롭게 바라보았다. 그는 뒤이어 거의 마찬가지로 날카롭게 분젠의 두 동료를 한 사람씩 바라보았다. 기지에 넘치는 영리한 홀아비인 그는 딸이 반한 분젠에게 그다지 감격하고 있지는 않았다. 그가 생각하기에, 베스트호펜의 파견대 역시 사위가 근무하기에는 시대에 뒤떨어진 자리였다. 그는 분젠의 부모에 대해서도 정보를 입수했는데, 그의 부모는 팔츠 지방에서 자그마한 관직을 맡고 있는 아주 평범하고 단정한 사람들이었다. 그 평범한 사람들이 이 이상한 아이를 낳았다는 사실, 그것이야말로 종족의 수호신이 한 일이라고, 이 홀아비는 예의상 그들을 찾아갔던 그 지루하던 방문 자리에서, 고약한 냄새가 배인 거실에 앉아 생각했었다.

그사이 술집은 사람들로 가득 찼다. 왈츠는 라인 폴카로, 심지어 폴카*로 바뀌어 있었다. 분젠의 장인을 비롯하여 홀에 있는 나이 든 사람들은 너나없이 그들이 옛날부터 알던 멜로디가 연주되면, 전쟁 전의 즐거움을 회상하며 미소를 지었다. 이 같은 진짜 축제 기분과 방해받지 않는 느슨한 명랑함을 이곳의 사람들은 오랫동안 경험해보지 못했었다. 큰 위험에서 벗어난 사람들이나 벗어났다고 믿는 사람들이 축제를 할 때, 이 세상의 모든 도시, 모든 비슷한 장소에서 이런 긴장 풀린 상태를 발

---

*라인 폴카와 폴카 모두 2/4박자의 경쾌한 춤곡이다.

견할 수 있으리라. 오늘 저녁 이곳에는 훼방꾼도, 남의 흥을 깨는 사람도 없었다. 그렇게 준비가 돼 있었다. 라인 강에는 소형 선박들로 구성된 '기쁨의 힘' 소함대가 떠다니고 있었다. 이들 배에는 하니 아버지의 회사가 헨켈의 드라이 포도주를 한 무더기씩 쌓아놓았다. 술집 홀의 문에는 시기심 많은 구경꾼도 없었다. 기껏해야 키 작은 웨이터가 속을 알 수 없는 얼굴을 하고 작은 망치로 얼음을 깨고 있을 뿐.

한편 같은 도시의 요양소 앞 주차장, 크레스 부부는 자동차들 사이에 그들의 오펠을 세우고 시동을 껐다. 그들은 게오르크를 코스트하임*에 내려놓고 온 참이었다. 서류를 지닌 채 푸른색 자동차 안에서 밤을 지낼 수는 없는 까닭에, 게오르크는 스스로 선원들이 묵는 잠자리를 찾아야 했다. 마지막 반 시간 동안 크레스는 그가 리더발트 주거 단지로 게오르크를 데리고 가던 때와 꼭 마찬가지로 입을 꾹 다물고 있었다. 마치 서서히 형체를 만들어가던 손님이 다시 증발해버려서 그에게 말을 건다는 것이 아무 소용없이 된 것처럼 보였다. 작별 인사 같은 건 없었다. 게오르크를 내려놓은 후에도, 크레스 부부는 여전히 말이 없었다. 부부는 서로 물어보지 않았지만 곧 이곳에 차를 대었다. 이제 불빛과 사람이 그리웠던 것이다. 그들은 작은 홀의 구석 자리에 앉았다. 약간 먼지가 앉은 그들의 피크닉 복장이 너무 눈에 띄기 때문이었다. 그들은 이 안에 무슨 볼거리

---

*마인 강이 라인 강으로 흘러드는 입구에 위치한 장소.

가 없나 하고 살펴보았다. 결국 부인이 거의 한 시간 가까이 계속된 침묵을 깼다. "그가 마지막에 뭐라고 말했어?" "그저 '고맙다!'라고만 했어." "참 이상하네." 부인이 말했다. "꼭 내가 그에게 감사를 해야 할 것 같은 기분이야. 이 일이 우리에게 어떤 영향을 미치게 되건 말이야. 그가 우리 집에 왔다는 것, 그가 우리를 방문했다는 것에 대해서 말이지." "그래, 나도 그래." 남편이 재빨리 말했다. 그들은 여태까지 자신들이 알지 못했던 새로운 일치감 속에, 신기해하면서 서로를 바라보았다.

VI

크레스 부부가 코스트하임의 어느 음식점 앞에 그를 내려놓은 후, 게오르크는 잠시 생각하다가 음식점 문을 밀고 들어가는 대신, 마인 강 쪽으로 내려갔다. 그는 강가의 풀밭을 지나 일요일을, 그리고 가을 해를 즐기고 있는 사람들 가운데를 어슬렁거리며 돌아다녔다. 이 가을 햇살에는 이미 사과주처럼 톡 쏘는 기미가 들어 있으니 햇빛이 그리 오래가지는 않을 것이라고, 사람들은 말했다. 게오르크는 경비가 서 있는 다리를 지나갔다. 강가의 풀밭이 넓어지고 있었다. 그는 생각했던 것보다 훨씬 빨리, 마인 강이 라인 강으로 흘러드는 어귀에 이르렀다. 그의 앞에 라인 강이 놓여 있었고, 그 강 뒤에 며칠 전 그가 걸어 지나온 도시가 있었다. 그가 피를 쏟았던 도시의 길들과 광장들은 하나의 회색 요새로 뭉쳐져서 물에 반사되었다. 삼각 편대를 이룬 검은 새 떼가 붉은 기운이 도는 오후의 가을 하늘에 금을 그으며 높은 탑들 사이로, 문장이 새겨진 방패 위의 도시들을 지나는 것처럼 날아갔다. 게오르크는 두어 걸음 계속 걸어가면서 대성당 지붕 위 두 탑의 사이에서 성자 마르틴을 발견했다. 성자 마르틴은 자신의 꿈에 나타난 거지에게 외투를 주기 위해, 말에서 몸을 굽히고 있었다.* 내가 바로 네가 쫓고 있는 그 사람이니라.

게오르크는 가장 가까이 있는 다음 다리를 건너 선원들이 묵는 숙소 중의 하나를 찾아가 방을 빌릴 수도 있었다. 불심검문이 있다 하더라도 그의 여권은 아무 결점이 없었다. 그러나 그는 문제에 휘말려 들까 봐 두려웠다. 이날 밤을 강의 오른쪽 강변에서 보내고 내일 곧장 배 있는 데로 가는 것이 더 나을 것 같았다.

그는 모든 것을 다시 한 번 곰곰이 생각해보기로 결심했다. 아직 낮이었다. 그는 되돌아서서 마인 강변의 풀밭을 이리저리 거닐었다. 코스트하임은 강이 보이는 곳에 자리잡은 호두나무와 밤나무들이 많은 곳이었다. 가장 먼저 눈에 띈 술집은 천사관이라는 간판을 달고 있었다. 그 위에 갈색 나뭇잎 화환이 걸려 있었다. 모스트를 판다는 표시였다.

게오르크는 올라가서 작은 정원에 자리를 잡았다. 가만히

---

*1권 155쪽 각주 참조.

앉아서 강물을 바라보기에, 그리고 모든 것을 그대로 내버려두고 생각하기에 좋은 장소였다. 그는 어디서 잘 것인지 결정을 내려야만 했다.

게오르크는 등을 정원 쪽으로 하여 울타리에 바짝 붙어 앉았다. 웨이트리스가 와서 모스트 한 잔을 그의 앞에 내려놓았다. 그가 말했다. "아무것도 주문하지 않았는데." 그녀는 잔을 다시 들어 올리더니 말했다. "맙소사, 대체 뭘 주문하시려는데요." 그는 생각했다. 그리고 말했다. "모스트." 둘은 웃었다. 그녀는 잔을 내려놓지 않고 그의 손에다 바로 쥐어주었다. 그는 한 모금 들이켰다. 그러나 어찌나 목이 타던지 단숨에 잔을 비웠다. "한 잔 더 주시오." "잠시 기다리세요." 그녀는 옆 탁자의 손님들에게로 갔다.

반 시간이 흘렀다. 웨이트리스는 두어 번 잠깐씩 그가 있는 쪽을 건너다보았다. 그토록 거침없이 들이키더니 그는 이제 꼼짝 않고 조용히 앉아서 풀밭을 보고 있었다. 정원에 있던 마지막 손님들도 실내 홀로 들어간 후였다. 하늘은 붉었다. 가는, 그러나 몸속을 뚫고 들어오는 바람에 벽 안쪽에 붙은 포도 잎들이 흔들렸다.

탁자에 술값을 놓고 나갔으면 좋겠네, 웨이트리스는 생각했다. 그녀는 살펴보기 위해 정원으로 나갔다. 손님은 여전히 그 자세 그대로 앉아 있었다. 그녀가 물었다. "안으로 들어와 마시지 않으시겠어요?"

게오르크는 처음으로 그녀를 똑바로 바라보았다. 검은 옷을 입은 젊은 여자였다. 순간 생기를 띠었던 그녀의 얼굴은 일요일의 노동으로 지쳐 보였다. 그녀의 가슴은 풍만했고 목은 연약했다. 게오르크는 그녀가 아는 사람처럼, 거의 친밀한 사람처럼 여겨졌다. 지나간 시절의 어떤 여자를 연상시키나? 아니면 그건 그저 바람일 뿐인가. 그렇다 해도 그것이 충족될 수 없는 특별한 소망은 아닐 것이었다. 그는 그녀에게 대답했다. "밖으로 가져다주시오."

정원이 텅 비었으므로 그는 비스듬히 앉았다. 그녀가 술잔을 가지고 돌아오기를 그는 기다렸다. 그는 잘못 생각하지 않았다. 웨이트리스는 그의 마음에 들었다. 이 시간, 누군가를 마음에 들어하는 것이 허용된다면 말이다. "좀 앉아 쉬어요." "무슨 말씀을. 저 안에 손님이 가득해요." 그러나 그녀는 무릎 한쪽을 의자 위에 받치고 한 팔을 팔걸이에 올려놓았다. 석류석으로 만든 작은 십자가가 그녀 목의 양쪽 칼라를 묶어서 고정시키고 있었다. 그녀가 물었다. "이곳에서 일하세요?" "배에서 일해요." 그녀가 그를 가볍게 그러나 날카롭게 쳐다보았다. "이 근방 출신이세요?" "아니, 이곳에 친척이 있을 뿐이오." "이 지방 말투를 쓰시는데요." "우리 집안 남자들은 이 지역에서 여자들을 데려왔다오." 그녀는 미소를 지었다. 그래도 그녀 얼굴에서 슬픔의 기미는 사라지지 않았다. 그는 그녀를 똑바로 보았고, 그녀는 그런 그를 내버려두었다.

길에 자동차가 한 대 섰다. 친위대 떼거리들이 정원을 가로질러 술집 안으로 들어갔다. 그녀는 그들을 쳐다보지 않았다.

그녀의 내리깐 눈길이 의자 팔걸이를 잡고 있는 게오르크의 손에 머물렀다. "손이 왜 그래요?" "사고로 다쳤소. 잘 낫지가 않네." 그녀가 재빨리 그의 손을 움켜잡아서 그는 손을 빼낼 수가 없었다. 그녀는 손을 자세하게 살펴보았다. "유리 조각들을 잡았나 보네요. 살집이 다시 벌어질 수도 있겠어요." 그녀는 그의 손을 돌려주었다. "이제 들어가 봐야겠어요." "저런 근사한 손님들을 기다리게 하면 안 되지." 그녀는 어깨를 으쓱했다. "그리 나쁘진 않아요. 이 나라에선 어쨌든 익숙해졌으니까요." "뭐에 익숙해졌단 말이오?" "제복에 말이죠." 그녀는 안으로 들어갔다. 그는 뒤에 대고 소리쳤다. "한 잔 더 주시오!"

이제 날은 제법 선선해졌고, 회색이었다. 그녀가 와야 할 텐데, 하고 게오르크는 생각했다.

그녀는 주문을 받으면서 생각하고 있었다. 밖의 저 남자는 대체 어떤 사람일까? 무슨 잘못을 저지른 것일까? 틀림없이 무언가가 있어. 그녀는 명랑한 표정으로 능숙하게 손님들의 시중을 들었다. 틀림없이 배를 탄 지 그리 오래되지 않았어. 저자는 거짓말쟁이는 아니지만 거짓말을 하고 있어. 그는 겁을 내고 있지만 겁쟁이는 아닌 것 같아. 손은 어쩌다 그리 되었을까? 내가 손을 잡자 소스라치게 놀랐지. 그래도 날 똑바로 쳐다보았어. 제복 입은 사람들이 정원을 가로질러 갈 때는 손가락을 밀어 넣었지. 저들과 무슨 상관이 있는 걸까?

그녀는 마침내 그의 잔을 채웠다. 저 손님에게는 아무것도 제대로 된 게 없는 것 같은데, 그래도 그의 눈빛은 제대로야.

그녀는 밖으로 나갔다. 그에게 다시 자기를 보이기 위해서.

손님은 차가운 저녁 속에 앉아 있었다. 두 번째 잔에는 손도 대지 않은 채였다. "세 번째 잔은 뭐하려고요?"

"상관없소." 그가 말했다. 그는 잔들을 함께 밀쳐놓았다. 그는 그녀의 손을 잡았다. 그녀는 일 년에 두어 번 서는 대목장 노점에서나 파는, 무당벌레 장식이 붙은 가느다란 반지를 끼고 있었다. 그가 물었다. "남자 없소? 약혼자는? 애인은?" 그녀는 세 번 다 머리를 흔들었다. "운이 없었소? 안 좋게 끝났소?" 그녀는 신기해하면서 그를 바라보았다. "대체 왜 물으세요?" "그저 당신이 외로워 보여서." 그녀는 손으로 가볍게 자기 가슴을 쳤다. "아, 그 쓰라린 결과가 여기 있답니다." 그녀는 갑자기 뛰어가 버렸다. 문 앞에 간 그녀를 그는 다시 돌아오라고 불렀다. 그는 지폐를 주고 잔돈을 바꿔달라고 했다. 그녀는 생각했다. 저 손님 일에 매달리지 말아야지. 그녀가 거스름돈 접시를 들고 네 번째로 홀에서 어두운 정원으로 나오자 조약돌 밟는 소리가 삐걱거렸다. 그러자 게오르크는 용기를 냈다.

"여기 이 술집에 객실이 있소? 그렇담 다시 마인츠로 건너가지 않아도 될 것 같은데." "무슨 말씀이세요? 여기 이 집에요? 이 집엔 주인네만 살아요." "그렇담 당신이 사는 곳은 어떻소?" 그녀는 재빨리 손을 빼냈다. 그리고 그를 거의 찌푸린 표정으로 빤히 바라보았으므로 그는 거친 대답을 각오했다. 잠깐 침묵이 흐른 후 그녀는 짧게 대답했다. "그러세요, 좋아요." 그리고 덧붙였다. "여기서 기다리세요. 아직 안에서 할 일이 있어요. 그러고 나서 날 뒤따라 오세요."

게오르크는 기다렸다. 드디어 탈출이 이뤄질지 모른다는 희망에 기쁨 섞인 불안감이 스며들었다. 마침내 그녀가 외투를 걸치고 나왔다. 그녀는 그를 돌아보지 않았다. 그는 긴 거리 내내 그녀를 뒤따라갔다. 어느새 비가 내리기 시작한 모양이었다. 그는 거의 넋이 나간 채 생각했다. 그녀의 머리가 젖겠군.

두어 시간 후 그는 벌떡 놀라 일어났다. 그는 자기가 어디에 와 있는지 알지 못했다. "내가 당신을 깨웠어요." 그녀가 말했다. "깨워야만 했어요. 더 이상 듣고 있을 수가 없어서요. 이러다간 제 아주머니도 깨시겠어요."
"내가 소리 질렀소?" "신음하고 소리 질렀어요. 좀 자요. 조용히 하고요." "몇 시요?" 그녀는 전혀 눈을 붙이지 못한 모양이었다. 자정이 지난 이래 매시간마다 시계 치는 소리를 들었던 그녀는 곧바로 대답했다. "곧 4시예요. 좀 자요. 마음 놓고 자도 돼요. 내가 깨워줄게요." 그가 계속 자고 있는지 그냥 조용히 누워 있는지, 그녀는 알 길이 없었다. 그녀는 남자의 첫잠을 덮친 전율이 다시 그를 덮칠까 하고 기다렸다. 아니었다. 남자는 조용히 숨을 쉬고 있었다.

수용소장 파렌베르크는 이날 밤도, 지나간 밤들과 마찬가지로, 탈주범과 관련된 소식이 들어오면 곧장 자기를 깨워달라는 명령을 내려놓았다. 하지만 깨워달라는 명령은 내릴 필요가 없었다. 이날 밤 역시 한순간도 눈을 붙이지 못했으므로. 그는 기다리는 소식과 연결될 수 있는 모든 소리에 다시 귀를 기울였다. 지나간 밤들이 정적으로 그를 고문했다면, 월요일을 향해 가는 이날 밤은 연속적으로 이어지는 짧은 경적 소리, 개 짖는 소리, 술 취한 농부들의 으르릉거리는 소리가 그를 괴롭혔다.

그래도 결국은 모든 것이 좀 나아졌다. 땅은 자정과 새벽 사이의 질긴 잠 속으로 가라앉고 있었다. 그는 계속 귀를 기울이면서, 이 땅을, 이 모든 마을들과, 마을들을 서로 연결하는 대로들과 길들을, 세 개의 대도시를 잇고 있는 길들을 상상해보려고 애썼다. 이 세 도시가 만드는 삼각형의 그물*, 만약 그자가 악마가 아니라면, 그는 이 그물 안에 들어 있어야 했다. 그자가 공기로 분해될 수는 없는 일이 아닌가 말이다. 젖은 가을의 흙 위에 그의 신발은 어떤 자취라도 남겨야 했다. 틀림없이 누군가가 이 신발을 마련해주었으리라. 어떤 누군가의 손이 그에게 빵을 썰어주었으리라. 물잔을 가득 채워주었으리라. 어떤 집이 그를 재워주었으리라. 파렌베르크는 처음으로 게오르크 하이슬러가 빠져나갈 수도 있음을 생각했다. 하지만 이 가능성은 불가능했다. 게오르크의 친구들이 그를 부인했다고, 그의 아내조차 이미 오래전에 애인을 갖고 있다고, 그의 형조차도 파렌베르크 편이라고 사람들은 얘기하지 않았던가? 파렌베르크는 심호흡을 했다. 아마도 가장 좋은 해결책은 게오르크가

---

*마인츠와 프랑크푸르트 그리고 비스바덴을 말한다.

더 이상 살아 있지 않는 것이리라. 아마도 라인 강이나 마인 강에 추락했다면, 내일쯤은 그의 시체를 건져 올릴 수 있을 것이었다. 그의 눈앞에 갑자기 베스트호펜에서의 마지막 심문 후 찢어진 입술에 도발적인 눈을 하고 있던 게오르크의 모습이 떠올랐다. 파렌베르크는 갑자기 명확하게 깨달았다. 이제 그의 희망이 어그러졌다는 것을. 라인 강에도, 마인 강에도 그의 시체는 떠오르지 않을 것이다. 왜냐하면 이 남자는 계속 살아 있을 것이니까. 그리고 계속 살아남을 것이니까. 탈출 사건 이후 처음으로 파렌베르크는, 지금쯤 기진맥진해 있을, 자신이 아는 어떤 개인의 뒤를 쫓고 있는 것이 아니라, 얼굴도 없고 평가할 수도 없는 어떤 힘의 뒤를 쫓고 있음을 느꼈다. 그러나 그는 이 생각을 단 몇 분도 참을 수가 없었다.

"이제 가야 해요." 그녀는 게오르크가 옷 입는 것을 도왔다. 휴가의 마지막 밤을 보내고 난 군인의 아내처럼 하나씩 그에게 건네주었다.

이 여자하고라면 평생 모든 것을 함께 나눌 수가 있겠는데, 게오르크는 생각했다. 하지만 내겐 함께 나눌 삶이 없지.

"빨리 뭘 좀 마셔요." 게오르크는 새벽 빛 속에서 그가 곧 작별해야 할 것들을 바라보았다. 그녀는 추워 떨고 있었다. 비가 창을 때렸다. 하룻밤 새에 날씨가 급변해 있었다. 그녀가 옷장에서 무엇인가를 꺼내자 나프탈렌 냄새가 가늘게 흘러나왔다. 검은색 양모로 된, 보기 흉한 옷가지였다. 내 당신에게 예쁜 것을 사주었더라면 좋았을 것을. 붉고 푸르고 하얀 것을.

그녀는 선 채로 그가 커피 마시는 것을 보고 있었다. 그는 아주 침착했다. 그녀는 앞서 나가 현관문을 열어보고는 다시 올라왔다. 부엌에서 그리고 계단에서 그녀는 스스로에게 물어보았다. 그와 관련해서 그녀가 예감하고 있는 것을 그에게 털어놓아야 할까 말아야 할까 하고. 뭣 때문에 말하겠어. 그건 그저 그를 불안하게 만들 텐데.

그녀는 남자의 찻잔을 깨끗이 설거지했다. 부엌문이 열렸다. 이불로 몸을 감은, 땋은 백발 머리의 늙은 여자가 문지방에 나타났다. 노파는 믿을 수 없을 만큼 빠르게 욕을 해댔다. "너 마리, 이 바보 같은 년, 넌 저자를 다신 못 볼 거야. 내 맹세하지. 어디 좀 괜찮은 걸 주워 왔나 했더니……. 말 좀 해봐. 너 제정신 아니지. 어제 오후 집에서 나갈 때는 저자를 알지도 못했잖아. 아냐? 말 좀 해봐. 혀를 집어삼켰냐?"

젊은 여자가 천천히 개수대에서 몸을 돌렸다. 그녀의 번득이는 시선이 늙은 여자의 눈과 부딪쳤다. 늙은 여자는 궁시렁거리면서 몸을 움츠렸다. 그녀는 생각에 잠겨 자부심에 찬 조용한 미소와 함께 노파를 내려다보았다. 그녀의 순간이 찾아온 것이다. 그러나 얼고 화가 나서 몸을 떨고 있는 이 늙은 노파 외에는 증인이 없었다. 노파는 재빨리 따뜻한 침대 속으로 몸을 숨겼다.

벨로니의 외투가 없었더라면 어떡할 뻔했나! 게오르크는 머리를 떨군 채 선로를 따라 걸으면서 생각하고 있었다. 강한 빗줄기가 그의 얼굴을 훑고 지나갔다. 마침내 집들이 뒤로 물러났다. 비는 저편 강둑 위 도시에 밧줄처럼 굵게 내리고 있었다. 도시는 측량할 길 없는 흐릿한 하늘 앞에서 모든 현실을 벗어버린 것처럼 보였다. 사람들이 자면서 꿈의 지속을 위해 고안해내는 도시들 중의 하나, 꿈속에서는 그리 오래 지속되지도 않는 도시. 그러나 도시는 이미 2천 년을 유지해오고 있었다.

게오르크는 카스텔 교두에 왔다. 초소의 경비병이 그를 불렀다. 그는 여권을 내보였다. 다리 위에 섰을 때 그는 분명히 깨달았다. 그의 가슴이 그리 빨리 뛰지는 않았다는 것을. 열 개의 교두보라도 더 침착하게 통과할 수 있을 것 같았다. 무엇이든 익숙해지는 법이다. 그는 자신의 심장이 이제 공포와 위험에 면역력을 갖췄다고 느꼈다. 어쩌면 행복에 대해서도 그렇게 되었으리라. 그는 정해진 시각보다 1분도 더 일찍 도착하지 않으려고 좀 천천히 걸어갔다. 강물을 내려다보자 거룻배가 눈에 띄었다. 물에 반사되는 녹색 띠에 빌헬미네라고 쓰인 그 배는 교두에 아주 가까이 있었으나 유감스럽게도 바로 강둑에 닿을 차례가 아니라, 다른 거룻배 옆에 있었다. 게오르크는 마인 강 교두에 선 경비 초소보다, 어떻게 낯선 배에 올라갈 수 있을 것인가에 더 마음이 쓰였다. 그러나 그는 걱정할 필요가 없었다. 그가 선착장에서 스무 걸음도 떨어지지 않은 지점에 닿자, 빌헬미네 호의 선상에 거의 목이 없는 듯한 작은 남자의 둥근 머리가 나타났다. 분명 그를 기다리는 듯한 그 둥근, 약간 살찐 얼굴은 둥근 콧구멍과 파묻힌 눈을 하고 있었다. 그것은 어떤 선량함도 기대할 수 없는, 바로 그렇기 때문에 이 시대에 온갖 위험을 무릅쓴 올곧은 남자에게 꼭 맞는 얼굴이었다.

월요일 저녁 베스트호펜의 일곱 그루의 나무는 모두 치워졌다. 모든 것이 신속하게 진행되었다. 새 소장은 사람들이 부임 소식을 알기도 전에 직책을 수행하고 있었다. 그는 아마도 이런 사건이 발생한 수용소를 제대로 정돈하기에 적합한 사람인 모양이었다. 그는 큰소리로 호령하지 않고 일상적인 목소리로 말했다. 그러나 만약 아무리 별것 아닌 우발적인 것이라도 사건이 터진다면, 그 역시 우리 모두를 함께 박살낼 것이라는 데에는 의심의 여지가 없었다. 새 소장은 그 나무 십자가들을 즉각 치우라고 명령했다. 그런 것은 그의 스타일이 아니기 때문이었다. 파렌베르크는 월요일에 마인츠로 떠났다는 소문이 돌았다. 그는 퓌르스텐베르크 호프에 숙박했는데, 그 후 스스로 머리에 총을 쏘았다고 했다. 그러나 그것은 아마 소문일 것이다. 그건 파렌베르크가 할 만한 짓이 아니기 때문이다.

 그날 밤 퓌르스텐베르크 호프에서 머리에 총알을 박은 사람은 빚이나 연애 관계나 뭐 그런 것 때문에 자살한 다른 사람일 것이다. 파렌베르크는 계단을 굴러 떨어지더라도 금방 더 많은 힘을 쟁취할 사람인 것이다.

 이 모든 것을 그때 우리는 몰랐다. 그 후에도 많은 일들이 발생했지만, 우리는 더 이상 아무것도 정확하게 얻어들을 수는 없었다. 우리는, 우리보다 더 많은 것을 겪은 사람들은 없을 것이라고 믿었었다. 그러나 밖에 나와보니 그래도 더 겪어야 할 것이 있었다.

하지만 그날 저녁, 우리 재소자들의 막사에 처음으로 난방이 들어오고, 일곱 그루 나무에서 떼어낸 것이라 믿었던 작은 나무 조각들이 불에 타들어 가던 그날 저녁, 우리는 그 어느 때보다 또 누구보다 삶에 가까이 다가갔다고 느꼈다. 그 이후에도 그렇게 가까이 다가갔다고 느껴진 적이 없을 정도로. 활기차게 살고 있다고 스스로 믿고 있는 모든 사람들보다 훨씬 더 가까이.

돌격대 경비병은 비가 내리는 것을 더 이상 신기해하지 않았다. 그는 갑자기 몸을 돌리더니 금지된 행동을 하는 죄수들을 잡아내어 우리를 놀라게 했다. 그는 큰소리를 지르며 몇 가지 벌을 내렸다. 10분 후 우리는 딱딱한 나무 침상에 누웠다. 난로 속의 마지막 불꽃이 사그라지고 있었다. 우리는 어떤 밤들이 우리 앞에 놓여 있는지 예감하고 있었다. 축축한 가을 냉기가 모포를 뚫고, 우리의 윗옷을 뚫고, 우리의 피부를 뚫고 들어왔다. 우리 모두는 느끼고 있었다. 외부의 힘이 얼마나 깊이, 얼마나 무시무시하게 우리 인간들 속으로, 인간의 가장 깊숙한 내면까지 뚫고 들어올 수 있는가를. 그러나 우리는 또한 느끼고 있었다. 인간의 가장 깊숙한 내면에는 공격할 수 없는 난공불락의 무언가가, 상처 입힐 수 없는 그 무엇인가가 존재한다는 것을.

해설

나치 치하의
독일을 가로지르는
인간 군상의 파노라마

김숙희(번역가, 전 동덕여대 교수)

이 소설은 '제7의 십자가'라는 제목을 달고 있다. '제7의 십자가'란 무엇일까? '숫자 7'이라는 상징과 '십자가'라는 메타포의 조합인 이 제목은 소설의 핵심을 가리키는 암호처럼 보인다. 따라서 이 제목의 함의를 알아내는 것이 이 작품의 핵심을 잡아내는 일이 될 것이며 나아가 소설 전체를 이해하게 만들어줄 것이다. 그러나 그에 앞서 무엇보다도 이 소설이 성립된 배경과 동기를 살펴보는 것이 필요할 듯하다.

I. 독일 망명문학

《제7의 십자가》는 안나 제거스(Anna Seghers, 1900~1983)가 망명지 프랑스에서 쓴 작품이다. 그런 까닭에 이 작품에는 흔히 '독일 망명문학의 대표작'이라는 수식어가 따라붙는다. 망명문학은 어떤 구속력 있는 철학적·이념적 프로그램이나 통일된 미적·예술적 문체에 근거하는 명칭이 아니다. 그럼에도 불구하고 문학사적으로 분명한 모습을 가진, 그 핵심에 있어 독일 파시즘과 정치적으로 반대편에 서 있는 문학이다. 유럽과 미국, 구소련, 남미, 이스라엘 등 여러 지역에 흩어져 활동했던 이들 망명 작가들이 각자의 정치·사회적 견해에 따라 대단히 다양한 모습을 띠고 있었음에도 불구하고, 이들은 반파시즘이라는 기본 입장에서 모두 '망명문학'으로 통칭된다. 즉, 망명문학은 한마디로 1933~1945년 히틀러 치하의 독일 국내에서 창작되지 않고, 정치적·인종적 이유 때문에 제3제국을 떠날 수밖에 없었던 독일 작가들의 모든 작품을 총괄하며,《제7의 십자가》는 그런 작품 중에서도 대표적인 작품이다.

    1933년 1월 30일 제국 수상에 임명되어 권력을 넘겨받은 히틀러는 2월 4일 이미 자유로운 의사 표현 및 언론 집회의 자유를 제한하는 긴급명령을 공표한다. 공산주의자들의 소행으로 몰아붙인 독일 제국의회 의사당 화재 사건이 터지고(2월 27일) 28일로 넘어가는 밤에 이미, 오래전부터 준비된 리스트에 올라 있던 수천 명의 공산당원들과 사회민주당원들은 체포되기 시작했다. 3월 23일의 전권위임법으로 민주주의는 완전히 독재로 대치되고, 대규모의 문화 숙청 작업도 뒤따랐다. 프로이센 예술원은 제국저술원으로 이름이 바뀌어, 정치적으로 불편한 회원과 유대계 회원은 제명당하거나―그중에는 하인리히 만과 토

마스 만 형제, 알프레트 되블린, 케테 콜비츠, 프란츠 베르펠 등이 있었다—'자진' 탈퇴했다. 독일작가보호연합이 해체되는 대신 독일작가전국연맹이 들어섰다. 5월 10일 저녁에는 독일 내 모든 대학 도시들에서 분서가 단행되었다. 제거스의 책들도 불에 탔다. 나치 정권의 마음에 들지 않는 문학은 도서관과 서점, 출판사의 목록에서 제외되었다. 이런 상황에서 1933년 첫 몇 주 동안에 대탈출의 물결이 시작되어, 이는 1939년 2차 세계대전이 발발할 때까지 계속되었다.

독일을 떠난 망명 작가들은 우선 고국과 가까운 유럽에 자리를 잡고 작품 활동을 했으며, 파시즘 지배가 시작된 첫 몇 년간은 나치즘 운동의 성공 이유나 그 희생자들을 다룬 작품들을 출간했다. 리온 포이히트방거의 《오펜하임 형제자매들(Die Geschwister Oppenheim)》(1933, 후에 《Die Geschwister Oppermann》으로 개칭), 빌리 브레델의 《시련(Die Prüfung)》(1935) 등이 이에 속한다. 뒤이어 '제3제국'을 비판적으로 다루는 두 번째 단계가 시작되는데, 이 단계에서 망명 작가들은 독일을 지배하고 있는 나치 정권을 포괄적으로 묘사하려고 애쓴다. 《제7의 십자가》는 아르놀드 츠바이크의 《반체크의 손도끼(Das Beil von Wandsbek)》(1940~1943)와 함께 이 단계의 가장 중요한 작품으로 간주된다.

독일 망명문학을 장르별로 보자면 산문, 특히 장편소설이 출간된 텍스트들 중 가장 넓은 부분을 차지하고 있다. 희곡은 망명지에서 연극으로 공연될 가능성이 전혀 없었고, 시 역시 번역이나 수용의 어려움 때문에 출판 시장으로부터 외면당하고 있었던 데 비해, 장편소설은 출간되기에 적합했기 때문이었다. 독일 망명문학의 장편소설은 세 가지 형태로 구분할 수 있는데, 현재의 정치 사회 정세를 과거로 투영하여 찾아보려는 역사소설—리온 포이히트방거의 《가짜 네로(Der falsche Nero)》 (1936), 외국에서 떠도는 독일 망명자들의 상황을 직접적으로 다룬 망명소설—클라우스 만(Klaus Mann)의 《화산(Der Vulkan)》 (1939), 그리고 독일 내의 나치 독재를 비판적으로 다룬 독일 소설—《제7의 십자가》가 그것이다.

II. 안나 제거스의 집필 동기

히틀러가 권좌에 올랐을 때, 제거스는 이미 작가로서의 명성을 얻고 있었다. 그녀는 1928년 《성 바르바라 어부들의 봉기(Aufstand der Fischer von St. Barbara)》로 클라이스트 상을 받았고, 박사 학위를 지닌 미술사학자에다, 두 아이의 엄마였다. 그러나 마인츠의 부유한 유대인 가정에서 태어난 유대 혈통이었고, 공산당원(KPD)에다 프롤레타리아-혁명작가동맹(BPRS) 회원이었으므로, 나치 권력자들의 눈에는 이중 삼중으로 낙인찍힌 존재였다. 헝가리 출신의 경제학자인 남편 라드바니(Laszlo Radvanyi) 역시 공산주의자였다. 제국의회 의사당 화재 사건 후 최초의 박해 물결이 휩쓰는 중에 그녀도 단기간 체포되었으며, 석방 후에도 감시당했다. 그녀의 남편 역시 간신히 나치 돌격대(SA)의 체포를 피했다. 그녀는 아는 사람 집에 숨어 잠시 베를린에 머문 후 우선 아이들 없이—아이들은 후에 조부모가 데려다 주었다—스위스를 넘어 프랑스로 도피했다. 그리고 곧 돌아가기를 희망하면서, 망명의 첫 몇 해를 파리에서 보냈다. 처음에는 파리 근교 벨레뷔에서, 그 후에는 여러 은신처에 머물면서 제거스는 장편소설 《제7의 십자가》를 완성했다. 1939년 독일이 2차 세계대전을 시작하고 파리를 점령하자 제거스의 남편은 체포되었다. 1940년 독일군이 파리로 접근하자 제거스는 열네 살짜리 아들과 막 열두 살이 된 딸을 데리고 남프랑스로 피신하려 했으나 공습 때문에 파리로 되돌아와야 했고, 두 아이를 데리고 있는 여자라는, 지명 수배서의 인상과 일치하지 않으려고, 나치 비점령지역으로 탈출할 때까지 아이들과도 헤어져 숨어 있어야 했다. 수개월의 노력 끝에 남편이 수용소에서 석방되고, 여행 허가를 얻어 가족은 1941년 3월 마르세유를 떠나, 6월 말 멕시코에 도착했다. 프랑스에서 8년—중간중간 오스트리아, 벨기에, 그리고 스페인에서 짧게 체류하기도 했다—그리고 멕시코에서 6년, 제거스가 고국 독일로 다시 돌아가기까지는 14년의 세월이 흘러야 했다. 그녀는 부모님을 다시 볼 수 없었다. 아버지는 마인츠에서 타계했고, 어머니의 자취는 아우슈비츠 근처의 피아스키 게토에서 끊어졌다. 자신은 살아남으면서 어머니를 구해내지 못했다는 자책감은 그녀에게 평생 트라우마로 남았다.

  제거스는 망명 중에도 왕성하게 활동했다. 망명 첫 해에 출간된 《현상금. 1932년 늦여름 어느 독일 마을에서 온 소설(Der Kopflohn. Roman aus einem deutschen Dorf im Spätsommer 1932)》과 함께 그녀는 독일 밖에서 독일을 다룬 일련의 소설들을 발표하기 시작한다. 《현상금》에서 나치즘이 공고화되는 정치적·사회적·심리적 전제 조건들을 독일 시골 마을의 환경에서 탐구했던 제거스는 마침내 《제7의 십자가》에서 독일의 도시와 시골을 오가며 독일 내 주민들의 일상에 미치는 나치 체제의 영향을 광범위하게 그려내는 데 성공한다.

제거스가 이 소설을 쓰기 시작한 것은 1937년으로 추정된다. 완성된 것은 2차 세계대전이 발발하기 전인 1939년 3~4월이었다. 독일을 떠나 있던 제거스가 나치 독일에 사는 사람들과 사건들을 그토록 정확하고 진정성 있게 그려내는 것이 어떻게 가능했을까? 물론 그녀는 많은 자료들을 참조했다. 예를 들어 1933년 다하우 강제수용소에서 탈출한 제국의회 의원 한스 바임러의 책 《살인자들의 수용소 다하우에서(Im Mörderlager Dachau)》(1933)나 전 사민당(SPD) 소속 의원 게르하르트 제거의 〈강제수용소에서 탈출한 자의 첫 번째 믿을 만한 보고(Erster authentischer Bericht eines aus dem Konzentrationslager Geflüchteten)〉(1934), 또 빌리 브레델, 볼프강 랑호프 등의 강제수용소 보고서 등이 그것들이다. 예를 들어 작품 속의 게오르크 하이슬러와 발라우는 한스 바임러의 모습을 띠고 있다 한다. 또한 죄수들에 대한 십자가 처형이라는 이 끔찍하고도 이상한 사건은 작가의 발상이 아니라 실제 있었던 일이다. 제거스는 1967년 문예지 《의미와 형식(Sinn und Form)》의 대담에서 이렇게 말했다.

"[……] 사람들은 나에게 강제수용소에 대해 많은 얘기를 해주었다. [……] 나는 자주 스위스의 라인 구역으로 가서 피난민들과 이야기를 나누었다. 그리고 누군가가 내게 이 이상한 이야기를 해주었다. [……] 정말 있을 수 없는, 믿기지 않는 이야기였다. 즉 한 죄수가 매달렸던 십자가 사건 말이다. 차츰차츰 내 마음속에서 [……] 자기 스스로를 구해내는 이 사람들을 주인공으로 하여 독일에 대해 써야겠다는 감정과 확신이 생겨났다. [……] 또 나는 그때까지 내가 모르던 소설 한 편에 주목하게 되었다. 이탈리아의 고전인 만초니의 《약혼자들》이 그것이다. [……] 이 소설에서는 하나의 사건 속에 전체 주민들의 구조가 펼쳐진다. 그리고 나는 생각했다. 이 탈출이야말로 내가 나치하 주민 전체의 구조를 펼쳐 보일 수 있는 사건이라고."

말하자면 제거스에게 중요했던 것은 한 민족 전체의 구조, 즉 나치 치하 독일에 살고 있는 민중 전체의 모습을 펼쳐 보이는 것이었으며, 십자가 사건은 이를 위한 발단의 구실을 한 것이다. 그래서 소설 속에서 게오르크가 파울 뢰더의 체포 소식을 듣고 죄책감 때문에 괴로워할 때, 발라우의 목소리는 이렇게 말한다. "지금 운명이 달린 이 사건은 그저 우연하게도 일주일 동안 게오르크라는 이름으로 진행되고"(2권 262쪽) 있는 것이라고. 이렇게 놓고 본다면 《제7의 십자가》에서 주인공은, 십자가에 매달려야 하지만 벗어나는 게오르크일 뿐만 아니라, 그를 십자가에서 벗어나게 해주는 모든 사람들, 즉 독일의 보통 사람들이기도 하다. 탈출 이야기는 얽히고설켜 있는 나치 파시즘 사회 전체를 가로질러 그 횡단면을 보여주는 구실을 하면서, 독자들에게 히틀러 파시즘을 들여다볼 수 있는 시야를 제공해준다. 제거스는 한 죄수가 민족 구성원들의 도움으로 구출된다는 사실이 충분히 상징적 가치를 지닌다는 것을, 민중 안에는 자기 자신과 독일을 구할 수 있는 충분한 힘이 존재한다는 것을 나타내 보이려 한 것이다. 그리하여 나치의 권력 장악이 4년째 계속되는 당시 독일의 상황을 실제에 부합되는 모습으로 포괄적으로 그려 보이면서, 그 상태가 흔들림 없이 공고하게 지속될 것이라는 나치주의자들의 환상을 깨부순다. 이 소설의 부제는 '히틀러의 독일로부터 온 소설'이지만, 이 소설은 역설적으로 히틀러의 것이 아닌 독일을 보여준다 하겠다.

제거스는 《제7의 십자가》를 "작고한, 그리고 생존해 있는 독일의 반파시스트들에게" 바쳤다. 따라서 소설은 말할 것도 없이 게오르크, 발라우, 피들러, 프란츠, 헤르만, 라인하르트, 혹은 공산주의 저항 서클을 재발견하는 크레스 박사 같은 투사들에 대한 오마주를 나타낸다. 그러나 이들에게만 헌사가 적용되는 것은 아니다. 프리츠 헬비히, 파울 뢰더, 그의 아내 리이젤, 뢰벤슈타인 박사, 엘리 메텐하이머, 그녀의 부친, 혹은 마렐리 여사 등 개인적 혹은 종교적 이유에서 지배 체제에 거리를 두며 게오르크의 탈출에 도움이 되고자 하는 나치의 비추종자들에도 헌사는 마땅히 돌아가야 할 것이다. 파울 뢰더 역시 발라우와 마찬가지로 반파시즘 투사로 볼 수 있으며, 프리츠 헬비히도 프란츠 마르네트와 마찬가지로 어떤 형태로든지 간에 파시즘에 저항한 것이 아닌가. 헌사는 넓은 의미에서 이들 모두에게 바쳐진 것이라고 할 수 있겠다.

III. 작품《제7의 십자가》

인물들의 배치

1937년 10월 어느 월요일 새벽, 정치범 강제수용소(KZ) 베스트호펜에서 일곱 명의 죄수가 탈출한다. 사건이 터지자 수용소장은 수용소 안에 있던 일곱 그루의 플라타너스 나무 우듬지를 베어내고 가로로 널빤지를 박아 십자가 모양으로 만든다. 일곱 명의 탈주범을 그곳에 매달기 위해서였다. 탈출 얼마 후 게슈타포는 넷을 잡아들인다. 다섯 번째는 고향 마을을 바라보며 사망하고, 여섯 번째는 자기 발로 수용소로 되돌아온다. 이들 중 오직 한 사람 게오르크만이 탈출에 성공한다. 따라서 소설의 끝에 가면 빈 채로 남는 십자가는 하나가 된다. 그것이 바로 '제7의 십자가'이다.

소설에는 서두에 소개된 32명 외에 줄거리가 진행되는 동안

100명 이상의 인물이 덧붙여진다. 이처럼 많은 등장인물들에도 불구하고 본 줄거리는 끊어지지 않고 조망이 가능하다. 이 소설을 쓸 때 작가 제거스가 마음속에 품고 있었던 것은 탈출이라는 사건을 대하는 독일인들의 다양한 태도를 펼쳐 보이는 것이었다. 이 같은 작가의 의도는 사회적으로 다양한 계층에 속하는 날주범들에게는 물론, 탈출 사건과 대면하게 되는 수많은 사람들에게도 적용된다. 즉 탈주범과 대면하는 사람 모두 인간적으로, 도덕적으로 혹은 정치적으로 태도를 취해야 하며, 이들이 취하는 대응 방식의 스펙트럼은 즉각적인 도움이나 불법적인 탈출 도움에서부터 냉혹한 거절과 밀고에까지 이른다.

탈출을 돕는 사람들

탈출 사건에 충격받은 것을 독자들에게 처음 알려주는 인물은 프란츠 마르네트이다. 그는 옛날 게오르크의 친구요 노동자 야간학교의 교사였으며, 한동안 멀리 떨어져 실업자 생활을 하다가 지금은 다시 돌아와 획스트 공장에서 프레스공으로 일하고 있다. 애인 엘리를 게오르크에게 빼앗기고 그와 사이가 멀어졌지만 여전히 그를 친구로 생각하는 프란츠는 이제 탈출한 게오르크에게 도움이 될 수 있는 옛날의 연결망을 다시 활성화시키려고 애쓴다. 그러면서 그 역시 자기 자신을 되찾게 된다. 게오르크의 탈출, 그리고 소설의 끝에서 일어나는 로테와의 만남은—로테의 남편 헤르베르트는 나치에게 맞아 죽었다—그가 파시즘 정권의 부당함과 잔인함에 눈감을 수 없음을 분명히 깨단게 해준다. 프란츠는 간접적으로만 탈출의 성공에 관여하지만, 그 역시 이 일로 자신의 정체성을 되찾게 되는 것이다. 프란츠는 명백히 게오르크의 반대극이다. 탈출 사건이 터질 때 약 서른 살인 동년배의 두 사람은 10년 전으로 거슬러 올라가는 공통의 정치적 과거를 갖고 있다. 두 사람의 관계를 통해 둘의 차이와 함께 그 시절 반파시스트들이 겪었던 현실이 환기된다.

한편 게오르크의 옛 친구 파울 뢰더와 리이젤 뢰더 부부는 게오르크의 등장으로 근심 없던 생활에서 놀라 깨어난다. 세계 경제 위기와 인플레를 경험한 뢰더 부부가 새 정권의 혜택에 열광하고 있음은 이해할 만한 일이다. 파울은 나치 체제하에서 그 어느 때보다 많은 임금을 받고 있으며, 자녀 출산 시 아내가 받는 국가의 축하 인사와 공짜 기저귀, 그리고 '기쁨의 힘' 여행 등 다자녀 가구가 누리는 혜택에 만족하고 있다. 파울은 새 체제의 성취를 즐기고 정치로부터 거리를 두면서 자기 자신과 가족을 위한 이익을 추구하는 실리적인 사람이다. 이처럼 비정치적인 파울이 비록 정치범 게오르크의 앙가주망을 잘 이해할 수 없음에도 불구하고, 죽마고우를 돕게 되는 것은 정치적인 것을 넘어서는 진심 어린 동정과 인간에 대한 예의 때문이다. 파울과 리이젤 뢰더 역시 그들에게 닥쳐왔던 위험이 지나가고 난 후, 서로를 새로운 방식으로 알아간다.

극도의 위험을 무릅쓰는 정치적 앙가주망은 피들러 부부와 크레스 부부의 관계에서도 증명된다. 게오르크에게 잠자리를 제공하는 크레스 부부는 오히려 그들 편에서 게오르크에게 감사해야 한다고 느낀다. 이 부부 역시 게오르크를 돕는 와중에 자신들의 삶이 충만하고 의미 있었던 옛 시절을 회상하며 서로를 다시 느끼게 되는 것이다. 게오르크가 탈출할 수 있는 서류와 그 이후에 필요한 경비는 라인하르트나 헤르만같이 지하에서 활동하는 공산주의자들이 만들어준 것이지만, 그럼에도 불구하고 게오르크는 그의 탈출 성공을 거대한 정치적 행위보다는 오히려 단순한 보통 사람들의 도움에 힘입고 있다. 물론 자신의 행위가 정당하다고 믿는 확고한 신념, 그 자신의 타고난 강인함, 위험한 순간에 내리는 정확한 방향 감각—이럴 때 그는 주로 혼자 상상 속에서 노련한 동지 발라우에게 도움을 청한다—우연들, 그리고 적정 몫의 행운도 게오르크의 탈출이 성공하는 데에 큰 역할을 한다.

게오르크에게 즉각적으로 도움을 제공하는 많은 사람들이 언제나 정치적 동기에서 행동하는 것은 아니다. 그들은 정치를 거의 알지 못하지만, 그들의 마음 밑바닥에는 원천적으로 휴머니즘의 감정이 있기 때문에 그를 돕는 것이다. 예를 들어 게오르크의 운명에 대해 아무것도 알지 못하는 성당 앞 늙은 여인은 그에게 적선을 베풂으로써 게오르크가 아침을 먹을 수 있도록 해준다. 자기가 누구를 도운 것인지 나중에야 깨닫게 되는 의상 수선인 마렐리 부인은, 아마도 그 곧은 성격과 성실성으로 볼 때, 사정을 알았다 하더라도 게오르크를 도왔을 것이다. 그 자신도 배척당하는 처지에 있는 유대인 의사 뢰벤슈타인 박사는 그의 특별한 환자, 즉 게오르크에게서 무엇인가 석연치 않은 것을 예감하고, 이 환자를 고발하는 것이 자신에게 훨씬 유리할 것을 알면서도 게오르크를 돕는다. 뢰벤슈타인에게 공포보다 더 강력하게 작용하는 것은 인간적인 예의와 의사로서의 에토스이다. 또, 마인츠 대성당 자이츠 신부는 발견된 죄수복 누더기를 경찰에 갖다 바치는 대신 불태워 버림으로써 탈주범의 흔적을 지운다.

일곱 탈주범의 운명

서로 다른 계층에 속하면서 상이한 이유들로 강제수용소에 끌려온 일곱 탈주범을 통해, 독자들은 나치 독재가 그들의 통제 작업을 얼마나 철저하게 수행했는지 인식할 수 있다. 발라우나 게오르크 같은 공산당원뿐만 아니라, 퓔그라베 같은 상점 주인, 일명 벨로니라 불리는 곡예사 안톤 마이어, 오이겐 펠처 같은 지식인, 그리고 알딩거 같은 농부 등 정치적으로 무관심한 소시민과 예술가까지 나치가 잡아들였음을 알 수 있는 것이다. 소설 속에 암시되는 죄수들의 구성을 보면 이는 세 단계로 구분되는 강제수용소의 전개 과정에서 두 번째 단계에 해당된다. 1933년 수용소 설치를 시작하던 시기에는 일차적으로 공산주의자, 사민주의자, 노동조합원 등의 정적들이 사회로부터 배제되었다. 1937년부터는 유대인, 집시, 동성애자, 반체제 성직자 등 소위 사회적으로 유해한 자들, 즉 나치에게 미움을 산 인물군이 보태졌다. 뒤이어 1942년부터 강제수용소에 수감되는 사람들은 인종적으로 박해당하는 자들, 즉 유대인들이었다. 다시 말해 소설의 배경이 되는 1937년 말에는 나치의 정적이 아니더라도 누구나 체포될 수 있는 상황이었다.

소설에서 모든 탈주범의 삶과 도주로가 상세하게 묘사되는 것은 아니다. 탈출 반 시간 만에 붙잡히는 알베르트 보이틀러, 그리고 부헤나우의 어느 개집 안에 숨어 있다 히틀러 청소년단에 잡혀 심문당하는 오이겐 펠처에 대해서 독자는 거의 알지 못한다. 상세하게 묘사되며 부각되는 것은 게오르크와 발라우의 이야기이다. 이는 반파시즘 저항 운동에서 공산주의자들이 전위 역할을 해야 한다는 제거스의 견해에 부합한다. 그러나 동물적인 본능으로 자기 집을 찾아가 탈출 닷새째에 고향 마을을 보며 심장 발작으로 쓰러져 주검이 되어 집 안으로 옮겨지는 농부 알딩거의 이야기 역시, 단편적인 보고에도 불구하고 인상적이다. 추적 사냥을 당한 후 프랑크푸르트의 한 호텔 지붕에서 추락하여 병원에서 죽는 벨로니처럼, 일곱 탈주범 중 가장 연장자인 알딩거 역시 살아서 수용소에 인도되지 않는다는 점에서, 둘은 적어도 수용소장 파렌베르크의 기도를 좌절시키는 인물이다. 따라서 엄밀히 보자면 빈 채로 남는 것은 일곱 번째 십자가만이 아니다. 알딩거의 죽음 방식은 벨로니의 자살과 마찬가지로 귀향과 자유에 연결되면서, 수용소에서의 고통스러운 고문사와 대조적으로 이 죽음에 위엄과 자결(自決)의 가치를 부여한다.

서커스 곡예사 벨로니는 프랑스의 곡예사 비밀결사에서 보내온 두어 통의 편지 때문에 붙잡혀 왔다. 이 연결이 어떤 종류의 것인지—정치적인 것인지 아닌지—소설은 정확하게 밝혀주지 않는다. 심지어 게오르크에게도 벨로니는 수수께끼로 남아 있는 인물이다. 그러나 벨로니의 외투와 정직한 마렐리 부인이 계산해준 돈이 없었더라면 게오르크는 탈출을 이어가지 못했을 것이다. 곡예사 벨로니는 반파시즘 저항 투사들이 도저히 있을 것이라고 추측되지 않는 곳에도 존재하고 있었음을 확인시켜 주는 인물이다.

독자들이 대부분 그 결과만을 알게 되는 탈출 이야기들은 각각 그 나름대로 긴장에 차 있으며 비극적이다. 공중 곡예사 벨로니는 죽음에 앞서 한 번 더 대중 앞에 센세이셔널하게 등장한다. 프랑크푸르트의 지붕들 위를 넘나드는 몰이사냥(죽음을 향한 벨로니의 도약)이 대단히 스펙터클한 것으로 나타나는 반면, 보이틀러의 종말은 볼품이 없다. 사소한 외환 범죄로 잡혀 들어온 그는 탈출 직후 잡혀서 잔인하게 두들겨 맞는다. 또 다른 탈주범 펠처는 안경이 깨지고 구두 뒤축으로 손가락을 밟힌 채 끌려와 심문을 받는다. 그는 이미 모든 것을 포기해버린 상태다.

특히 인상적인 것은 발라우와 필그라베의 대조다. 공산당 간부요 제국의회 의원이기도 했던 발라우는 도와주던 동지에게 배신당해 체포되어 탈출 사흘째 되는 날 베스트호펜으로 끌려온다. 반면 필그라베는 탈출 나흘째에 스스로 게슈타포에 출두한다. 심문하는 자들은 잔혹한 고문에도 불구하고 발라우로부터는 아무것도 이끌어내지 못한다. 발라우는 '날(生)비프스

테이크'보다 질기지만, 필그라베는 흔들기만 하면 진술이 '자두처럼 떨어지는' 사람이다. 나치 심문자들에게 있어 발라우는 난공불락의 성채다. 나치는 그를 육체적으로 파멸시킬 수는 있으나 도덕적으로 깨부수지는 못한다. 발라우는 순교자의 모습을 띠고 있다. 탈주범이 한 명씩 잡혀 들어올 때마다 수용소 죄수들은 점점 용기를 잃어가고 그럴수록 더욱 더 일곱 번째 탈주범에 매달리게 된다. 왜냐하면 수용소를 벗어난 탈주범, 그는 언제나 남아 있는 죄수들의 "마음을 뒤흔드는 그 무엇"이며, 나치의 "전권(全權)에 대한 의심, 작은 균열"이기 때문이다.

《제7의 십자가》를 구성하는 가장 중요한 요소인 탈출 이야기에 초점을 맞춘다면, 이 소설의 주인공은 게오르크이다. 그는 일곱 탈주범들 중 탈출에 성공하는 유일한 사람이며, 그와의 만남은 많은 사람에게 결단의 상황을, 그리고 실존적인 변화를 불러온다. 그리하여 이 일곱 번째 탈주범은 파시즘 독일에 사는 사람들의 일상과 그들이 파시즘을 대하는 태도를 다양한 경상(鏡像)으로 나타나게 만드는 매개체가 된다. 그러나 게오르크는 긍정적인 주인공으로 그려져 있지 않다. 작가는 또 그를 정치적인 모범 인물로 세워놓지도 않았다.

게오르크는 타고난 저항 투사라고 할 수 없다. 그에게는 약점도 많다. 청년 시절 축구에 열광했던 그는 성미가 급하고, 예측할 수 없이 행동하고, 여자들을 잘 꾀며, 쉽게 우정을 저버리고 단숨에 등을 돌리는 자로 악명이 높았다. 지식인 유형인 프란츠와 대조적으로 프롤레타리아트 환경에서 자란 게오르크는 수업료가 싸서 듣게 된 유도 수업을 통해 좌파 성향의 피히테 청소년 야영지에 오게 됐으며, 프란츠의 노동자 야간학교 수업에서는 지루해하기만 한다. 아버지 없이 세 남자형제와 함께 성장한, 잘생기고 활기찬 이 청년은 자동차 정비 기술을 배운 이후 실업자 신세인데, 그러던 중 알게 된 프란츠에게 매혹당하게 되며 프란츠 역시 게오르크에게 이끌린다. 그러나 책 읽는 데나 토론에 익숙하지 못한 게오르크는 정신적으로 프란츠보다 열등하다고 느낀다. 그리하여 모험 욕구와 행동 충동이, 또한 드러내놓지 못하는 열등감이 그로 하여금 일탈을 일삼게 하며, 어느 날 프란츠의 여자 친구 엘리를 가로챔으로써 두 남자의 우정은 깨지게 된다. 그는 엘리와 결혼하지만 임신한 엘리를 버린다. 그렇지만 어쨌든 게오르크는 서서히 공산주의 운동에 이르는 길을 발견하게 되고, 자기에게 주어진 과제와 함께 성장하며, 차츰 동지들의 신뢰도 얻게 된다. 그리하여 수용소에 잡혀 들어간 즈음에는 어떤 고문에도 버티면서 동지들을 배신하지 않는 불굴의 인물로 형성된다. 하지만 그럼에도 불구하고 게오르크는 무엇인가 불안한 것을 함께 지니고 있다. 그의 마음속에는 일치할 수 없는 두 개의 동경이 자리하고 있다. 한편으로는 일상적인 삶에 대한 동경이 자리 잡고 있고, 또 다른 한편으로는 세계를 변화시키며 떠돌고 싶어 하는 모험가 같은, 즉 매이지 않는 실존에 대한 동경이 함께 자리하는 것이다. 아내 엘리를 버린다든지, 수용소 탈출 후 스페인 내전에 참전하기로 하는 결심 등이 그의 이 같은 기질을 증명한다. 즉 게오르크는 그가 자라난 작은 세계와 정치적 앙가주망의 큰 세계 사이에서, 익숙한 소시민적 행복과 인류의 행복 사이에서, 안전함에 대한 동경과 사회를 개조해야 한다는 요구 사이에서 찢기고 있는 자이다. 주인공 게오르크가 결점 없는 인물이 아니라, 이처럼 강함과 약함을 함께 지닌 인물이기 때문에 독자는 책을 읽으면서 그와 자신을 동일시할 수 있다. 이처럼 주인공 게오르크가 지닌 성격적 모순을 얼버무리지 않고 가차 없이 그대로 그려낸 것은 전적으로 작가의 의도이다. 그래야만, 평범한 인간도 적에게 쫓기는 결정적인 순간에는 영웅이 될 수 있음을 독자도 납득하게 되는 것이다.

게오르크와 같은 인물상이 사회주의 리얼리즘이 추구하는 영웅적 주인공의 개념과 일치하지 않는다는 사실을 작가는 의식하고 있었다. 이 소설에서 긍정적인 영웅을 찾는 독자들에게 작가 제거스는 발라우를 암시했다. 그러나 발라우를 주인공으로 내세우지 않은 작가의 의도는 구동독에서 제대로 평가받지 못했으며, 나아가 공산주의 저항의 영웅화를 위해 이 소설에서 발라우만을 중요하게 수용하는 결과를, 따라서 원래의 소설 의도가 오도되는 결과를 가져왔다. 하지만 반파시즘 저항의 영웅으로 발라우에게만 영광을 돌리는 것은 이데올로기적인 상투화와 영웅화를 피하면서 분화된 인물들을 만들어내려 했던 작가의 의도를 폄하하는 일이 될 것이다.

나치주의자들

제거스는 이 작품에서 나치 독일이 아닌 '또 다른 독일'의 모습을 독자들에게 보여주려 했다. 그러면서 동시에 나치 숭배자들에게도 실제에 부합하는 모습을 부여하고 있다. 소설에는 직접 나치에 몸담고 있는 인물들 외에도 돌격대(SA), 친위대(SS), 히틀러 청소년단(HJ) 및 기타 단체들에 가입한 동조자들과 그에 순응하는 다양한 모습들이 나타나는데, 작가는 이들 나치 숭배자들을 세분화시켜 거리를 두고 묘사한다.

파렌베르크는 수공업자 출신으로 수용소장이 되었으며, 칠리히는 농부 출신으로 그의 하수인이 된 인물이다. 이들이 내보이는 행태는 이들이 어떤 사회·경제적 또는 사회·심리적 요인 때문에 나치가 되었는가 하는 물음에 중요한 답변을 제공해준다. 사회적 신분 하락에 대한 공포, 열등감에서 자라난 불안과 증오심, 그리고 이를 폭력으로 보상하려는 욕망, 삶에 대한 불안, 내적인 공허함은 1933년 이전에 이미 이들을 '철모단' 같은 나치의 투쟁 조직으로 내몰았었다. 파렌베르크와 칠리히 두 남자 모두 나치 운동에서 존재의 의미 내지는 그들의 좌절된 실존에 대한 보상을 찾고 있다. 이런 까닭에 두 사람 모두 일상생활로 돌아가는 것을 사회적인 신분 하락으로 느낀다. 그들은 보통 사람들의 삶을 경멸한다. 정상적인 밥벌이와 가족에 대한 책임을 감당할 만큼 그들이 성장하지 못했다는 사실을 인정하고 싶지 않기 때문이다.

일찍이 나치당에 가입한 옛 투사 파렌베르크는 수용소장으로서의 권력을 쥐고 거들먹거린다. 그것은 전권은 아니지만, 그래도 '사람들 위에 군림하는, 주인이 될 수 있는, 삶과 죽음에 대한 힘을 갖는' 권력인 것이다. 이러한 그에게 일곱 죄수의 탈출과 한 죄수의 탈출 성공은 권력에 대한 그의 편집증적 실존 자체를 위태롭게 하는 것이다. 법학 공부를 시작하다 중단하고, 그래도 수용소장까지 출세한 파렌베르크와 달리 칠리히는 아무것도 이뤄내지 못한 인간이다. 1차 세계대전이 끝나고 1918년 11월 황폐해진 농장으로 돌아간 그는 마지못해 농장 일을 하지만 농부들을 경멸한다. 그에게 있어 농부들은 '천민'이다. 또다시 소를 끌고 살아야 한다는 생각은 그의 내면을 음습한 불안으로 가득 채운다. 동료들 사이에서도, 가족에게서도 지원을 받지 못하는 그는 발작적으로 알코올로 자신을 마비시킨다. 그의 진정한 소명은 전쟁이다. 그는 전장에서 마치 집에 있는 것처럼 느꼈으며, '피를 보는 것'이 그를 안정시켰었다. 수용소에서 그는 소장에게 개처럼 충성하면서 자신의 열등감을 죄수들에 대한 잔인함으로 풀어낸다. 발라우를 때려죽이는 것도 결국은 칠리히이다. 자신들의 의무를 다하는 경감 오버캄프와 피셔에게도, 또 파렌베르크의 불운으로 출세를 바라는 분젠에게도, 칠리히는 사이코패스로, 노이로제 환자로, 가학증적이고 권력에 사로잡힌 존재로 비친다.

파렌베르크와 칠리히에 뒤이은 세대는 젊은 친위대(SS) 소위 분젠으로 대표된다. 얼굴과 체격이 눈에 띄게 잘생긴 그는 인종적으로 아리아인의 이상―큰 키, 금발에 푸른 눈―에 부합한다. 1차 세계대전 후에 성장한, 전형적인 나치 교육의 산물인 분젠은 자신이 우월하다고 느끼며, 자신의 허영심을 정확히 조절하여 내보일 줄 안다. 그의 약혼녀는 6주간의 신부 학교 수업을 받으러 들어가는데, 이는 특히 친위대가 종족의 순수 보존을 위해 가족을 형성하는 데서부터 교육을 동반하여 생물학적 엘리트 집단으로 키우려 했음을 보여준다. 게오르크의 막내 동생 하이니 역시 아마도 그가 아리아인의 종족적 특성을 지녔기 때문에 나치의 모병에 응하려 했을 것이다. 메서 형제 역시 검은 제복과 오토바이 같은 권력의 표지들이 제공하는 위신과 우월감에 이끌린다.

경감 오버캄프와 피셔 두 사람은 모두 '민족적인 남자들'이다. 오버캄프는 매우 유능하긴 하나, 열정 없이 그리고 동정심 없이 자신의 일을 한다. 그에게 있어 심문하는 일은 다른 여타 일과 마찬가지이다. 그는 자기 자신을 충성스러운 국가 공무원으로, 질서의 수호자로 여긴다. 그의 철학은 전체주의 정권의 단순한 공식 위에 서 있다. "우리는 일정 종류의 인간들을 저 철조망 뒤에 가둔다"라는 공식이 그것이다.

양치기 에른스트

탈출 사건과는 직접 연관이 없는 양치기는 언뜻 보면 정치적 사건들과 동떨어진 아웃사이더처럼 보인다. 그는 "한 발을 앞으로 내밀고 한 손은 엉덩이에 받친", 마치 장군 같은 자세로 서서 자기를 믿는 양 떼를 보호하고 강아지 넬리에게 휘파람을 불며, 여자들과 시시덕거리는 독립된 생활을 즐긴다. 그의 경멸하는 듯한 거만한 태도는 그러나 체제에 잡혀 들어가지 않는 독립성을 가능하게 해준다. 건강한 젊은이이니 양치기 자리를 더 늙은 민족 동지에게 넘기지 않겠느냐는 노동 당국의 권유에 그는 손을 써서 하는 양치기 일은 빌리기스 시대 이후부터 가업이라고 답한다. 히틀러 인사법에 대한 그의 비꼼("어이 에른스트, 히틀러 만세!" "너는 그에게 만세!")이나, 자기는 탈주범 수색에 가담하지 않을 것이라는 언급 역시 체제에 말려들지 않는 그의 특이한 위치를 보여준다.

양치기 에른스트가 그 감각적 욕구와 자연적인 무사태평함에 있어 타우누스 언덕 풍경의 포기할 수 없는 일부라는 사실은 양 떼가 떠나고 난 후 오이게니의 마음이 텅 비어 쓸쓸해지며 한숨을 내뱉는 사실에서도 증명된다. 다시 말해 에른스트는 매기꼬리나 서랍할멈처럼 풍경 메타포의 일부이다. 강제수용소의 지옥과 대조적으로 천국의 모습을 띠는 마르네트 댁 농장의 맥락에서 보자면 에른스트는 머물러 있는 것, 나치보다 오래 지속되는 것을 상징한다. 그는 흡사 사물들의 위에 존재하는 것처럼, 양 떼를 보호하면서 위쪽에 서 있다. 그의 아래에는 강과 도시가 있다. 이 인물에 대해 묻는 독자들의 질문에 제거스는 이렇게 대답했다. "독자는 양치기 에른스트를 물이나 사과 같은 땅의 구성 요소로 받아들여야 한다. 〔……〕 그에게서 깊은, 비밀스러운 의미를 찾는 것은 잘못일 것이다."

IV. 시간과 공간의 구성

소설의 시작과 결말은 노벨레(Novelle) 모음집의 틀 이야기를 연상시키는 서사적 틀, 즉 프롤로그와 에필로그를 형성한다. 이 서사적 틀은 소설에 등장하는 독자적인 개개 이야기들을 정돈시키고, 마지막에는 서사의 동기(제7의 십자가)로 되돌아와 연결시키는 구실을 한다. 소설은 7개의 장으로 구성되어 있다. 이는 또 44개의 단락으로 나뉘며, 전체 텍스트는 대략 130개의 에피소드를 포함한다. 이들의 배열이 언제나 시간 순으로 흘러가는 것은 아니다. 탈출 이야기는 월요일부터 시간 순으로 진행되나, 끊임없이 과거에 있었거나 혹은 동시에 일어나는 에피소드들에 의해 중단된다. 말하자면 소설은 세 개의 시간 차원을 가지고 있다. 본 줄거리(일곱 죄수의 탈출)는 1937년 10월에 일어난다. 탈출 이후가 되는 또 하나의 시간 차원은 프롤로그와 에필로그의 틀 시간이다. 여기에 각 탈주범들의 과거 행적을 알려주는 시간이 추가된다. 화자는 프롤로그에서 소설의 결말을 미리 제시하며, 에필로그는 프롤로그의 시퀀스(십자가들을 치우는 것과 새 수용소장에 대한 언급)를 반복한다. 결국 일곱 번째 십자가가 빈 채로 남는다는 사실을 독자들은 프롤로그에서부터 이미 알게 된다. 즉 프롤로그와 에필로그는 본 줄거리의 사건에서 보자면 미래의 시간 차원이며 이는 살아남은 재소자들의 성찰의 차원이기도 하다. 재소자들의 승리를 나타내는 이 틀 구성으로써, 제거스는 파시즘의 극복이 가능한 것임을 나타내 보이려 한 것이다.

일곱 명의 탈출서부터 게오르크가 독일을 벗어나기까지는 7일이 걸린다. 탈주범들은 월요일 아침 5시 45분 수용소를 탈출하며, 게오르크는 그다음 월요일 아침 5시 30분에 추적자들에게서 벗어난다. 각 장은 이 일주일간의 하루하루에 헌정된다. 탈출 첫닐에 두 명의 탈주범 보이틀러와 펠처가 붙잡힌다. 둘째 날에는 벨로니가, 셋째 날 아침에는 발라우가 베스트호펜으로 끌려오고, 넷째 날에는 필그라베가 자진 출두한다. 그 하루하루는 폭력에 대항하는 저항과 다시금 폭력에 복종하게 되는 순환의 불가피성을 확인시켜 준다. 다섯째 날에는 알딩거의 탈출이 죽음으로 끝난다.

이야기는 틈을 주지 않고 독자를 긴장시키면서 게오르크 하이슬러의 탈출을 뒤쫓는다. 비교적 가까운 지역에 모여 있는 공간과 도주로는 대단히 정확하게 묘사돼 있다. 대부분의 장소들은 프랑크푸르트와 마인츠의 인근에 놓여 있으며, 심지어 도시의 구역, 거리 이름, 건물들까지 부분적으로 실재한다. 게오르크는 베스트호펜에서 시작하여 라인 강 왼편에 놓여 있는 마을들을 지나 강을 따라 내려가 오펜하임을 지나 우선 마인츠로 갔다가, 뒤이어 몸바흐와 엘트빌레 사이에서 강을 건넌 후 비스바덴과 획스트를 지나 프랑크푸르트로 간다. 그리고 그곳에서 마인 강을 따라 코스트하임을 지나 마인츠로 되돌아오며, 그곳 카스텔 다리에서 그를 구출해줄 네덜란드행 배를 기다린다.

파시즘과 반파시즘이라는 주제의 대비와 마찬가지로 소설

의 공간 역시 대비되는 구조 속에 배치돼 있다. 소설은 하늘, 즉 목가적인 타우누스의 풍경과 지옥, 즉 베스트호펜 강제수용소 사이에서 움직인다. 타우누스 언덕의 풍경은 햇빛 속에 놓여 있다. 여기서 인간과 동물과 자연은 천국의 상태를 연상시킨다. 반면 아래쪽 계곡, 즉 베스트호펜 수용소가 있는 곳은 지옥이다. 그곳은 밝은 햇빛이 아니라 안개 속에 놓여 있다. 상징적으로 이해되는 안개는 소설 전체를 시종일관 따라다닌다. 안개는 그것이 감싸고 있는 베스트호펜(나치)처럼 위협적이다. 탐조등 불빛도 안개를 뚫고 들어가지 못한다. 고원과 산에서는 밝은 태양 아래 '수없이 많은 작고 둥근 태양들(사과)'이 생겨나지만, 계곡에서는 안개와 '희미하게 김을 내뿜는 태양' 밑에서 사람들이 시달리고 있다. 안개는 여러 가지로 변주되면서 죽음, 위협, 파멸과 연결된다.

  탈주범들의 길은 베스트호펜, 즉 지옥에서 탈출하는 길이지만, 자유에 이르는 길은 게오르크 한 사람에게만 허용된다. 자유를 찾아 게오르크가 걸어가는 길의 정거장들은 지옥과 천국 사이에 존재한다. 지옥의 대치물인 자유의 하늘은 강의 길이요, 올라가는 땅이며, 타우누스 언덕의 농장이다. 프란츠 마르네트는 매일 그곳에서부터 내려와서 다시 올라간다. 게오르크와 프란츠의 길은 서로 닿을 듯 스쳐 지나간다. 두 길은 서로를 규정하고 보완하지만 겹치지는 않는다. 이렇게 상호 보완적이면서 대치되는 '위(타우누스)와 아래(베스트호펜)' '안(가정, 거처)과 밖(탈주범들의 떠돎)'의 대비 속에 소설의 긴장 요소가 놓여 있다.

 게오르크는 소설의 끝에 나치 독일을 떠날 수 있게 된다. 자유에 이르기까지 그가 거치는 정거장들에서 그는 다양한 인간군상을 만나고 그 속에서 나치 독일의 일상이 펼쳐지는 것이다.

V. 《제7의 십자가》의 의미

핵심 모티프: 십자가와 숫자 7

소설에서 십자가와 숫자 7은 라이트모티프(Leitmotiv)로서, 제목서부터 에필로그까지 마치 붉은 실처럼 소설 전체를 관통한다. 숫자 7은 많은 의미를 내포하고 있다. 이미 언급했듯이 일곱 개의 십자가가 세워질 뿐 아니라 게오르크의 도주는 7일간 계속되며, 이 숫자는 소설의 7개 장과 일치한다. 숫자 7은 신약, 구약성서에서 성스럽고 완벽한 것으로 간주된다. 신은 엿새 동안 이 세계를 만들고 일곱 번째 날에 휴식을 취했다. 성령은 일곱 재능을 보유하고 있으며, '주기도문'은 일곱 개의 청원을 담고 있다. 일곱은 큰 것, 위대한 것, 많은 것, 혹은 모든 것에 대입되는 완전 숫자이다. 일곱 행성의 순환은 우주적 질서의 표현이며, 이는 일곱 음향에, 일곱 색깔에, 또 일곱 행성의 이름으로 불리는 요일들에 반영돼 있다. 동화에서도 숫자 일곱은 중요한 역할을 하는데, 대체로 이 숫자는 선(善)으로의 전환을 가져온다. 《늑대와 일곱 염소》에서 결정적인 역할을 하는 것은 일곱 번째 염소이다. 그는 먹이를 찾으러 나갔던 엄마 염소가 돌아오자 늑대가 여섯 형제를 잡아먹은 사실을 얘기하여, 엄마 염소로 하여금 늑대 배를 가르고 자식들을 구해내게 한다. 《제7의 십자가》에서 '사악한 늑대'인 나치로부터 스스로를 구해내는 것 역시 일곱 번째 탈주범 게오르크이다. 그동안 체념 상태에 빠져 있던 동지들은 게오르크가 탈출에 성공하자 나치로부터의 해방에 대한 희망과 저항의 용기를 되찾게 된다. 이처럼 숫자 7은 소설 속에서 운명적인 의미를 얻고 있다.

　또 십자가는 2천 년도 더 전부터 기독교도들에게 그리스도의 순교에 의한 구원을, 피안에 놓인 구원을 의미해왔다. 그러나 소설에서 수용소장 파렌베르크가 설치하는 나무 십자가는 나치의 지배를 벗어나려는 탈주범들을 잡아들여 처형하기 위한 굴종과 치욕의 말뚝이다. 따라서 철저하게 세속화된 이 십자가들은 인간의 삶 위에, 인간의 위엄 위에 군림하는 권력을 나타낸다. 그러나 수용소장의 십자가 설치는 그의 의도와는 반대로 탈주범들을 도덕적으로 높이는 결과를 가져온다. 일곱 번째 십자가는 탈출한 자들 중 가장 젊은 게오르크에게 마련된 것이었으나, 그의 골고다행은 일어나지 않는다. 여기서 십자가 처형의 핵심은 '일곱 번째 십자가'가 빈 채로 남는다는 사실이다. 즉 게오르크의 길은 십자가에 다가가는 것이 아니라 십자가에서 멀어지는 길이다. 그래서 십자가를 떠나 자유를 찾은 게오르크의 탈출 성공은 나치에게는 패배요, 저항 투사들에게는 성공을 의미한다. 화자는 비어 있는 일곱 번째 십자가를 두고, 그것이 우리 인간의 마음속에 남아 있는, 결코 공격당할 수 없는 고유한 힘을 깨우쳐주었다고 보고한다. 그동안 체념 상태에 빠져 있던 재소자들에게 해방에의 희망과 용기를 회복시켜준 것이다. 이로써 일곱 번째 십자가는 죽음의 상징이 아니라 삶의 상징, 희망의 상징, 미래의 상징이 된다. 고통의 상징이 희망의 기호로 변하는 것이다.

역사, 파시즘, 반파시즘
이 소설에서 역사는 서로 교차하는 힘들의 연속으로 나타나면서, 힘 있는 자들의 무분별함과 역사의 바퀴에 말려든 자들의 계속되는 고통을 증언한다. 나아가 고통에 처한 사람들 사이의 눈에 보이지 않는 결속을 그려냄으로써, 나치 지배가 접근하지 못하는 잠재력으로 작동한다.

  소설 1장에서 과거의 역사적 장면들을 열병하는 대목은 나치 독일이 마인츠에 대한 독일 주권을 되찾은 것을 축하하는 불꽃놀이로 끝난다. 그리고 이 축하 놀이에는 이미 나치 권력의 종말이 선언돼 있다. "저녁이면 불꽃놀이가 있었다. 〔……〕 다음 날 아침 강물이 철교 뒤에 도시를 남겨놓았을 때, 그 푸른 빛 도는 조용한 회색 물결에는 아무것도 섞여 있지 않았다. 강은 이미 얼마나 많은 군기를, 얼마나 많은 깃발을 씻겨 보낸 것인가."(1권 23쪽) 역사의 권력들은 지나간다. 그리고 남는 것은 권력의 역사에 끈질기게 저항하는 초시대적 휴머니즘이다. 그것은 역사적 변혁의 시대에는 언제나 장렬한 방식으로 모습을 드러내지만, 이 소설은 그보다는 사람들이 더불어 살아가는 문화의 눈에 띄지 않는 지속성 속에서 휴머니즘을 발견한다. 이 문화는 사람들의 연대와 단결이라는 유의미한 표상을 사람과 자연, 사람과 땅, 그리고 역사적 시간 흐름을 나타내는 강물과 사람의 단결이라는 표상과 융합시킨다.

  도시의 표상에도 비슷한 것이 적용된다. 도시 공간은 역사의 인간적 토대가 표현된 아이콘들을 내포하고 있다. 이에 대한 감동적인 예를 우리는 게오르크가 마인츠 대성당에서 보내는 하룻밤에서 찾을 수 있다. 게오르크가 우연히 이 은신처에 숨어들었다는 상황 속에는 이미, 성당이란 그 태곳적 운명서부터 도망자들에게 피난처였던 곳이며, 쫓기는 자에게 유예기간을 허용하던 곳이라는 암시가 내포돼 있다. 또한 마인츠 대성당 주변의 중세적인 골목길들이나 게오르크가 추적자들을 따돌리는 프랑크푸르트 구시가지의 지형학 역시 상징적인 의미를 내포한다. 이 장소들의 얽힌 미로는 쫓기는 자 자신도 조망할 수 없는, 그러나 그를 숨겨주는 보호 공간을 형성한다. 그리하여 추적당하는 와중에 안전함이 암시되는 것이다. 나치의 힘이 도달할 수 없는 저항의 확실성이 어디에 근거하는 것이냐는 물음에 답해주는 것이 이 지방의 풍경, 즉 인간화된 자연이랄 수 있는 도시 풍경이다. 현존하는 자연적·문화적 환경이 훼손될 수 없는 인간성의 증언들로 가득 차 있는 까닭에, 이곳에 사는 사람들에게 있어 이곳은 여전히 고향인 것이다. 그들의 생활공간이 나치즘의 전체주의 지배하에 떨어졌다 하더라도 이 사실에는 변함이 없다. 나치도 세계 질서의 운행에서 보면 그저 하나의 짧은 에피소드일 뿐. 그 역시 앞으로 나아가는 많은 역사 과정 중의 하나인 것이다. 그리고 앞으로 나아가는 역사는 여기서 끊임없이 움직이는 강을 통해 상징된다.

《제7의 십자가》에 나타난 반파시즘은 독일 나치즘에 대한 일반적인 이론에 근거하고 있지 않다. 이 작품의 역사적인 성립 조건을 고려해보고 1937년에 존재하던 파시즘 이론을 생각해본다면, 소설의 역사적 소재에 독자적으로 접근하려 한 제거스의 형안을 인식하게 될 것이다. 즉 이 시점에서 당시 사람들이 파시즘에 대해 내렸던 이론적 설명들은 나치당의 이데올로기나 그 정치적 목표에 대해 무지한 상태에서, 잘못된 정치적 판단들로 짜 맞춰진 것이었다. 나치즘이 확인 가능한 정치 운동으로 시선을 끌었던 1933년 이전의 10년 동안 사회과학은 이를 학문 연구에 끌어들일 동기를 찾지 못했었다. 공산당은 나치즘에서, 사회주의 혁명을 강제로 저지하기 위한 독점 자본의 대리인만을 보았다. 이것이 당시 공산당이 지녔던 공식적인 파시즘 상이었다. 공산당은 나치가 자신들이 상대하는 사회적 적들의 하찮은 조수일 뿐이라고 결론지었다. 이 같은 무지 속에서 공산당 지도부는 그 스스로를 정치 발전의 감추어진 역사 주체로 생각했으며, 나치가 수천 명의 공산당 지지자들을 감금하고 살해한 때에도 그러했다. 여러 해가 지나 나치의 국내외 정책이 실제로 성공하는 것을 목도하고 나서야 비로소 공산당은 이 파시즘 이론을 포기했다. 이런 배경을 생각한다면, 제거스가 소설에서 파시즘을 드러낸 방식은 가히 독자적이라 할 것이다. 이 소설이 문제 삼고 있는 것은 공산당원이나 나치당원들이라기보다는 1937년 독일의 현실 속에서 살고 있는 인간 집단이다. 정확히 말하면 《제7의 십자가》의 테마는 파시즘이 아니라, 파시즘에 대한 개개인의 관계이다. 그것은 이 소설이 사회 하층과 중간층을 사실적으로 그려냈다거나, 혹은 이 소설이 희생자들과의 도덕적 공감 및 약한 자들과의 연대를 목표하고 있다는 것 이상의 의미를 갖는다. '밑으로'부터의 사회적 전망은 모든 장면에서 체제와 개인 간의 대비를 그때그때 존재하는 형태로 붙잡아내는 데 성공한다. 그리하여 당시의 동시대인들에게만 중요했던 것이 아니라, 후세들에게도 중요한 그 당시 현실에의 통찰이 이루어진다. 이는 개개 학문들의 파시즘 이론에서도 인지될 수 없었던 것이다.

또한 거대하게 조형된 제거스의 고향 모습과 그 묘사의 배경에는 외국인들로 하여금 분화된 독일상을 이해하도록 하려는 작가의 소망이 숨어 있다. 작가는 프랑스에서 조국 독일에 대한 사람들의 관심을 일깨우려 했을 뿐 아니라, 나치 독일이 아닌 '또 다른' 독일을 알릴 필요가 있다고 생각한 것이다. 그녀는 《제7의 십자가》를 통해, 로버트 반지타트 경이나 헨리 모겐소 같은 이들이 주장하는 담론을 반박하려고 애썼다. 영국인 반지타트 경의 이론은 나치주의자들의 정책이 전형적인 독일 민족 특성의 발현이라는 것이었다. 그는 자신의 테제를 증명하기 위해 프리드리히 2세부터 비스마르크를 거쳐 히틀러에 이르기까지 독일의 국수주의적, 비인도적 정책의 노선을 구성해내었다. 반지타리즘이라 불리는, 외국에서는 상당히 넓게 유포되었던 이 테제에 대해 제거스는 독일인들에 대한 근본적인 경멸과 거부에 저항하면서, 독일인들의 성격과 역사를 나치주의자들과 동일시하는 태도에 반대되는 진정한 독일의 모습을 그려내려 했다. 발표 당시 소설 《제7의 십자가》에 부여되었던 원래 의미는 바로 이 같은 논쟁의 맥락 속에서 측정돼야 할 것이다.

VI. 작품의 수용

이 책이 첫 번째 대성공을 기록한 것은 1942년 미국에서였다. 영역판 《The Seventh Cross》는 리틀, 브라운 앤드 컴퍼니 출판사에서 출간돼 그해 첫 6개월 동안 42만 1천 부가 팔려나갔다. 1942년 11월부터는 만화로도 여러 일간지에 소개되었고, 1944년에는 유럽에서 참전 중인 미군을 위해 군용으로 인쇄되기도 했다. 최초의 온전한 독일어판은 1942년 제거스가 망명 중이던 멕시코의 엘 리브로 리브레 출판사에서 처음 출간되었다. 구동독에서 이 책은 1946년 베를린의 아우프바우 출판사에서 출간되었고, 같은 해 학교 필독서로 지정되었다. 1948년 서독에서도 출간되기는 했으나, 학교에서 읽히게 된 것은 거의 20년이 지나서였다. 1960년대 말의 학생운동과 함께 제거스의 작품은 서독에서도 집중적으로 논의되었다. 대학생들은 나치즘을 그들의 부모 세대와 다르게, 학교와 대학이나 정치에서와 다르게 알고 싶어 했다. 그들은 부모 세대의 역사적 배경에 비판적으로 의문을 품으며 제거스의 소설을 다루었다. 망명문학은 학생변혁운동의 와중에서야 서독의 대학들에서도 연구되었던 것이다.

이 소설의 할리우드 영화화도 책의 인기에 한몫했다. 영화 〈세븐스 크로스〉는 오늘날까지도 할리우드에서 제작된 가장 중요한 나치 독일 영화로 간주된다. 1944년 제작된 이 영화에서 감독을 맡았던 이는 미국에 망명했던 유대계 오스트리아 감독 프레드 진네만이었고, 시나리오를 쓴 이 역시 미국에 망명했던 헬렌 도이치였다. 게오르크 하이슬러 역은 스펜서 트레이시가 맡았고, 망명한 독일 배우들도 여러 조연을 맡았다.

《제7의 십자가》는 2013년 현재까지 27개국에서 번역되었다. 따라서 이 번역은 스물여덟 번째가 될 것이다. 이 소설이 당시나 오늘이나 체제와는 상관없이 계속 성공을 거두고 있다는 사실은, 작가가 유형화나 상투화에 빠지지 않으면서 1930년대의 나치 독일 사회를 가로질러 신뢰할 만한 인물들의 횡단면을 그려내는 데 성공했기 때문이다. 특히 체제에 순응하지 않고 직관적으로 행동하는 개인들이 지닌 매력, 바로 그것이 비사회주의 독자들을 끌어당기는 힘일 것이다. 결론적으로《제7의 십자가》는 가장 넓게 보급되고, 또 가장 많이 읽히는 독일 망명문학의 텍스트라 하겠다.

안나 제거스
연보

11월 19일 부유한 유대인 골동품상 이시도르 라일링 부부의 외동딸로 마인츠에서 출생. 원래 이름은 네티 라일링(Netty Reling).	1900
하이델베르크 대학에서 미술사학, 역사학, 중국학, 철학 전공. 뒤이어 쾰른으로 옮겼다가 다시 하이델베르크 대학에서 공부.	1920 ~ 1924
하이델베르크 대학에서 〈렘브란트의 작품에 나타난 유대인과 유대 문화〉로 박사 학위 취득.	1924
헝가리 사회과학자 라즐로 라드바니 박사와 결혼, 베를린으로 이주.	1925
아들 페터 출산.	1926
렘브란트와 동시대인으로 네덜란드의 풍경화가였던 헤르쿨레스 제거스(Hercules Seghers)의 성을 가명으로 사용하여 〈프랑크	1927

안나 제거스 연보 365

푸르트 신문〉에 단편 〈그루베치〉 발표.		
딸 루스 출산. 장편 《성 바르바라 어부들의 봉기》를 안나 제거스라는 이름으로 발표. 그때부터 계속하여 안나 제거스를 필명으로 사용함. 이 작품으로 클라이스트 상 수상. 공산당에 입당.	1928	《성 바르바라 어부들의 봉기》
프롤레타리아-혁명작가동맹(BPRS)에 가입.	1929	
장편 《길동무들》 발표, 출간. 이 작품에서 독일에서의 나치즘 위협에 대해 경고.	1932	《길동무들》
잠시 게슈타포에 체포되고, 제거스의 책들이 독일에서 불타고 금지됨. 스위스를 넘어 파리로 피신하는 데 성공. 그곳에서 독일 망명자들의 잡지에 관여. 특히 《노이에 도이체 블래터》(프라하, 1933~1935)의 편집에 관여. 이 잡지에 독일 나치즘의 원인에 대해 다룬 첫 망명소설 《현상금》 발표, 출간.	1933	《현상금》
파리에서 열린 문화 옹호를 위한 제1차 국제작가총회에 참석. 장편 《2월을 지나가는 길》 출간.	1935	《2월을 지나가는 길》
발렌시아와 마드리드에서 열린 문화 옹호를 위한 제2차 국제작가총회에 참석. 장편 《구출》과 방송극 〈1431년 루앙의 잔 다르크 재판〉 출간. 장편소설 《제7의 십자가》 준비.	1937	《구출》 《1431년 루앙의 잔 다르크 재판》
모스크바의 《국제문학》지에 《제7의 십자가》 첫 몇 장을 게재할 수 있었으나 히틀러-스탈린 조약 체결 후 중단됨.	1939	
독일 군대의 침공 후 남편 라드바니가 르 베르네 수용소에 구금됨. 제거스는 아이들을	1940	

데리고 마르세유로 도피하는 데 성공. 그곳에서 남편의 석방과 유럽 탈출을 위해 노력.		
3월 제거스 가족, 수송선을 타고 카사블랑카, 산 도밍고, 뉴욕을 거쳐 멕시코로 가는 데 성공. 멕시코에서 반파시스트 하인리히-하이네 클럽을 만들고, '자유독일' 운동을 조직했으며, 같은 이름의 잡지 발행.	1941	
소설《제7의 십자가》 보스턴의 출판사에서 영어로, 멕시코의 망명 출판사 엘 리브로 리브레에서 독일어로 출간.	1942	《제7의 십자가》
의문의 뺑소니 자동차 사고를 당하여 중상을 입음. 제거스의 어머니가 피아스키 강제수용소로 추방되어 사망.	1943	
프랑스에서 시작한 소설《통과》가 스페인어와 영어로 출간됨(독일어로는 1948년에 출간). 할리우드에서《제7의 십자가》영화화. 소설과 영화 덕분에 세계적 명성을 얻음.	1944	《통과》
《제7의 십자가》가 베를린(소련 점령 구역)의 아우프바우 출판사에서 독일에서는 처음으로 출간.《죽은 소녀들의 소풍》과 단편들 발표.	1946	《죽은 소녀들의 소풍》
뉴욕, 스웨덴, 프랑스를 거쳐 서베를린으로 귀향.《제7의 십자가》로 게오르크 뷔히너 상 수상.	1947	
뮌헨의 쿠르트 데쉬 출판사, 함부르크의 로볼트 출판사에서도《제7의 십자가》출간. 독일의 '민주 회복을 위한 문화동맹' 부회장으로 선출됨.	1948	

장편《죽은 자는 계속 젊다》출간. 단편 〈하이티의 결혼〉 등 발표. 파리 세계평화총회 참석. 여러 단편들 집필.	1949	《죽은 자는 계속 젊다》
동베를린으로 이주. 바르샤바에서 열린 평화총회 참석. 독일예술원의 창립 회원이 됨.	1950	
단편 〈크리잔타〉 등 발표. 구동독의 제1급 국가상과 국제 레닌-평화상 수상함. 중국 여행.	1951	
남편 라드바니가 멕시코에서 귀향함. 단편 〈그 남자와 그의 이름〉 등 출간. 구동독의 작가연합 창립 회원으로 회장직을 맡음 (1978년까지).	1952	《그 남자와 그의 이름》
조국공로 은 훈장과 클라라 제트킨 메달 수여. 소련 여행. 소련 작가총회에 참석.	1954	
노벨레 〈공정한 판사〉가 정치적인 이유에서 출간되지 못함(1990년 출간). 동베를린의 아우프바우 출판사에서 제거스의 책들 출간. 멕시코에서《제7의 십자가》출간을 가능케 했던 발터 양카가 소위 '반혁명 모반' 혐의로 정치 재판에서 수년의 감옥 형을 선고받음. 제거스는 재판에 참석했으나 침묵함.	1957	
제1급 동독민족상 수상. 예나 대학에서 명예박사 학위 받음. 장편《결단》출간.	1959	《결단》
황금조국공로 훈장 수여.	1960	
단편 〈교수대 위의 빛〉 출간.	1961	《교수대 위의 빛》
《카리브 이야기들》출간.	1962	《카리브 이야기들》

단편집 《약한 자들의 힘》 출간. 칼 마르크스 훈장 받음.	1965	《약한 자들의 힘》
단편 〈진짜 푸른 색. 멕시코 이야기집〉 발표.	1967	《진짜 푸른 색. 멕시코 이야기집》
장편 《신뢰》 출간.	1968	《신뢰》
수필집 《현세적인 것에 대한 믿음》 출간.	1969	《현세적인 것에 대한 믿음》
황금민족우호의 별과 레닌 기념 메달 등을 받음.	1970	
단편 〈건너감〉 발표.	1971	
단편 《신기한 만남》 출간.	1973	《신기한 만남》
구소년의 '민족 우호의 큰 별' 훈장, 세계평화평의회가 주는 문화상 수상.	1975	
단편 〈석기시대〉, 〈재회〉 출간. 마인츠 요한-구텐베르크 대학의 명예시민 지위 획득. 중병을 앓음.	1977	《석기시대》 《재회》
남편 라드바니 사망. 구동독작가연합의 명예 메달 받음. 작가연합 의장직에서 물러나 명예의장이 됨.	1978	
단편 연작 《아이티에서 온 세 여자》 출간. 조국공로훈장 황금 핀 받음.	1980	《아이티에서 온 세 여자》
출생지 마인츠 시로부터 명예시민권을 받음. 10월 혁명 훈장 수여받음.	1981	
사망. 베를린의 도로테엔 시립묘지에 안장됨.	1983	

옮긴이 김숙희

이화여자대학교 독문학과와 동 대학원을 졸업하고, 독일 밤베르크 대학교와 프라이부르크 대학교에서 수학했다. 〈독일 제3제국의 내적망명문학연구〉로 박사학위를 받았다. 1984년부터 2011년까지 동덕여자대학교 독일어과 교수로 재직했다. 옮긴 책으로 《11월》《칼립소》《식물 사냥꾼》《빌헬름 마이스터의 편력시대》(공역) 등이 있다.

세계문학의 숲 034

제7의 십자가 2

2013년 7월 19일 초판 1쇄 인쇄
2013년 7월 26일 초판 1쇄 발행

지은이 | 안나 제거스
옮긴이 | 김숙희
발행인 | 전재국

발행처 | (주)시공사
출판등록 | 1989년 5월 10일(제3-248호)

주소 | 서울특별시 서초구 사임당로 82(우편번호 137-879)
전화 | 편집 (02)2046-2867 · 영업 (02)2046-2800
팩스 | 편집 (02)585-1755 · 영업 (02)588-0835
홈페이지 | www.sigongsa.com
세계문학의 숲 홈페이지 | www.sigongclassic.com

ISBN 978-89-527-6956-5(04850)
   978-89-527-5961-0(set)

본서의 내용을 무단 복제하는 것은 저작권법에 의해 금지되어 있습니다.
파본이나 잘못된 책은 구입하신 서점에서 교환하여 드립니다.